Geleende tijd

Harlan Coben bij Boekerij:

Dood spel
Genezing
Niemand vertellen
Spoorloos
Geen tweede kans
Momentopname
De onschuldigen
Geleende tijd
Houvast
Verzoeking
Blijf dichtbij
Zes jaar
Ik mis je

De Myron Bolitar-serie:
Vals spel
Tegenwerking
Vermist
Ontwricht
Schijnbeweging (voorheen: Foute boel)
Schaduwleven (voorheen: Klein detail)
Laatste kans (voorheen: Oud zeer)
Eens beloofd
Verloren
Levenslijn

Myron Bolitar speelt ook een rol in de Mickey Bolitar-serie:
Schuilplaats
Nu of nooit

www.boekerij.nl

Harlan Coben

Geleende tijd

Eerste druk 2007
Vijftiende druk 2014

ISBN 978-90-225-7264-1
NUR 305

Oorspronkelijke titel: *The Woods* (Dutton)
Vertaling: Martin Jansen in de Wal
Omslagontwerp: Wil Immink Design
Omslagbeeld: broad daylight / Millennium Images, UK
Zetwerk: Mat-Zet bv, Soest

© 2007 by Harlan Coben
© 2007 voor de Nederlandse taal: De Boekerij bv, Amsterdam

Published by arrangement with Lennart Sane Agency AB

Niets uit deze uitgave mag openbaar worden gemaakt door middel van druk, fotokopie, internet of op welke andere wijze ook, zonder voorafgaande schriftelijke toestemming van de uitgever.

Deze is voor:

Alek Coben
Thomas Bradbeer
Annie van der Heide

de drie grote vreugden in mijn leven die ik
mijn petekinderen mag noemen.

Proloog

Ik zie mijn vader met die schop.
De tranen lopen over zijn wangen. Een hartverscheurende, schorre snik werkt zich vanuit zijn longen omhoog en komt door zijn mond naar buiten. Hij brengt de schop omhoog en stoot hem in de grond. Het blad dringt in de aarde alsof het zacht mensenvlees is.

Ik ben achttien jaar en dit is mijn duidelijkste herinnering aan mijn vader: aan hem, daar in het bos, met die schop. Hij weet niet dat ik toekijk. Ik sta achter een dikke boom als hij begint te graven. Hij graaft als een bezetene, alsof de grond hem woedend maakt en hij er wraak op wil nemen.

Ik heb mijn vader nog nooit zien huilen, niet toen zijn eigen vader overleed, niet toen mijn moeder vertrok en ons in de steek liet, zelfs niet toen hij het slechte nieuws over mijn zus Camille hoorde. Maar nu huilt hij. Hij huilt zonder gêne. De tranen rollen ongehinderd over zijn wangen. Het gesnik weerklinkt tussen de bomen.

Dit is de eerste keer dat ik hem bespioneer. Op de meeste zaterdagen doet hij alsof hij gaat vissen, maar ik heb dat nooit echt geloofd. Ik denk dat ik altijd heb geweten dat deze plek, deze afschuwelijke plek, zijn echte bestemming was.

Want soms is het ook míjn bestemming.

Ik sta achter de boom en kijk naar hem. Hierna zal ik dat nog acht keer doen. Ik stoor hem niet. Ik laat mezelf niet zien. Ik denk dat hij niet weet dat ik daar sta. Sterker nog, ik weet het zeker. En dan, op een dag, als hij naar zijn auto loopt, kijkt hij me met droge ogen aan en zegt: 'Vandaag niet, Paul. Vandaag ga ik alleen.'

Ik kijk hem na als hij wegrijdt. Het zal de laatste keer zijn dat hij naar het bos gaat.

Achttien jaar later zit ik aan zijn ziekbed en pakt hij mijn hand vast. Hij zit zwaar onder de medicijnen. Zijn handen zijn ruw en eeltig. Hij heeft er zijn hele leven mee gewerkt, ook in zijn jonge jaren, in een land dat niet meer bestaat. Hij is zo'n buitenmens, met

een huid die er ruw en verweerd uitziet, bijna alsof hij zijn eigen schild heeft ontwikkeld. Hij heeft enorm veel pijn geleden, maar tranen zijn er niet geweest.
Hij doet gewoon zijn ogen dicht en houdt vol.
Mijn vader heeft me altijd een veilig gevoel gegeven, zelfs nu doet hij dat nog, ook nu ik volwassen ben en zelf een kind heb. Drie maanden geleden, toen hij nog sterk genoeg was, waren we in een bar. Er brak een knokpartij uit. Mijn vader ging voor me staan, klaar om het op te nemen tegen iedereen die in mijn buurt kwam. Ook toen nog. Zo is hij gewoon.
Ik zit naast zijn bed en kijk naar hem. Ik denk terug aan die keren in het bos. Aan hoe hij stond te graven en daar uiteindelijk mee was opgehouden, ik vermoed omdat mijn moeder bij ons was weggegaan.
'Paul?'
Mijn vader wordt opeens onrustig.
Ik wil hem smeken nog niet dood te gaan, maar dat zou niet goed zijn. Ik heb het eerder meegemaakt. Het wordt niet beter... voor niemand.
'Het is oké, pa,' zeg ik tegen hem. 'Het komt allemaal goed.'
Hij kalmeert niet. Hij probeert overeind te komen. Ik wil hem helpen, maar hij duwt mijn hand weg. Hij kijkt me diep in de ogen en ik zie helderheid, of misschien is dat een van de dingen die we onszelf wijsmaken als het einde nadert. Een laatste brokje valse hoop.
Er ontsnapt één traantje uit zijn ooghoek. Ik zie het langzaam over zijn wang rollen.
'Paul,' zegt mijn vader tegen me, en zijn Russische accent is nog steeds duidelijk hoorbaar, 'toch moeten we haar vinden.'
'Dat zullen we ook, pa.'
Hij kijkt me weer aan. Ik knik om hem gerust te stellen. Maar ik geloof niet dat hij gerustgesteld wil worden. Ik denk dat hij, voor de allereerste keer, op mijn gezicht zoekt naar een teken van schuldgevoel.
'Wist je het?' vraagt hij, met een stem die nog maar net te horen is.
Ik voel mijn hele lichaam verkrampen, maar ik knipper niet met mijn ogen en wend mijn blik niet af. Ik vraag me af wat hij ziet, wat hij gelooft. Maar ik zal het nooit te weten komen.
Want dan, op dat moment, doet mijn vader zijn ogen dicht en sterft.

1

Drie maanden later

Ik was in de gymzaal van een basisschool en zag hoe mijn zes jaar oude dochter Cara angstige stapjes deed op een evenwichtsbalk die zich amper tien centimeter boven de vloer bevond, maar over nog geen uur zou ik naar het gezicht kijken van iemand die op koelbloedige wijze was vermoord.

Dat zou niemand hoeven te schokken.

In de loop der jaren heb ik geleerd – op de gruwelijkst denkbare manieren – dat de muur tussen leven en dood, tussen oogverblindend mooi en onvoorstelbaar lelijk, tussen het meest onschuldige, feeërieke tafereeltje en een huiveringwekkend bloedbad, flinterdun is. In een seconde breek je erdoorheen. Het ene moment lijkt het leven idyllisch. Je bent op een plek zo sereen als de gymzaal van een basisschool. Je kleine meisje zwaait met haar armen om zich heen. Haar stem klinkt hoog van opwinding. Haar ogen zijn dicht. In haar gezicht zie je dat van haar moeder, die precies zo haar ogen dichtdeed en glimlachte, en dan weet je weer hoe flinterdun die muur in werkelijkheid is.

'Cope?'

Het was mijn schoonzus Greta. Ik draaide me naar haar om. Greta keek me aan met haar gebruikelijke bezorgde blik. Ik glimlachte erdoorheen.

'Waar denk je aan?'

Ze wist best waar ik aan dacht. Desondanks loog ik.

'Aan camcorders,' zei ik.

'Wat?'

Alle klapstoelen waren bezet door de andere ouders. Ik stond achterin, met mijn armen over elkaar bij de betonnen muur. Die was beplakt met de schoolregels, naast de deur, posters en van die irritant leuke, inspirerende teksten als: MAAK MIJ NIET WIJS DAT 'THE SKY THE LIMIT' IS ALS ER VOETSTAPPEN OP DE MAAN STAAN. Er stonden kantinetafeltjes met ingeklapte poten. Daar leunde ik tegenaan, en ik voelde de koelte van formica en staal. Gymzalen van basisscholen veranderen niet als we ouder worden. Ze worden alleen kleiner.

Ik gebaarde naar de ouders. 'Er zijn hier meer videocamera's dan kinderen.'

Greta knikte.

'En ze filmen alles. Ik bedoel werkelijk alles. Wat doen ze met al dat materiaal? Gaan ze dat echt van het begin tot het eind terugkijken?'

'Doe jij dat dan niet?'

'Ik baar nog liever een kind.'

Ze glimlachte. 'Nee,' zei ze, 'dat doe jij niet.'

'Oké, dat dan misschien niet, maar zijn we niet allemaal opgegroeid in het MTV-tijdperk? Snelle overgangen, talloze beeldhoeken... Maar alles integraal filmen zoals ze hier doen, om er vervolgens een nietsvermoedende vriend of familielid aan bloot te stellen...'

De deur ging open. Zodra de twee mannen de gymzaal binnenkwamen, wist ik dat ze van de politie waren. Zelfs als ik op dit punt géén redelijke hoeveelheid ervaring had gehad – ik ben de procureur van Essex County, waaronder de gewelddadige stad Newark valt – zou ik het hebben geweten. Soms doen ze het op tv ook wel eens goed. De manier waarop de meeste politiemensen zich kleden, bijvoorbeeld; huisvaders in de groene buitenwijk van Ridgewood kleden zich niet zo. We trekken geen pak aan als we naar onze kinderen komen kijken die aan het gymnastieken zijn. Wij dragen corduroy, of een spijkerbroek, een trui met een V-hals en een T-shirt eronder. Deze twee gasten gingen gekleed in slecht zittende pakken in een tint bruin die me aan oud spaanplaat na een flinke regenbui deed denken.

Ze glimlachten niet. Ze lieten hun blik door de gymzaal gaan. Ik ken de meeste politiemensen in de omgeving, maar deze twee kende ik niet. Dat baarde me zorgen. Er zat iets niet goed. Ik wist dat ik niets gedaan had, natuurlijk, maar desondanks voelde ik die lichte kriebeling van 'ik ben onschuldig maar toch voel ik me schuldig' in mijn maag.

Mijn schoonzus Greta en haar man Bob hebben zelf drie kinderen. Hun jongste dochter, Madison, was zes jaar en zat in dezelfde klas als mijn dochter Cara. Greta en Bob zijn een grote steun voor me geweest. Toen mijn vrouw Jane – Greta's zus – was overleden, zijn ze in Ridgewood komen wonen. Greta beweert dat ze dat al heel lang van plan waren geweest. Ik heb mijn twijfels. Maar ik ben hun zo dankbaar, dat ik er geen vragen over stel. Ik zou niet weten hoe ik het zonder hen had moeten redden.

Meestal stond ik achterin met een heel stel andere vaders, maar aangezien de gymles overdag was, waren er maar heel weinig. De moeders – afgezien van de ene die me boos over haar videocamera heen aankeek omdat ze mijn negatieve opmerking over kinderen filmen had gehoord – zijn dol op me. Of niet zozeer op mij, maar op mijn geschiedenis. Mijn vrouw is vijf jaar geleden overleden en ik moet alleen mijn dochter grootbrengen. Er zijn meer alleenstaande ouders in de stad, voornamelijk gescheiden moeders, maar ik krijg alle hulp die ik me kan wensen. Als ik vergeet een briefje te schrijven, of mijn dochter te laat ophaal, of haar lunchtrommeltje op het aanrecht laat liggen, springen de andere moeders of iemand van school bij om me te helpen. Ze vinden mijn mannelijke onbeholpenheid blijkbaar vertederend. Wanneer een alleenstaande moeder zoiets doet, is ze onachtzaam en roept ze de toorn van de andere moeders over zich af.

De kinderen waren nog steeds bezig met hun vallen en opstaan, afhankelijk van hoe je het wilde zien. Ik keek naar Cara. Ze was heel geconcentreerd en deed erg haar best, maar ik vermoedde dat ze het gebrek aan coördinatie van haar vader had geërfd. De kinderen werden geholpen door de meisjes van het turnteam van de middelbare school. Die waren laatstejaars, een jaar of zeventien, achttien. Het meisje dat Cara in de gaten hield tijdens haar poging tot een koprol, deed me aan mijn zus denken. Mijn zus, Camille, was gestorven toen ze zo oud was als dit meisje, en de pers had me nooit de kans gegeven dat te vergeten. Maar misschien was dat wel een goede zaak.

Mijn zus zou nu achter in de dertig zijn geweest, minstens even oud als de meeste moeders hier. Vreemd om zo aan haar te denken. Ik zal Camille altijd als tiener voor me zien. Ik kan me geen idee vormen over waar ze nu geweest zou zijn, of waar ze zou móéten zijn, zittend op een van die stoelen, met zo'n zelfingenomen, blije, bezorgde, 'in de eerste plaats ben ik moeder'-glimlach op haar gezicht, elke beweging van haar kroost vastleggend op video. Ik vraag me af hoe ze er nu uitgezien zou hebben, maar ook dan zie ik de tiener die ze was toen ze stierf.

Nu lijkt het misschien dat ik geobsedeerd word door de dood, maar er is een enorm verschil tussen de moord op mijn zus en het vroegtijdige overlijden van mijn vrouw. Het eerste sterfgeval, dat van mijn zus, heeft me in de richting van mijn huidige werk en een mogelijke politieke carrière gedirigeerd. Ik kan het onrecht nu in de rechtszaal bestrijden. En dat doe ik. Ik probeer de wereld veiliger te maken, degenen achter de tralies te krijgen die anderen kwaad hebben aangedaan, en andere families iets te geven wat de mijne nooit heeft gehad.

Bij het tweede sterfgeval, dat van mijn vrouw, was ik machteloos en in de war, en wat ik er nu ook aan zou doen, het zou de situatie geen haar beter maken.

Het schoolhoofd plooide haar rijkelijk met lipstick bewerkte lippen in een gemaakt bezorgde glimlach en liep op de twee politiemannen toe. Er ontstond een gesprek, maar geen van beide politiemannen keek haar echt aan. Ik bleef hun ogen in de gaten houden. Toen de grotere politieman – die ongetwijfeld de leiding had – mij zag, bleef hij me aankijken. Even bewogen we ons geen van beiden. Toen maakte hij een nauwelijks zichtbare hoofdbeweging naar de deur, naar buiten, weg uit deze veilige haven van vallen en opstaan. Ik knikte naar hem, eveneens nauwelijks zichtbaar.

'Waar ga je naartoe?' vroeg Greta.

Ik wil niet onaardig zijn, maar Greta was het lelijke zusje. Ze leken wel op elkaar, zij en mijn beeldschone, gestorven bruid. Je kon zien dat ze dezelfde ouders hadden. Maar alles wat uiterlijk voor mijn Jane wel had gewerkt, had dat voor Greta net niet gedaan. Mijn vrouw had een vrij forse neus, die haar gezicht op de een of andere manier sexyer maakte. Greta had ook een vrij forse neus, die… tja… alleen maar vrij fors was. De ogen van mijn vrouw, die ver uit elkaar stonden, hadden haar gezicht een exotische aanblik gegeven. Greta's ver uit elkaar staande ogen gaven haar een soort reptielengezicht.

'Dat weet ik niet precies,' zei ik.

'Zaken?'

'Zou kunnen.'

Ze keek naar de twee vermeende politiemannen en toen weer naar mij. 'Ik wilde met Madison bij Friendly's gaan lunchen. Wil je dat ik Cara meeneem?'

'Ja, heel graag.'

'Ik kan haar ook van school afhalen.'

Ik knikte. 'Dat zou geweldig zijn.'

Toen kuste Greta me zachtjes op de wang, iets wat ze zelden doet. Ik liep naar de deur. Flarden gelach van de kinderen golfden met me mee. Ik deed de deur open en liep de gang op. De twee politieman-

nen kwamen me achterna. Schoolgangen veranderen ook nooit. Je hoorde er altijd een galm die bijna goed genoeg was voor een spookhuis, een merkwaardige halve stilte, en een vage maar toch duidelijk aanwezige geur die je zowel geruststelde als onrustig maakte.
'Bent u Paul Copeland?' vroeg de grotere van de twee.
'Ja.'
Hij keek zijn kleinere collega aan. Die was breed en gedrongen, en had geen nek. Zijn hoofd had de vorm van een blok beton. Zijn gezicht was grauw getint, wat bijdroeg aan die overeenkomst. Een klas kinderen – groep vier, zo te zien – kwam de hoek om lopen. Allemaal met blozende, opgewonden gezichten. Waarschijnlijk kwamen ze net van de speelplaats. Ze liepen langs ons heen, gevolgd door hun onderwijzeres, die ons een gespannen glimlach toewierp.
'Misschien kunnen we beter buiten praten,' zei de grotere politieman.
Ik haalde mijn schouders op. Ik had geen idee wat ze van me wilden. Ik voelde de bijna slinkse zelfverzekerdheid van iemand die onschuldig was, hoewel ik uit ervaring wist dat ontmoetingen met politiemensen meestal anders uitpakten dan je had verwacht. Dit kon niet gaan over de grote zaak waar ik mee bezig was, die met grote koppen in de kranten stond. Als dat zo was, zouden ze naar kantoor hebben gebeld. Dan zouden ze een sms naar mijn mobiele telefoon of een e-mail naar mijn BlackBerry hebben gestuurd.
Nee, ze waren hier voor iets anders... iets persoonlijks.
Nogmaals, ik wist dat ik niets verkeerd had gedaan. Maar ik had in de loop der jaren allerlei soorten verdachten gezien en wist hoe verschillend ze konden reageren. Dat zal u misschien verbazen. Wanneer de politie bijvoorbeeld een belangrijke verdachte heeft opgepakt, laten ze die vaak urenlang alleen in een verhoorkamer zitten. Je zou denken dat het de schuldigen zijn die tegen de muren op klimmen van spanning en frustratie, maar in het algemeen is het tegendeel waar. Het zijn de onschuldigen die zich het meest nerveus en angstig gedragen. Die hebben geen idee waarom ze daar zijn, of waarvan de politie hen ten onrechte verdenkt. De schuldigen gaan vaak een uurtje slapen.
We kwamen buiten. De felle zon beukte op ons neer. De grotere politieman knipperde met zijn ogen en schermde die af met zijn hand. Betonblok niet, die gunde zijn omgeving dat genoegen niet.
'Ik ben inspecteur Tucker York,' zei de grotere politieman. Hij haalde zijn penning tevoorschijn en gebaarde naar Betonblok. 'Dit is rechercheur Don Dillon.'

Ook Dillon haalde zijn penning uit zijn zak. Ze hielden me de leren mapjes voor. Ik weet niet waarom politiemensen dat doen. Hoe moeilijk kan het zijn om die dingen na te maken?
'Wat kan ik voor jullie doen?' vroeg ik.
'Zou u ons kunnen vertellen waar u gisteravond bent geweest?' vroeg York.
Bij zo'n vraag zouden er alarmbellen in mijn hoofd moeten afgaan. Ik zou hun meteen moeten vertellen wie ik was en dat ik geen vragen zou beantwoorden zonder de aanwezigheid van een advocaat. Maar ik ben zelf jurist. Een verdomd goede jurist. En dat zou de situatie nogal stompzinnig maken, zeker wanneer je jezelf vertegenwoordigt. Maar ik ben ook een mens. Wanneer je door de politie wordt benaderd, ook als je zo ervaren bent als ik, wil je meewerken. Aan die aandrang kun je niets doen.
'Ik was thuis.'
'Kan iemand dat bevestigen?'
'Mijn dochter.'
York en Dillon keken achterom naar de school. 'Een van de meisjes die daar binnen aan het gymmen zijn?'
'Ja.'
'Nog iemand anders?'
'Nee, dat geloof ik niet. Waar gaat dit over?'
York was degene die het woord deed. Hij negeerde mijn vraag. 'Kent u ene Manolo Santiago?'
'Nee.'
'Weet u dat zeker?'
'Ja, vrij zeker.'
'Waarom alleen "vrij zeker"?'
'Weten jullie wie ik ben?'
'Ja,' zei York. Hij kuchte in zijn vuist. 'Wilt u dat we een kniebuiging maken, of uw ring kussen of zoiets?'
'Dat bedoel ik niet.'
'Mooi, dan zitten we op dezelfde golflengte.' Zijn houding beviel me niet, maar ik liet het passeren. 'Dus, waarom weet u alleen vrij zeker dat u Manolo Santiago niet kent?'
'Ik bedoel dat de naam me niet bekend voorkomt. Ik geloof niet dat ik hem ken. Maar misschien is hij iemand die ik ooit voor de rechter heb gedaagd, of een getuige in een van mijn zaken, of weet ik veel, misschien heb ik hem tien jaar geleden op een borrel voor fondsenwerving ontmoet.'
York knikte, moedigde me aan door te praten. Dat deed ik niet.

'Zou u het erg vinden om met ons mee te komen?'
'Waar naartoe?'
'Het hoeft niet lang te duren.'
'Hoeft niet lang te duren,' herhaalde ik. 'Dat klinkt niet als een plaatsnaam.'
De twee politiemannen keken elkaar aan. Ik probeerde eruit te zien als iemand die voet bij stuk zou houden.
'Een man, ene Manolo Santiago, is gisteravond vermoord.'
'Waar?'
'Zijn lijk is gevonden in Manhattan. In de omgeving van Washington Heights.'
'En wat heeft dit met mij te maken?'
'Wij denken dat u ons misschien kunt helpen.'
'Helpen? Hoe? Ik heb al gezegd dat ik hem niet ken.'
'U zei…' York keek in zijn notitieboekje, maar dat was alleen voor de show, want hij had niets opgeschreven terwijl ik aan het woord was. '… dat u er "vrij zeker" van was dat u hem niet kende.'
'Nou, dan weet ik het zeker, oké? Ik weet het zeker.'
Met een theatrale klap sloeg York zijn notitieboekje dicht. 'Meneer Santiago kent u wel.'
'Hoe weet je dat?'
'Dat laten we u liever zien.'
'En ik heb liever dat je het me gewoon vertelt.'
'Meneer Santiago…' York aarzelde alsof hij zijn volgende woorden heel zorgvuldig uitkoos. '… had bepaalde zaken bij zich.'
'Zaken?'
'Ja.'
'Kun je iets duidelijker zijn?'
'Zaken,' zei hij, 'die naar u verwijzen.'
'Naar mij verwijzen als wat?'
'Joehoe, meneer de aanklager…'
Dillon – Betonblok – deed eindelijk zijn mond open.
'Ik ben procureur,' zei ik.
'Wat je wilt.' Hij strekte zijn nek een paar centimeter en wees naar mijn borstkas. 'Ik begin echt jeuk in mijn reet van jou te krijgen.'
'Pardon?'
Dillon kwam vlak voor me staan. 'Zien we er verdomme uit alsof we hier zijn voor een opfriscursus betekenisleer?'
Volgens mij was dat een retorische vraag, maar hij scheen op antwoord te wachten. 'Nee,' zei ik ten slotte.

'Luister dan even naar me. Wij zitten met een lijk. Die gast heeft dingen bij zich die duidelijk naar jou verwijzen. Wil je met ons meekomen om dit op te helderen, of wil je woordspelletjes blijven spelen waardoor je zo verdacht als de hel lijkt?'

'Weet je eigenlijk wel tegen wie je het hebt, rechercheur?'

'Ja, tegen iemand met politieke ambities die vast niet wil dat we hiermee naar de pers stappen.'

'Wil je me bedreigen?'

York greep in. 'Er wordt hier niemand bedreigd.'

Maar Dillon had me op een zwakke plek geraakt. De waarheid was dat mijn benoeming slechts een tijdelijke was. Mijn vriend, de huidige gouverneur van New Jersey, had me tot waarnemend procureur benoemd. Er werd ook serieus gesproken over de mogelijkheid om in het Congres te komen, en misschien wel een vrije zetel in de Senaat op te eisen. Ik zou liegen als ik zei dat ik geen politieke ambities had. Een schandaal, zelfs valse geruchten over een schandaal, zouden me daar zeker niet bij helpen.

'Ik begrijp alleen niet hóé ik jullie zou kunnen helpen,' zei ik.

'Misschien kun je ons helpen, misschien ook niet.' Dillon draaide zijn betonblok mijn kant op. 'Maar áls je ons kunt helpen, ben je daar dan bereid toe of niet?'

'Natuurlijk ben ik bereid,' zei ik. 'Ik bedoel, als ik daarmee kan voorkomen dat je reet nog erger gaat jeuken…'

Hij moest er bijna om glimlachen. 'Stap dan in de auto.'

'Ik heb vanmiddag een belangrijke afspraak.'

'Dan hebben we je allang teruggebracht.'

Ik had een aftandse Chevy Caprice verwacht, maar de auto bleek een schone, glimmende Ford te zijn. Ik ging achterin zitten. Mijn twee nieuwe vrienden zaten voorin. Tijdens de rit zeiden we niets. Er was niet veel verkeer op George Washington Bridge, maar voor de zekerheid zetten ze de sirene aan en we stoven er soepel doorheen. Toen we Manhattan binnenreden, begon York weer te praten.

'We denken dat het mogelijk is dat Manolo Santiago een valse naam gebruikt.'

'Aha,' zei ik, omdat ik niet wist wat ik anders moest zeggen.

'Ziet u, we hebben het slachtoffer nog niet kunnen identificeren. We hebben hem gisteravond gevonden. Op zijn rijbewijs staat dat hij Manolo Santiago heet. We hebben het gecheckt en het blijkt niet zijn echte naam te zijn. We hebben zijn vingerafdrukken door de computer gehaald. Zonder resultaat. Dus we weten niet wie hij is.'

'En jullie denken dat ik het wel weet?'
Ze namen niet de moeite de vraag te beantwoorden.
Yorks stem klonk vriendelijk en achteloos als een lentedag. 'U bent weduwnaar, nietwaar, meneer Copeland?'
'Ja,' zei ik.
'Dat moet moeilijk zijn. In je eentje een kind grootbrengen.'
Ik zei niets.
'Uw vrouw had kanker, hebben we gehoord. U hebt een stichting opgericht die medisch onderzoek steunt.'
'Ja.'
'Bewonderenswaardig.'
Ze moesten eens weten.
'Dit moet raar voor u zijn,' zei York.
'Hoezo?'
'Dat u nu aan de andere kant staat. Meestal bent u degene die de vragen stelt, niet die ze beantwoordt. Dat moet toch een beetje raar zijn?'
Hij glimlachte naar me in de achteruitkijkspiegel.
'Hé York,' zei ik.
'Wat is er?'
'Kunnen we de aftiteling alvast zien?' vroeg ik.
'De wat?'
'De aftiteling,' zei ik. 'Dan kan ik je naam opzoeken en kijken of je gecast bent voor de rol van "aardige smeris".'
Daar moest York om grinniken. 'Ik wilde alleen maar zeggen dat het raar voor u moet zijn. Ik bedoel, bent u al eens eerder door de politie ondervraagd?'
Het was een strikvraag. Ze moesten weten dat dat zo was. Toen ik achttien was, werkte ik als groepsleider in een zomerkamp. Vier kampeerders, Gil Perez en zijn vriendin Margot Green, Doug Billingham en diens vriendin Camille Copeland – mijn zus – waren een keer 's nachts het kamp uit geslopen en het bos in gegaan.
Ze waren nooit meer levend teruggezien.
Slechts twee van de vier slachtoffers waren teruggevonden. Margot Green, zeventien jaar, werd met doorgesneden keel op nog geen honderd meter afstand van het kamp aangetroffen. Doug Billingham, ook zeventien jaar, werd achthonderd meter verderop gevonden. Hij had diverse steekwonden, maar ook bij hem was de doodsoorzaak een doorgesneden keel. De lijken van de andere twee – Gil Perez en mijn zus Camille – zijn nooit gevonden.
De zaak had de voorpagina's van de kranten gehaald. Wayne

Steubens, kind van rijke ouders en groepsleider in het kamp, werd twee jaar later gearresteerd – na zijn derde zomer van moorden – maar pas nadat hij ten minste nóg vier tieners had vermoord. Hij kreeg de bijnaam de Summer Slasher, die maar al te zeer voor de hand lag. Waynes volgende twee slachtoffers werden gevonden bij een padvinderskamp in Muncie, Indiana. Een derde slachtoffer had gekampeerd op een openbare camping in Vienna, Virginia, en het laatste slachtoffer was op bezoek geweest in een sportkamp in de Poconos. Van de meesten was de keel doorgesneden. Ze waren allemaal in het bos begraven, sommigen van hen voordat ze dood waren. Juist, zoals in levend begraven. Het duurde geruime tijd voordat de lijken waren gevonden. Het lijk van de jongen in de Poconos, bijvoorbeeld, werd pas na een halfjaar gevonden. De meeste deskundigen geloven dat er in het bos nog meer slachtoffers begraven liggen.

Zoals mijn zus.

Wayne heeft nooit schuld bekend, en hoewel hij de afgelopen achttien jaar in een extreem zwaar beveiligde strafinrichting heeft doorgebracht, blijft hij volhouden dat hij niets te maken heeft gehad met de vier moorden waarmee het allemaal is begonnen.

Ik geloof hem niet. Het feit dat er ten minste nog twee lijken ergens begraven moeten liggen, heeft geleid tot speculaties en mystificatie. Waardoor Wayne veel aandacht kreeg. Hij houdt van aandacht, denk ik. Maar die onzekerheid – dat flintertje hoop – doet nog steeds verdomd veel pijn.

Ik was gek op mijn zus. We waren allemaal gek op haar. De meeste mensen geloven dat de dood het wreedste is wat er bestaat. Dat is niet zo. Na een tijdje wordt hoop een veel wreder metgezel. Als je zo lang met hoop hebt geleefd als ik, met je kop op het hakblok en de bijl erboven, elke dag, eerst weken, dan maanden, dan jaren, ga je ernaar verlangen dat de bijl valt en je kop eraf hakt. De meeste mensen denken dat mijn moeder ons in de steek had gelaten omdat mijn zus was vermoord. Maar de waarheid was het tegenovergestelde. Mijn moeder was juist weggegaan omdat het nooit bewezen was.

Ik zou graag willen dat Wayne Steubens ons vertelde wat hij met haar heeft gedaan. Niet om haar een fatsoenlijke begrafenis of zoiets te geven. Het zou wel fijn zijn als we dat konden doen, maar daar gaat het nu niet om. De dood is puur en nietsontziend destructief. Hij slaat toe, je ligt een tijdje in de kreukels en daarna begin je te herstellen. Maar het niet weten – die onzekerheid, dat glimpje hoop – geeft de dood een andere werking: die knaagt aan je, zoals termieten of onuitroeibare bacillen dat doen. Die vreet je van binnenuit op. Een rottingsproces dat je niet kunt stopzetten. En je kunt niet herstellen, want de onzekerheid blijft aan je knagen.

Dat gebeurde nog steeds, denk ik.

Dat deel van mijn leven, hoe graag ik het ook voor mezelf wilde houden, heeft altijd de belangstelling van de media genoten. Zelfs de meest simpele zoekopdracht op Google bracht mijn naam op het scherm in verband met het mysterie van de Verdwenen Kampeerders, zoals ze algauw werden genoemd. Shit, het hele gebeuren is nog regelmatig op tv te zien, in die *real crime* programma's op Discovery en Court TV. Ik was erbij, die nacht in het bos. Mijn naam lag voor het oprapen. Ik ben ondervraagd door de politie. Verhoord. Ik heb zelfs onder verdenking gestaan.

Dus ze moesten het weten.

Ik koos ervoor geen antwoord te geven. York en Dillon drongen niet aan.

We kwamen bij het mortuarium en liepen een lange gang door. Niemand zei iets. Ik wist niet goed wat ik hiervan moest denken. York had gelijk met wat hij had gezegd: ik stond nu aan de andere kant. Ik had al heel wat getuigen door deze gang zien lopen. Ik had alle verschillende reacties in het mortuarium gezien. Mensen die iemand moeten identificeren, beginnen meestal stoïcijns. Ik weet niet precies waarom ze dat doen. Zetten ze zich schrap? Of koesteren ze nog steeds een sprankje hoop? Daar had je dat woord weer: hoop. Ik weet het echt niet. Hoe dan ook, die hoop verdwijnt snel. We vergissen ons nooit als er iemand geïdentificeerd moet worden. Als we denken dat onze geliefde daar ligt, is dat ook zo. Het mortuarium is geen plek voor wonderen op het allerlaatste moment. Nooit.

Ik wist dat ze me observeerden, letten op mijn reacties. Ik werd me bewust van mijn manier van lopen, mijn houding en mijn gezichtsuitdrukking. Ik probeerde neutraal voor me uit te kijken en vroeg me vervolgens af waarom ik eigenlijk de moeite nam.

Ze brachten me naar het raam. Je gaat er niet naar binnen. Je blijft achter glas. De wanden en vloer waren betegeld, zodat je ze schoon kon spuiten; er bestond hier geen behoefte aan een mooie inrichting. Alle brancards waren leeg, behalve één. Het lijk was bedekt met een laken, maar ik zag het kaartje aan de grote teen. Dat doen ze echt. Ik keek naar de grote teen die onder het laken uitstak; die kwam me geheel onbekend voor. Dat dacht ik op dat moment. Ik herken de tenen van mannen niet.

De geest doet rare dingen in stresssituaties.

Een vrouw met een mondkapje voor reed de brancard naar het raam. Vreemd genoeg moest ik denken aan de dag dat mijn dochtertje was geboren. Ik herinner me de kraamzaal. Het raam waarbij ik toen stond was ongeveer hetzelfde, met die smalle metalen strips die een soort kader vormden. De verpleegster, die net zo groot was als de vrouw in het mortuarium, reed het wagentje met mijn kleine meisje tot dicht bij het raam. Net zoals hier gebeurde. Ik vermoed dat ik normaliter iets diepzinnigs gedacht zou hebben – het begin en het eind van het leven, of zoiets – maar vandaag niet.

Ze trok het laken terug. Ik keek naar het gezicht. Alle ogen waren op mij gericht. Dat wist ik. De dode man was van mijn leeftijd, begin dertig tot vijfendertig. Hij had een baard. Zijn hoofd was kaalgeschoren, zo te zien. Hij had een douchemuts op. Dat zag er nogal raar uit, die douchemuts, vond ik, maar ik wist waarom ze het hadden gedaan.

'In het hoofd geschoten?' vroeg ik.

'Ja.'

'Hoeveel keer?'

'Twee keer.'

'Kaliber?'

York schraapte zijn keel alsof hij me eraan wilde herinneren dat dat mijn zaak niet was. 'Kent u hem?'

Ik keek nog eens goed. 'Nee,' zei ik.

'Weet u het zeker?'

Ik wilde knikken. Maar er was iets waardoor ik aarzelde.

'Wat is er?' vroeg York.

'Waarom ben ik hier eigenlijk?'

'We wilden zien of u wist wie...'

'Dat begrijp ik, maar hoe komen jullie erbij dat ik hem zou kennen?'

Ik keek opzij en zag dat York en Dillon elkaar even aankeken. Dillon haalde zijn schouders op en York nam zijn besluit. 'Hij had een briefje met uw naam en adres in zijn zak,' zei York. 'En een stel krantenknipsels over u.'

'Ik ben een publieke figuur.'

'Ja, dat weten we.'

Hij zweeg. Ik draaide me naar hem om. 'Wat?'

'De knipsels gingen niet over u. Niet echt.'

'Waar gingen ze dan wel over?'

'Over uw zus,' zei hij. 'En over wat er toen in dat bos is gebeurd.'

De binnentemperatuur daalde abrupt tien graden, maar ach, we waren tenslotte in een mortuarium. Ik probeerde achteloos te klinken. 'Misschien is hij zo'n *real crime* freak. Daar lopen er wel meer van rond.'

York aarzelde. Ik zag hem weer een blik met zijn collega wisselen.

'Wat nog meer?' vroeg ik.

'Wat bedoelt u?'

'Wat had hij nog meer bij zich?'

York draaide zich om naar een assistent van wiens aanwezigheid ik me niet bewust was geweest. 'Kunnen we meneer Copeland de persoonlijke bezittingen laten zien?'

Ik bleef naar het gezicht van de dode man kijken. Hij had putjes en lijntjes in zijn gezicht. Ik probeerde die weg te denken. Ik kende hem echt niet. Manolo Santiago was een vreemde voor me.

Iemand bracht een grote bewijszak van rood plastic. De inhoud werd op een tafel gedeponeerd. Vanaf een afstand zag ik een spijkerbroek en een flanellen hemd. Een portefeuille en een mobiele telefoon.

'Hebben jullie die telefoon gecheckt?' vroeg ik.

'Ja. Het is een weggooier. Het geheugen is leeg.'

Ik maakte mijn blik los van het gezicht van de dode man en liep naar de tafel. Mijn knieën knikten.

Er lagen dubbelgevouwen blaadjes papier op de tafel. Voorzichtig vouwde ik er een open. Het artikel uit *Newsweek*. De foto's van de vier vermoorde tieners stonden erbij... de eerste slachtoffers van de Summer Slasher. Ze begonnen altijd met Margot Green, omdat haar lijk vrijwel onmiddellijk was gevonden. Het had een dag geduurd voordat ze Doug Billingham hadden gevonden. Maar de echte belangstelling ging uit naar de andere twee. Want ze hadden wel bloed en gescheurde kleding van zowel Gil Perez als van mijn zus gevonden, maar geen lijken.

Waarom niet?

Het antwoord was simpel. Het bos was heel groot. Wayne Steubens had ze gewoon goed verstopt. Maar er waren mensen die wel van een goed mysterie hielden en daar niet intrapten. Waarom waren juist die twee niet teruggevonden? Hoe was het Steubens gelukt hun lijken zo snel te verplaatsen en te begraven? Had hij een medeplichtige gehad? Hoe had hij het voor elkaar gekregen? Wat deden die vier eigenlijk in het bos?

Tot de dag van vandaag, achttien jaar na Waynes arrestatie, zeggen de mensen dat er 'geesten' in dat bos huizen. Of misschien woont er een of andere geheime sekte in een oud, vervallen zomerhuisje, of ontsnapte psychiatrische patiënten, of mannen met stalen haken aan hun onderarm, of slachtoffers van bizarre, mislukte medische experimenten. Ze hebben het over de Boskannibaal, vinden de resten van zijn opgebrande kampvuur met daaromheen de botten van de kinderen die hij heeft opgegeten. Ze beweren dat je er 's nachts het gehuil om wraak van Gil Perez en mijn zus Camille kunt horen.

Ik heb heel wat nachten in dat bos doorgebracht, maar ik heb nooit gehuil gehoord.

Mijn blik ging van de foto's van Margot Green en Doug Billingham naar die van mijn zus, die ernaast stond. Ik had deze foto al honderdduizend keer gezien. De pers was gek op deze foto omdat Camille er zo heerlijk gewoon op stond. Ze was het meisje uit de buurt, je favoriete oppas, de leuke tiener die verderop in de straat woonde. Maar zo was Camille helemaal niet. Camille had ondeugende, fonkelende ogen en een scheve 'kan mij het schelen'-grijns die de jongens deed besluiten dat ze een stap voor haar achteruitgingen. Zoals ze op deze foto stond, was ze juist niet. Ze was veel meer dan dat. En misschien had dát haar wel het leven gekost.

Ik wilde doorgaan naar de laatste foto, die van Gil Perez, maar iets bracht me ertoe dat ik naar de tafel keek.

Mijn hart stopte met kloppen.

Ik weet dat het dramatisch klinkt, maar zo voelde het. Ik keek naar het hoopje kleingeld dat uit Manolo Santiago's broekzak was gehaald en zag het, en het was alsof er een hand in mijn borstkas werd gestoken, die zich om mijn hart sloot en er zo hard in kneep dat het ophield met kloppen.

Ik deed een stap achteruit.

'Meneer Copeland?'

Mijn hand werd uitgestoken alsof die een eigen leven leidde. Ik zag mijn vingers iets uit het hoopje geld pakken en naar mijn gezicht brengen.

Het was een ring. Een meisjesring.

Ik keek naar de foto van Gil Perez, de jongen die samen met mijn zus in het bos was vermoord. Mijn gedachten gingen terug naar twintig jaar geleden. En ik herinnerde me het litteken.

'Meneer Copeland?'

'Laat me zijn arm zien,' zei ik.

'Zijn arm.' Ik draaide me om naar het raam en wees naar het lijk. 'Laat me verdomme zijn arm zien.'

York wenkte Dillon. Dillon drukte de knop van de intercom in. 'Hij wil de arm van die gast zien.'
 'Welke van de twee?' vroeg de vrouw in het mortuarium.
 Ze keken me aan.
 'Dat weet ik niet,' zei ik. 'Allebei.'
 Ze waren verbaasd, maar de vrouw deed wat ik vroeg. Het laken werd verder omlaag getrokken.
 De borstkas was behaard. Hij was breder en minstens vijftien kilo zwaarder dan toen, maar dat was niet zo verrassend. Hij was veranderd. We waren allemaal veranderd. Maar dat was niet wat ik wilde zien. Ik keek naar de arm en zocht naar het grillige litteken.
 Het zat er.
 Op zijn linkerarm. Ik hapte niet naar adem of zoiets. Het was alsof een deel van de realiteit me abrupt was afgenomen en ik te aangeslagen was om er iets aan te doen. Ik stond als aan de grond genageld.
 'Meneer Copeland?'
 'Ik ken hem,' zei ik.
 'Wie is het?'
 Ik wees naar de foto in het tijdschriftartikel. 'Hij heet Gil Perez.'

2

Er was een tijd dat doctor Lucy Gold, docente Engels en psychologie, haar spreekuren leuk had gevonden. Het was een aangename afwisseling om onder vier ogen met studenten te praten en die echt te leren kennen. Vooral als het ging om de stille studenten, die achterin zaten en met het hoofd gebogen aantekeningen maakten alsof er een dictee werd gegeven, degenen van wie het haar als een beschermend gordijn voor hun gezicht hing... wanneer zij voor haar deur stonden, haar aankeken en zeiden wat hen bezighield.

Maar meestal, zoals nu, waren het de hielenlikkers die haar kwamen opzoeken, degenen die meenden dat hun cijfers uitsluitend zouden moeten worden bepaald door hun getoonde enthousiasme, en dat, hoe meer ze zich in de kijker speelden, hoe hoger hun cijfer zou moeten zijn, alsof het feit dat je een extroverte persoon was in dit land niet voldoende werd beloond.

'Doctor Gold,' zei Sylvia Potter, die tegenover haar zat. Lucy stelde zich Sylvia een paar jaar jonger voor, op de middelbare school. Hoogstwaarschijnlijk was ze toen het irritante kind dat op de ochtend voor het grote proefwerk liep te zeuren dat ze er niets van zou bakken, om vervolgens als eerste klaar te zijn, met een zelfingenomen gezicht een vrijwel perfect proefwerk in te leveren en de rest van het uur te gebruiken om aantekeningen in haar agenda te maken.

'Ja, Sylvia?'

'Toen u vandaag tijdens college die passage van Yeats voorlas, ik bedoel, toen was ik zó geroerd. Door de feitelijke tekst in combinatie met de manier waarop u uw stem gebruikt, u weet wel, als een ervaren actrice...'

Lucy Gold had de neiging om te zeggen: 'Doe me een lol en ga ergens anders zoete broodjes bakken', maar in plaats daarvan bleef ze glimlachen. Wat haar niet gemakkelijk viel. Ze keek op haar horloge en voelde zich meteen schuldig. Sylvia was een studente die erg haar best deed. Dat was alles. We hebben allemaal onze eigen manier om ons te handhaven, aan te passen en te overleven. Sylvia's aanpak was waarschijnlijk verstandiger en een stuk minder zelfdestructief dan die van de meeste anderen.

'Ik vond het schrijven van dat autobiografische essay ook heel leuk,' zei Sylvia.

'Daar ben ik blij om.'

'Het mijne ging over... nou ja, mijn eerste keer, u weet wel wat ik bedoel...'

Lucy knikte. 'Maar die zouden we vertrouwelijk en anoniem houden, weet je nog?'

'O... ja, natuurlijk.' Sylvia keek naar de grond. Dat verbaasde Lucy. Sylvia deed dat nooit.

'Als ik ze allemaal heb gelezen,' zei Lucy, 'kunnen we misschien over het jouwe praten, als je dat wilt. Onder vier ogen.'

Het hoofd van het meisje bleef gebogen.

'Sylvia?'

Het antwoord van het meisje was heel zacht. 'Oké.'

Het spreekuur was afgelopen. Lucy wilde naar huis. Ze deed haar best niet te ongeïnteresseerd te klinken toen ze vroeg: 'Of wil je er nu over praten?'

'Nee.'

Sylvia bleef maar naar de grond kijken.

'Goed dan,' zei Lucy, waarna ze met veel vertoon op haar horloge keek. 'Over tien minuten heb ik een stafvergadering.'

Sylvia stond op. 'Bedankt voor uw tijd.'

'Graag gedaan, Sylvia.'

Sylvia wekte de indruk dat ze nog iets wilde zeggen. Maar dat deed ze niet. Vijf minuten later stond Lucy bij het raam van haar kantoor en keek neer op de campus. Sylvia kwam naar buiten, haalde haar hand langs haar neus, ging rechtop staan en dwong haar mond in een glimlach. Met een half hinkelpasje liep ze de campus op. Lucy zag Sylvia naar een paar klasgenoten zwaaien, naar het groepje toe lopen en zich erbij aansluiten, totdat ze was opgegaan in de massa.

Lucy liep weg bij het raam. Even zag ze haar gezicht in de spiegel, en de aanblik beviel haar niet. Had het meisje haar om hulp willen vragen?

Waarschijnlijk wel, Luce, en jij bent er niet op ingegaan. Knap werk, superster.

Ze ging achter haar bureau zitten en trok de onderste la open.

De fles wodka lag er. Wodka was goed. Wodka rook je niet.
De deur van haar kantoor ging open. De jongeman die binnenkwam, had lang zwart haar dat weggestopt was achter oren met diverse zilveren oorringen. Hij was ongeschoren, zoals dat tegenwoordig hoorde, en had een knap gezicht, als van een ouder lid van een jongensband. Hij had een zilveren piercing in zijn onderlip, een blik die voortdurend werd afgeleid, een heupbroek die maar net omhoog werd gehouden door een riem vol zilverbeslag, en een halstatoeage met de tekst: VERMENIGVULDIGT U.

'Jij,' zei de jongen terwijl hij haar zijn breedste glimlach toewierp, 'ziet er vandaag absoluut wipbaar uit.'

'Dank je, Lonnie.'

'Nee, ik meen het. Absoluut wipbaar.'

Lonnie Berger was haar klassenassistent, hoewel hij net zo oud was als zij. Hij had altijd achter de educatieve feiten aan gelopen en hoewel hij een vertrouwd beeld op de campus was en al kraaienpootjes bij zijn ogen kreeg, was hij nog steeds niet afgestudeerd. Lonnie had uiteindelijk genoeg gekregen van de pornosites op zijn computer, had die afgezworen, was uit zijn schulp gekropen en probeerde nu elke vrouw te versieren die hij tegenkwam.

'Je moet iets aantrekken wat meer tiet toont,' vervolgde Lonnie. 'Of misschien moet je zo'n push-upbeha kopen. Dan letten de jongens in de klas misschien beter op.'

'Ja, daar zit ik net op te wachten.'

'Serieus, baas, wanneer heb je het voor het laatst gedaan?'

'Dat moet acht maanden, zes dagen en...' Lucy keek op haar horloge. '... vier uur geleden zijn geweest.'

Lonnie lachte. 'Je zit me op te naaien, hè?'

Ze keek hem alleen maar aan.

'Ik heb de essays uitgeprint,' zei hij.

De vertrouwelijke, naamloze essays.

Lucy was een project gestart dat op de universiteit algauw de naam 'creatief redeneren' had gekregen, een combinatie van diepgeworteld, psychologisch trauma en creatief schrijven en filosofie. Lucy moest bekennen dat ze het een geweldig project vond. De huidige opdracht was dat haar studenten een essay moesten schrijven over een traumatische gebeurtenis in hun leven, iets wat ze normaliter nooit aan een ander zouden vertellen. Er mochten geen namen worden genoemd. Er werden geen cijfers gegeven. Als de anonieme student daar onder aan de laatste bladzijde toestemming voor had gegeven, zou Lucy misschien een paar essays voorlezen met als doel er daarna over te discussiëren, maar ook dan zou de schrijver anoniem blijven.

'Ben je al met lezen begonnen?' vroeg ze.

Lonnie knikte en nam plaats in de stoel waarin Sylvia een paar minuten geleden had gezeten. Hij legde zijn voeten op de rand van haar bureau. 'Het gebruikelijke werk,' zei hij.

'Slechte erotiek?'

'Meer softporno, zou ik zeggen.'

'Wat is het verschil?'

'Al sla je me dood. Heb ik je al over mijn nieuwe chick verteld?'

'Nee.'

'In één woord: verrukkelijk.'

'O ja?'

'Ik meen het. Een serveerster. De heetste chick met wie ik ooit uit ben geweest.'

'En waarom wil ik dit horen?'

'Omdat je jaloers bent?'

'O ja,' zei Lucy, 'dat zal het zijn. Geef me die essays, wil je?'

Lonnie gaf haar een stapeltje prints. Ze begonnen allebei te lezen. Na vijf minuten schudde Lonnie zijn hoofd.

'Wat is er?' vroeg ze.

'Hoe oud zijn die studenten gemiddeld?' vroeg Lonnie. 'Een jaar of twintig?'

'Ja.'

'En hun seksuele escapades duren altijd een uur of twee?'

Lucy glimlachte. 'Ze hebben een levendige fantasie.'

'Deden jullie het zo lang, toen jij jong was?'

'Langer dan zij het nu doen,' zei ze.

Lonnie trok een wenkbrauw op. 'Omdat je zo heet bent. Ze kunnen zich niet beheersen. Eigenlijk komt het allemaal door jou.'

'Hm.' Lucy tikte met het gommetje aan het uiteinde van het potlood op haar onderlip. 'Het is niet de eerste keer dat je die opmerking maakt, hè?'

'Vind je dat ik een nieuwe moet verzinnen? Wat dacht je van: "Dit is me nog nooit overkomen, ik zweer het"?'

Lucy deed het geluid van een zoemer na. 'Sorry, probeer het nog eens.'

'Verdomme.'

Ze gingen weer door met lezen. Lonnie floot en schudde zijn hoofd. 'Misschien zijn we in de verkeerde tijd opgegroeid.'

'Dat zal het zijn.'

'Luce?' Hij keek haar over de blaadjes aan. 'Je moet echt weer eens met iemand de koffer in.'
'Uhuh.'
'Weet je, ik wil je wel helpen. Geheel vrijblijvend.'
'En je verrukkelijke serveerster dan?'
'We hebben nog niks serieus met elkaar.'
'Ah, ik begrijp het.'
'Wat ik in gedachten heb, is een puur lichamelijk gebeuren. Een soort wederzijdse doorsmeerbeurt, als je begrijpt wat ik bedoel.'
'Stil, ik ben aan het lezen.'
Hij begreep de hint. Een halfuur later ging Lonnie rechtop zitten en keek haar aan.
'Wat is er?'
'Lees deze eens,' zei hij.
'Waarom?'
'Lees het nou maar, oké?'
Lucy haalde haar schouders op en legde het essay neer dat ze had zitten lezen; het zoveelste verhaal van een meisje dat dronken was geworden met haar nieuwe vriendje en in een triootje terecht was gekomen. Lucy had al heel wat essays over triootjes gelezen. Die schenen nooit plaats te vinden zonder overmatig drankgebruik.

Maar een minuut later was ze dat helemaal vergeten. Ze was vergeten dat ze alleen woonde, dat ze bijna geen familie meer had, dat ze docent op een universiteit was, dat haar kantoor uitkeek op de campus en dat Lonnie nog steeds tegenover haar zat. Lucy Gold bestond niet meer. Ze had plaatsgemaakt voor een jongere vrouw, een meisje eigenlijk nog, iemand met een andere naam, iemand die op de drempel van volwassenheid stond maar die in feite nog maar een meisje was.

Dit is gebeurd toen ik zeventien was. Ik was op zomerkamp. Ik werkte daar als GIO. Dat staat voor 'groepsleider in opleiding'. Het was niet moeilijk voor me om dat baantje te krijgen, want mijn vader was de grote baas van het zomerkamp...

Lucy stopte. Ze keek naar de eerste bladzijde. Er stond natuurlijk geen naam op. De studenten hadden hun essays per e-mail verzonden. Lonnie had ze uitgeprint. Het werd verondersteld onmogelijk te zijn om na te gaan wie welk essay had geschreven. Om de studenten een veilig gevoel te geven. Je hoefde niet eens bang te zijn dat je je vingerafdrukken op het papier achterliet. Het enige wat je hoefde te doen, was op het anonieme knopje 'verzenden' klikken.

Het was het beste zomerkamp van mijn leven. Tenminste, dat was het tot die ene avond. Zelfs nu weet ik dat ik een tijd als die nooit meer zal meemaken. Vreemd, hè? Maar ik weet het zeker. Ik weet dat ik nooit, nooit meer zo gelukkig zal zijn als toen. Absoluut uitgesloten. Mijn glimlach is anders dan toen. Die is bedroefder geworden, alsof er iets in me is geknakt wat nooit meer kan worden gemaakt.
Ik was die zomer verliefd op een jongen. Ik zal hem hier P noemen. Hij was een jaar ouder dan ik en was assistent-groepsleider. Ze waren met het hele gezin in het kamp. Zijn zus werkte er, en zijn vader ook, als arts. Maar ik had nauwelijks oog voor hen, want vanaf het moment dat ik P ontmoette, was het gebeurd met me.
Ik weet wat jullie denken. Dat het gewoon zo'n stomme zomerverliefdheid was. Maar dat was het niet. En nu ben ik bang dat ik nooit meer zo veel van iemand zal houden als ik van hem hield. Dat klinkt misschien stompzinnig. Dat vindt iedereen. Misschien hebben ze wel gelijk. Ik weet het niet. Ik ben nog zo jong. Maar zo voelt het niet. Het voelt alsof ik toen mijn kans op het echte geluk heb gekregen en die heb laten lopen.

De wond in Lucy's hart opende zich en werd groter.

Op een keer gingen we 's nachts het bos in. Dat mocht niet. Daar waren strikte regels over. Niemand kende die regels beter dan ik. Vanaf mijn negende jaar had ik elke zomer in het kamp doorgebracht. Vanaf het moment dat mijn vader het had overgenomen. P had 'nachtdienst', maar omdat mijn vader de baas van het kamp was, mocht ik overal komen. Handig, hè? En kon je van twee verliefde tieners verwachten dat ze de andere kampeerders in de gaten hielden? Doe me een lol!
Hij wilde eerst niet meegaan, want hij vond dat we de wacht moesten houden, maar hé, ik wist hoe ik hem moest overhalen. Daar heb ik nu spijt van, natuurlijk. Maar toen heb ik het gedaan. Dus gingen we het bos in, met z'n tweeën. De bossen daar zijn reusachtig groot. Als je één keer verkeerd afslaat, kun je voor altijd verdwalen. Ik had verhalen gehoord over kinderen die het bos in waren gelopen en nooit meer terug zijn gekomen. Sommige mensen zeggen dat ze daar nog steeds rondzwerven en leven als dieren. Anderen zeggen dat ze om-

gekomen zijn, of erger nog. Nou ja, jullie kennen die kampvuurverhalen wel.
Vroeger kon ik lachen om dat soort verhalen. Ze hebben me er nooit bang mee gekregen. Nu huiver ik alleen al bij de gedachte.
We bleven doorlopen. Ik wist de weg. P hield mijn hand vast. Het was zo donker in het bos. Je kon amper drie meter voor je uit zien. We hoorden geritsel en beseften dat er nog iemand in het bos moest zijn. Ik bleef abrupt staan, maar ik herinner me dat P in het donker naar me glimlachte en op een grappige manier zijn hoofd schudde. Want zie je, het was een 'gescheiden' kamp en, nou ja, dát was de reden dat de kampeerders elkaar in het bos ontmoetten. Er was een jongenskant en een meisjeskant, met een smalle uitloper van het bos ertussenin. Dus je moest iets bedenken.
P slaakte een zucht. 'We kunnen beter gaan kijken,' zei hij. Of iets van die strekking. De exacte woorden kan ik me niet herinneren.
Maar ik wilde helemaal niet gaan kijken. Ik wilde alleen met hem zijn.
De batterijen van mijn zaklantaarn waren leeg. Ik kan me nog goed herinneren hoe snel mijn hart klopte toen we tussen de bomen door liepen. Daar was ik dan, in het donker, hand in hand met de jongen op wie ik stapelverliefd was. Straks zou hij me vastpakken en zou ik als was worden in zijn handen. Kennen jullie dat gevoel? Wanneer je denkt dat je gek wordt als een jongen langer dan vijf minuten niet bij je is. Wanneer je alles met hem in verband brengt. Je doet iets, het maakt niet uit wat, en je denkt: wat zou hij daarvan vinden? Dat is een heel gek gevoel. Het is heerlijk, maar het doet ook pijn. Je bent dan zo kwetsbaar dat het bijna beangstigend is.
'Sst,' fluistert hij. 'Stop even.'
Dat doen we. We blijven staan.
P trekt me achter een boom. Hij neemt mijn gezicht in zijn beide handen. Hij heeft grote handen en ik vind dat een heerlijk gevoel. Hij draait mijn gezicht iets omhoog en dan kust hij me. Ik voel het overal, een tinteling die midden in mijn hart begint en zich door mijn hele lichaam verspreidt. Hij haalt zijn hand van mijn gezicht en legt hem op mijn ribbenkast, vlak naast mijn borst. Ik begin opgewonden te raken en kreun hardop.
We bleven elkaar kussen. Het was zo intens. We konden niet dicht genoeg tegen elkaar aan staan. Mijn hele lichaam stond in vuur en vlam. Hij schoof zijn hand onder mijn T-shirt. Daar wil ik verder niet op ingaan. Het geritsel in het bos was ik helemaal vergeten. Maar nu weet ik het. We hadden iemand moeten waarschuwen. We

hadden moeten voorkomen dat ze dieper het bos in liepen. Maar dat hebben we niet gedaan. In plaats daarvan hebben we de liefde met elkaar bedreven.
Ik ging zo op in wat we aan het doen waren, dat ik het geschreeuw eerst helemaal niet hoorde. Volgens mij hoorde P het ook niet.
Maar het bleef maar doorgaan, en weet je hoe mensen een bijna-doodervaring omschrijven? Zoiets was het voor ons ook, maar dan andersom, ongeveer. Het was alsof we allebei op een prachtig licht afstevenden, en het geschreeuw was als het touw dat ons maar terug bleef trekken, ook al wilden we helemaal niet terug.
Hij hield op me te kussen. En nu komt het allerergste.
Hij heeft me nooit meer gekust.

Lucy draaide de bladzijde om, maar op de achterkant stond niets.
'Waar is de rest?'
'Dat is alles. Ze moesten het in delen inleveren, weet je nog? Meer is er niet.'
Ze staarde weer naar de bladzijden.
'Alles oké met je, Luce?'
'Jij bent goed met computers, hè Lonnie?'
Hij trok zijn ene wenkbrauw weer op. 'Ik ben beter met de vrouwtjes.'
'Zie ik eruit alsof ik voor dat soort gein in de stemming ben?'
'Oké, oké. Ja, ik kan aardig met computers overweg. Hoezo?'
'Ik wil weten wie dit geschreven heeft.'
'Maar...'
'Ik móét weten wie dit geschreven heeft,' herhaalde ze.
Lonnie keek naar haar op en bleef haar enige tijd aankijken. Ze wist wat hij wilde zeggen. Het zou alles ontkrachten wat ze hadden beloofd. Ze hadden dit jaar al de meest afgrijselijke verhalen gelezen, ook over een meisje dat door haar vader tot seks was gedwongen, en zelfs toen hadden ze niet geprobeerd de schrijver te achterhalen.
'Kun je me vertellen waar dit over gaat?' vroeg Lonnie.
'Nee.'
'Maar je wilt wel dat ik alle privacyregels breek die we samen hebben bedacht?'
'Ja.'
'Is het zo erg?'
Ze keek hem alleen maar aan.
'Ach, wat kan mij het verdommen,' zei Lonnie. 'Ik zal zien wat ik kan doen.'

3

'Luister nou,' hield ik vol, 'dit is Gil Perez.'
'De jongeman die twintig jaar geleden samen met uw zus is vermoord.'
'Blijkbaar is hij niet vermoord,' zei ik.
Ik dacht niet dat ze me geloofden.
'Misschien is het zijn broer,' probeerde York.
'Met de ring van mijn zus?'
'Die ring is niet zo bijzonder,' droeg Dillon bij. 'Die waren twintig jaar geleden erg in. Volgens mij had mijn zus er ook zo een. Gekregen voor haar zestiende verjaardag, geloof ik. Was er iets in gegraveerd, in de ring van je zus?'
'Nee.'
'Dan weten we het dus niet zeker.'
We praatten nog een tijdje door, maar veel wijzer werden we niet. Ik wist er echt niets van. Ze zouden contact met me opnemen, zeiden ze. Ze zouden proberen Gil Perez' ouders te vinden en kijken of die hem konden identificeren. Ik wist niet wat ik moest doen. Ik voelde me verloren, verdoofd en in de war.

Mijn BlackBerry en mobiele telefoon vochten om mijn aandacht. Ik was te laat voor mijn afspraak met de verdediging in de grootste zaak die ik tot nu toe had gehad. Twee rijke universiteitstennissers uit de chique buitenwijk Short Hills stonden terecht wegens verkrachting van een zestienjarig Afro-Amerikaans meisje uit Irvington. Ze heette – en nee, haar naam was niet in haar voordeel – Chamique Johnson. Het proces was al begonnen, was vervolgens verdaagd, en ik hoopte nu een deal over een redelijke gevangenisstraf te kunnen sluiten voordat we weer opnieuw moesten beginnen.

York en Dillon gaven me een lift naar mijn kantoor in Newark. Ik wist dat de tegenpartij mijn te laat komen als een truc zou beschouwen, maar daar was niet veel aan te doen. Toen ik mijn kantoor binnenkwam, zaten de twee advocaten er al.

De ene, Mort Pubin, stond op en begon te schelden. 'Vuile schoft! Weet je hoe laat het is? Nou?'
'Hallo, Mort. Ben je afgevallen?'
'Hou dat soort onzin maar liever voor je.'
'Wacht, nee, dat is het niet. Je bent langer geworden, hè? Je bent gegroeid. Als een echt mens.'

De andere advocaat, Flair Hickory, zat zwijgend in zijn stoel, met zijn benen over elkaar, alsof niets hem kon deren. Flair was degene op wie ik moest letten. Mort was luidruchtig en onaangenaam en een en al show. Maar Flair was de advocaat die ik vreesde als geen ander. Hij zag er anders uit dan je zou verwachten. Om te beginnen was Flair – hij zwoer dat het zijn echte naam was, maar ik had mijn twijfels – gay. Oké, zo bijzonder was dat niet. Er waren wel meer advocaten gay. Maar Flair was supergay, als de liefdesbaby van Liberace en Liza Minelli, die was opgegroeid met niets anders dan Barbra Streisand en liedjes uit musicals.

Flair verborg dat niet in de rechtszaal, integendeel, hij legde er juist de nadruk op. Expres.

Hij liet Mort nog een minuutje stoom afblazen. Flair boog zijn vingers en bestudeerde zijn gemanicuurde nagels. Zo te zien vond hij ze mooi. Toen stak hij zijn hand op en bracht hij Mort met een wuivend gebaar tot zwijgen.

'Zo is het wel genoeg,' zei Flair.

Hij was gekleed in een paars pak. Of misschien was het aubergine of maagdenpalmblauw, zo'n soort naam. Ik ben niet goed in kleuren. Zijn overhemd had dezelfde kleur als zijn pak. Net als zijn brede stropdas. En de pochet in zijn borstzak. En – lieve hemel – zijn schoenen. Flair zag me kijken.

'Vind je het mooi?' vroeg hij.

'Je kunt zo in de Village People,' zei ik.

Flair keek me fronsend aan.

'Wat is er?'

'De Village People,' zei hij, en hij tuitte zijn lippen. 'Kun je niks beters verzinnen dan zo'n gedateerde, platgetreden referentie aan popmuziek?'

'Ik dacht aan de paarse Teletubby, maar ik weet niet meer hoe die heet.'

'Tinky-Winky, en ook dat is gedateerd.' Hij sloeg zijn armen over elkaar en zuchtte. 'Maar goed, nu we hier allen tezamen zijn in dit duidelijk in heterostijl gedecoreerde kantoor, kunnen we misschien de aanklacht intrekken en de zaak afhandelen?'

Ik keek hem aan. 'Ze hebben het gedaan, Flair.'
Hij ontkende dat niet. 'Ben je echt van plan die gedegenereerde stripper annex prostituee in de getuigenbank te zetten?'
Ik wilde voor haar in de bres springen, maar hij kende blijkbaar de feiten al. 'Ja, dat ben ik van plan.'
Flair deed zijn best niet te glimlachen. 'Ik,' zei hij, 'laat geen spaan van haar heel.'
Ik zei niets.
Hij zou haar inderdaad keihard aanpakken. Dat wist ik. En dat was het gekke met Flair. Hij kon een meedogenloos vals kreng zijn, en toch mocht je hem. Ik had het hem eerder zien doen. Je zou toch denken dat in ieder geval een paar van de juryleden homofoob waren en daarom de pest aan hem hadden of bang voor hem waren. Maar zo werkte het niet met Flair. De vrouwelijke juryleden wilden maar wat graag met hem uit winkelen en hem vertellen over de tekortkomingen van hun echtgenoten, en de mannelijke vonden hem zo niet-bedreigend, dat het absoluut uitgesloten was dat hij hen iets zou flikken.
De juiste ingrediënten voor een levensgevaarlijke verdediging.
'Waar ben je op uit?' vroeg ik.
Flair grinnikte. 'Je knijpt hem, hè?'
'Ik hoop alleen te voorkomen dat een slachtoffer van een verkrachting door jou wordt geprovoceerd en geïntimideerd.'
'*Moi?*' Hij legde zijn hand op zijn borst. 'Je beledigt me.'
Ik keek hem alleen maar aan. Op dat moment ging de deur open en kwam Loren Muse, mijn chef Onderzoek, het kantoor binnen. Muse was een paar jaar jonger dan ik, vijfendertig, en onder mijn voorganger Ed Steinberg was ze rechercheur Moordzaken geweest. Zonder iets te zeggen of zelfs maar een gebaar te maken ging Muse zitten.
Ik richtte me weer tot Flair. 'Wat wil je?' vroeg ik nog eens.
'Om te beginnen,' zei Flair, 'wil ik dat juffrouw Chamique Johnson haar excuses aanbiedt voor het feit dat ze de reputatie van twee keurige, hardwerkende jongens door het slijk heeft gehaald.'
Ik bleef hem aankijken.
'Maar we nemen er genoegen mee wanneer je onmiddellijk alle beschuldigingen intrekt.'
'Droom maar lekker door.'
'Cope, Cope, Cope...' Flair schudde zijn hoofd en maakte verontwaardigde 'ts-ts'-geluidjes.
'Ik zei nee.'

'Je bent heel aantrekkelijk wanneer je de macho uithangt, maar dat weet je zelf ook wel, hè?' Flairs blik ging naar Loren Muse en er kwam een geschrokken uitdrukking op zijn gezicht. 'Lieve god, wat heb jij nu aan?'

Muse ging rechtop zitten. 'Wat?'

'Die outfit van je. Doe je mee aan die ronduit beangstigende reality show van Fox: *Politievrouw kleedt zichzelf*? Mijn god. En die schoenen...'

'Die zijn degelijk,' zei Muse.

'Lieve schat, regel één in de mode: de woorden "schoenen" en "degelijk" mogen nooit in dezelfde zin voorkomen.' Zonder met zijn ogen te knipperen wendde hij zich weer tot mij. 'Onze cliënten bekennen een vergrijp en jij eist een voorwaardelijke straf.'

'Nee.'

'Mag ik dan twee woorden tegen je zeggen?'

'Toch niet "schoenen" en "degelijk", hoop ik?'

'Nee, ik vrees dat deze woorden een stuk zorgwekkender voor jou zijn. Cal en Jim.'

Flair liet een stilte vallen. Ik keek naar Muse. Ze verschoof even in haar stoel.

'Die twee naampjes,' vervolgde Flair op zangerige toon, 'Cal en Jim, klinken me als muziek in de oren. Begrijp je waar ik naartoe wil, Cope?'

Ik liet me niet verleiden.

'In de verklaring van jouw vermeende slachtoffer – je hebt haar verklaring toch gelezen, niet? – in haar verklaring zegt ze duidelijk dat haar verkrachters Cal en Jim heetten.'

'Dat heeft niks te betekenen,' zei ik.

'Nou, luister dan eens naar me, lieve jongen – en let goed op, want ik denk dat dit heel belangrijk voor je zaak kan zijn – onze cliënten heten Barry Marantz en Edward Jenrette. Niet Cal en Jim. Barry en Edward. Zeg het me na, hardop. Kom op, je kunt het best. Barry en Edward. Nou, lijken die twee namen ook maar enigszins op Cal en Jim?'

Het antwoord kwam van Mort Pubin. Hij grinnikte en zei: 'Nee, dat doen ze niet, Flair.'

Ik hield me stil.

'En zie je, dat is de verklaring van jóúw cliënt,' vervolgde Flair. 'Is het niet geweldig? Wacht, ik zoek het voor je op. Ik vind het zo leuk om te lezen. Mort, heb jij die verklaring bij je? Laat maar, hier heb ik hem al.' Flair had een leesbrilletje met halfronde glazen op.

Hij schraapte zijn keel en zette een andere stem op. 'De twee jongens die dit hebben gedaan, heetten Cal en Jim.'

Hij liet zijn papieren zakken en keek om zich heen alsof hij applaus verwachtte.

'Barry Marantz' sperma is in haar vagina aangetroffen,' zei ik.

'Ah, ja, maar de jonge Barry – knappe jongen, trouwens, en we weten allebei hoe belangrijk dat is – heeft toegegeven dat hij eerder op de avond met wederzijds goedvinden seksuele gemeenschap met jouw jonge, gretige mevrouw Johnson heeft gehad. We weten allemaal dat Chamique in hun studentensociëteit is geweest... dat staat niet ter discussie, toch?'

Het beviel me niet, maar ik zei: 'Nee, dat bestrijden we niet.'

'We zijn het er zelfs over eens dat Chamique Johnson daar de week daarvoor als stripper heeft opgetreden.'

'Exotisch danseres,' zei ik.

Hij keek me alleen maar aan. 'En een week later is ze teruggegaan. Zonder het vooruitzicht dat er geld van eigenaar zou verwisselen. Daar kunnen we het ook over eens zijn, niet?' Hij nam niet de moeite om op antwoord te wachten. 'En ik heb vijf of zes jongens die bereid zijn te verklaren dat zij en Barry het opvallend goed met elkaar konden vinden. Kom op, Cope. Je weet hoe dit soort dingen werkt. Ze is een stripper. Ze is minderjarig. Ze werkt zich naar binnen op een studentenfeestje en wordt gewipt door een knappe jongen met rijke ouders. Die haar vervolgens aan de kant zet of haar niet meer belt of weet ik veel. Ze heeft gewoon de pest in.'

'En een hoop blauwe plekken,' zei ik.

Mort gaf een dreun op de tafel met een vuist zo groot als een sloophamer. 'Ze is alleen maar op zoek naar de jackpot,' zei hij.

'Niet nu, Mort,' zei Flair.

'Om de dooie dood wel. We weten allemaal wat de deal is. Ze sleept die jongens alleen voor de rechter omdat ze barsten van het geld.' Mort keek me met zijn best mogelijke vuile blik aan. 'Je weet dat die hoer een strafblad heeft, of niet soms? Chamique...' Hij rekte haar naam op een treiterige manier die me heel nijdig maakte. '... heeft al een advocaat in de arm genomen ook. Ze gaan onze jongens uitschudden. Het is die snol alleen om de poen te doen. Meer niet. Alleen om de poen.'

'Mort?' zei ik.

'Wat is er?'

'Sst, de grote mensen zijn nu aan het praten.'

Mort lachte snuivend. 'Jij bent geen haar beter, Cope.'
Ik wachtte.
'De enige reden dat jij ze hebt aangeklaagd, is omdat ze rijk zijn. En dat weet jij zelf ook. Je speelt die "rijk versus arm"-onzin ook in de media uit. Doe maar niet alsof het niet zo is. En weet je wat nog het ergste is? Weet je waar ik echt aambeien van krijg?'
Ik had vanochtend al iemand jeuk in zijn reet bezorgd, en nu Mort zelfs aambeien. Een productieve dag voor me.
'Nou, Mort?'
'Het wordt door de samenleving geaccepteerd,' zei hij.
'Wat?'
'De pest hebben aan rijke mensen.' Mort stak zijn handen in de lucht van boosheid. 'Je hoort het voortdurend. "Ik haat die man; hij is zo stinkend rijk." Kijk maar naar Enron en die andere schandalen. Het is tegenwoordig een vooroordeel dat aangemoedigd wordt, de pest hebben aan rijke mensen. Als ik een keer zeg: "Ik heb de pest aan arme mensen", word ik meteen opgeknoopt. Maar rijke mensen voor van alles uitmaken? Natuurlijk, ga gerust je gang. Iedereen mag ze haten en afkraken.'
Ik keek hem aan. 'Misschien moeten ze een praatgroep oprichten.'
'Val dood, Cope.'
'Nee, ik meen het. Trump en die jongens van Halliburton... Ik bedoel, het leven is zo unfair voor hen geweest. Een praatgroep, dat zouden ze moeten doen. Met een telefoonactie om geld in te zamelen.'
Flair Hickory stond op. Theatraal, uiteraard. Ik hield het niet voor onmogelijk dat hij een buiginkje zou maken. 'Ik denk dat we hier klaar zijn. We zien je morgen, mooie jongen. En jij...' Hij keek naar Muse, opende zijn mond, deed hem weer dicht en rilde.
'Flair?'
Hij keek me aan.
'Dat met die namen, Cal en Jim,' zei ik. 'Dat bewijst juist dat ze de waarheid spreekt.'
Flair glimlachte. 'Hoe dat zo?'
'Die jongens van jou zijn slim geweest. Ze hebben zich Cal en Jim genoemd, en daarom heeft ze dat verklaard.'
Hij trok een wenkbrauw op. 'En jij denkt dat iemand dat gelooft?'
'Waarom zou ze het anders zeggen, Flair?'
'Pardon?'

'Ik bedoel, als Chamique jouw cliënten vals wil beschuldigen, waarom zou ze dan niet hun echte namen gebruiken? Waarom zou ze dan al die dialogen met Cal en Jim hebben verzonnen? Je hebt haar verklaring gelezen. "Draai haar deze kant op, Cal." "Buig haar voorover, Jim." "Wauw, Cal, ze vindt het lekker."' Ik haalde mijn schouders op. 'Waarom zou ze dat allemaal verzonnen hebben?'

Mort gaf antwoord. 'Omdat ze een geldbeluste snol is die dommer is dan het achtereind van een varken?'

Maar ik kon zien dat ik bij Flair een punt had gescoord.

'Het zou nergens op slaan,' zei ik tegen hem.

Flair boog zich naar me toe. 'Luister, Cope, het hóéft nergens op te slaan. Dat weet jij ook. Misschien heb je gelijk. Misschien slaat het nergens op. Maar zie je, dat leidt tot verwarring. En verwarring flirt maar wat graag met mijn allerliefste vriend, meneer Gerede Twijfel.' Hij glimlachte. 'Misschien heb je een paar concrete bewijzen. Maar als jij dat meisje in de getuigenbank zet, zal ik me niet inhouden. Dan wordt het game, set en match. Dat weet je net zo goed als ik.'

Ze liepen naar de deur.

'Toedeloe, beste vriend. Ik zie je in de rechtszaal.'

4

Muse en ik zeiden enige tijd niets.
Cal en Jim. Die twee namen maakten ons moedeloos.
De positie van chef Onderzoek wordt bijna altijd bekleed door een of andere ex-politieman, zo'n norse kerel die een beetje opgebrand is door alles wat hij in de loop der jaren heeft meegemaakt, met een dikke buik, een diepe zucht en een afgedragen trenchcoat. Het zou zíjn taak zijn om de jonge procureur, door de politiek benoemd zoals ik, door de moerassen van het juridische systeem van Essex County te loodsen.

Loren Muse was net anderhalve meter groot en woog ongeveer evenveel als een schoolmeisje uit groep vier. Dat ik voor Muse had gekozen, had me wat boze blikken van de veteranen opgeleverd, maar ik houd er op dit punt graag mijn eigen privévooroordeel op na, want ik werk graag met alleenstaande vrouwen van een zekere leeftijd. Die werken harder en zijn loyaler. Ik weet het, er zullen best uitzonderingen zijn, maar ík heb in vrijwel alle gevallen gemerkt dat dit waar is. Zoek een alleenstaande vrouw van – laten we zeggen – boven de drieëndertig, en je zult zien dat ze leeft voor haar werk en bereid is je kwaliteit en kwantiteit te bieden die je van een getrouwde vrouw nooit zult krijgen.

Eerlijkheid gebiedt me te zeggen dat Muse ook een ongelooflijk begaafd onderzoeker is. Ik vond het altijd leuk om dingen met haar door te nemen. Zij ook met mij, hoewel ze op dit moment moedeloos naar haar schoenen zat te staren.

'Wat zit je dwars?' vroeg ik.
'Zijn mijn schoenen echt zo lelijk?'
Ik keek haar aan en wachtte.
'Simpel gezegd,' zei ze, 'als wij geen manier weten te bedenken om die Cal en Jim te verklaren, gaan we eraan.'
Ik keek naar het plafond.
'Wat is er?' vroeg Muse.
'Die twee namen.'

'Wat is daarmee?'

'Waarom?' vroeg ik voor de zoveelste keer. 'Waarom Cal en Jim?'

'Geen idee.'

'Heb je het nog eens aan Chamique gevraagd?'

'Ja, maar haar verhaal blijft beangstigend consistent. Het zijn die twee namen die ze hebben gebruikt. Ik denk dat je gelijk hebt. Ze hebben het gewoon gedaan om zichzelf in te dekken... zodat haar verhaal idioot zou klinken.'

'Maar waarom juist díé twee namen?'

'Misschien hebben ze er lukraak een paar gekozen.'

Ik fronste mijn wenkbrauwen. 'We zien iets over het hoofd, Muse.'

Ze knikte. 'Ja, ik weet het.'

Ik ben altijd vrij goed geweest in afstand nemen, in het van elkaar scheiden van de diverse delen van mijn leven. Dat doen we allemaal, maar ik ben er beter in dan de meeste andere mensen. Ik kan binnen mijn wereld aparte universums creëren. Ik kan met één aspect van mijn leven omgaan op zo'n manier dat het geen enkele invloed heeft op de andere aspecten. Mensen die naar een misdaadfilm op tv kijken, vragen zich af hoe een gangster op straat zo gewelddadig kan zijn terwijl hij thuis zo lief voor zijn vrouw en kinderen is. Ik begrijp dat. Ik heb dat vermogen ook.

Niet dat ik er trots op ben. Het is niet per se een goede karaktereigenschap. Het beschermt je, ja, maar ik heb ook gezien wat voor acties het kan rechtvaardigen.

Dus was het me gelukt om het afgelopen halfuur een aantal brandende vragen naar de achtergrond te schuiven. Als Gil Perez al die jaren in leven was geweest, waar had hij dan uitgehangen? Wat was er die nacht in het bos precies gebeurd? En natuurlijk de belangrijkste vraag: als Gil Perez die afschuwelijke nacht had overleefd...

Had mijn zus het ook overleefd?

'Cope?'

Het was Muse.

'Wat is er met je?'

Ik wilde het haar vertellen. Maar dit was niet het goede moment. Ik moest het eerst zelf op een rijtje zetten. Ik moest weten wat wat was. Eerst moest ik zeker weten of het echt Gil Perez was geweest die ik in het mortuarium had gezien. Ik stond op en liep naar haar toe.

'Cal en Jim,' zei ik. 'We moeten verdomme te weten zien te komen hoe dat in elkaar zit... en snel ook.'

Mijn schoonzus Greta en haar man Bob woonden in een nieuw vrijstaand huis aan een nieuwe doodlopende weg die eruitzag zoals alle nieuwe doodlopende wegen in het noorden van Amerika eruitzien. De percelen zijn eigenlijk te klein voor de reusachtige bakstenen gevaarten die erop zijn gezet. De huizen variëren in vorm en in kleur, maar op de een of andere manier zien ze er allemaal hetzelfde uit. Men had gestreefd naar authenticiteit, alsof ze er al jaren stonden, maar het was allemaal een beetje te opgelegd, waardoor je meteen zag dat het nep was.

Ik kende Greta al voordat ik mijn vrouw had ontmoet. Mijn moeder was vertrokken nog vóórdat ik twintig was, maar ik herinner me iets wat ze tegen me zei, een paar maanden voordat het drama met Camille in het bos plaatsvond. We waren de armste inwoners van een stad waar allerlei mensen woonden. We waren immigranten, overgekomen uit de voormalige Sovjet-Unie toen ik vier en Camille bijna drie was. In het begin ging het wel goed – we waren als helden in de Verenigde Staten ontvangen – maar al heel gauw werd het veel minder.

We woonden in Newark, op de bovenste verdieping van een huis waarin nog drie gezinnen woonden, terwijl we op school zaten op Columbia High, helemaal in West Orange. Mijn vader, Vladimir Copinski – hij had zijn naam in Copeland veramerikaniseerd – die vroeger in Leningrad arts was geweest, kon in dit land geen vergunning krijgen om zijn vak uit te oefenen. Uiteindelijk vond hij werk als huisschilder. Mijn moeder, Natasha, een tengere, beeldschone vrouw, de ooit zo trotse, hoogopgeleide dochter van aristocratische universiteitsdocenten, had diverse schoonmaakbaantjes bij rijke families in Short Hills en Livingston gehad, maar op de een of andere manier nooit voor erg lang.

Op deze specifieke dag kwam mijn zus Camille thuis van school en kondigde ze met plagende stem aan dat het rijkste meisje van de stad een oogje op me had. Mijn moeder was meteen dolenthousiast toen ze dit hoorde.

'Je moet haar mee uit vragen,' zei mijn moeder tegen me.
Ik trok een lelijk gezicht. 'Heb je haar wel eens gezien?'
'Ja.'
'Dan weet je genoeg,' zei ik, reagerend zoals voor een jongen van zestien normaal was. 'Ze is foeilelijk.'

'Er is een oud Russisch gezegde,' bracht mijn moeder ertegen in, met opgeheven wijsvinger om haar woorden kracht bij te zetten. 'Een rijk meisje is mooi zolang ze op haar geld staat.'

Dat was het eerste waaraan ik moest denken toen ik Greta ontmoette. Haar ouders – mijn schoonfamilie, neem ik aan, nog steeds de grootouders van mijn Cara – waren steenrijk. Mijn vrouw kwam uit een familie met geld. Al het geld zit vast in een trust, voor Cara. Ik beheer het. Jane en ik hebben lang en breed gediscussieerd over de leeftijd waarop Cara de nalatenschap zou moeten krijgen. We wilden niet dat ze als te jong meisje over zo enorm veel geld zou beschikken, maar hé, aan de andere kant: het was háár geld.

Mijn Jane was zo praktisch toen de artsen haar hadden verteld dat ze ten dode opgeschreven was. Ik kon het niet aanhoren. Je leert een hoop wanneer iemand die je liefhebt het einde ziet naderen. Ik heb geleerd dat mijn vrouw beschikte over een verbazingwekkende kracht en moed die ik vóór haar ziekte niet voor mogelijk had gehouden. En ik had geleerd dat ík die kracht en moed toen niet had.

Cara en Madison, mijn nichtje, waren aan het spelen op de oprit. De dagen begonnen al iets langer te worden. Madison zat op het asfalt en tekende erop met stukken kleurkrijt die de vorm van sigaren hadden. Mijn eigen dochter reed rondjes op een mini-jeep, zo'n plastic autootje met een elektromotor, dat bij kinderen tot zes jaar buitengewoon populair was. Kinderen die er zelf een hadden, reden er nooit mee. Alleen het bezoek deed dat, als ze een afspraak hadden om bij elkaar te komen spelen. Kinderen die een *afspraak* hebben om te spelen. God, wat had ik daar een hekel aan.

Ik stapte uit de auto en riep: 'Hé, kiddo's!'

Ik wachtte tot de twee meisjes van zes abrupt zouden stoppen met waar ze mee bezig waren, naar me toe zouden komen rennen en zich in mijn armen zouden werpen. Ja ja... Madison keek mijn kant op, maar met een algehele desinteresse die alleen groter had kunnen zijn wanneer ze een ernstige hersenbeschadiging had gehad. Mijn eigen dochter deed alsof ze me niet hoorde en begon aan een nieuw rondje in de jeep. De accu raakte leeg en de snelheid van het wagentje was algauw lager dan die waarmee mijn oom Morris zijn portemonnee zou trekken.

Greta duwde de hordeur open. 'Hoi.'

'Hoi,' zei ik. 'En? Hoe was de rest van de turndemonstratie?'

'Maak je geen zorgen,' zei Greta terwijl ze haar hand in een soort saluut naar haar voorhoofd bracht om haar ogen tegen de zon te beschermen. 'Ik heb alles op video vastgelegd.'

'Leuk.'
'Wat was dat vanochtend, met die twee politiemensen?'
Ik haalde mijn schouders op. 'Gewoon, werk.'
Ze geloofde er niets van maar drong niet aan. 'Ik zal Cara's rugzak pakken.'
De hordeur viel achter haar dicht. Er kwamen werklui de oprit op lopen. Bob en Greta lieten een zwembad achter het huis aanleggen waarvoor de tuinarchitectuur moest worden aangepast. Ze waren het al jaren van plan, maar hadden gewacht totdat Madison en Cara oud genoeg waren om er veilig in te kunnen spelen.
'Kom,' zei ik tegen mijn dochter, 'we moeten gaan.'
Cara negeerde me opnieuw, deed alsof het zeurende gezoem van de roze jeep alle andere geluiden overstemde. Ik fronste mijn wenkbrauwen en liep naar haar toe. Cara kon ongelooflijk koppig zijn. Net als haar moeder, had ik bijna gezegd, maar mijn Jane was de geduldigste, meest begripvolle vrouw die ik ooit had ontmoet. Het was verbazingwekkend. Je ziet zowel je goede als je minder goede eigenschappen terug in je kinderen. In Cara's geval leek het erop dat al haar minder goede eigenschappen uitsluitend van haar vader afkomstig waren.
Madison legde haar krijtje neer. 'Kom nou, Cara.'
Cara negeerde haar ook. Madison haalde haar schouders op en slaakte een wereldwijze zucht. 'Hoi, oom Cope.'
'Dag, meisje. Hebben jullie leuk gespeeld?'
'Nee,' zei Madison, en ze zette haar handen in haar zij. 'Cara speelt nooit met mij. Alleen met mijn speelgoed.'
Ik probeerde begrijpend te kijken.
Greta kwam naar buiten met de rugzak. 'Ze hebben hun huiswerk al gedaan,' zei ze.
'Bedankt.'
Greta wuifde het weg. 'Cara, meisje, je vader is er.'
Cara negeerde haar ook. Ik wist dat er een driftbui op komst was. Ook dat, neem ik aan, heeft ze van haar vader. In ons door Disney geïnspireerde wereldbeeld is de relatie tussen de vader die weduwnaar is geworden en zijn dochter een magische. Kijk maar naar willekeurig welke kinderfilm: *De Kleine Zeemeermin, Belle en het Beest, De Kleine Prinses, Aladdin*... dan begrijpt u wat ik bedoel. In films wordt de indruk gewekt dat het eigenlijk 'best gaaf' is om geen moeder te hebben, wat, als je erover nadenkt, ronduit pervers is. In het echte leven is geen moeder hebben ongeveer het allerergste wat een kind kan overkomen.

Ik zette een strenge stem op. 'Cara, we gaan nu naar huis.'
Haar gezicht stond op onweer – ik zette me schrap voor de confrontatie – maar gelukkig grepen de goden in. Haar accu gaf het op. De roze jeep kwam tot stilstand. Cara zwiepte voor- en achteruit om de jeep nog een halve meter vooruit te dwingen, maar het ding gaf geen krimp. Cara slaakte een zucht, stapte van de jeep en liep naar de auto.

'Zeg tante Greta en je nichtje gedag.'

Toen we thuis waren gekomen, zette Cara zonder het te vragen de tv aan en ging ze naar een aflevering van SpongeBob zitten kijken. Het lijkt wel alsof SpongeBob altijd op tv is. Ik vroeg me af of er een speciaal SpongeBob-kanaal was. En ze schijnen ook altijd dezelfde drie afleveringen uit te zenden. Niet dat het de kinderen iets uitmaakt, trouwens.

Ik wilde er iets van zeggen, maar hield mijn mond. Op dit moment kwam het me wel goed uit dat ze zichzelf even vermaakte. Ik zat me nog steeds af te vragen wat ik aan moest met de verkrachtingszaak van Chamique Johnson, én met de onverwachte terugkeer van en de moord op Gil Perez. Ik moet bekennen dat mijn grote zaak, de grootste tot nu toe, het onderspit moest delven.

Ik ging het avondeten klaarmaken. Meestal eten we buiten de deur of laten we iets bezorgen. Ik heb een kindermeisje annex huishoudster, maar die had vandaag vrij. 'Wat denk je van hotdogs?'

'Maakt me niet uit.'

De telefoon ging. Ik nam op.

'Meneer Copeland? U spreekt met inspecteur Tucker York.'

'Hallo, inspecteur, wat kan ik voor je doen?'

'We hebben de ouders van Gil Perez getraceerd.'

Ik voelde mijn hand harder in de hoorn knijpen. 'Hebben ze hun zoon geïdentificeerd?'

'Nog niet.'

'Wat heb je tegen ze gezegd?'

'Hoor eens, meneer Copeland, ik wil niet vervelend doen, maar dit is niet iets wat je zomaar over de telefoon zegt, begrijpt u wel? "Het schijnt dat uw vermoorde zoon al die tijd in leven is geweest en... o ja... hij is nu net alsnog vermoord."'

'Ik begrijp het.'

'Dus hebben we ons een beetje op de vlakte gehouden. We halen ze op, rijden naar het mortuarium en zullen daar zien of we tot een positieve identificatie kunnen komen. Waar het nu om gaat is: hoe zeker bent u ervan dat het Gil Perez is?'

'Vrij zeker.'
'U begrijpt toch dat dat niet voldoende is, hè?'
'Ja, dat begrijp ik.'
'Nou ja, het is al laat. Mijn partner en ik hebben geen dienst meer. Ik wilde alleen even zeggen dat we morgenochtend een van onze mensen naar de familie Perez sturen om ze op te halen.'
'Is dit een beleefdheidstelefoontje?'
'Ja, zo kunt u het zien. Ik heb begrip voor uw interesse in deze zaak. Dus misschien wilt u er morgenochtend wel bij zijn, voor het geval er – u weet wel – moeilijke vragen gesteld gaan worden?'
'Waar?'
'Weer in het mortuarium. Moeten we u laten ophalen?'
'Nee, bedankt, ik weet de weg.'

5

Een paar uur later stopte ik mijn dochter in bed. Rond bedtijd bezorgt Cara me nooit problemen. We hebben een routine ontwikkeld die we allebei geweldig vinden. Ik lees haar voor. Ik doe dat niet omdat de tijdschriften over kinderen me dat opdragen. Ik doe het omdat Cara er zo gek op is. Ze valt nooit in slaap als ik haar voorlees. Ik doe dat elke avond en het is nog nooit gebeurd dat ze zelfs maar even indommelt. Ik wel. Sommige kinderboeken zijn echt vreselijk. Dan val ik naast haar in slaap. Ze laat me dan slapen.

Omdat ik me niet altijd kan vinden in haar keuze voor bepaalde boeken, ben ik begonnen die als luisterboeken op cassette te kopen. Dan lees ik haar voor totdat ik er genoeg van heb en mag ze daarna één kant van het cassettebandje – meestal drie kwartier – afluisteren, totdat het tijd is om het licht uit te doen en te gaan slapen. Cara begrijpt dat en vindt het een prima regeling.

Vanavond las ik haar een boek van Roald Dahl voor. Haar ogen waren groot van opwinding. Vorig jaar, toen ik met haar naar de musical *The Lion King* was geweest, had ik daar een veel te dure Timon-pop voor haar gekocht. Die hield ze nu met haar arm tegen zich aan geklemd. Timon kan ook heel goed luisteren.

Ik was klaar met voorlezen en gaf Cara een nachtkus op haar wang. Ze rook naar babyshampoo. 'Welterusten, papa.'

'Slaap lekker, kindje.'

Kinderen. Het ene moment zijn ze Medea met een slecht humeur, het volgende zijn ze net engeltjes.

Ik drukte op de knop van de cassetterecorder en deed het licht uit. Ik liep de trap af, ging naar mijn werkkamer en zette mijn computer aan. Via het internet heb ik toegang tot de dossiers van de zaken waar ik mee bezig ben. Ik opende de verkrachtingszaak van Chamique Johnson en begon het dossier door te nemen.

Cal en Jim.

Mijn slachtoffer was niet iemand voor wie een jury meteen sympathie zou voelen. Chamique was zestien jaar oud en had een buitenechtelijk kind. Ze was twee keer gearresteerd voor pogingen tot prostitutie en één keer voor het in bezit hebben van marihuana. Ze werkte op feestjes als exotisch danseres, en ja, dat is inderdaad een eufemisme voor stripper. De juryleden zouden zich afvragen wat ze op dat studentenfeestje deed. Ik liet me door zoiets niet ontmoedigen. Het zorgde er juist voor dat ik harder voor haar zou knokken. Niet omdat ik zo veel om politieke correctheid geef, maar omdat ik erg, heel erg in recht geloof. Als Chamique blond en vicevoorzitter van de studentenvereniging uit het lelieblanke Livingston was geweest en de twee jongens zwart, ik bedoel, kom nou...

Chamique was een persoon, een menselijk wezen. Ze verdiende niet wat Barry Marantz en Edward Jenrette met haar hadden gedaan.

En daarom was ik van plan om ze allebei met hun gat aan de muur vast te spijkeren.

Ik ging terug naar het begin van het dossier en nam alles opnieuw door. Het studentenhuis was een chique tent met marmeren zuilen, Griekse letters, dikke vloerbedekking en zat strak in de verf. Ik bekeek de telefoongegevens. Dat waren er heel wat, want elke jongen had zijn eigen privélijn, om van mobiele telefoons, sms'jes, e-mail en BlackBerry's nog maar te zwijgen. Een van Muses onderzoeksmedewerkers had alle nummers van de uitgaande telefoontjes van die bewuste avond nagegaan. Dat waren er meer dan honderd, maar er was niets wat eruit sprong. Ook de bankafschriften waren heel gewoon: elektriciteit, water, hun rekening bij de plaatselijke drankwinkel, schoonmaakdiensten, kabel-tv, internetbedrijven, NetFlix, via het net bestelde pizza's...

Wacht even.

Ik dacht hierover na. Mijn gedachten gingen terug naar de verklaring die het slachtoffer had afgelegd... ik hoefde die niet opnieuw te lezen. De inhoud was walgelijk, maar ook heel specifiek. De twee jongens hadden Chamique dingen laten doen, hadden haar in bepaalde houdingen gedwongen en hadden de hele tijd met elkaar gepraat. Maar er zat iets in hun manier van doen, zoals ze haar hadden gemanipuleerd, en dat met die houdingen...

Mijn telefoon ging over. Het was Loren Muse.

'Goed nieuws?' vroeg ik.

'Alleen als de uitdrukking "geen nieuws is goed nieuws" waar is.'

'Nee.'

'Verdomme,' zei ze. 'Heb jij al iets?'

Cal en Jim. Wat zag ik over het hoofd? Het bevond zich daar ergens, maar was net buiten mijn bereik. U kent dat gevoel wel, wanneer u iets weet, maar er niet op kunt komen, zoals hoe de hond in *Petticoat Junction* heette, of wat de naam was van de bokser die Mr. T in *Rocky III* speelde. Zo'n gevoel was het. Net buiten je bereik. Cal en Jim.
Het antwoord lag ergens voor het grijpen, maar het had zich verstopt, hield zich schuil achter een denkbeeldige hoek. Maar ik zou verdomme net zo lang blijven zoeken totdat ik die twee schoften aan het kruis kon nagelen.

'Nog niet,' zei ik. 'Maar we blijven doorgaan.'

De volgende ochtend vroeg zat inspecteur York tegenover meneer en mevrouw Perez.

'Bedankt voor uw komst,' zei hij.

Twintig jaar geleden had mevrouw Perez in de wasserij van het zomerkamp gewerkt, maar na de tragische gebeurtenis had ik haar maar één keer gezien. Er was een bijeenkomst georganiseerd voor de nabestaanden van de slachtoffers – de rijke familie Green, de nog rijkere familie Billingham, de arme familie Copeland en de nog armere familie Perez – in een groot, chic advocatenkantoor niet ver van de plek waar we nu waren. Er moest worden gepraat over een groepsproces van de vier families tegen de eigenaar van het kamp. Meneer en mevrouw Perez hadden die dag nauwelijks iets gezegd. Ze hadden stilletjes zitten luisteren en de anderen het woord laten doen. Ik herinner me dat mevrouw Perez haar tas op schoot had en tegen haar buik gedrukt hield. Nu lag haar tas op tafel, maar ze hield hem weer met beide handen vast.

Ze zaten in een verhoorkamer. Op aanraden van inspecteur York stond ik in de kamer ernaast en volgde ik het gesprek via een doorkijkspiegel. Hij wilde niet dat ze me al zagen. Dat zou spanningen geven.

'Waarom zijn we hier?' vroeg meneer Perez.

Perez was een zwaargebouwde man en zijn overhemd was een maat te klein, dus de spanning op de knoopjes op zijn buik was groot.

'Dat is niet zo gemakkelijk te zeggen.' Inspecteur York keek naar de spiegel, met een neutrale blik, maar ik wist dat hij me zocht. 'Dus ik zal open kaart met u spelen.'

Perez' ogen vernauwden zich. Mevrouw Perez klemde haar handen vaster om haar tas. Even vroeg ik me af of het dezelfde tas was als die van twintig jaar geleden. De geest doet rare dingen op momenten als deze.

'Gisteren is er in Manhattan, in de wijk Washington Heights, een moord gepleegd,' begon York. 'Het lijk werd gevonden in een steegje bij 157th Street.'

Ik bleef naar meneer en mevrouw Perez kijken. Van hun gezichten was niets af te lezen.

'Het slachtoffer is een man die bij benadering tussen de vijfendertig en veertig jaar oud was. Hij is een meter vijfenzeventig lang en weegt vijfentachtig kilo.' De stem van inspecteur York had een professioneel timbre gekregen. 'De man gebruikte een valse naam, dus hebben we hem tot nu toe nog niet kunnen identificeren.'

York stopte. De klassieke methode. Om te zien of ze iets zouden zeggen. Meneer Perez beet. 'Ik begrijp niet wat dit met ons te maken heeft.'

De blik van mevrouw Perez ging naar haar man, maar verder verroerde ze zich niet.

'Daar kom ik zo meteen aan toe.'

Ik kon de radertjes in Yorks hoofd bijna zien draaien terwijl hij zich afvroeg voor welke benadering hij moest kiezen, of hij moest beginnen over de krantenknipsels die ze in de broekzak van het slachtoffer hadden gevonden, of over de ring, of over wat ook. Ik had het sterke vermoeden dat hij de woorden in zijn hoofd repeteerde en zelf besefte hoe idioot ze zouden klinken. Die krantenknipsels en die ring bewezen namelijk niets. Zelfs ik had opeens mijn twijfels. Hier waren we dan, aangekomen bij het moment waarop het leven van de familie Perez op de slachtbank zou worden gelegd en York er het mes in zou zetten. Ik was blij dat ik achter die spiegel stond.

'We hebben een getuige laten komen om het lichaam te identificeren,' vervolgde York. 'Deze getuige meende dat het slachtoffer uw zoon Gil zou zijn.'

Mevrouw Perez kneep haar ogen dicht. Meneer Perez verstrakte. Het bleef enige tijd volmaakt stil en niemand bewoog zich. Perez keek zijn vrouw niet aan. Zij hem ook niet. Ze zaten roerloos aan tafel terwijl Yorks woorden nog steeds in de lucht hingen.

'Onze zoon is twintig jaar geleden vermoord,' zei Perez ten slotte.

York knikte, wist niet goed wat hij moest zeggen.

'Wilt u beweren dat ze zijn lichaam eindelijk hebben gevonden?'

'Nee, dat denk ik niet. Uw zoon was achttien toen hij verdween, is dat juist?'

'Bijna negentien,' zei meneer Perez.

'Deze man – het slachtoffer – is, zoals ik al zei, achter in de dertig.'

Vader Perez leunde achterover. De moeder had zich nog steeds niet verroerd.

York ging door. 'Het lichaam van uw zoon is nooit gevonden, klopt dat?'

'Probeert u ons te vertellen dat...?'

Meneer Perez maakte de zin niet af. Er was niemand die zich opeens in het gesprek mengde en zei: ja, dat is precies wat wij denken... dat uw zoon al die tijd in leven is geweest, en twintig jaar lang niets tegen u of iemand anders heeft gezegd, en nu u eindelijk de kans krijgt om uw vermiste zoon in de armen te sluiten, is hij alsnog vermoord; het leven is wreed, vindt u niet?

'Dit is waanzin,' zei meneer Perez.

'Ik weet dat het zo moet klinken...'

'Waarom denkt u dat het onze zoon is?'

'Zoals ik al zei, we hebben een getuige.'

'Wie is die getuige?'

Het was de eerste keer dat ik mevrouw Perez iets hoorde zeggen. Ik dook bijna weg van schrik.

York probeerde geruststellend te klinken. 'Hoor eens, ik begrijp dat u van streek bent...'

'Van streek?'

De vader weer.

'Weet u wat het is om... Kunt u zich voorstellen...?'

Weer maakte hij zijn zinnen niet af. Zijn vrouw legde haar hand op zijn arm. Ze was wat meer rechtop gaan zitten. Opeens keerde ze zich naar de spiegel en wist ik zeker dat ze me erdoorheen zag. Toen keek ze York aan en zei: 'Ik neem aan dat u ons een lichaam kunt laten zien.'

'Ja, mevrouw.'

'Daarom hebt u ons hiernaartoe laten komen. U wilt ons naar het lichaam laten kijken, om te zien of het onze zoon is.'

'Ja.'

Mevrouw Perez stond op. Haar man keek naar haar, zag er klein en hulpeloos uit.

'Goed dan,' zei ze. 'Zullen we dat dan maar doen?'

Meneer en mevrouw Perez liepen de gang in.

Ik volgde op discrete afstand. Dillon was bij me. York bleef bij de ouders. Mevrouw Perez liep met geheven hoofd. Ze hield haar tas nog steeds tegen zich aan geklemd alsof die ieder moment uit haar handen gerukt kon worden. Ze liep een stukje voor haar man uit. Het was seksistisch om te denken dat het eigenlijk andersom had moeten zijn, dat de moeder zou instorten en de vader de leiding zou nemen. Meneer Perez had zich tijdens het gesprek de sterkere getoond. Maar nu de bom was gebarsten, nam mevrouw Perez de leiding over, terwijl haar echtgenoot met elke stap die hij deed verder ineen leek te schrompelen.

Met het versleten linoleum op de vloer en de kale betonnen muren – waar je lelijk je armen aan open kon halen – had de gang er niet ambtelijker uit kunnen zien; het enige wat eraan ontbrak was een of andere verveelde bureaucraat die tijdens zijn koffiepauze tegen de muur geleund stond. Ik hoorde de echo's van hun voetstappen. Mevrouw Perez had zware gouden armbanden om beide polsen. Ik kon ze horen rinkelen in het ritme van haar passen.

Toen ze bleven staan en zich omdraaiden naar hetzelfde raam waar ik gisteren voor had gestaan, hief Dillon zijn hand op om me tegen te houden, bijna op een beschermende manier, alsof ik een kind was dat voorin bij hem in de auto zat en hij opeens op de rem moest gaan staan. Op ruim tien meter afstand bleven we staan, bij de muur, zodat we mee konden kijken.

De gezichten waren moeilijk te onderscheiden. Meneer en mevrouw Perez stonden naast elkaar. Ze raakten elkaar niet aan. Ik zag dat meneer Perez het hoofd boog. Hij had een donkerblauwe blazer aan. Mevrouw Perez was gekleed in een donkere blouse in een kleur die aan opgedroogd bloed deed denken. Ze droeg veel gouden sieraden. Ik zag dat iemand anders – een lange man met een baard deze keer – de brancard naar het raam reed. Er lag weer een laken over het lijk.

Toen alles in gereedheid was, keek de man met de baard op naar York. De inspecteur knikte. Heel voorzichtig, alsof er iets breekbaars onder lag, tilde de man met de baard het laken op. Ik durfde geen geluid te maken, maar ik strekte me en deed een stapje naar links. Ik wilde het gezicht van mevrouw Perez zien, of in ieder geval een deel van haar profiel.

Ik had ooit een artikel gelezen over slachtoffers van martelingen, die wanhopig zochten naar een manier om zichzelf te beheersen, hun uiterste best deden om niet te schreeuwen, hun gezichtsuitdrukking neutraal te houden en niets te laten blijken, om degene die hen martelde die bevrediging niet te gunnen. Daar moest ik aan denken toen ik het gezicht van mevrouw Perez zag. Ze had zich schrap gezet. Ze incasseerde de klap met een lichte huivering, maar meer gebeurde er niet.

Ze bleef naar het lijk staren. Niemand zei iets. Ik merkte dat ik mijn adem inhield. Ik richtte mijn aandacht op meneer Perez. Hij keek naar de grond. Zijn ogen waren vochtig. Ik kon zien dat zijn lippen trilden.

Zonder haar blik af te wenden zei mevrouw Perez: 'Dat is onze zoon niet.'

Stilte. Dit had ik niet verwacht.

York vroeg: 'Weet u dat zeker, mevrouw Perez?'

Ze gaf geen antwoord.

'Hij was een tiener toen u hem voor het laatst hebt gezien,' drong York aan. 'Ik heb gehoord dat hij toen lang haar had.'

'Dat klopt.'

'Deze man heeft een kaalgeschoren hoofd. En een baard. Het is lang geleden, mevrouw Perez. Neemt u de tijd, alstublieft.'

Uiteindelijk maakte mevrouw Perez haar blik los van het lijk. Ze keek op naar York. York stopte met praten.

'Het is Gil niet,' zei ze weer.

York slikte en keek naar de vader. 'Meneer Perez?'

Perez knikte, met moeite, en schraapte zijn keel. 'Er is niet eens veel gelijkenis.' Hij deed zijn ogen dicht en er trok weer een huivering door hem heen. 'Het is alleen…'

'De leeftijd klopt wel,' onderbrak zijn vrouw hem.

'Ik kan u niet helemaal volgen, geloof ik,' zei York.

'Als je op die manier je zoon verliest, blijf je je altijd dingen afvragen. Voor ons zal hij altijd een tiener blijven. Maar als hij was blijven leven, ja, dan zou hij van dezelfde leeftijd als deze man zijn geweest. Dus dan vraag je je af wat voor iemand hij geweest zou zijn. Zou hij getrouwd zijn geweest? Had hij kinderen gehad? Hoe zou hij eruit hebben gezien?'

'En u bent er zeker van dat deze man uw zoon niet is?'

Er kwam een glimlach om haar mond, de droevigste glimlach die ik ooit had gezien. 'Ja, inspecteur, daar ben ik zeker van.'

York knikte. 'Dan spijt het me dat ik u hiernaartoe heb laten komen.'

Ze wilden bij het raam weglopen toen ik zei: 'Laat hun zijn arm zien.'

Ze draaiden zich alle drie mijn kant op. Mevrouw Perez nam me op met haar laserblik. Er kwam een merkwaardige uitdrukking op haar gezicht, een sluwe, misschien wel uitdagende uitdrukking. Het was meneer Perez die het woord nam.

'Wie bent u?' vroeg hij.
Mijn blik bleef op mevrouw Perez gericht. Haar droevige glimlach was teruggekeerd. 'U bent die jongen van Copeland, hè?'
'Ja, mevrouw.'
'De broer van Camille Copeland.'
'Ja.'
'Bent u degene die de identificatie heeft gedaan?'
Ik wilde haar vertellen over de krantenknipsels en de ring, maar ik had het gevoel dat ik niet veel tijd had. 'De arm,' zei ik. 'Gil had een lelijk litteken op zijn arm.'
Ze knikte. 'Een van onze buren had lama's in de tuin. In een kooi met prikkeldraad aan de bovenkant. Gil had altijd goed kunnen klimmen. Toen hij acht was, heeft hij geprobeerd in de kooi te klimmen. Hij gleed van de bovenkant en haalde zijn arm open aan het prikkeldraad.' Ze keek haar man aan. 'Hoeveel hechtingen waren er nodig, Jorge?'
Ook Jorge Perez had nu een bedroefde glimlach op zijn gezicht. 'Tweeëntwintig.'
Dat was niet wat Gil ons had verteld. Hij had ons een verhaal verteld over een messengevecht, dat klonk als een of andere scène uit een slechte uitvoering van *West Side Story*. Zelfs toen, als jonge jongen, had ik hem al niet geloofd, dus deze verklaring kwam niet echt als een verrassing.
'Ik heb het toen in het zomerkamp gezien,' zei ik, waarna ik met mijn kin naar het raam gebaarde. 'Kijk naar zijn arm.'
Meneer Perez schudde zijn hoofd. 'Maar we hebben al gezegd dat…'
Zijn vrouw stak haar hand op om hem tot zwijgen te brengen. Er bestond geen twijfel over. Zij had hier de leiding. Ze knikte naar me en keerde zich naar het raam.
'Laat zien,' zei ze.
Haar man leek verbaasd, maar kwam toch naast haar staan. Deze keer pakte ze zijn hand en bleef die vasthouden. De man met de baard had de brancard al weggereden. York klopte op het raam. De man met de baard schrok en keek om. York gebaarde dat hij de brancard terug moest rijden naar het raam. De man deed het.
Ik ging dichter bij mevrouw Perez staan. Ik kon haar parfum ruiken. Die kwam me vaag bekend voor, al wist ik niet van wie of waar. Ik stond minder dan een halve meter achter hen en keek tussen hun hoofden door.
York drukte de knop van de intercom in. 'Laat de beide armen zien, alsjeblieft.'

De man met de baard tilde het laken op en trok het terug, weer heel voorzichtig en respectvol. We zagen het litteken, een heel lelijk litteken. Er kwam een glimlach op het gezicht van mevrouw Perez, maar van wat voor soort – bedroefd, blij, verbaasd, gemaakt, geoefend, spontaan – kon ik niet zeggen.

'De linker,' zei ze.

'Wat?'

Ze draaide zich om. 'Dit litteken zit op de linkerarm,' zei ze. 'Bij Gil zat het op de rechterarm. En dat van Gil was niet zo lang en breed.'

Mevrouw Perez legde haar hand op mijn arm. 'Het is Gil niet, meneer Copeland. Ik begrijp best dat u graag wilt dat het Gil is. Maar hij is het niet. Hij komt niet meer terug. En uw zus ook niet.'

6

Toen ik bij mijn huis aankwam, liep Loren Muse voor mijn deur te ijsberen als een leeuw bij een gewonde gazelle. Cara zat achter in de auto. Over een uur moest ze naar ballet. Ik hoefde haar niet te brengen. Vandaag was ons kindermeisje Estelle er weer. Ze reed auto. Ik betaal Estelle te veel en het kan me niets schelen. Waar vind je een goed kindermeisje dat ook autorijdt? Precies, dus je betaalt gewoon wat ze vragen, hoeveel dat ook is.

Ik stopte op de oprit. Het huis had twee verdiepingen en drie slaapkamers, en net zo veel persoonlijkheid als die gang in het mortuarium. Het had ons starterhuis moeten zijn. Jane had later willen upgraden naar een vrijstaand huis van McMansion, misschien in Franklin Lakes. Het kon mij niet veel schelen waar we woonden. Ik ben niet geïnteresseerd in huizen en auto's en dat soort zaken, dus die had ik altijd liever aan Jane overgelaten.

Ik miste mijn vrouw.

Loren Muse glimlachte, maar ze had een getergde uitdrukking op haar gezicht. Ze zou een slecht pokerspeler zijn, dat was zeker. 'Ik heb alle afschriften. De computergegevens ook. De hele mikmak.' Daarna draaide ze zich om naar mijn dochter. 'Hallo, Cara.'

'Loren!' riep Cara, en ze sprong uit de auto. Cara was gek op Muse. En Muse was leuk met kinderen. Ze was nooit getrouwd geweest en had zelf geen kinderen. Een paar weken geleden had ik haar nieuwste vriendje ontmoet. De arme jongen was ver beneden haar niveau, maar dat scheen de norm voor alleenstaande vrouwen van een zekere leeftijd te zijn.

Muse en ik spreidden alle papieren uit op de vloer van de woonkamer: getuigenverklaringen, politierapporten, telefoongegevens, alle bonnetjes van het studentenhuis. We begonnen met de laatste, en man, dat waren er een hoop. Van alle mobiele telefoons. Elk biertje dat ze hadden gedronken. Alle aankopen via internet.

'En,' vroeg Muse, 'waar zijn we naar op zoek?'

'Ik mag doodvallen als ik het weet.'
'Ik dacht dat je iets had.'
'Alleen een gevoel.'
'O mijn god! Vertel me alsjeblieft niet dat je je intuïtie volgt.'
'Nee, zo werk ik niet.'
We gingen door met zoeken.
'Dus in principe,' zei ze, 'zoeken we naar een spoor dat zegt: "Belangrijke aanwijzing deze kant op"?'
'We zoeken,' zei ik, 'naar een katalysator.'
'Mooi woord. Op wat voor manier?'
'Dat weet ik niet, Muse. Maar het antwoord moet hier ergens tussen zitten. Ik kan het bijna zíén.'
'Oké,' zei ze, en ze moest erg haar best doen om niet met haar ogen te rollen.

Dus zochten we door. Ze hadden bijna elke avond pizza besteld, acht punten, bij Pizza-To-Go, betaald met hun creditcard. Ze hadden NetFlix, dus ze konden films op dvd huren, per drie stuks, gebracht en gehaald, en iets wat HotFlixxx werd genoemd, waarmee ze hetzelfde met vieze films konden doen. Ze hadden polo's besteld met het logo van de studentenvereniging. Dat logo stond ook op hun golfballen, honderden stuks.

We probeerden een zekere orde in de informatie te scheppen. Ik had geen idee waarom.

Ik pakte de rekening van HotFlixxx en liet hem aan Muse zien. 'Niet duur,' zei ik.
'Het internet maakt porno gemakkelijk toegankelijk voor de massa en daardoor betaalbaar.'
'Fijn om te weten,' zei ik.
'Maar dit zou een opening kunnen zijn,' zei Muse.
'Wat?'
'Jonge jongens, sexy vrouwen. Of in dit geval één vrouw.'
'Leg uit,' zei ik.
'Ik wil iemand van buiten het kantoor inhuren.'
'Wie?'
'Een privédetective die Cingle Shaker heet. Heb je van haar gehoord?'
Ik knikte.
'Vergeet "gehoord",' zei Muse. 'Heb je haar gezíén?'
'Nee.'
'Maar je hebt gehoord hoe ze eruitziet?'
'Ja,' zei ik. 'Daar heb ik geruchten over gehoord.'

'Nou, die zijn niet overdreven. Cingle Shaker heeft een lichaam dat niet alleen het verkeer lam legt, maar dat zelfs het asfalt en de vangrails uit de grond plukt. En ze verstaat haar vak. Als iemand studentjes die zich achter hun advocaat verschuilen aan het praten kan krijgen, is het Cingle.'

'Oké,' zei ik.

Uren later – ik weet niet eens precies hoeveel uur – stond Muse op. 'Er is hier niks, Cope.'

'Daar ziet het wel naar uit, hè?'

'Komt Chamiques zaak morgenochtend vroeg voor?'

'Ja.'

Ze kwam bij me staan. 'Dan zou je je tijd beter daaraan kunnen besteden.'

'Yes sir,' zei ik plagend, en salueerde voor haar. Chamique en ik hadden haar getuigenverhoor al doorgenomen, maar niet zo grondig en langdurig als je zou verwachten. Ik wilde niet dat ze klonk alsof we het gerepeteerd hadden. Ik had een andere strategie in gedachten.

'Ik zal kijken wat ik voor je kan vinden,' zei Muse.

Daarna liep ze stampend de deur uit, op haar gebruikelijke 'pas op, wereld, ik kom eraan'-manier.

Estelle kookte avondeten voor ons, spaghetti met gehaktballetjes. Estelle is geen geweldige kok, maar het was weg te krijgen. Na het eten nam ik Cara mee naar een Van Dyke's voor een ijsje. Ze was een stuk spraakzamer dan eerder die dag. In de achteruitkijkspiegel zag ik haar met haar gordel om op de achterbank zitten. Toen ik jong was, mochten we nog gewoon voorin zitten. Nu moest je op de leeftijd zijn dat je alcohol mocht drinken voordat dat toegestaan was.

Ik probeerde te luisteren naar wat ze zei, maar Cara zat maar wat te babbelen, zoals kinderen dat doen. Het scheen dat Brittany gemeen was geweest tegen Morgan en dat Kyle zijn vlakgom naar haar toe had gegooid, en hoe kwam het dat Kylie, Kylie N, niet Kylie G, want er zaten twee Kylies in haar klas, hoe kwam het dat Kylie N in het speelkwartier niet op de schommel wilde als Kiera niet op de andere zat? Ik bleef naar haar gezichtje kijken, naar de bijna volwassen ernst waarmee het onderwerp werd behandeld. En ik werd overvallen door dat allesoverheersende gevoel. Het sloeg toe voordat ik er erg in had. Ouders hebben dat soms. Je kijkt naar je kind, in een doodgewone, alledaagse situatie, niet dat het op het podium staat of de winnende treffer scoort, maar het zit gewoon ergens, en dan kijk je naar je kind en weet je dat het je hele leven is, en dat ontroert je, maakt je bang en doet je ernaar verlangen dat je de tijd kon stilzetten.

Ik had mijn zus verloren. Ik had mijn vrouw verloren. En nog niet zo lang geleden had ik mijn vader verloren. In alle drie de gevallen had ik me er weer bovenop geknokt. Maar nu ik naar Cara keek, zoals ze daar met grote ogen en drukke handgebaartjes zat te praten, wist ik dat er één geval bestond, één dreun, die ik nooit te boven zou komen.

Ik dacht aan mijn vader. In het bos. Met die schop. Met zijn gebroken hart. Zoekend naar zijn dochter. En ik dacht aan mijn moeder. Ze had ons in de steek gelaten. Ik wist niet waar ze was. Soms overweeg ik nog wel eens haar te gaan zoeken. Maar niet zo vaak meer. Jarenlang had ik haar gehaat. Misschien doe ik dat nog steeds wel. Of misschien, nu ik zelf een kind heb, begrijp ik iets meer van de pijn die ze heeft moeten doorstaan.

Toen we thuiskwamen, rinkelde de telefoon. Estelle nam Cara van me over. Ik nam op en zei hallo.

'We hebben een probleem, Cope.'

Het was mijn zwager Bob, de man van Greta. Hij was voorzitter van onze charitatieve stichting JaneCare. Greta, Bob en ik hadden die opgericht na de dood van mijn vrouw. Ik had massa's lovende woorden in de pers gekregen. Mijn levende nagedachtenis aan mijn lieve, beeldschone, hartelijke vrouw.

Tjonge, wat een geweldige echtgenoot had ik geweest kunnen zijn.

'Wat is er aan de hand?' vroeg ik.

'Jouw verkrachtingszaak gaat ons geld kosten. De vader van Edward Jenrette heeft al diverse van zijn vrienden zover gekregen dat ze geen geld meer doneren.'

Ik deed mijn ogen dicht. 'Chic van hem.'

'Wat nog veel erger is, hij verspreidt geruchten dat we geld verduisteren. E.J. Jenrette is een vuile schoft, maar hij heeft overal connecties. Er beginnen al mensen te bellen die vragen stellen.'

'Dan openen we onze boeken,' zei ik. 'Ze zullen niks vinden.'

'Doe niet zo naïef, Cope. We moeten voor onze donaties concurreren met de andere liefdadigheidsinstellingen. Er hoeft maar een zweempje twijfel te zijn, en het is gebeurd met ons.'

'Daar kunnen we niet veel aan doen, Bob.'

'Dat weet ik. Het is alleen dat... we doen een hoop goed werk, Cope.'

'Ja, ik weet het.'
'Maar fondsen werven is altijd moeilijk.'
'Wat wil je daarmee zeggen?'
'Niks.' Bob aarzelde en ik wist dat hij nog niet klaar was. Dus wachtte ik. 'Maar, kom op, Cope, jullie sluiten in de rechtszaal toch wel vaker een deal?'
'Dat komt voor.'
'Dat jullie een kleiner misdrijf laten lopen om iemand voor een ernstiger vergrijp te pakken?'
'Als het nodig is.'
'Die twee jongens... ik heb gehoord dat het best goeie jongens zijn.'
'Dat heb je verkeerd gehoord.'
'Hoor eens, ik zeg niet dat ze geen straf verdienen, maar soms moet je dingen tegen elkaar afwegen. Voor het hogere doel. Jane-Care boekt goede vooruitgang. Dat zou misschien het hogere doel kunnen zijn. Dat is het enige wat ik zeg.'
'Tot ziens, Bob.'
'Ik hoop niet dat je het me kwalijk neemt, Cope. Ik probeer alleen maar te helpen.'
'Dat weet ik. Tot ziens, Bob.'
Ik hing op. Mijn hand trilde. Jenrette, die vuile schoft, had het niet alleen op mij gemunt. Hij had het nu ook op de nagedachtenis aan mijn vrouw gemunt. Ik liep de trap op. Trillend van woede. Ik moest die in juiste banen zien te leiden. Ik ging achter mijn bureau zitten. Er stonden maar twee foto's op. De ene was de laatste schoolfoto van mijn dochter Cara. Die had een ereplek, in het midden.
De andere was een korrelige foto van mijn *noni* en *popi* uit het oude vaderland, Rusland... of, zoals het werd genoemd toen ze stierven in het strafkamp, de Sovjet-Unie. Ze stierven toen ik heel jong was en toen we nog in Leningrad woonden, maar ik had een paar vage herinneringen aan hen, vooral aan de grote bos wit haar van mijn popi.
Waarom, vroeg ik me regelmatig af, liet ik deze foto op mijn bureau staan?
Hun dochter, mijn moeder, had me immers in de steek gelaten? Vreemd, als je erover nadacht. Maar toch, ondanks de pijn die erbij komt kijken, vind ik die foto belangrijk genoeg om hem te laten staan. Wanneer ik ernaar kijk, naar mijn noni en popi, denk ik aan de nare wendingen die het leven kan nemen, aan de vloek die op ons

gezin rustte, en aan hoe het allemaal begonnen was.

Vroeger stonden er ook foto's van Jane en Camille op mijn bureau. Ik vond het prettig om hen dicht bij me te hebben. Ze brachten me troost. Maar dat ík troost vond in de dood, betekende nog niet dat mijn dochter dat ook moest doen. Daar was ze met haar zes jaar nog veel te jong voor. Je zou zo graag met haar over haar moeder praten. Je zou haar willen vertellen over Jane, over haar geweldige spirit, over hoeveel ze van haar kleine meisje gehouden zou hebben. Je zou haar ook willen troosten, haar vertellen dat haar moeder in de hemel was en haar kon zien. Maar ik geloofde daar niet in. Ik zou dat best willen. Ik zou graag willen geloven dat er een wonderschoon hiernamaals was van waaruit mijn vrouw, mijn zus en mijn vader glimlachend op ons neerkeken. Maar op de een of andere manier wil het er bij mij niet in. Als ik dit aan mijn dochter vertel, heb ik het gevoel dat ik tegen haar lieg. Toch doe ik het. Voorlopig kan het nog geen kwaad en is het vergelijkbaar met de kerstman en de paashaas, iets wat tijdelijk en geruststellend is, maar uiteindelijk zal ze, net als alle andere kinderen, ontdekken dat haar vader tegen haar heeft gelogen en het niet de moeite waard vindt om zich daarvoor te verantwoorden. Of misschien heb ik het mis en kijken ze wel degelijk vanuit de hemel op ons neer. Misschien is dat de conclusie die Cara later zelf zal trekken.

Tegen middernacht liet ik mijn gedachten afdwalen naar waar ze de hele dag al naartoe hadden gewild, naar mijn zus Camille, naar Gil Perez en naar die afschuwelijke, magische zomer. Ik dacht aan het zomerkamp. Ik dacht aan Camille. Ik dacht aan die nacht. En voor het eerst sinds vele jaren stond ik mezelf toe ook aan Lucy te denken.

Er kwam een bedroefde glimlach om mijn mond. Lucy Silverstein was mijn eerste echte vriendinnetje geweest. We hadden het zo goed samen, een sprookjesachtige zomerliefde, tot die bewuste nacht. We hadden nooit de kans gekregen om het uit te maken, dat hadden de gruwelijke moorden voor ons gedaan. We werden van elkaar weggerukt terwijl we nog zo gek op elkaar waren, op een punt in onze verliefdheid – dom en onvolwassen, zoals het op die leeftijd hoorde – dat die nog groeide en intenser werd.

Lucy behoorde tot het verleden. Ik had mezelf een ultimatum gesteld en haar buitengesloten. Maar je hart trekt zich weinig aan van ultimatums. In de loop der jaren had ik een paar keer geprobeerd om te weten te komen wat er van Lucy was geworden, heel onschuldig haar naam ingetypt in Google, hoewel ik betwijfelde of ik de moed had om echt contact met haar te zoeken. Ik had nooit iets over haar gevonden. Ik durf te wedden dat ze, na alles wat er gebeurd is, haar naam heeft laten veranderen. Lucy was nu waarschijnlijk getrouwd, net als ik was geweest. Waarschijnlijk was ze gelukkig. Ik hoopte het voor haar.

Ik dwong al die gedachten naar de achtergrond. Ik moest nu over Gil Perez nadenken. Ik deed mijn ogen dicht en liet mijn gedachten teruggaan. Ik dacht aan hem terug in het kamp, waar we vaak aan het stoeien waren, ik hem op zijn bovenarm stompte en hij riep: 'Mietje! Dat voel ik niet eens...'

Ik zag hem voor me, met zijn magere bovenlijf, zijn bermuda die al wijd was voordat het mode was, de glimlach die dringend behoefte had aan een orthodontist, de...

Mijn ogen gingen open. Er klopte iets niet.

Ik ging naar de kelder en vond de kartonnen doos meteen. Jane was zo slim geweest om op alle dozen te schrijven wat erin zat. Ik zag haar keurige handschrift op de zijkant van de dozen. Bleef even staan. Een handschrift is zo verdomde persoonlijk. Ik ging met mijn vingertoppen over de letters, raakte ze aan en zag haar voor me, met een dikke viltstift in haar hand en de dop in haar mond, terwijl ze in nette blokletters FOTO'S FAM. COPELAND op de doos schreef.

Ik had in mijn leven veel fouten gemaakt, maar Jane... zij was mijn gouden greep geweest. Haar goedheid had me veranderd, had in alle opzichten een beter en krachtiger mens van me gemaakt. Ja, ik hield van haar en er was passie tussen ons, maar het was meer dan dat, want Jane had het vermogen om het beste in mij boven te halen. Ik was een neurotisch, onzeker, financieel afhankelijk jongetje, op een school met heel weinig soortgenoten, en opeens was zij daar, dit bijna perfecte wezen dat iets in mij zag. Hoe ze dat deed? Nou, ik kon toch niet neurotisch, onzeker en afhankelijk blijven als dit fantastische schepsel van me hield?

Jane was mijn rots in de branding. En toen werd ze ziek. Mijn rots begon af te brokkelen. En ik ook.

Ik vond de foto's van die zomer van toen. Er waren geen foto's van Lucy bij. Ik was jaren geleden al zo verstandig geweest om die weg te gooien. Lucy en ik hadden toen onze eigen liedjes... Cat Stevens en James Taylor, spul zo mierzoet dat je er bijna van moest kokhalzen. Ik kan er nog steeds niet naar luisteren, tot de dag van vandaag. Ik laat ze niet in de buurt van mijn iPod komen. En als ze op de radio zijn, spring ik met duizelingwekkende snelheid op om een andere zender op te zoeken.

Ik bladerde het stapeltje foto's van die zomer door. Mijn zus stond op de meeste ervan. Ik bladerde door totdat ik bij de foto kwam die drie dagen voor haar dood was genomen. Doug Billingham, haar vriendje, stond er ook op. Doug was een kind van rijke ouders. Mijn moeder had hun vriendschap goedgekeurd, natuurlijk. Het zomerkamp was een merkwaardige sociale mix van bevoordeelde en arme mensen. Binnen het kamp vermengden de gegoede burgerij en de lagere klasse zich met elkaar, moeiteloos en zonder er erg in te hebben, als spelers van verschillende clubs op hetzelfde sportveld. Zo had de baas van het kamp, Lucy's vader Ira, een hippie die vol speelse ideeën zat, het gewild.

Margot Green, ook een kind van rijke ouders, stond pontificaal in het midden van de foto. Dat deed ze altijd. Zij was 'het stuk van het kamp' en wist dat heel goed. Ze was blond en had flinke borsten waarmee ze voortdurend liep te pronken. Ze ging altijd met oudere jongens om, totdat Gil in beeld verscheen in ieder geval, en voor de minderbedeelden onder ons was Margots leven iets zoals je het op tv zag, een melodrama dat we allemaal gefascineerd volgden. Ik keek naar haar op de foto en probeerde me haar voor te stellen met een doorgesneden keel. Even gingen mijn ogen dicht.

Gil Perez stond ook op de foto. En daarom was ik hier.

Ik draaide het bureaulampje bij om beter te kunnen zien.

Toen ik boven was, had ik me iets herinnerd. Ik ben rechtshandig, maar als ik Gil voor de grap op zijn bovenarm stompte, deed ik dat altijd met mijn linkerhand. Ik deed dat omdat ik dat afschuwelijke litteken niet wilde raken. Oké, de wond was al jaren dicht en geheeld, maar toch durfde ik er niet op te stompen. Alsof hij weer open kon gaan en het bloed in het rond zou spuiten. Daarom gebruikte ik altijd mijn linkerhand om hem op de rechterarm te stompen. Ik kneep mijn ogen tot spleetjes en bracht de foto dichter bij mijn gezicht.

Ik zag het litteken onder de mouw van zijn T-shirt vandaan komen.

De kelder begon te draaien.

Mevrouw Perez had gezegd dat het litteken van haar zoon op zijn rechterarm had gezeten. Maar dan zou ik hem met mijn rechterhand op zijn linkerarm gestompt moeten hebben. Dat had ik nooit gedaan. Altijd met mijn linkerhand, op zijn rechterarm.

Ik had nu het bewijs.

Gil Perez' litteken zat op zijn linkerbovenarm.

Mevrouw Perez had gelogen.

En nu was de vraag waaróm ze dat had gedaan.

7

De volgende ochtend was ik vroeg op kantoor. Over een halfuur zou ik Chamique Johnson, het slachtoffer, in de getuigenbank krijgen. Ik nam mijn aantekeningen door. Toen de klok negen uur sloeg, had ik er genoeg van. Dus belde ik inspecteur York.

'Mevrouw Perez heeft gelogen,' zei ik.

Hij luisterde naar mijn uitleg.

'Gelogen,' herhaalde York toen ik klaar was. 'Vind je dat niet wat sterk uitgedrukt?'

'Hoe zou jij het dan noemen?'

'Misschien heeft ze zich gewoon vergist?'

'Ze is vergeten op welke arm van haar eigen zoon het litteken zat?'

'Ja, waarom niet? Ze had toen al gezien dat hij het niet was. Zo vreemd is dat niet.'

Ik geloofde er niets van. 'Heb je nog ander nieuws over de zaak?'

'We denken dat Santiago in New Jersey woonde.'

'Heb je een adres gevonden?'

'Nee, maar wel een vriendin. Tenminste, we denken dat ze een vriendin van hem was. Of in ieder geval een kennis.'

'Hoe heb je dat voor elkaar gekregen?'

'Die mobiele telefoon, met niets in het geheugen? Ze belde ernaartoe, was naar hem op zoek.'

'En wie is hij in werkelijkheid? Manolo Santiago, bedoel ik.'

'Dat weten we nog niet.'

'Kon zijn vriendin dat niet vertellen?'

'Nee, die kende hem alleen als Santiago. O, en nog iets belangrijks.'

'Wat?'

'Het lijk is verplaatst. Ik bedoel, dat wisten we al, maar het is nu bevestigd. En onze patholoog-anatoom zegt dat Santiago, op grond van het bloedverlies en andere onzin waar ik weinig van begrijp en ook niet in geïnteresseerd ben, waarschijnlijk al een uur dood was voordat zijn lijk werd gedumpt. Ze hebben vezels van vloerbedekking en dat soort dingen gevonden. In het voorlopige autopsierapport staat dat die uit een auto afkomstig zijn.'

'Dus Santiago is vermoord, in de kofferbak van een auto gestopt en vervolgens in Washington Heights gedumpt?'

'Dat is de theorie waarmee we aan de slag zijn gegaan.'

'Heb je een bouwjaar en model van de auto?'

'Nog niet. Maar onze man zegt dat die hoogstwaarschijnlijk oud was. Dat is het enige wat hij weet. Ze zijn ermee bezig.'

'Hoe oud?'

'Dat weet ik niet. Niet nieuw in ieder geval. Kom op, Copeland, stel niet van die moeilijke vragen.'

'Ik heb grote persoonlijke belangen in deze zaak.'

'Nu we het daar toch over hebben...'

'Wat?'

'Waarom kom je ons niet helpen?'

'En dat houdt in?'

'Onze werkdruk is krankzinnig. We hebben nu een spoor dat naar New Jersey leidt... waarschijnlijk heeft Santiago daar gewoond. Zijn vriendin woont er in ieder geval. En ze zegt dat ze hem alleen daar heeft gezien... in New Jersey.'

'Mijn regio?'

'Nee, volgens mij is het Hudson. Of Bergen, misschien. Shit, ik weet het niet. Maar dichtbij genoeg, in ieder geval. En misschien kan ik er nog een interessant punt aan toevoegen?'

'Ik luister.'

'Jouw zus woonde in New Jersey, toch?'

'Ja.'

'Dat is mijn jurisdictie niet. Jij kunt er waarschijnlijk de jouwe van maken, ook al ligt het buiten je regio. Je kunt de oude zaak heropenen... aangezien niemand anders dat van plan is.'

Ik dacht erover na. Ik wist dat ik gemanipuleerd werd. Hij hoopte dat ik het loopwerk zou doen en dat hij met de eer kon gaan strijken... wat ik allemaal prima vond.

'Die vriendin,' zei ik, 'weet je hoe ze heet?'

'Raya Singh.'

'En heb je een adres?'

'Wil je met haar gaan praten?'

'Vind je dat goed?'

'Zolang je mijn zaak niet versjteert kun je doen wat je wilt. Maar mag ik je een welgemeend advies geven?'

'Natuurlijk.'
'Die gestoorde, de Summer Slasher... ik ben vergeten hoe hij heet...'
'Wayne Steubens,' zei ik.
'Jij hebt hem gekend, hè?'
'Heb je het dossier van de zaak gelezen?'
'Ja. Ze hebben jou een tijdje als een verdachte beschouwd, hè?'
Ik moest weer denken aan sheriff Lowell, aan die ongelovige blik van hem. Die natuurlijk begrijpelijk was.
'Wat wil je zeggen?'
'Alleen dit: Steubens zoekt nog steeds naar bewijs om zijn veroordeling aan te vechten.'
'Hij is voor die eerste vier moorden nooit berecht,' zei ik. 'Dat was niet nodig... ze hadden voldoende bewijs in de latere zaken.'
'Dat weet ik. Maar toch... hij heeft ermee te maken gehad. Als ons lijk echt Gil Perez is en Steubens komt dat te weten, nou, dan kan hij daar zijn voordeel mee doen. Begrijp je wat ik bedoel?'
Hij bedoelde dat ik het stil moest houden totdat ik iets zeker wist. Dat begreep ik heel goed. Wayne Steubens helpen was wel het laatste wat ik wilde.
We beëindigden het gesprek. Loren Muse stak haar hoofd naar binnen.
'Heb je nog nieuws voor me?' vroeg ik.
'Nee, sorry.' Ze keek op haar horloge. 'Ben je klaar voor het grote verhoor?'
'Ja.'
'Kom op dan. Het is showtime.'

'Het hof roept Chamique Johnson naar de getuigenbank.'
Chamique was redelijk netjes gekleed, maar we hadden het zeker niet overdreven. Je kon nog steeds zien dat ze van de straat kwam. Je kon haar welvingen ook zien. Ik had haar zelfs schoenen met hoge hakken laten aantrekken. Er zijn situaties waarin je de jury een rad voor ogen probeert te draaien. En er zijn situaties, zoals deze, waarin je weet dat je zaak alleen kans van slagen heeft wanneer je hun een eerlijk, compleet beeld schetst, met alle mitsen en maren.
Chamique liep met geheven hoofd. Haar blik ging van links naar rechts, niet op de 'oneerlijke Richard Nixon'-manier, maar op een 'uit welke hoek kan ik de klappen verwachten'-manier. Ze had iets te veel make-up op. Maar ook dat gaf niet. Het was de bedoeling dat ze eruitzag als een jong meisje dat volwassen probeerde te lijken.

Er waren collega's op het OM die het niet eens waren met mijn strategie. Maar ik geloofde dat als je in de strijd ten onder moest gaan, je dat wel moest doen terwijl je de waarheid trouw bleef. En dat was ik hier van plan.

Chamique vertelde hoe ze heette, zwoer op de Bijbel en ging zitten. Ik keek haar recht aan en glimlachte. Met een net zichtbaar hoofdknikje gaf ze aan dat ze er klaar voor was.

'Je werkt als stripper, is dat juist?'

Dat ik mijn getuigenverhoor begon met een vraag als deze, zonder enige inleidende woorden, verbaasde de aanwezigen. Hier en daar werd naar adem gehapt. Chamique knipperde met haar ogen. Ze wist wel ongeveer wat ik van plan was, maar ik had haar expres geen details verteld.

'Parttime,' antwoordde ze.

Dat antwoord beviel me niet. Te voorzichtig.

'Maar je trekt dus je kleren uit voor geld, klopt dat?'

'Ja.'

Zonder aarzeling. Dat leek er meer op.

'Doe je dat in clubs, of op privéfeestjes?'

'Allebei.'

'In welke club treed je op als stripper?'

'De Pink Tail. In Newark.'

'Hoe oud ben je?' vroeg ik.

'Zestien.'

'Moet je geen achttien zijn om te mogen strippen?'

'Ja.'

'Hoe zit dat dan?'

Chamique haalde haar schouders op. 'Ik heb een vals identiteitsbewijs waarop staat dat ik eenentwintig ben.'

'Dus je overtreedt de wet?'

'Ik denk het.'

'Overtreed je de wet of niet?' vroeg ik, nu met meer scherpte in mijn stem. Chamique begreep het. Ik wilde dat ze eerlijk was. Ik wilde – vergeef me de woordspeling, aangezien ze stripper en zo was – dat ze zich helemaal blootgaf. De scherpte was bedoeld om haar daaraan te herinneren.

'Ja, ik overtreed de wet.'

Ik keek naar de tafel van de verdediging. Mort Pubin zat me aan te staren alsof ik hartstikke gek was geworden. Flair Hickory had zijn handen gevouwen en zijn wijsvingers tegen zijn lippen gelegd. Hun twee cliënten, Barry Marantz en Edward Jenrette, waren ge-

kleed in blauwe blazers en hadden allebei een bleek gezicht. Ze zagen er niet bijdehand of vol zelfvertrouwen of kwaadaardig uit. Ze oogden van streek, bang en heel jong. Een cynicus zou zeggen dat dat opzet was, dat hun advocaten hadden gezegd hoe ze moesten zitten en hoe ze uit hun ogen moesten kijken. Maar ik wist wel beter. Ik liet me er alleen niet door afleiden.
Ik glimlachte naar mijn getuige. 'Je bent de enige niet, Chamique. We hebben in het studentenhuis van je verkrachters ook een heel stel valse identiteitsbewijzen gevonden, om met z'n allen naar bars voor volwassenen te gaan. Jij hebt de wet tenminste overtreden om je brood te verdienen.'
Mort schoot overeind. 'Bezwaar, edelachtbare.'
'Toegewezen.'
Maar het was gezegd. Zoals het oude gezegde zei: een eenmaal geluide klok kun je niet tot zwijgen brengen.
'Chamique,' vervolgde ik, 'je bent geen maagd meer, hè?'
'Nee.'
'Je hebt zelfs een buitenechtelijk kind, een zoontje.'
'Ja.'
'Hoe oud is hij?'
'Vijftien maanden.'
'Vertel me eens, Chamique, maakt het feit dat je geen maagd meer bent en een buitenechtelijk kind hebt je tot een minderwaardig mens?'
'Bezwaar!'
'Toegewezen.' De rechter, een man met zware, borstelige wenkbrauwen, die Arnold Pierce heette, keek me vragend aan.
'Ik stel alleen het voor de hand liggende vast. Als mevrouw Johnson blond was geweest en een kind van rijke ouders in Short Hills of Livingston...'
'Bewaar dat maar voor uw pleidooi, meneer Copeland.'
Dat zou ik zeker doen. En ik had het nu al in de opening gezegd. Ik wendde me weer tot het slachtoffer.
'Vind je strippen leuk, Chamique?'
'Bezwaar!' Mort Pubin was weer opgestaan. 'Niet relevant. Wat kan het iemand schelen of ze strippen leuk vindt of niet?'
Rechter Pierce keek me weer aan. 'Nou?'
'Weet u wat?' zei ik terwijl ik Pubin aankeek. 'Ik stel geen vragen meer over strippen als u het ook niet doet.'
Pubin zweeg. Flair Hickory had nog geen woord gezegd. Hij maakte niet graag bezwaar. De gemiddelde jury houdt niet van be-

zwaren. Dan denken de juryleden dat er iets voor hen wordt achtergehouden. Flair wilde sympathiek blijven overkomen. Daarom liet hij Mort het vuile werk doen. Het was de advocatenversie van 'boze smeris, aardige smeris'.

Ik wendde me weer tot Chamique. 'Je was niet aan het strippen op de avond van de verkrachting, is het wel?'

'Bezwaar!'

'Vermeende verkrachting,' corrigeerde ik.

'Nee,' zei Chamique. 'Ik was uitgenodigd.'

'Je was uitgenodigd op een feest in het studentenhuis waar meneer Marantz en meneer Jenrette wonen?'

'Ja, dat klopt.'

'Wie had je uitgenodigd? Meneer Marantz of meneer Jenrette?'

'Geen van beiden.'

'Wie dan wel?'

'Een andere jongen die daar woont.'

'Hoe heet die jongen?'

'Jerry Flynn.'

'Ik begrijp het. Hoe heb je meneer Flynn ontmoet?'

'Ik had de week daarvoor in het studentenhuis gewerkt.'

'En met gewerkt bedoel je...'

'Ik heb voor ze gestript,' maakte Chamique voor me af. Dat beviel me. We begonnen allebei in ons ritme te komen.

'En meneer Flynn was daar toen ook?'

'Ze waren er allemaal.'

'En met "allemaal" bedoel je...'

Ze wees naar de twee beklaagden. 'Zij waren er ook. En een stel andere jongens.'

'Hoeveel jongens, denk je?'

'Twintig, vijfentwintig, ongeveer.'

'Oké, maar het was meneer Flynn die je voor het feest van een week daarna uitnodigde?'

'Ja.'

'En je nam de uitnodiging aan?'

Haar ogen waren vochtig geworden, maar ze zat nog steeds rechtop en met geheven hoofd. 'Ja.'

'Waarom besloot je erop in te gaan?'

Chamique dacht even na. 'Het was alsof je door een miljonair op zijn jacht was uitgenodigd.'

'De jongens maakten indruk op je?'

'Ja, natuurlijk.'

'En hun geld?'
'Ja, dat ook,' zei ze.
Ik had haar wel kunnen zoenen om dat antwoord.
'En,' vervolgde ze, 'Jerry was aardig voor me geweest toen ik kwam strippen.'
'Meneer Flynn had je vriendelijk behandeld?'
'Ja.'
Ik knikte. Ik kwam nu op gevaarlijker terrein, maar ik besloot het erop te wagen. 'Trouwens, Chamique, om even terug te gaan naar de avond dat je daar kwam strippen...' Ik voelde mijn hartslag iets versnellen. 'Heb je een van de aanwezige mannen ook nog andere diensten verleend?'
Ik keek haar aan. Ze slikte, maar ze hield stand. Toen ze antwoordde, klonk haar stem zacht en waren de scherpe randjes eraf.
'Ja.'
'Waren dat diensten van seksuele aard?'
'Ja.'
Ze boog haar hoofd.
'Je hoeft je niet te schamen,' zei ik. 'Je had het geld nodig.' Ik gebaarde naar de tafel van de verdediging. 'Wat hebben zij voor excuus?'
'Bezwaar!'
'Toegewezen.'
Maar Mort Pubin was nog niet klaar. 'Edelachtbare, die opmerking is een regelrechte schande!'
'Het is inderdaad een schande,' beaamde ik. 'Je zou je cliënten moeten laten geselen.'
Mort Pubin kreeg een rood hoofd, en zijn stem een zeurende klank. 'Edelachtbare!'
'Meneer Copeland.'
Ik stak mijn hand op naar de rechter om aan te geven dat hij gelijk had en dat ik zou inbinden. Ik ben een groot voorstander van het zo snel mogelijk naar buiten brengen van al het slechte nieuws, hoewel ik daar zo mijn eigen methodes voor heb. Dan neem je de tegenpartij de wind uit de zeilen.
'Zag je meneer Flynn als een mogelijk nieuw vriendje?'
Mort Pubin weer. 'Bezwaar! Is dat relevant?'
'Meneer Copeland?'
'Natuurlijk is dat relevant. Zij zullen stellen dat juffrouw Johnson deze beschuldigingen heeft geuit om hun cliënten financieel uit te kleden. Ik probeer aan te tonen wat er die avond werkelijk in haar hoofd omging.'

'Ik sta de vraag toe,' zei rechter Pierce.
Ik herhaalde de vraag.
Chamique aarzelde even en zag er opeens heel jong uit. 'Jerry was voor mij veel te hoog gegrepen.'
'Maar?'
'Maar... ik bedoel, ja, ik weet het niet. Ik had nog nooit iemand zoals hij ontmoet. Hij hield de deur voor me open. Hij was heel aardig voor me. Dat ben ik niet gewend.'
'En hij was rijk. Ik bedoel, vergeleken met jou.'
'Ja.'
'Betekende dat ook iets voor je?'
'Natuurlijk.'
Ik had bewondering voor de eerlijkheid in dat antwoord.
Chamiques blik ging naar de jurytribune. De strijdlust was terug, zag ik. 'Ik heb ook mijn dromen.'
Ik liet die woorden even naklinken voordat ik doorging. 'En wat was je droom van die avond, Chamique?'
Mort wilde weer protesteren, maar Flair Hickory legde zijn hand op Morts onderarm.
Chamique haalde haar schouders op. 'Die was... nogal stom.'
'Vertel het me toch maar.'
'Ik dacht dat, misschien... het was zo stom... ik dacht dat hij mij misschien ook aardig zou vinden, begrijpt u?'
'Ja, ik begrijp het,' zei ik. 'Hoe ben je naar het feest gegaan?'
'Ik ben in Irvington op de bus gestapt en heb de rest gelopen.'
'En toen je bij het studentenhuis aankwam, werd je ontvangen door meneer Flynn?'
'Ja.'
'Was hij nog steeds aardig voor je?'
'In het begin wel.' Er ontsnapte een traantje aan haar ooghoek. 'Hij was heel lief. Het was...'
Ze stopte.
'Wat was het, Chamique?'
'In het begin...' Een tweede traan rolde over haar wang. '... was het de beste avond van mijn leven.'
Ik liet die woorden in de lucht hangen en nagalmen. Een derde traan ontsnapte.
'Voel je je wel goed?' vroeg ik.
Chamique veegde de tranen weg. 'Ja.'
'Weet je het zeker?'
De scherpte kwam terug in haar stem. 'Stel uw vraag, meneer Copeland,' zei ze.

Ze was fantastisch. Alle juryleden zaten rechtop, aandachtig te luisteren, en – dacht ik – geloofden elk woord dat ze zei.

'Was er een moment dat meneer Flynn zich opeens anders tegen je ging gedragen?'

'Ja.'

'Wanneer was dat?'

'Ik zag hem iets fluisteren tegen hem daar.' Ze wees naar Edward Jenrette.

'Meneer Jenrette?'

'Ja... tegen hem.'

Edward Jenrette probeerde niet ineen te schrompelen onder Chamiques blik. Het lukte hem maar half.

'Zag je meneer Jenrette iets terugzeggen tegen meneer Flynn?'

'Ja.'

'En wat gebeurde er toen?'

'Jerry vroeg of we een stukje konden gaan lopen.'

'Met Jerry bedoel je Jerry Flynn?'

'Ja.'

'Oké, vertel ons wat er toen gebeurde.'

'We gingen naar buiten. Ze hadden daar een biertap. Hij vroeg of ik een biertje wilde. Ik zei nee. Hij deed opeens heel anders, heel gespannen en zo.'

Mort Pubin was weer opgestaan. 'Bezwaar.'

Ik maakte een breed armgebaar en keek met een vermoeide blik naar de rechter. 'Edelachtbare.'

'Ik sta het toe,' zei de rechter.

'Ga door,' zei ik tegen Chamique.

'Jerry tapte een biertje voor zichzelf en bleef ernaar kijken.'

'Bleef hij naar zijn bier kijken?'

'Ja, zo zag het eruit. Hij wilde mij niet meer aankijken. Er was iets veranderd. Ik vroeg of hij zich wel goed voelde. Ja, zei hij, alles was dik in orde. En toen...' Haar stem brak niet echt, maar het scheelde heel weinig. '... toen zei hij dat ik een geil lijf had en dat hij het geweldig had gevonden om me mijn kleren uit te zien trekken.'

'Verbaasde dat je?'

'Ja. Ik bedoel, zo had hij nog nooit tegen me gepraat. Hij klonk ineens zo grof.' Ze slikte. 'Net als de anderen.'

'Ga door.'

'Hij zei: "Ga je mee naar boven, dan laat ik je mijn kamer zien."'

'Wat zei je toen?'

'Ik zei: "Oké."'

'Wilde je dat, met hem mee naar zijn kamer?'

Chamique deed haar ogen dicht. Er kwam weer een traantje tevoorschijn. Ze schudde haar hoofd.

'Je moet hardop antwoorden, Chamique.'

'Nee,' zei ze.

'Waarom ben je dan met hem meegegaan?'

'Ik wilde dat hij me aardig vond.'

'En je dacht dat hij je aardig zou vinden als je met hem mee naar boven ging?'

Chamique ging zachter praten. 'Ik wist dat hij me níét aardig zou vinden als ik nee zei.'

Ik draaide me om en liep terug naar mijn tafel. Ik deed alsof ik mijn aantekeningen bekeek. Ik wilde de jury de tijd geven om dit te laten bezinken. Chamique zat nog steeds rechtop, met haar kin geheven. Ze deed haar best niets te laten blijken, maar de pijn die ze uitstraalde, was bijna tastbaar.

'Wat gebeurde er toen je boven kwam?'

'We gingen een kamer in.' Haar blik ging weer naar Jenrette. 'En toen greep hij me vast.'

'Was er nog iemand in die kamer?'

'Ja, hij.'

Ze wees naar Barry Marantz. De ouders van de beide jongens zaten recht achter de tafel van de verdediging. Hun gezichten stonden strak als dodenmaskers, alsof de huid naar achteren werd getrokken, waardoor de jukbeenderen te ver uitstaken, de ogen diep in hun kassen lagen en verbijsterd voor zich uit keken. Zij waren de wachters, hier aanwezig om hun kroost te beschermen. Ze waren zwaar aangeslagen. Ik had met hen te doen. Maar dat was dan jammer. Edward Jenrette en Barry Marantz hadden tenminste mensen om hen te beschermen.

Chamique Johnson had niemand.

Toch kon ik voor een deel begrijpen wat er in dat huis gebeurd was. Je begint te drinken, verliest je zelfbeheersing en hebt geen oog meer voor de gevolgen. Misschien zouden ze het nooit meer doen. Misschien hadden ze inderdaad hun lesje geleerd. Maar nogmaals, dat was dan jammer.

Er bestaan mensen die door en door slecht zijn, die altijd wreed en gewelddadig blijven en anderen pijn willen doen. Er zijn ook andere mensen, van wie ik er heel veel in mijn kantoor heb gehad, die alleen maar ernstig in de war zijn. Het is niet mijn taak om die groepen van elkaar te scheiden. Dat laat ik aan de rechter over, wanneer die zijn vonnis uitspreekt.

'Oké,' zei ik, 'wat gebeurde er toen?'
'Hij deed de deur dicht.'
'Wie?'
Ze wees naar Marantz.
'Chamique, zullen we, om het gemakkelijker te maken, hem meneer Marantz en de andere beklaagde meneer Jenrette noemen?'
Ze knikte.
'Dus meneer Marantz deed de deur dicht. En toen?'
'Meneer Jenrette zei dat ik op mijn knieën moest gaan zitten.'
'Waar was meneer Flynn op dat moment?'
'Dat weet ik niet.'
'Weet je dat niet?' Ik deed alsof ik verbaasd was. 'Was hij niet samen met jou de trap op gelopen?'
'Ja.'
'Stond hij niet naast je toen meneer Jenrette je vastgreep?'
'Ja.'
'Wat deed hij toen?'
'Dat weet ik niet. Hij is niet de kamer binnengekomen. Hij bleef op de gang staan toen de deur werd dichtgedaan.'
'Heb je hem nog teruggezien?'
'Later pas.'
Ik haalde een keer diep adem en ging door. Ik vroeg Chamique wat er toen was gebeurd. Ik nam haar mee door de feitelijke verkrachting. De verklaring was schokkend. Ze praatte op zakelijke toon, alsof ze er totaal afstand van had genomen. Ik moest veel vragen stellen: wat ze hadden gezegd, hoe ze hadden gelachen, wat ze allemaal met haar hadden gedaan. Ik had details nodig. Ik geloof niet dat de jury die wilde horen. Maar het was belangrijk voor me dat ze zo gedetailleerd mogelijk uitweidde, dat ze zich elke houding herinnerde, wie waar had gestaan en wie wat had gedaan.

Het was niet prettig om naar te luisteren.

Toen we de verklaring over de verkrachting hadden afgerond, gaf ik die een paar seconden tijd om te bezinken en begon ik aan het probleem dat voor ons het meest riskant was. 'In je politieverklaring heb je gezegd dat je verkrachters de namen Cal en Jim gebruikten.'
'Bezwaar, edelachtbare.'
Het was Flair Hickory, die voor het eerst iets zei. Zijn stem klonk heel rustig, de soort rust die ervoor zorgt dat iedereen luistert.
'Ze heeft niet verklaard dat de namen Cal en Jim zijn gebruikt,' zei Flair. 'Ze heeft zowel in haar politieverklaring als in haar latere getuigenissen gezegd dat ze Cal en Jim héétten.'

'Ik zal de vraag anders formuleren,' zei ik vermoeid, alsof ik de jury wilde duidelijk maken dat ik dit wel heel muggenzifterig vond. Ik wendde me weer tot Chamique. 'Wie van de twee heette Cal en wie heette Jim?'

Chamique identificeerde Barry Marantz als Cal en Edward Jenrette als Jim.

'Hebben ze zich aan je voorgesteld?' vroeg ik.

'Nee.'

'Hoe wist je dan dat ze Cal en Jim heetten?'

'Zo noemden ze elkaar.'

'Ik citeer uit je politieverklaring. Bijvoorbeeld, meneer Marantz zei: "Buig haar voorover, Jim." Op die manier?'

'Ja.'

'Je weet,' zei ik, 'dat geen van beide beklaagden Cal of Jim heet.'

'Ja, dat weet ik.'

'Kun je dat verklaren?'

'Nee. Ik zeg alleen wat ze tegen elkaar gezegd hebben.'

Zonder aarzeling, zonder zich ergens voor te verontschuldigen... een prima antwoord. Ik liet het erbij.

'Wat gebeurde er nadat ze je hadden verkracht?'

'Ik moest me wassen.'

'Hoe?'

'Ze hebben me onder de douche gezet, een stuk zeep gegeven, gezegd dat ik me goed schoon moest boenen en me daarna met een handdouche afgespoten.'

'En toen?'

'Ze hebben mijn kleren afgenomen... zeiden dat ze die zouden verbranden. Ze hebben me een T-shirt en een korte broek gegeven.'

'Wat gebeurde er daarna?'

'Jerry heeft me naar de bushalte gebracht.'

'Heeft meneer Flynn onderweg nog iets tegen je gezegd?'

'Nee.'

'Helemaal niets?'

'Geen woord.'

'Heb jij iets tegen hem gezegd?'

'Nee.'

Ik deed weer alsof ik verbaasd was. 'Heb je hem niet verteld dat je was verkracht?'

Voor het eerst glimlachte ze. 'Denkt u dat hij dat niet wist?'

Ook op deze opmerking ging ik niet in. Ik wilde ergens anders naartoe.

'Heb je een advocaat in de arm genomen, Chamique?'
'Min of meer.'
'Hoe bedoel je dat, min of meer?'
'Ik heb hém niet opgezocht. Hij is naar mij toe gekomen.'
'Wie is het?'
'Horace Foley. Hij kleedt zich een stuk minder chic dan meneer Hickory daar.'
Flair kon er wel om glimlachen.
'Ga je de verdachten aanklagen?'
'Ja.'
'En waarom ga je dat doen?'
'Om het ze betaald te zetten,' zei ze.
'Maar zijn we dat hier al niet aan het doen?' vroeg ik. 'Een manier te vinden om ze te straffen?'
'Ja, maar in die zaak gaan we geld eisen.'
Ik trok een gezicht alsof ik het niet begreep. 'Maar dan zal de verdediging ertegen inbrengen dat je de beschuldiging hebt verzonnen om je te verrijken. Ze zullen zeggen dat het feit dat je die zaak tegen hen aanspant, bewijst dat het je om geld te doen is.'
'Het ís me ook om geld te doen,' zei Chamique. 'Heb ik ooit gezegd dat het niet zo was?'
Ik wachtte.
'Geeft u dan niks om geld, meneer Copeland?'
'Jawel,' zei ik.
'Nou dan?'
'Nou,' zei ik, 'dan zal de verdediging zeggen dat het geld een motief is om te liegen.'
'Dat is dan jammer,' zei ze. 'Kijk, als ik zou zeggen dat het geld me niks kan schelen, zou dat een leugen zijn.' Ze keek naar de jury. 'Als ik hier tegen u zou zeggen dat geld niks voor me betekent, zou u me dan geloven? Natuurlijk niet. Net zoals ik u niet zou geloven als u zou zeggen dat geld niks voor u betekent. Geld betekent wel wat voor me. Dat was zo voordat ze me verkrachtten, en dat is nog steeds zo. Ik lieg niet. Ze hebben me verkracht. Ik wil dat ze daarvoor de cel in gaan. En als ik er ook nog wat geld aan over kan houden, waarom niet? Ik kan het goed gebruiken.'
Ik deed een stap achteruit. Eerlijkheid... niets smaakt zoeter dan onvervalste eerlijkheid.
'Ik heb verder geen vragen,' zei ik.

8

De zitting werd geschorst voor de lunch. Meestal is dat voor mij het moment om overleg te plegen met mijn medewerkers. Maar vandaag wilde ik dat niet. Ik wilde alleen zijn. Ik wilde mijn getuigenverhoor nog eens overdenken, nagaan wat ik was vergeten en proberen in te schatten wat Flair van plan was.

Ik bestelde een cheeseburger en een biertje bij een serveerster die eruitzag alsof ze dolgraag in een van die 'Er even tussenuit?'-commercials zou willen optreden. Ze noemde me 'schat'. Ik vind het heerlijk als serveersters dat doen.

Een proces bestaat uit twee verhaallijnen die je allebei heel goed in de gaten moet houden. Je moet je cliënt neerzetten als een echt mens. 'Echt' is in dit geval een stuk belangrijker dan 'sympathiek'. Advocaten vergeten dat wel eens. Die denken dat ze hun cliënten lief en fatsoenlijk moeten maken. Dat zouden ze niet moeten doen. Daarom probeer ik een jury nooit een beeld te schetsen dat simpeler is dan het in werkelijkheid is. Juryleden zijn heel goed in staat zelf een karakter te beoordelen. En de kans dat ze je geloven is een stuk groter wanneer je ook je kwetsbare plekken laat zien. Tenminste, als je aan mijn kant staat, die van de openbaar aanklager. Als je een cliënt verdedigt, wil je juist rookgordijnen optrekken. Zoals Flair Hickory me onomwonden duidelijk had gemaakt, wil je de kans creëren om die beeldschone maîtresse, die bekendstaat als gerede twijfel, naar voren te schuiven. Ik deed precies het tegenovergestelde. Ik had behoefte aan helderheid.

De serveerster kwam terug, zei: 'Hier, schat', en zette de cheeseburger voor me neer. Ik keek ernaar. Die zag er zo vet uit dat ik er bijna een doosje maagtabletten bij had besteld. Maar in werkelijkheid was deze viezigheid precies waar ik trek in had. Ik pakte de cheeseburger met beide handen vast en voelde mijn vingertoppen in het broodje verdwijnen.

'Meneer Copeland?'

Ik herkende de jonge man die bij mijn tafel stond niet.
'Hoor eens,' zei ik, 'mag ik even rustig eten?'
Hij legde een briefje op tafel en liep weg. Het was een in vieren gevouwen blaadje van een gele advocatenblocnote. Ik vouwde het open.
KOM NAAR HET ACHTERSTE TAFELTJE AAN UW RECHTERKANT, ALSTUBLIEFT – EJ JENRETTE

De vader van Edward. Ik keek naar mijn overheerlijke cheeseburger. De cheeseburger keek terug. Ik had een gruwelijke hekel aan koud of opgewarmd eten. Dus at ik hem op. Ik was uitgehongerd. Ik deed mijn best hem niet naar binnen te schrokken. Ook het glas bier smaakte me verdomd goed.

Toen ik eindelijk klaar was, stond ik op en liep naar de achterste tafel rechts van me. EJ Jenrette zat er. Voor hem stond een glas, zo te zien met whisky erin. Hij had zijn beide handen om het glas gevouwen, alsof hij het wilde beschermen. Zijn blik was op de drank gericht.

Hij keek niet op toen ik tegenover hem kwam zitten. Als hij de pest in had over mijn late reactie – als die hem überhaupt was opgevallen – liet hij dat niet merken.

'U wilde me spreken?' vroeg ik.

EJ knikte. Hij was groot, vroeger sportman geweest, en was gekleed in een handgemaakt overhemd dat er desondanks uitzag alsof de boord hem probeerde te wurgen. Ik wachtte.

'U hebt een dochtertje,' zei hij.

Ik wachtte nog wat langer.

'Wat zou u allemaal doen om haar te beschermen?'

'Om te beginnen zou ik haar niet naar feestjes in het studentenhuis van uw zoon laten gaan,' zei ik.

Hij keek op. 'Dat is niet grappig.'

'Was dat het?'

Hij nam een flinke slok uit zijn glas.

'Ik ben bereid dat meisje honderdduizend dollar te geven,' zei Jenrette. 'En ik stort nog eens honderdduizend dollar in het liefdadigheidsfonds van uw vrouw.'

'Geweldig. Schrijft u meteen de cheques uit?'

'Trekt u dan de beschuldigingen in?'

'Nee.'

Hij keek me aan. 'Edward is mijn zoon. Wilt u echt dat hij de eerstvolgende tien jaar in de gevangenis doorbrengt?'

'Ja, maar het is de rechter die de straf bepaalt, niet ik.'

'Hij is nog maar een kind. Hij heeft zich vergaloppeerd, dat is alles.'

'U hebt ook een dochter, is het niet, meneer Jenrette?'

Jenrette zei niets en staarde naar zijn glas.

'Als een paar zwarte jongens uit Irvington haar een kamer in hadden gesleept en die dingen met haar hadden gedaan, zou u het dan ook onder het tapijt willen vegen?'

'Mijn dochter is geen stripper.'

'Nee, meneer, dat is ze niet. Omdat ze een beschermd leven vol privileges geniet. Waarom zou ze gaan strippen?'

'Doe me een lol,' zei hij. 'Bespaar me dat sociaalmaatschappelijke gelul. Wilt u beweren dat ze, omdat ze maatschappelijk een achterstand had, geen andere keus had dan hoer te worden? Alsjeblieft zeg! Dat is een regelrechte belediging voor alle achtergestelde mensen die zich uit de getto's hebben gewerkt.'

Ik trok mijn wenkbrauwen op. 'De getto's?'

Jenrette zei niets.

'U woont in Short Hills, hè, meneer Jenrette?'

'Nou en?'

'Vertelt u me eens,' zei ik, 'hoeveel van uw buren hebben ervoor gekozen om stripper, of – zoals u het noemt – hoer te worden?'

'Dat weet ik niet.'

'Wat Chamique Johnson doet of laat is totaal onbelangrijk in het licht van feit dat ze verkracht is. Wat zij doet, is háár keuze. Uw zoon bepaalt niet wie het verdient om verkracht te worden en wie niet. Trouwens, hoe je het ook bekijkt, Chamique Johnson trad op als stripper omdat ze niet veel andere mogelijkheden had. Voor uw dochter gaat dat niet op.' Ik schudde mijn hoofd. 'U begrijpt er niets van.'

'Wat begrijp ik niet?'

'Dat het feit dat ze gedwongen is te strippen en haar lichaam te verkopen Edward niet minder schuldig maakt. Integendeel, het maakt hem juist schuldiger.'

'Mijn zoon heeft haar niet verkracht.'

'Daar hebben we processen voor, om dat te bepalen,' zei ik. 'Was dat alles?'

Eindelijk keek hij op. 'Ik kan het u moeilijk maken.'

'Volgens mij bent u daar al mee begonnen.'

'Het blokkeren van de donaties?' Hij haalde zijn schouders op. 'Dat is nog niks. Kinderspel.'

Hij bleef me aankijken. Ik vond dat het lang genoeg had geduurd.

'Tot ziens, meneer Jenrette.'

Hij stak zijn hand uit en pakte mijn pols vast. 'Ik weet zeker dat ze vrijgesproken zullen worden.'

'We zullen zien.'

'U mag vanochtend misschien punten hebben gescoord, maar die hoer moet nog aan een kruisverhoor worden onderworpen. U hebt geen verklaring voor het feit dat ze hun namen verkeerd heeft. Dat gaat u de kop kosten. Dat weet u zelf ook. Dus luister naar wat ik voorstel.'

Ik wachtte.

'Mijn zoon en die jongen van Marantz bekennen schuld van welke aanklacht ook onder voorwaarde dat er geen gevangenisstraf wordt geëist. Ze kunnen taakstraffen doen. Ze kunnen voorwaardelijk krijgen, zo lang u maar wilt. Dat is redelijk. In aanvulling daarop zal ik dat arme meisje financieel helpen en zorg ik ervoor dat JaneCare genoeg geld gedoneerd krijgt. Een driedubbele winsituatie.'

'Nee,' zei ik.

'Denkt u nu echt dat die jongens nog eens zoiets zullen doen?'

'Wilt u de waarheid horen?' vroeg ik. 'Nee, waarschijnlijk niet.'

'Ik dacht dat gevangenisstraf bedoeld was voor rehabilitatie.'

'Ja, maar ik ben niet uit op rehabilitatie,' zei ik. 'Ik ben uit op rechtvaardigheid.'

'En u vindt het rechtvaardig als mijn zoon de gevangenis in gaat?'

'Ja, dat vind ik,' zei ik. 'Maar nogmaals, er zijn jury's en rechters om dat te bepalen.'

'Hebt u ooit in uw leven een fout gemaakt, meneer Copeland?'

Ik zei niets.

'Want ik ga in uw verleden graven. Ik ga net zo lang graven totdat ik elk foutje heb gevonden dat u ooit hebt gemaakt. En ik zal ze gebruiken ook. U hebt ook uw geheimpjes, meneer Copeland. Dat weten we allebei. Als u deze heksenjacht doorzet, zal ik ervoor zorgen dat de hele wereld ze te zien en te horen krijgt.' Hij leek zijn zelfvertrouwen weer teruggevonden te hebben. Dat beviel me niet. 'In het ergste geval heeft mijn zoon een grote fout gemaakt. We moeten een manier zien te bedenken om hem te laten boeten voor wat hij heeft gedaan, maar zónder zijn leven te verwoesten. Dat begrijpt u toch wel?'

'Ik heb u niets meer te zeggen,' zei ik.

Hij had nog steeds mijn pols vast.

'Een laatste waarschuwing, meneer Copeland. Ik zal alles doen wat in mijn vermogen ligt om mijn zoon te beschermen.'

Ik keek EJ Jenrette aan en deed toen iets wat hem verbaasde: ik glimlachte naar hem.

'Wat is er?' vroeg hij.

'Het is hartverwarmend,' zei ik.

'Wat?'

'Dat uw zoon zo veel mensen heeft die bereid zijn voor hem te knokken,' zei ik. 'Ook in de rechtszaal. Edward heeft zo veel mensen aan zijn kant staan.'

'Hij is erg geliefd.'

'Hartverwarmend,' zei ik weer, en ik trok mijn pols los. 'Maar als ik al die mensen achter uw zoon zie zitten, weet u waaraan ik dan moet denken?'

'Nou?'

'Chamique Johnson,' zei ik. 'Achter haar zit niemand.'

'Ik wil graag dit essay aan jullie voorlezen,' zei Lucy Gold.

Lucy vond het leuk om haar studenten hun tafeltjes in een grote kring te laten zetten. Ze was in het midden gaan staan. Goed, het leek misschien wat overdreven, zoals ze daar haar rondjes liep en om zich heen loerde als de slechterik in een worstelring, maar ze had ontdekt dat het werkte. Als je je studenten in een kring zette, maakte het niet uit hoe groot of hoe klein je was, want ze zaten allemaal op de eerste rij. Niemand kon zich achter een ander verstoppen.

Lonnie was ook in het lokaal. Lucy had overwogen het essay door hem te laten voorlezen, zodat zij beter op de gezichten kon letten, maar het essay was door een meisje geschreven, dus dat zou een beetje vreemd klinken. Trouwens, degene die het geschreven had, wíst dat Lucy op haar reactie zou letten. Die moest dat weten. Ze had het tenslotte geschreven om Lucy in de war te brengen. Dus had Lucy besloten dat zij het zou voorlezen en dat Lonnie op de reacties zou letten. En natuurlijk zou ze zelf ook de nodige pauzes laten vallen en opkijken, in de hoop dat ze iets zou zien.

Sylvia Potter, het braafste meisje van de klas, zat recht tegenover haar. Haar handen lagen gevouwen op haar tafeltje en haar ogen waren groot van verwachting. Lucy keek haar aan en wierp haar een vaag glimlachje toe. Sylvia's gezicht klaarde op. Naast haar zat Alvin Renfro, de grootste lapzwans van de groep. Renfro hing op zijn stoel zoals de meeste studenten dat deden, alsof ze geen botten in hun lijf hadden, ieder moment van hun stoel konden glijden en dan een plas op de vloer zouden worden.

'Dit is gebeurd toen ik zeventien was,' las Lucy voor. 'Ik was op zomerkamp. Ik werkte daar als GIO. Dat staat voor "groepsleider in opleiding"...'

Terwijl ze doorging met lezen, over het incident in het bos, de ik-figuur en haar vriendje P, de kus bij de boom en het geschreeuw in het bos, liep ze langzaam langs de kring van tafeltjes. Ze had het essay al minstens tien keer gelezen, maar nu ze het hardop aan de studenten voorlas, voelde ze een brok in haar keel komen. Haar knieën knikten alsof ze van rubber waren. Ze wierp een blik naar Lonnie. Hij had de verandering in haar stem blijkbaar ook gehoord, want hij zat naar haar te kijken. Lucy wierp hem een boze blik toe alsof ze wilde zeggen: je zou naar de studenten kijken, niet naar mij, en hij wendde snel zijn blik af.

Toen Lucy klaar was met lezen, vroeg ze of iemand er iets over wilde zeggen. Dat verzoek leverde vrijwel altijd dezelfde reactie op. De studenten wisten dat de schrijver zich onder hen bevond, in dit lokaal, en omdat je jezelf alleen op kon werken door anderen neer te halen, werd het werkstuk meedogenloos afgemaakt. Ze staken hun hand op, begonnen steevast met een quasi-excuus als: 'Ben ik de enige...?' of: 'Ik kan het mis hebben, maar...', en dan kreeg je het:

'De toon is nogal vlak...'

'Ik voel weinig van de passie die zij voor die P voelt, jullie wel?'

'Zijn hand onder haar T-shirt? Doe me een lol...'

'Sorry hoor, maar ik vind het helemaal niks.'

'De schrijver zegt: "We bleven elkaar kussen; het was zo intens." Schrijf niet dat het intens was, maar laat het me voelen...'

Lucy stuurde de discussie. Dit was het belangrijkste deel van de les. Het viel niet mee om jongeren iets te leren. Ze dacht vaak terug aan haar eigen studietijd, de urenlange, dodelijk saaie colleges waarvan ze zich achteraf geen woord kon herinneren. De lessen die ze echt had geleerd, die ze had opgenomen, zich duidelijk herinnerde en zelf in praktijk bracht, waren de korte opmerkingen die haar docenten tijdens de groepsdiscussies maakten. Bij lesgeven ging het om kwaliteit, niet om kwantiteit. Als je te veel praatte, werd je muzak... irritante achtergrondmuziek. Als je weinig zei, werd er beter geluisterd.

Docenten hielden van de aandacht die ze kregen. Dat kon gevaren met zich meebrengen. Een van haar oude docenten had haar op dit punt een simpel maar duidelijk advies gegeven: het gaat bij lesgeven niet allemaal om jou. Dat hield ze voortdurend in gedachten. Studenten vonden het ook niet prettig wanneer je je te ver boven hen stelde. Dus als ze een anekdote vertelde, koos ze er meestal een waarin ze zelf vreselijk in de fout was gegaan – daar had ze er trouwens meer dan genoeg van – en er desondanks nog goed uit was gekomen.

Een ander probleem was dat studenten niet zeiden wat ze echt vonden, maar dingen waarvan ze hoopten dat die indruk zouden maken. Natuurlijk gebeurde dit tijdens de docentenvergaderingen ook; het was belangrijker dat je scoorde dan dat je de waarheid sprak.

Maar op dit moment was Lucy vastbeslotener dan ooit. Ze wilde per se reacties. Ze wilde dat de schrijver zich zou blootgeven. Dus drukte ze door.

'We hadden afgesproken dat onze essays persoonlijke herinneringen zouden zijn,' zei ze. 'Maar gelooft iemand van jullie dat dit echt gebeurd is?'

Er viel een stilte in het lokaal. Er golden onuitgesproken regels als het om essays ging. En nu had Lucy de schrijver uitgedaagd, min of meer een leugenaar genoemd. Lucy bond in. 'Wat ik bedoel, is dat het leest als fictie. Meestal is dat juist een goede zaak, maar maakt het de discussie in dit geval niet moeilijker? Is het terecht dat we vraagtekens bij de geloofwaardigheid zetten?'

De discussie bloeide weer op. Er werden handen opgestoken. Studenten gingen met elkaar in gesprek. Dit was lesgeven in optima forma. De waarheid was dat Lucy verder weinig in het leven had. Maar ze hield oprecht van deze studenten. Elk semester werd ze opnieuw verliefd op hen. Zij waren haar familie, van september tot eind december en van januari tot eind mei. Dan lieten ze haar alleen. Sommigen kwamen nog wel eens terug. Maar dat waren er maar heel weinig. En familie werden ze nooit meer. Alleen haar huidige studenten hadden die status. Raar, eigenlijk.

Op een zeker moment liep Lonnie het lokaal uit. Lucy vroeg zich af waar hij naartoe ging, maar ze had het nu te druk met haar studenten. Op sommige dagen ging een lesuur te snel voorbij. Dit was een van die dagen. Toen de bel ging en de studenten hun spullen inpakten, besefte Lucy dat ze niets was opgeschoten, dat ze nog steeds niet wist wie haar dat anonieme essay had gemaild.

'Niet vergeten,' zei Lucy. 'Nog twee pagina's essay. Ik wil het morgen graag binnen hebben.' Ze zweeg even en voegde eraan toe:

'Eh... meer dan twee pagina's mag ook, als jullie willen. Kijk maar hoe ver je komt.'

Tien minuten later ging ze haar kantoor binnen. Lonnie zat er al.

'Heb je iets op hun gezichten gezien?' vroeg ze.

'Nee,' zei hij.

Lucy zocht haar papieren bij elkaar en propte ze in haar laptoptas.

'Waar ga je naartoe?' vroeg Lonnie.

'Ik heb een afspraak.'

De toon waarop ze het zei weerhield hem ervan meer te vragen. Lucy had deze 'afspraak' eens per week, maar ze had nooit iemand verteld met wie die was. Zelfs niet aan Lonnie.

'O,' zei Lonnie. Hij keek naar de grond. Lucy bleef staan.

'Wat is er, Lonnie?'

'Wil je nog steeds weten wie dat essay heeft geschreven? Ik bedoel, ik weet het niet, maar het ís een vorm van verraad, vind je ook niet?'

'Ik moet het weten.'

'Waarom?'

'Dat kan ik niet zeggen.'

Hij knikte. 'Goed dan.'

'Goed dan wat?'

'Hoe laat ben je terug?'

'Over één, hooguit twee uur.'

Lonnie keek op zijn horloge. 'Ik denk,' zei hij, 'dat ik tegen die tijd wel weet wie het heeft ingestuurd.'

9

De zitting werd voor die dag geschorst. Er zijn mensen die zouden zeggen dat dit de zaak op een oneerlijke manier beïnvloedde... omdat de juryleden de rest van de dag en de avond konden nadenken over mijn getuigenverhoor en dat het daardoor vaster in hun geheugen zou blijven zitten, bla, bla, bla. Dat dit soort strategieën met opzet zouden worden gebruikt, is pure onzin. Het was de normale levenscyclus van een zaak. Want als ik er op de een of andere manier mijn voordeel mee zou doen, stond daartegenover dat Flair Hickory meer tijd kreeg om zijn kruisverhoor voor te bereiden. Zo werken processen nu eenmaal. Je kunt er wel hysterisch over doen, maar uiteindelijk blijkt dat het een het ander opheft.

Ik belde Loren Muse met mijn mobiele telefoon. 'Al iets gevonden?'

'Ik ben er nog mee bezig.'

Ik beëindigde het gesprek en zag dat ik een bericht van inspecteur York had. Ik wist niet precies wat ik aan moest met de leugen van mevrouw Perez, over op welke arm Gil zijn litteken had gehad. Als ik haar ermee confronteerde, zou ze waarschijnlijk zeggen dat ze gewoon in de war was geweest. Geen leugen, niets aan de hand.

Maar waarom had ze het in het mortuarium dan gezegd?

Had ze zelf geloofd dat ze de waarheid sprak toen ze zei dat het lijk niet haar zoon was? Maakten mevrouw én meneer Perez een ernstige – maar begrijpelijke – vergissing, omdat het voor hen zo moeilijk te aanvaarden was dat hun Gil al die jaren in leven was geweest, en ze daardoor weigerden te accepteren wat ze met hun eigen ogen zagen?

Of logen ze?

En als ze logen, nou, waarom deden ze dat dan?

Voordat ik hen daarmee confronteerde, had ik meer feiten nodig. Ik moest aantoonbaar kunnen bewijzen dat het lijk in het mortuarium, onder de naam Manolo Santiago, niemand anders was dan

Gil Perez, de jongeman die bijna twintig jaar geleden tezamen met mijn zus, Margot Green en Doug Billingham was verdwenen.

Yorks voicemailbericht luidde: 'Sorry dat het zo lang heeft geduurd. Je had gevraagd naar Raya Singh, de vriendin van het slachtoffer. Geloof het of niet, maar we hadden alleen een mobiel nummer van haar. Hoe dan ook, dat hebben we gebeld totdat we haar te pakken kregen. Ze werkt in een Indiaas restaurant aan Route 3, bij de Lincoln-tunnel.' Hij las de naam en het adres op. 'Ze schijnt daar de hele dag te zijn. Hé, als je iets te weten komt over Santiago's echte naam, laat het me dan weten. Voor zover we kunnen zeggen gebruikt hij die valse naam al een tijdje. We zijn die naam een paar keer tegengekomen, in de omgeving van Los Angeles, zes jaar geleden. Niks ernstigs. Ik spreek je later.'

Ik vroeg me af wat ik daarvan moest maken. Niet veel. Ik liep naar mijn auto en zodra ik wilde instappen, wist ik dat er iets mis was.

Er lag een envelop op de zitting van mijn stoel.

Ik wist dat die niet van mij was. Ik had hem daar niet neergelegd. En ik wist dat ik de portieren van de auto had afgesloten.

Iemand had in mijn auto ingebroken.

Ik bukte me en pakte de envelop op. Geen adres, geen poststempel. Op de voorkant stond helemaal niets. Hij voelde dun aan. Ik ging achter het stuur zitten en trok het portier dicht. De envelop was dichtgeplakt. Ik zette de nagel van mijn wijsvinger achter de flap en scheurde hem open. Ik voelde erin en trok de inhoud naar buiten.

Het bloed stolde in mijn aderen toen ik zag wat het was.

Een foto van mijn vader.

Ik fronste mijn wenkbrauwen. Wat kregen we nou?

Onder aan de foto, netjes op de witte rand getypt, stonden zijn naam en een jaartal. *Vladimir Copeland.* Meer niet.

Ik begreep er niets van.

Even verroerde ik me niet. Ik staarde naar de foto van mijn dierbare vader. Ik dacht terug aan de tijd dat hij in Leningrad een jonge huisarts was geweest, aan wat hem allemaal was afgenomen, aan hoe zijn leven was geëindigd in een eindeloze reeks tragedies en teleurstellingen. Ik herinnerde me dat hij ruzie met mijn moeder had, allebei zwaar aangeslagen maar niemand anders om zich op af te reageren. Ik herinnerde me dat mijn moeder stilletjes zat te huilen. Ik herinnerde me de avonden dat Camille en ik elkaar opzochten. Zij en ik hadden nooit ruzie, wat bijzonder is voor een broer en zus, maar misschien hadden we wel genoeg ruzie gezien. Soms pakte ze mijn hand vast en wilde ze een eindje gaan lopen. Maar meestal gingen we naar haar kamer en liet Camille me haar laatste favoriete tophit horen, vreselijke meisjesmuziek meestal, en vertelde ze me over het liedje, waarom ze het zo goed vond, alsof er iets in zat wat mij ontging, of ze vertelde me over een of andere jongen op school, die ze leuk vond. En ik zat dan bij haar, luisterde en voelde een merkwaardig soort verwantschap met haar.

Ik begreep het niet. Wat moest ik met deze foto?

Er moest nog iets in de envelop zitten.

Ik hield hem ondersteboven. Er viel niets uit. Ik stak mijn hand erin, tot helemaal onderin, en voelde een kaartje. Ik schoof het naar boven. Ja, een indexkaartje, wit met rode lijntjes. Op die kant stond niets. Maar op de andere kant, die egaal wit was, had iemand in hoofdletters drie woorden getypt: HET EERSTE GEHEIM.

Lonnie keek niet op. Van zijn gebruikelijke bravoure en zelfverzekerdheid was niets te bespeuren. Lucy voelde zich schuldig. Hij vond het niet leuk wat hij voor haar moest doen. Zij vond het ook niet leuk. Maar ze had niet veel keus. Het had haar te veel moeite gekost om haar verleden te verbergen. Ze had haar naam veranderd. Ze wilde niet het risico lopen dat Paul haar vond. Ze had zich ontdaan van haar natuurlijke blonde haar – hoeveel vrouwen van haar leeftijd hadden trouwens nog natuurlijk blond haar? – en het vervangen door de bruine ravage die ze nu op haar hoofd had.

'Goed dan,' zei ze. 'Ben je hier als ik terugkom?'

Lonnie knikte. Lucy liep de trap af en even later stapte ze in haar auto.

Op tv leek het zo eenvoudig om een nieuwe identiteit aan te nemen. Misschien was het dat ook wel, maar Lucy had het anders ervaren. Het was een proces geweest dat traag verliep. Eerst had ze haar achternaam veranderd van Silverstein in Gold. Zilver in goud. Slim, hè? Nee, dat vond ze niet, maar het was goed genoeg en op deze manier bleef de band bestaan met de vader van wie ze zo veel hield.

Ze was een paar keer verhuisd. Het zomerkamp was allang opgeheven. Haar vader was al zijn bezittingen kwijtgeraakt. En na een tijdje was er van hemzelf ook niet veel meer over geweest.

Wat er nog restte van Ira Silverstein, haar vader, woonde in een verpleeghuis op ruim vijftien kilometer afstand van de campus van Reston University. Lucy reed ernaartoe en vond het prettig om even alleen te zijn. Ze luisterde naar Tom Waits, die zong dat hij nooit meer verliefd hoopte te worden, wat natuurlijk wel gebeurde. Ze reed het parkeerterrein op. Het huis, een omgebouwde villa op een groot landgoed, was mooier dan de andere verpleeghuizen die ze had gezien. Het kostte Lucy wel een groot deel van haar salaris. Ze parkeerde naast de oude auto van haar vader, een gele Volkswagen Kever vol roestplekken. De Kever stond altijd op dezelfde plek. Ze betwijfelde of hij er het afgelopen jaar wel in had gereden. Haar vader had hier alle vrijheid. Hij kon weg wanneer hij wilde. Zolang hij zich maar af- en aanmeldde. Maar de trieste werkelijkheid was dat hij zelden zijn kamer uit kwam. De linkse bumperstickers waarmee hij de auto had versierd, waren verbleekt en onleesbaar geworden. Lucy had een reservesleutel van de VW. Om de zoveel tijd startte ze de motor en liet die een tijdje lopen om de accu op te laden. Als ze dat deed, als ze voor in de auto zat terwijl de motor liep, dacht ze aan vroeger. Dan zag ze Ira erin rijden, met zijn volle baard en brede glimlach, met de raampjes open, toeterend en zwaaiend naar iedereen die hij tegenkwam.

Ze had nooit de moed kunnen opbrengen om er een eindje in te gaan rijden.

Lucy schreef zich in bij de balie. Dit verpleeghuis was redelijk gespecialiseerd en richtte zich op oudere mensen die hun leven lang drugs hadden gebruikt of die psychische problemen hadden. De bewonersgroep was heel gemêleerd, van ogenschijnlijk 'doodnormaal' tot en met mensen die in *One Flew Over The Cuckoo's Nest* hadden kunnen figureren.

Ira was een beetje van allebei.

Ze bleef in de deuropening van zijn kamer staan. Ira zat met zijn rug naar haar toe. Hij had zijn bekende hennep poncho aan. Zijn grijze haar stond alle kanten op. 'Let's Live For Today', de hit van de Grassroots uit 1967, knalde uit de luidsprekers van wat haar vader nog steeds 'de hifi' noemde. Lucy wachtte even totdat PF Sloan, de leadzanger, het beroemde *'one, two, three, four'* inzette, waarna de groep losbarstte in een zoveelste *'Sha-la-la-la-la let's live for today'*. Ze deed haar ogen dicht en mompelde de tekst mee.

Geweldig, een prachtig nummer.

De kamer hing vol met kralenkettingen en geknoopverfde T-shirts, en er hing een heuse 'Where Have All The Flowers Gone'-poster aan de muur. Lucy glimlachte, maar niet van blijdschap. Nostalgie was misschien leuk, maar een aftakelende geest zeker niet. Ira had zich teruggetrokken in zijn tijdcapsule van de jaren zestig en kwam er nog maar zelden uit.

Het eerste stadium van dementie – door zijn leeftijd of door drugsgebruik, dat wist niemand – had hem te pakken gekregen en hem niet meer losgelaten. Ira was altijd al zweverig geweest en had in het verleden geleefd, dus het was moeilijk te zeggen hoe geleidelijk dat proces was verlopen. Tenminste, dat zeiden de artsen. Maar Lucy wist heel goed wanneer de ommekeer had plaatsgevonden, wanneer de eerste stap in de richting van de aftakeling was gezet. Dat was in die bewuste zomer geweest. Ira had een groot deel van de schuld gekregen van wat er in het bos was gebeurd. Het was tenslotte zíjn zomerkamp. Hij had beter op zijn gasten moeten passen.

De pers had hem stevig aangepakt, maar niet zo hard als de nabestaanden van de slachtoffers. Ira was een veel te lieve man geweest om dat aan te kunnen. Het had hem gebroken.

Nu kwam hij nog zelden zijn kamer uit. Zijn gedachten stuiterden heen en weer tussen de diverse decennia, maar de jaren zestig waren de enige waarin hij zich thuis voelde. De helft van de tijd geloofde hij echt dat het nog steeds 1968 was. Daarnaast waren er de momenten dat de werkelijkheid tot hem doordrong – dat kon je aan zijn gezichtsuitdrukking zien – maar dat hij die weigerde te accepteren. Dus als onderdeel van de nieuwe 'tegemoetkomingstherapie' vonden de artsen het goed dat het zowel in zijn kamer als in zijn hoofd 1968 was.

De arts had haar uitgelegd dat deze soort dementie niet verbeterde naarmate hij ouder werd, dus streefde men ernaar de patiënt zo gelukkig en zo stressvrij mogelijk te houden, ook als dat inhield dat hij in een soort waanwereld leefde. In het kort kwam het erop neer dat Ira wilde dat het 1968 was. In dat jaar voelde hij zich het gelukkigst. Dus waarom zouden ze hem dat afnemen?

'Hallo, Ira.'

Ira – hij had nooit gewild dat ze hem 'papa' noemde – draaide zich langzaam, beneveld door zijn medicijnen, om in de richting van haar stem. Zijn hand kwam omhoog alsof hij onderwater zwom en hij zwaaide naar haar. 'Hé, Luce.'

Ze knipperde met haar ogen om haar tranen terug te dringen. Hij herkende haar altijd, wist altijd wie ze was. Als het feit dat hij in 1968 leefde en zijn dochter toen nog niet eens geboren was dat leek tegen te spreken, nou, dan was dat maar zo. Het had in ieder geval geen invloed op de wereld waarin hij leefde.

Hij glimlachte naar haar. Ira was altijd te goed, te vrijgevig, te kinderlijk en te naïef voor dit harde leven geweest. Je zou hem een 'ex-hippie' kunnen noemen, maar dat zou betekenen dat Ira op een zeker moment het hippiedom de rug toegekeerd zou hebben. Maar lang nadat ieder ander zijn geknoopverfde T-shirts, flowerpower en kralenkettingen aan de wilgen had gehangen, lang nadat iedereen zijn haar had laten knippen en baard had afgeschoren, was Ira trouw aan de zaak gebleven.

Gedurende Lucy's fantastische jeugd had Ira nooit zijn stem tegen haar verheven. Hij had vrijwel geen vooroordelen en geen grenzen gekend en had gewild dat zijn dochter alles zelf zou zien en ervaren, ook de dingen die de omgeving als ongepast beschouwde. Gek genoeg had dit gebrek aan censuur ervoor gezorgd dat zijn enige dochter, Lucy Silverstein, naar hedendaagse maatstaven een beetje preuts was.

'Ik ben zo blij dat je er bent...' zei Ira terwijl hij wankelend naar haar toe kwam.

Lucy deed een stap vooruit en omhelsde hem. Haar vader rook naar ouderdom en lichaamsgeur. Zijn poncho moest nodig in de was.

'Hoe voel je je, Ira?'
'Geweldig. Beter dan ooit.'

Hij pakte een flesje en nam een vitaminepil. Dat deed Ira vaak. Ondanks zijn antikapitalistische instelling had haar vader in het begin van de jaren zeventig een klein fortuin verdiend met de fabricage van vitaminen. Hij had de zaak verkocht en met het geld de lap grond op de grens van Pennsylvania en New Jersey gekocht. Hij had er een commune gesticht, maar die had niet lang bestaan. Dus had hij er een zomerkamp van gemaakt.

'Hoe gaat het met je?' vroeg ze weer.
'Beter dan ooit, Luce.'

En toen begon hij te huilen. Lucy ging naast hem zitten en hield zijn hand vast. Hij huilde een tijdje, begon toen te lachen en daarna weer te huilen. Ondertussen bleef hij haar maar vertellen hoeveel hij van haar hield.

'Jij bent het leven, Luce,' zei hij. 'Als ik jou zie... zie ik hoe alles zou moeten zijn. Begrijp je wat ik bedoel?'

'Ik hou ook van jou, Ira.'

'Zie je? Dat bedoel ik nou. Ik ben de rijkste man van de hele wereld.'

Hij begon weer te huilen.

Lucy kon niet lang blijven. Ze moest terug naar de universiteit om te zien wat Lonnie te weten was gekomen. Ira had zijn hoofd op haar schouder gelegd. De roos en de geur van zijn haar benauwden haar. Toen er een verpleegster binnenkwam, maakte Lucy van de onderbreking gebruik door zich van hem los te maken. Ze nam het zichzelf kwalijk.

'Ik kom volgende week weer, oké?'

Ira knikte. Hij glimlachte toen ze de kamer uit liep.

Op de gang wachtte de verpleegster – Lucy was vergeten hoe ze heette – haar op. 'Hoe gaat het met hem?' vroeg Lucy.

Meestal was dit een retorische vraag. Met al deze patiënten ging het niet goed, maar dat wilden de familieleden niet horen. Dus meestal zou de verpleegster antwoorden: 'O, het gaat best aardig met hem.' Maar vandaag zei ze: 'Uw vader is de laatste tijd nogal onrustig.'

'O ja?'

'Normaliter is Ira de liefste, vriendelijkste man van de hele wereld. Maar met die stemmingswisselingen van hem...'

'Die heeft hij altijd gehad.'

'Niet zoals deze.'

'Is hij onaangenaam geweest?'

'Nee, dat is het niet...'

'Wat dan?'

Ze haalde haar schouders op. 'Hij praat veel over vroeger.'

'Hij heeft het altijd over de jaren zestig.'

'Nee, minder lang geleden.'

'Wanneer dan?'

'Hij heeft het over een zomerkamp.'

Lucy's hart begon te bonzen. 'Wat zegt hij daarover?'

'Dat hij eigenaar van een zomerkamp is geweest. En dat hij het daarna is kwijtgeraakt. En dan begint hij te raaskallen over bloed in het bos, in het donker, dat soort dingen. En vervolgens slaat hij dicht. Het is best griezelig. Tot vorige week heb ik hem nooit iets over een zomerkamp horen zeggen, laat staan dat hij er zelf een heeft gehad. Tenzij, nou ja, zijn gedachten met hem op de loop gaan, natuurlijk. Misschien verbeeldt hij het zich?'

Het werd als vraag gesteld, maar Lucy gaf geen antwoord. Verderop in de gang riep een andere verpleegster: 'Rebecca?'

De verpleegster, die dus Rebecca heette, zei: 'Ik moet gaan.'

Toen Lucy alleen in de gang stond, keek ze de kamer weer in. Haar vader zat met zijn rug naar haar toe. Naar de muur te staren. Ze vroeg zich af wat er in zijn hoofd omging. Wat hij haar niet had verteld.

Wat hij echt over die bewuste nacht wist.

Ze maakte zich los van de plek waar ze stond en ging op weg naar de uitgang. Ze kwam bij de balie, waar de receptioniste haar vroeg zich af te melden. Iedere patiënt had zijn eigen bladzijde in het gastenboek. De receptioniste zocht die van Ira op en draaide het boek om, zodat Lucy het kon tekenen. Ze had de pen al in haar hand en wilde dezelfde afwezige krabbel zetten die ze bij aankomst in het boek had gezet, toen haar iets opviel.

Er stond nog een naam op de bladzijde.

Van afgelopen week. Ira had nog iemand op bezoek gehad. Zijn eerste en enige bezoek afgezien van... nou ja, van haar. Ooit. Lucy fronste haar wenkbrauwen en las de naam. Die zei haar niets.

Wie was in hemelsnaam Manolo Santiago?

10

Het eerste geheim.

Ik had de foto van mijn vader nog steeds in mijn hand. Ik was op weg naar Raya Singh, maar nu zou ik een omweg moeten maken. Ik keek weer op het indexkaartje. Het eerste geheim. Wat inhield dat er meer geheimen waren.

Maar ik kon maar beter met het eerste beginnen... mijn vader.

Er bestond maar één persoon die me kon helpen als het om mijn vader en zijn eventuele geheimen ging. Ik haalde mijn mobiele telefoon uit mijn zak en drukte op de zes. Ik belde dit nummer zelden, maar het stond nog steeds in het geheugen. Dat zal altijd wel zo blijven, vermoed ik.

Na één keer overgaan nam hij op en hoorde ik zijn sonore stem.

'Paul.'

Zelfs dat ene woord wist hij met een zwaar accent uit te spreken.

'Hallo, oom Sosh.'

Sosh is niet echt mijn oom. Hij was een goede vriend van de familie, uit het oude vaderland. Ik had hem al drie maanden niet gezien, niet sinds de begrafenis van mijn vader, maar zodra ik zijn stem hoorde, zag ik die boom van een kerel voor me. Mijn vader had me verteld dat oom Sosh in Pulkovo, de voorstad van Leningrad, waar ze allebei waren opgegroeid, een machtig en gevreesd man was geweest.

'Lang niks van je gehoord,' zei hij.

'Ik weet het. Dat spijt me.'

'Ach,' zei hij, alsof mijn excuus hem tegenstond. 'Maar ik dacht wel dat je vandaag zou bellen.'

Dat verbaasde me. 'O ja? Waarom?'

'Omdat wij, mijn jonge neef, moeten praten.'

'Waarover?'

'Over waarom ik dat soort dingen nooit over de telefoon zeg.'

Sosh' zaken waren zo niet onwettig, dan toch enigszins aan de duistere kant.

'Ik ben in mijn huis in de stad.' Sosh had een gigantisch penthouse aan Thirty-Sixth Street in Manhattan. 'Hoe laat kun je hier zijn?'

'Over een halfuur, als het verkeer meezit,' zei ik.

'Prima. Dan zie ik je straks.'

'Oom Sosh?'

Hij zweeg. Ik keek naar de foto van mijn vader op de stoel naast me.

'Kun je me een idee geven waar het over gaat?'

'Het gaat over jouw verleden, Pavel,' zei hij met dat zware accent, en me bij mijn Russische naam noemend. 'En over wat in je verleden moet blíjven.'

'Wat mag dat dan wel betekenen?'

'We praten straks,' zei oom Sosh, en toen hing hij op.

Er was weinig verkeer, dus de rit naar oom Sosh duurde maar vijfentwintig minuten. De portier had zo'n belachelijk uniform met epauletten en gouden tressen aan. Het deed me denken, mede omdat oom Sosh hier woonde, aan iets wat Brezjnev op de 1 mei-parade gedragen kon hebben. De portier kende me van gezicht en had te horen gekregen dat ik zou komen. Als de portier niet werd gewaarschuwd, belde hij niet naar boven. Dan kwam je gewoon niet binnen.

Sosh' oude vriend Alexei stond bij de liftdeur. Alexei Kokorov was Sosh' beveiligingsman, al zo lang ik me kon herinneren. Hij was achter in de zestig, een paar jaar jonger dan Sosh, en een van de lelijkste mensen die ik ooit had gezien. Zijn neus was enorm en donkerrood, en zijn gezicht vertoonde een spinnenweb van gesprongen adertjes, van, nam ik aan, te veel drank. Zijn broek en jasje pasten niet goed, maar hij had nu eenmaal niet de lichaamsbouw voor haute couture.

Alexei leek niet blij me te zien, maar hij zag er ook niet uit alsof hij graag lachte. Hij hield de liftdeur voor me open. Zonder iets te zeggen stapte ik in de lift. Hij knikte naar me en liet de deur dichtgaan. Ik was weer alleen.

Boven gaf de liftdeur rechtstreeks toegang tot het penthouse.

Oom Sosh stond een paar meter van de deur. De ruimte was enorm. Het meubilair was kubistisch. Aan de ene kant was een groot raam dat een ongelooflijk uitzicht bood, maar de muren waren bekleed met dik behang dat op fluweel leek, in een kleur die waarschijnlijk de modieuze naam 'Merlot' of zoiets droeg, maar die er voor mij uitzag als bloed.

Sosh' gezicht klaarde op toen hij me zag. Hij spreidde zijn armen alsof hij me in geen jaren had gezien. Een van mijn duidelijkste jeugdherinneringen was die van het formaat van zijn handen. Ze waren nog steeds reusachtig groot. Sosh was met het verstrijken der jaren natuurlijk steeds grijzer geworden, maar zelfs nu hij begin zeventig was, werd je nog steeds geïmponeerd door zijn postuur, zijn kracht en iets wat ontzag inboezemde.

Ik stapte de lift uit.

'Wat?' zei Sosh. 'Voel je je te oud voor een knuffel?'

We liepen op elkaar toe. De omhelzing was, dankzij zijn Russische achtergrond, een heel stevige. De kracht straalde van hem af. Zijn armen waren dik en gespierd. Hij trok me tegen zich aan en ik had het gevoel dat als hij iets meer kracht zou zetten, hij met gemak mijn ruggengraat zou kunnen breken.

Na een paar seconden pakte Sosh me bij mijn bovenarmen en hield hij me van zich af om me eens goed te bekijken.

'Je vader,' zei hij, met weer een zwaarder accent in zijn stem. 'Je lijkt sprekend op je vader.'

Sosh was niet lang na ons van de Sovjet-Unie naar de Verenigde Staten gekomen. Hij ging werken voor Intourist, de Russische reisorganisatie, op hun kantoor in Manhattan. Zijn werk bestond uit het begeleiden van Amerikaanse toeristen die Moskou en het toenmalige Leningrad wilden bezoeken.

Dat was lang geleden. Na het uiteenvallen van de Sovjet-Unie kwam hij terecht in de vage sector die men 'import-export' noemde. Ik had nooit begrepen wat hij precies deed, maar blijkbaar leverde het genoeg op om dit penthouse te kunnen bekostigen.

Sosh bleef me nog even aankijken. De bovenste knoopjes van zijn witte overhemd waren los, en daaronder droeg hij een T-shirt met V-hals. Grote plukken grijs borsthaar staken boven de boord uit. Ik wachtte. Dit zou niet lang duren. Oom Sosh was niet iemand voor praatjes over het weer.

Alsof hij kon zien wat ik dacht, keek hij me streng aan en zei: 'Ik ben gebeld.'

'Door wie?'

'Oude vrienden.'

Ik wachtte weer.

'Uit het oude vaderland,' zei hij.

'Ik geloof niet dat ik je kan volgen.'

'Mensen stellen me vragen.'

'Sosh?'

'Ja?'
'Over de telefoon zei je dat je bang was dat we werden afgeluisterd. Ben je daar hier ook bang voor?'
'Nee. Hier zijn we absoluut veilig. Ik laat het hele huis wekelijks scannen.'
'Mooi, kun je dan ophouden met die geheimzinnigheid en me vertellen waar je het over hebt?'
Sosh glimlachte. Mijn reactie beviel hem. 'Er zijn mensen. Amerikanen. Ze zijn in Moskou, smijten daar met geld en stellen vragen.'
Ik knikte. 'Vragen waarover?'
'Over je vader.'
'Wat voor vragen?'
'Herinner je je de oude geruchten?'
'Je neemt me in de maling.'
Maar dat was niet zo. En op een merkwaardige manier kwam het niet eens onverwachts. Het eerste geheim. Ik had het kunnen weten.
Natuurlijk herinnerde ik me de geruchten. Die hadden ons gezin bijna verwoest.
Mijn zus en ik waren geboren in de toenmalige Sovjet-Unie, ten tijde van wat de Koude Oorlog werd genoemd. Mijn vader was huisarts, maar hij raakte zijn bevoegdheid kwijt, zogenaamd omdat hij incompetent zou zijn, maar in werkelijkheid omdat hij Joods was. Zo ging het in die tijd.
In dezelfde periode was er hier in de Verenigde Staten – in Skokie, Illinois, om precies te zijn – een synagoge die zich inzette voor het lot van Russische Joden. Halverwege de jaren zeventig waren Russische Joden zelfs een soort *cause célèbre* in de Amerikaanse godsdiensttempels geworden en was het helemaal 'in' om ze uit de Sovjet-Unie naar de Verenigde Staten te halen.
Wij hadden geluk. Ons kregen ze daar weg.
In het begin werden we in het nieuwe vaderland als helden onthaald. Tijdens de vrijdagavonddienst sprak mijn vader vol passie over de beproevingen die Joden in Rusland moesten doorstaan. Jongeren droegen buttons om zich solidair te tonen. Er werd geld gedoneerd. Maar na ongeveer een jaar kregen mijn vader en de rabbi ruzie en werd er opeens gefluisterd dat mijn vader uit de Sovjet-Unie had kunnen vertrekken omdat hij in werkelijkheid bij de KGB zat, dat hij niet eens Joods was en dat het allemaal bedrog was. De beschuldigingen waren bespottelijk, tegenstrijdig en ongegrond, en nu meer dan vijfentwintig jaar oud.

Ik schudde mijn hoofd. 'Proberen ze nu te bewijzen dat mijn vader bij de KGB zat?'
'Ja.'
Die verdomde Jenrette. Ik begreep nu waar hij op uit was. Ik was nu in zekere zin een openbare figuur. De beschuldigingen zouden me beschadigen, ook als ze uiteindelijk vals bleken te zijn. Ik had het moeten weten. Vijfentwintig jaar geleden had ons gezin door soortgelijke beschuldigingen vrijwel alles verloren. We waren uit Skokie vertrokken en naar Newark in het oosten verhuisd. Maar ons gezin was nooit meer hetzelfde geworden.
Ik keek op. 'Over de telefoon zei je dat je wist dat ik zou bellen.'
'Als jij niet had gebeld, zou ik jou vandaag gebeld hebben.'
'Om me te waarschuwen?'
'Ja.'
'Dus,' zei ik, 'dan moeten ze iets gevonden hebben.'
Sosh gaf geen antwoord. Ik keek naar zijn gezicht. En het was alsof mijn hele leven, alles wat ik van jongs af aan had geloofd, langzaam begon weg te glijden.
'Was hij van de KGB, Sosh?' vroeg ik.
'Het is lang geleden,' zei Sosh.
'Wat betekent dat, ja?'
Er kwam een glimlach om Sosh' mond. 'Je begrijpt niet hoe het daar was.'
'Dan vraag ik het nog een keer. Betekent dat ja?'
'Nee, Pavel. Maar je vader... misschien had het gekund.'
'Wat mag dat dan wel betekenen?'
'Weet je hoe ik naar de Verenigde Staten ben gekomen?'
'Je werkte voor een reisorganisatie.'
'We hebben het over de Sovjet-Unie, Pavel. Er bestonden geen particuliere bedrijven. Intourist werd geleid door de overheid. Alles werd geleid door de overheid. Begrijp je dat?'
'Ik denk het wel.'
'Dus toen de Russische overheid de kans kreeg om iemand naar New York te sturen en daar te laten wonen, denk je dan dat ze er iemand naartoe zouden sturen die heel goed vakanties kon boeken? Of denk je dat ze iemand zouden sturen die hen op andere manieren kon helpen?'
Ik dacht weer aan het formaat van zijn handen. Ik dacht aan zijn kracht. 'Was jij van de KGB?'
'Ik was kolonel in het leger. Wij noemden het niet de KGB. Maar inderdaad, ik denk dat je mij...' Hij stak zijn handen op en vormde

aanhalingstekens met zijn vingers. '... een spion kon noemen. Ik zou Amerikaanse overheidsmensen ontmoeten. Ik zou proberen hen om te kopen. Mensen denken altijd dat spionnen belangrijke dingen te weten komen, dingen die het machtsevenwicht kunnen veranderen. Maar dat is klinkklare onzin. We ontdekten geen dingen die relevant waren. Nooit. En de Amerikaanse spionnen in Rusland? Die kwamen over ons evenmin iets te weten. We stuurden onbelangrijke onzin heen en weer. Het was een stompzinnig spel.'

'En mijn vader?'

'De Sovjet-regering liet hem gaan. Jullie Amerikaanse vrienden verkeerden in de veronderstelling dat ze genoeg druk hadden uitgeoefend. Maar, alsjeblieft, denk je nu echt dat een stel Joden in een synagoge druk kon uitoefenen op een regering die zich aan niemand iets gelegen liet liggen? Als je eraan denkt, is het bijna grappig.'

'Dus je beweert...?'

'Ik vertel je alleen hoe het is gegaan. Heeft je vader de regering beloofd dat hij ze zou helpen? Natuurlijk. Maar dat deed hij alleen om het land uit te komen. Het was een ingewikkelde situatie, Pavel. Je kunt je niet voorstellen hoe het daar voor hem was. Je vader was een goed arts en een nog beter mens. De regering kwam met de valse beschuldiging dat hij medische fouten had begaan. Zijn bevoegdheid werd hem afgenomen. En dan je opa en oma... mijn god, de lieve ouders van Natasha... fantastische mensen... jij bent te jong om hen gekend te hebben...'

'Ik herinner me hen,' zei ik.

'O ja?'

Ik vroeg me af of dat echt zo was. In mijn hoofd had ik dat beeld van mijn grootvader, mijn popi, met zijn wilde bos wit haar en zijn bulderende lach, en van mijn grootmoeder, mijn noni, die hem vriendelijk glimlachend maar vlijmscherp de les las. Maar ik was drie toen ze waren afgevoerd. Herinnerde ik me hen echt, of was de oude foto die ik had op de een of andere manier in mijn hoofd tot leven gekomen? Was het een echte herinnering of een die ik zelf had gecreëerd op basis van de verhalen van mijn moeder?

'Je grootouders waren intellectuelen... docenten aan de universiteit. Je grootvader was hoofd van de geschiedenisfaculteit. Je grootmoeder was een briljant wiskundige. Dat wist je, hè?'

Ik knikte. 'Mijn moeder zei altijd dat ze meer had geleerd van hun gesprekken tijdens het avondeten dan op school.'

Sosh glimlachte. 'Waarschijnlijk was dat ook zo. De meest briljante academici kwamen je grootouders raadplegen. Maar dat trok natuurlijk de aandacht van de regering. Ze werden als radicalen gezien. Als staatsgevaarlijk beschouwd. Kun je je herinneren dat ze gearresteerd werden?'

'Ja,' zei ik, 'en de nasleep ervan.'

Sosh deed even zijn ogen dicht. 'Wat het met je moeder heeft gedaan, bedoel je?'

'Ja.'

'Natasha is nooit meer de oude geworden. Dat kun je je wel voorstellen, hè?'

'Ja.'

'Nou, daar was hij dan, je vader. Hij was zo veel kwijtgeraakt: zijn carrière, zijn reputatie, zijn medische bevoegdheid... en nu ook de ouders van je moeder. En opeens, terwijl hij dieper dan ooit in de put zat, bood de regering hem een uitweg. Een kans om opnieuw te beginnen.'

'Een nieuw bestaan in de Verenigde Staten.'

'Ja.'

'En het enige wat hij hoefde te doen, was spioneren?'

Sosh maakte een wuivend handgebaar in mijn richting. 'Begrijp je het dan niet? Het was maar een spel. Wat kon iemand als je vader nu helemaal te weten komen? Zelfs als hij het geprobeerd had... wat hij niet heeft gedaan. Wat kon hij hun vertellen?'

'En mijn moeder?'

'Voor hen was Natasha alleen zijn vrouw. De overheid had geen enkele belangstelling voor haar. Even zag het ernaar uit dat ze in de problemen zou komen. Zoals ik net al zei werden haar ouders, jouw grootouders, als radicalen gezien. Zei je dat je je herinnerde dat ze werden meegenomen?'

'Ik geloof het wel.'

'Je grootouders maakten deel uit van een beweging die de schendingen van mensenrechten in de openbaarheid probeerde te brengen. Ze maakten goede vorderingen, totdat ze door iemand werden verraden. De politie kwam ze midden in de nacht halen.'

Hij stopte met praten.

'Wat is er?' vroeg ik.

'Het is nog steeds moeilijk om erover te praten. Over wat er met hen is gebeurd.'

Ik haalde mijn schouders op. 'Het kan ze nu niet meer deren.'

Sosh gaf geen antwoord.

'Wat is er gebeurd, Sosh?'

'Ze werden naar een *goelag* gestuurd, een werkkamp. De omstandigheden waren bar slecht. Je grootouders waren niet jong meer. Weet je hoe het afliep?'

'Ze zijn daar overleden,' zei ik.

Sosh keerde zich van me af. Hij liep naar het raam. Hij had een prachtig uitzicht op de Hudson. In de haven lagen twee reusachtige cruiseschepen. Als je naar links keek, kon je zelfs het Vrijheidsbeeld zien. Manhattan is zo klein, amper dertien kilometer van kop tot staart, maar net als met Sosh voelde je altijd de kracht die het uitstraalde.

'Sosh?'

Toen hij weer begon te praten, klonk zijn stem zachter. 'Weet je hoe ze zijn overleden?'

'Zoals je net zei. De omstandigheden waren bar slecht. Mijn grootvader had een hartafwijking.'

Hij had zich nog steeds niet omgedraaid. 'De overheid weigerde hem medische zorg te bieden. Ze wilden hem niet eens zijn medicijnen geven. Binnen drie maanden was hij dood.'

Ik wachtte.

'Wat verzwijg je voor me, Sosh?'

'Weet je hoe het met je grootmoeder is afgelopen?'

'Ik weet alleen wat mijn moeder me heeft verteld.'

'En wat was dat?' vroeg hij.

'Dat noni ook ziek is geworden. Toen haar man overleden was, heeft haar hart het min of meer begeven. Je hoort dat vaker over echtparen die heel lang samen zijn geweest. De een sterft en de ander geeft het op.'

Sosh zei niets.

'Sosh?'

'In zekere zin,' zei hij, 'is het zo gegaan, denk ik.'

'In zekere zin?'

Sosh' blik bleef gericht op iets wat hij buiten zag. 'Je grootmoeder heeft zelfmoord gepleegd.'

Ik voelde mijn lichaam verstijven en wilde mijn hoofd schudden.

'Ze heeft zich verhangen aan een laken.'

Ik keek wezenloos voor me uit. Ik dacht aan de foto die ik van mijn noni had. Aan die alwetende glimlach van haar. Ik dacht aan de verhalen die mijn moeder over haar had verteld, over haar scherpe geest en haar nog scherpere tong. Zelfmoord.

'Wist mijn moeder het?' vroeg ik.

'Ja.'

'Ze heeft het me nooit verteld.'
'Misschien had ik dat ook niet moeten doen.'
'Waarom heb je het wel gedaan?'
'Omdat je moet weten hoe het toen was. Je moeder was een beeldschone vrouw. Zo knap en rank. Je vader aanbad haar. Maar nadat haar ouders haar waren afgenomen, nadat die, nou ja, in feite zijn omgebracht, is ze nooit meer dezelfde geworden. Jij hebt dat aangevoeld, hè? Die melancholie van haar? Al voordat dat met je zus gebeurde?'

Ik zei niets, maar ik had het inderdaad aangevoeld.

'Ik wilde dat je wist hoe het echt is gegaan, denk ik,' zei hij. 'Voor je moeder. Zodat je misschien beter zou begrijpen wat ze heeft gedaan.'

'Sosh?'

Hij gaf geen antwoord en bleef naar buiten kijken.

'Weet jij waar mijn moeder is?'

Lange tijd zei de grote man niets.

'Sosh?'

'Ik heb het geweten,' zei hij. 'Toen ze pas bij jullie was weggegaan.'

Ik slikte. 'Waar is ze naartoe gegaan?'

'Naar huis. Natasha is naar huis gegaan.'

'Hoe bedoel je?'

'Ze is teruggegaan naar Rusland.'

'Waarom?'

'Je kunt het haar niet kwalijk nemen, Pavel.'

'Dat doe ik ook niet. Ik wil alleen weten waarom.'

'Je kunt je huis ontvluchten zoals je ouders hebben gedaan. Je kunt proberen je aan te passen. Je kunt je regering haten, maar nooit je volk. Je vaderland is je vaderland. Altijd.'

Hij draaide zich om. We keken elkaar aan.

'En dat is de reden dat ze ons in de steek heeft gelaten?'

Hij bleef me aankijken en zei niets.

'Was dat de reden?' schreeuwde ik bijna. Er begon iets te borrelen in mijn bloed. 'Omdat haar vaderland altijd haar vaderland was?'

'Je luistert niet.'

'Ja, Sosh, ik luister wel. Je vaderland is je vaderland. Wat een klinkklare onzin! Wat dacht je van deze: je gezin is je gezin? Of je man is je man? Of, om preciezer te zijn, je zoon is je zoon?'

Hij gaf geen antwoord.

'En wij dan, Sosh? En pa en ik dan?'
'Daar heb ik geen antwoord op, Pavel.'
'Weet je waar ze nu is?'
'Nee.'
'Echt niet?'
'Nee.'
'Maar je zou haar kunnen vinden, waar of niet.'
Hij knikte niet, maar hij schudde evenmin zijn hoofd.
'Je hebt zelf een kind,' zei Sosh tegen me. 'Je hebt een goeie baan.'
'Ja, en?'
'Het is allemaal zo lang geleden. Het verleden is voor de doden, Pavel. Je moet de doden niet willen terugbrengen. Je moet ze begraven en doorgaan met je leven.'
'Mijn moeder is niet dood, hè?' vroeg ik.
'Dat weet ik niet.'
'Waarom heb je het dan over de doden? En, Sosh, nu we het toch over de doden hebben… hier is er nog een om over na te denken.' Ik kon mezelf niet meer inhouden, dus ik zei het gewoon. 'Ik ben er niet meer zo zeker van dat mijn zus dood is.'

Ik had een geschokte gezichtsuitdrukking verwacht. Die zag ik niet. Hij leek amper verbaasd.

'Voor jou…' begon hij.
'Voor mij wat?'
'Voor jou,' zei hij weer, 'is het beter dat je accepteert dat ze allebei wel dood zijn.'

11

Ik schudde oom Sosh' laatste woorden van me af en reed terug door de Lincoln-tunnel. Ik moest me op twee dingen concentreren, en verder niets. Ten eerste moest ik die twee verdomde rotzakken die Chamique Johnson hadden verkracht veroordeeld zien te krijgen, en ten tweede moest ik te weten zien te komen waar Gil Perez de afgelopen twintig jaar had uitgehangen.

Te beginnen met project nummer twee. Ik keek naar het adres van de getuige annex vriendin dat inspecteur York me had gegeven. Raya Singh werkte in een Indiaas restaurant dat Curry Up & Wait heette. Ik heb een bloedhekel aan grappig bedoelde namen. Of vond ik ze toch wel leuk? Laten we het maar op leuk houden.

Ik was onderweg.

De foto van mijn vader lag nog steeds op de stoel naast me. Over zijn vermeende banden met de KGB had ik me nooit zo veel zorgen gemaakt. Ik had bijna verwacht dat Sosh erover zou beginnen. Ik las de tekst op het indexkaartje nog een keer: HET EERSTE GEHEIM.

Het eerste. Nogmaals, dat duidde erop dat er meer zouden komen. Het was duidelijk dat monsieur Jenrette, vermoedelijk met de financiële steun van Marantz, kosten noch moeite spaarde. Als ze deze meer dan vijfentwintig jaar oude beschuldigingen tegen mijn vader uit de kast hadden gehaald, moesten ze wel flink wanhopig zijn.

Wat konden ze nog meer vinden?

Ik was geen slecht mens. Maar perfect was ik ook niet. Dat was niemand. Ze zouden heus wel iets vinden. En dat zouden ze dan enorm opblazen. Het kon JaneCare, mijn reputatie en mijn politieke ambities serieuze schade toebrengen. Aan de andere kant had Chamique ook haar geheimen en had ik haar ervan overtuigd dat ze die allemaal open en bloot op tafel moest leggen.

Kon ik van mezelf minder verlangen?

Toen ik bij het Indiase restaurant aankwam, zette ik de auto op de handrem en draaide de contactsleutel om. Ik bevond me niet in

mijn jurisdictie, maar ik dacht niet dat dit veel problemen zou opleveren. Ik keek naar buiten, dacht weer aan het geheim en belde Loren Muse. Toen ze opnam, maakte ik mezelf bekend en zei: 'Ik zit waarschijnlijk met een probleempje.'
'En dat is?' vroeg Muse.
'Jenrettes vader heeft het op me gemunt.'
'Op welke manier?'
'Hij graaft in mijn verleden.'
'Gaat hij daar iets vinden?'
'Als je in iemands verleden graaft,' zei ik, 'vind je altijd wel iets.'
'In het mijne niet,' zei ze.
'O nee? En die lijken in Reno dan?'
'Ik ben van alle blaam gezuiverd.'
'Fijn, leuk voor je.'
'Ik zit je maar te plagen, Cope. Ik maak een grapje.'
'Ik lig dubbel, Muse. Wat een timing. Je kunt zo gaan optreden.'
'Oké, terug naar Jenrette dan. Wat heb je van me nodig?'
'Jij was toch bevriend met een paar privédetectives in de stad?'
'Dat klopt.'
'Bel ze en kijk of je te weten kunt komen wie het graafwerk voor Jenrette doet.'
'Oké, komt voor de bakker.'
'Muse?'
'Wat?'
'Het heeft geen prioriteit. Als de mankracht er niet is, laat je het maar zitten.'
'Die is er wel, Cope. Maak je geen zorgen, het komt voor elkaar.'
'Hoe hebben we het vandaag gedaan, vind je?'
'Wel goed...' zei ze.
'Ja?'
'Maar waarschijnlijk niet goed genoeg.'
'Cal en Jim?'
'Ik ben in de stemming om iedereen neer te schieten die zo heet.'
'Blijf zoeken,' zei ik, en ik beëindigde het gesprek.
Wat interieur betreft zijn Indiase restaurants onder te verdelen in twee categorieën: heel donker of heel licht. Dit restaurant was licht en kleurrijk, ingericht in de stijl van een hindoetempel, hoewel een heel opzichtige. Een en al nepmozaïek en verlichte beeldjes van Ganesh en andere heiligen van wie ik nog nooit had gehoord. De serveersters waren gekleed in aquamarijnen outfits die het middenrif vrijlieten, wat me deed denken aan de kwade zuster in *I Dream of Jeannie*.

We hebben allemaal onze stereotypes, maar het hele gebeuren deed me denken aan een Bollywood-film waarin ieder moment iemand kon gaan zingen. Ik kan best wel waardering opbrengen voor onbekende buitenlandse culturen, maar hoe ik ook mijn best doe, de muziek die ze in Indiase restaurants spelen blijf ik afschuwelijk vinden. Hier klonk het alsof ze een kat met een sitar aan het martelen waren.

De bedrijfsleidster fronste haar wenkbrauwen toen ik binnenkwam. 'Hoeveel personen?' vroeg ze.

'Ik ben hier niet om te eten,' zei ik.

Ze zei niets en wachtte af.

'Is Raya Singh er?'

'Wie?'

Ik herhaalde de naam.

'Ik weet niet wie... o, wacht, het nieuwe meisje.' Ze kruiste haar armen voor haar borst en zweeg.

'Is ze er?' vroeg ik weer.

'Wie wil dat weten?'

Ik deed de wenkbrauwtruc. Ik was er niet erg goed in. Het was de bedoeling dat ik streng keek, maar waarschijnlijk zag ik er meer uit alsof ik hoge nood had. 'De president van de Verenigde Staten.'

'Hè?'

Ik gaf haar mijn visitekaartje. Ze las wat erop stond en tot mijn verrassing riep ze: 'Raya! Raya Singh!'

Raya Singh kwam het restaurant in en ik deinsde achteruit. Ze was jonger dan ik had verwacht, begin twintig, en absoluut oogverblindend. Het eerste wat me opviel – ik wilde er niet naar kijken maar haar aquamarijnen outfit dwong me ertoe – was dat Raya Singh meer rondingen had dan anatomisch mogelijk leek. Ze stond stil, maar toch had je de indruk dat ze bewoog. Ze had zwart haar dat een beetje in de war zat en er bijna om smeekte om aangeraakt te worden. Haar huid had eerder een gouden dan een bruine tint, en ze had amandelvormige ogen waar je zo diep in kon verdrinken, dat je er nooit meer uit kwam.

'Raya Singh?' vroeg ik.

'Ja.'

'Mijn naam is Paul Copeland. Ik ben procureur van het Openbaar Ministerie in Essex County, New Jersey. Zou ik u even kunnen spreken?'

'Gaat het over de moord?'

'Ja.'

'In dat geval, natuurlijk.'

Haar manier van praten was beschaafd, met een licht accent dat meer aan een kostschool in New England dan aan haar geboorteland deed denken. Ik deed mijn best haar niet aan te staren. Ze zag het en glimlachte. Ik wil niet dat u denkt dat ik een of andere voyeur ben, want dat is niet zo. Maar ik kan wel van slag raken van de schoonheid van sommige vrouwen. Ik denk dat ik niet de enige ben. Die schoonheid kan me bij de strot grijpen zoals een kunstwerk dat kan. Zoals een schilderij van Rembrandt of Michelangelo dat kan. Of de nachtelijke hemel boven Parijs, of wanneer de zon opkomt in de Grand Canyon, of wanneer die ondergaat in Arizona en de hemel prachtig blauwgroen kleurt. Mijn gedachten waren niet heimelijk en lustig, ze waren – vond ik zelf – meer artistiek van aard.

We gingen naar buiten, de straat op, waar het rustiger was. Ze sloeg haar armen om zich heen alsof ze het koud had. Die beweging, net als alle andere bewegingen die ze maakte, leek bijna een uitnodiging. Ik kon er echt niets aan doen. Alles wat ze deed en uitstraalde, deed je denken aan maneschijn en hemelbedden, wat, neem ik aan, mijn 'artistieke' redenering weer onderuithaalde. Ik had de neiging mijn jasje uit te trekken en om haar schouders te hangen, maar het was helemaal niet koud. O, en bovendien had ik geen jasje aan.

'Kent u ene Manolo Santiago?' vroeg ik.

'Hij is vermoord,' antwoordde ze.

Haar manier van praten was licht slepend, alsof ze iets van een briefje oplas.

'Maar u hebt hem gekend?'

'Ja, dat klopt.'

'Hadden Manolo en u een relatie?'

'Nog niet.'

'Nog niet?'

'Onze relatie,' zei ze, 'was platonisch.'

Ik keek naar de stoeptegels of liet mijn blik door de straat gaan. Zo ging het beter. Ik was niet zozeer in de moord geïnteresseerd, of wie die had gepleegd. Maar wel in Manolo Santiago en wie hij in werkelijkheid was.

'Weet u waar meneer Santiago woonde?'

'Nee, sorry, dat weet ik niet.'

'Hoe hebt u elkaar ontmoet?'

'Hij kwam naar me toe toen ik op straat liep.'

'Zomaar? Kwam hij gewoon naar u toe lopen?'

'Ja,' zei ze.
'En toen?'
'Toen vroeg hij of ik zin had om ergens een kop koffie te gaan drinken.'
'En dat hebt u gedaan?'
'Ja.'
Ik keek weer even naar haar. Wat was ze mooi. Dat aquamarijn tegen die donkere huid... een absolute killer. 'Doet u dat wel vaker?' vroeg ik.
'Wat?'
'Een onbekende man op straat ontmoeten en ingaan op zijn uitnodiging om een kop koffie met hem te gaan drinken?'
Die vraag leek haar te amuseren. 'Moet ik tegenover u verantwoording afleggen over wat ik wel en niet doe, meneer Copeland?'
'Nee.'
Ze zweeg.
'Ik wil graag meer te weten komen over meneer Santiago,' zei ik.
'Mag ik vragen waarom?'
'Manolo Santiago was een valse naam. Ik probeer te weten te komen hoe hij in werkelijkheid heette, om te beginnen.'
'Dat weet ik niet.'
'Ik hoop dat u me niet vrijpostig vindt,' zei ik, 'maar ik begrijp het niet helemaal.'
'Wat begrijpt u niet?'
'U moet voortdurend door mannen aangesproken worden,' zei ik.
Haar glimlach was vaag maar alwetend. 'Wat een leuk compliment, meneer Copeland. Dank u wel.'
Ik bleef bij de les. 'Maar waarom bent u juist met hém meegegaan?'
'Maakt dat iets uit?'
'Misschien vertelt het me iets over hem.'
'Ik zou niet weten wat. Als ik bijvoorbeeld zou zeggen dat ik hem aantrekkelijk vond, schiet u daar dan iets mee op?'
'Vond u dat?'
'Wat? Of ik hem aantrekkelijk vond?' Weer die glimlach. Er viel een lok haar voor haar rechteroog. 'U klinkt bijna jaloers.'
'Mevrouw Singh?'
'Ja?'
'Ik ben bezig met een moordonderzoek. Dus misschien kunnen we ophouden met spelletjes spelen.'

'Denkt u dat we dat kunnen?' Ze streek de lok haar van haar voorhoofd. Ik zei niets. 'Nou, goed dan,' zei ze. 'Dat klinkt niet onredelijk.'

'Kunt u me helpen erachter te komen wie hij in werkelijkheid was?'

Ze dacht er even over na. 'Misschien door zijn telefoongegevens te controleren?'

'Dat is al gedaan, van de telefoon die hij bij zich had. Er stond maar één gesprek op, dat met u.'

'Hij had nog een ander telefoonnummer,' zei ze. 'Van daarvóór.'

'Weet u dat nummer nog?'

Ze knikte en gaf het me. Ik haalde een pen tevoorschijn en schreef het achter op een van mijn visitekaartjes.

'Verder nog iets?'

'Nee, niet echt.'

Ik haalde nog een kaartje uit mijn zak en schreef het nummer van mijn mobiele telefoon achterop. 'Als u nog iets te binnen schiet, belt u me dan?'

'Natuurlijk.'

Ik gaf haar het kaartje. Ze bleef me aankijken en glimlachte.

'Wat is er?'

'U draagt geen trouwring, meneer Copeland.'

'Ik ben niet getrouwd.'

'Gescheiden of weduwnaar?'

'Hoe weet u dat ik geen verstokte vrijgezel ben?'

Raya Singh nam niet eens de moeite om antwoord te geven.

'Ik ben weduwnaar,' zei ik.

'Wat erg voor u.'

'Bedankt.'

'Hoe lang is het geleden?'

Ik wilde zeggen dat ze zich verdomme met haar eigen zaken moest bemoeien, maar ik moest haar ook te vriend houden. En ze was zo verdomde mooi. 'Bijna zes jaar.'

'Ik begrijp het,' zei ze.

Ze keek me nog steeds aan met die ogen.

'Nou, bedankt voor uw medewerking,' zei ik.

'Waarom vraagt u me niet mee uit?' vroeg ze.

'Pardon?'

'Ik weet dat u me aantrekkelijk vindt. Ik ben vrij en u bent vrij. Waarom vraagt u me niet mee uit?'

'Ik hou werk en privé altijd gescheiden,' mompelde ik.

'Ik ben naar de Verenigde Staten gekomen vanuit Calcutta. Bent u daar wel eens geweest?'

Het plotselinge veranderen van onderwerp bracht me even van de wijs. Ze had ook niet het accent dat direct in die richting wees, maar dat had tegenwoordig niet veel te betekenen. Ik zei dat ik er nooit geweest was, maar dat ik er wel van had gehoord.

'Het is er nog beroerder dan wat u hebt gehoord,' zei ze.

Ik zei niets en vroeg me af waar ze naartoe wilde.

'Ik heb een toekomstplan gemaakt,' zei ze. 'Ten eerste moest ik hiernaartoe zien te komen. Naar de Verenigde Staten.'

'En ten tweede?'

'De mensen hier doen alles om vooruit te komen. De een speelt in de loterij. De ander droomt ervan om, weet ik het, profsporter te worden. Weer een ander komt in de misdaad terecht, wordt stripper of prostituee... Ik weet wat mijn kwaliteiten zijn. Ik ben aantrekkelijk. Ik ben ook een lief mens. Ik heb geleerd hoe ik...' Ze zocht even naar het juiste woord. '... hoe ik góéd voor een man kan zijn. Ik kan een man heel gelukkig maken. Ik zal goed naar hem luisteren. Ik zal er altijd voor hem zijn. Ik zal hem opbeuren als hij een slecht humeur heeft. Ik zal zijn nachten onvergetelijk maken. Ik zal mezelf helemaal aan hem geven, wanneer en hoe hij maar wil. En ik zal dat allemaal met liefde doen.'

Ga door, ga door, dacht ik.

We liepen midden op de dag in een drukke straat, maar ik durf te zweren dat het zo stil was dat je een speld kon horen vallen. Mijn mond was kurkdroog geworden.

'Manolo Santiago,' zei ik, met een stem die van ver weg leek te komen. 'Dacht u dat hij die man misschien zou zijn?'

'Ik dacht dat het mogelijk was,' zei ze. 'Maar hij was het niet. U lijkt me een aardige man. Iemand die een vrouw goed behandelt.' Het kan zijn dat Raya Singh een stapje naar me toe deed, hoewel ik het niet zeker weet. Maar opeens was ze een stuk dichterbij. 'Ik zie ook dat u zorgen hebt. Dat u 's nachts niet goed slaapt. Dus, hoe kunt u het weten, meneer Copeland?'

'Hoe kan ik wat weten?'

'Dat ik niet de vrouw voor u ben. Dat ik niet degene ben die u onbeschrijflijk gelukkig zal maken. Dat u naast mij niet zult slapen als een roos.'

Wauw!

'Dat weet ik niet,' zei ik.

Ze keek me alleen maar aan. Ik voelde haar blik tot in mijn tenen.

O, er werd met me gespeeld. Dat wist ik heus wel. En toch vond ik haar directe aanpak, open kaart en zonder gelul, op een merkwaardige manier vertederend.

Of misschien werd ik gewoon verblind door haar schoonheid.

'Ik moet gaan,' zei ik. 'U hebt mijn telefoonnummer.'

'Meneer Copeland?'

Ik wachtte.

'Waarom bent u in werkelijkheid hier?'

'Pardon?'

'Vanwaar uw belangstelling voor de moord op Manolo?'

'Ik dacht dat ik dat al had uitgelegd. Ik ben procureur van...'

'Dat is niet de reden dat u hier bent.'

Ik wachtte. Ze bleef me aankijken. Ten slotte vroeg ik: 'Hoe komt u daarbij?'

Haar antwoord kwam aan als een linkse hoek. 'Hebt ú hem vermoord?'

'Wat?'

'Ik zei...'

'Ik heb u wel verstaan. Natuurlijk niet. Waarom vraagt u dat?'

Maar Raya Singh ging er niet op in. 'Tot ziens, meneer Copeland.' Ze trakteerde me nog een laatste keer op de glimlach die alles in me deed sidderen. 'Ik hoop dat u vindt wat u zoekt.'

12

Lucy had de naam van Manolo Santiago willen Googelen – waarschijnlijk was hij een journalist die een stuk aan het schrijven was over die schoft, Wayne Steubens, de Summer Slasher – maar toen ze haar kantoor binnenkwam, zat Lonnie daar te wachten. Hij keek niet op toen hij haar hoorde. Ze ging vlak voor hem staan, in de hoop dat ze vastberaden over zou komen.

'Je weet wie dat essay heeft ingestuurd, hè?' zei ze.

'Niet helemaal zeker.'

'Maar?'

Lonnie haalde een keer diep adem, zocht al zijn moed bij elkaar, hoopte ze, om het hoge woord eruit te gooien. 'Weet je iets over het traceren van e-mailberichten?'

'Nee,' zei Lucy, en ze liep naar haar bureau.

'Wanneer je een e-mail ontvangt, staat er zo'n onzinverhaal over routes, SMTP en identiteiten bij, weet je dat?'

'Laten we aannemen dat ik dat weet.'

'In principe laat dat verhaal je zien hoe de e-mail bij jou terecht is gekomen. Waar die vandaan kwam en welke route hij over het net heeft afgelegd om van punt A naar punt B te komen. Zoals een serie poststempels, ongeveer.'

'Oké.'

'Natuurlijk bestaan er manieren om een e-mail anoniem te verzenden. Maar zelfs als je dat doet, blijven er meestal wel een paar voetsporen achter.'

'Geweldig, Lonnie. Fijn om te horen.' Hij zat tijd te rekken. 'Dus ik mag aannemen dat jij in de e-mail met dat essay een paar van die voetsporen hebt gevonden.'

'Ja,' zei Lonnie. Hij keek eindelijk op en glimlachte, zij het met moeite. 'Ik ga je niet nog een keer vragen waarom je wilt weten wie hem heeft verstuurd.'

'Fijn.'

'Want ik ken jou, Lucy. Zoals de meeste lekkere wijven ben je een lastpak van de bovenste plank. Maar je bent ook heel erg ethisch. Als jij het nodig vindt om het vertrouwen van je studenten te beschamen, mij en alles waar je in gelooft te verraden, moet je daar een verdomd goeie reden voor hebben. Dan moet het om een zaak van leven of dood gaan, durf ik te wedden.'

Lucy zei niets.

'Het gaat echt om een zaak van leven of dood, hè?'

'Vertel me nou maar waar die e-mail vandaan komt, Lonnie.'

'Die komt uit de computerzaal van de Frost-bibliotheek.'

'De bibliotheek,' herhaalde ze. 'Daar staan – hoeveel? – vijftig computers?'

'Zo ongeveer.'

'Dus we kunnen nooit te weten komen wie hem heeft verzonden.'

Lonnie hield zijn hoofd schuin alsof hij wilde zeggen: ja en nee. 'We weten hoe laat hij is verstuurd. Om 18.42 uur, eergisteren.'

'En schieten we daar iets mee op?'

'Studenten die een computer willen gebruiken, moeten er een reserveren. Niet een specifieke computer – dat systeem is twee jaar geleden afgeschaft – maar als je een computer wilt gebruiken, moet je tijd reserveren. Dus ben ik naar de bibliotheek gegaan en heb ik gevraagd of ik de lijst met reserveringen mocht zien. Dat mocht, en ik heb die vergeleken met jouw klassenlijst en gekeken wie er voor eergisteren tussen zes en zeven uur 's avonds een computer had gereserveerd.'

Hij stopte.

'En?'

'Er stond maar één student uit die groep op.'

'Wie?'

Lonnie liep naar het raam en keek naar buiten. 'Ik zal je een hint geven,' zei hij.

'Lonnie, ik ben nu echt niet in de stemming voor...'

'Ze likt graag hielen,' zei hij.

Lucy verstrakte. 'Sylvia Potter?'

Hij bleef met zijn rug naar haar toe staan.

'Lonnie, wil je zeggen dat Sylvia Potter dat essay heeft geschreven?'

'Ja,' zei hij. 'Dat is precies wat ik wil zeggen.'

Op weg naar het gerechtshof belde ik Loren Muse.

'Je moet nog iets voor me doen,' zei ik.

'Vertel maar wat.'
'Ik heb een telefoonnummer waar ik alles van wil weten. Van wie de telefoon was. Wie hij heeft gebeld. Alles.'
'Wat is het nummer?'
Ik gaf haar het telefoonnummer dat ik van Raya Singh had gekregen.
'Geef me tien minuten.'
'Meer niet?'
'Hé, ik ben geen chef Onderzoek geworden omdat ik zo'n lekker kontje heb.'
'Wie zegt dat?'
Muse lachte. 'Ik vind het leuk als je met me flirt, Cope.'
'Nou, probeer er maar niet aan te wennen.'
Ik beëindigde het gesprek. Mijn laatste opmerking was een beetje onaardig, besefte ik, of was het een gepaste reactie op haar grap over haar lekkere kontje? Het is zo gemakkelijk om flauwe grappen te maken over wat wel en wat niet kan. Het verschil tussen man en vrouw is altijd zo'n gewillig onderwerp. Maar ik heb ook gezien waar het in een werksituatie, bijvoorbeeld op kantoor, toe kan leiden, als je het zijn gang laat gaan. Dan kan het intimiderend en onaangenaam worden.
Hetzelfde geldt voor de bijna overdreven veiligheidsregels die we op onze kinderen toepassen. Je kind moet altijd een valhelm op, wat het ook aan het doen is. Op speelplekken moeten speciale rubberen tegels liggen, een klimrek mag vooral niet te hoog zijn en natuurlijk mag je kind geen drie straten ver van huis zonder begeleiding, zeker niet zonder gebits-, knie- en elleboogbeschermers. En het is zo gemakkelijk om er de draak mee te steken, zeker wanneer bemoeizuchtige overbezorgde ouders ermee lopen te pronken: *Ons kind kan niets gebeuren; wij hebben aan alles gedacht.* Maar de werkelijkheid is meedogenloos en trekt zich daar niets van aan, want er zijn nog steeds genoeg kinderen die het níet overleven.
Kinderen hadden vroeger zo veel meer vrijheid. Ze wisten niet wat voor kwaad er in het duister op de loer lag. Sommige kinderen gingen naar een zomerkamp, waar de veiligheidsregels in die tijd met een korreltje zout werden genomen en waar een kind nog gewoon kind kon zijn. En sommige van die kinderen gingen 's nachts stiekem het bos in en dan zag je ze nooit meer terug.

Lucy Gold belde naar de kamer van Sylvia Potter. Er werd niet opgenomen. Dat was niet zo vreemd. Ze pakte de telefoonlijst van de universiteit, maar daar stonden geen mobiele nummers in vermeld. Toen herinnerde Lucy zich dat ze Sylvia een BlackBerry had zien gebruiken, dus stuurde ze Sylvia een kort berichtje met de vraag of ze haar zo gauw mogelijk kon bellen.

Nog geen tien minuten later werd er gebeld.

'Ik moest u terugbellen, doctor Gold?'

'Ja, Sylvia, dank je wel. Zou je even naar mijn kantoor willen komen?'

'Wanneer?'

'Nu, als het kan.'

Het bleef even stil aan de andere kant.

'Sylvia?'

'Mijn Engelse les begint zo,' zei ze. 'Ik moet vandaag mijn eindscriptie voordragen. Is het goed als ik daarna kom?'

'Ja, dat is prima,' zei Lucy.

'Dan ziet u me over twee uur.'

'Oké, ik zal er zijn.'

Weer een stilte.

'Kunt u me vertellen waar het over gaat, doctor Gold?'

'Dat kan wel tot straks wachten, Sylvia. Niks om je zorgen over te maken. Ik zie je na je les.'

'Hoi.'

Het was Loren Muse. Ik was terug op het gerechtshof. Over een paar minuten zou Flair Hickory met zijn kruisverhoor beginnen.

'Hoi,' zei ik terug.

'Je ziet er afschuwelijk uit.'

'Wauw! De ervaren detective.'

'Maak je je zorgen om het kruisverhoor?'

'Natuurlijk.'

'Chamique redt zich wel. Je hebt prima werk verricht in jouw verhoor.'

Ik knikte en probeerde me te concentreren op wat komen ging. Muse liep naast me.

'O,' zei ze, 'het telefoonnummer dat je me gaf. Slecht nieuws.'

Ik wachtte.

'Het is een weggooier.'

Wat inhield dat iemand het toestel met een aantal belminuten erop met contant geld had gekocht en geen naam had opgegeven. 'Ik hoef niet te weten wie het heeft gekocht,' zei ik. 'Alleen wie hij heeft gebeld en door wie hij is gebeld.'

'Dat kan lastig worden,' zei Muse. 'Onmogelijk zelfs, via de normale kanalen. Degene van wie dat toestel was, heeft het op het net gekocht, van een of andere vage figuur die zich uitgaf voor een andere vage figuur. Het zal tijd kosten om de bron te vinden en zo veel druk uit te oefenen dat ik de telefoongegevens krijg.'

Ik schudde mijn hoofd. We liepen de rechtszaal in.

'Nog iets anders,' zei ze. 'Ken je MVD?'

'Most Valuable Detection,' zei ik.

'Precies. Het grootste detectivebureau van New Jersey. Cingle Shaker, de vrouw die ik op onze studentjes heb gezet, heeft er vroeger gewerkt. Het gerucht gaat dat MVD een grootscheeps – het maakt niet uit wat het kost, als ze maar genoeg vuiligheid vinden – onderzoek naar jou doet.'

Ik kwam bij mijn tafel voor in de rechtszaal. 'Geweldig.' Ik haalde een oude foto van Gil Perez uit mijn tas.

Muse keek ernaar. 'Wat moet ik hiermee?'

'Doet Farrell Lynch nog steeds computerwerk voor ons?'

'Ja.'

'Vraag of hij deze foto door zijn verouderingsprogramma wil halen en hem twintig jaar ouder maakt. En vraag hem of hij het hoofd kaal wil weergeven.'

Muse wilde nog iets zeggen, maar de blik in mijn ogen weerhield haar. Ze haalde haar schouders op en liep weg. Ik ging zitten. Rechter Pierce kwam binnen. Iedereen stond op. En toen nam Chamique Johnson in de getuigenbank plaats.

Flair Hickory stond op en knoopte zorgvuldig zijn jasje dicht. Ik fronste mijn wenkbrauwen. De laatste keer dat ik een pak in die vaalblauwe tint had gezien, was op de foto van een schoolfeest in 1978. Hij glimlachte naar Chamique.

'Goedemiddag, mevrouw Johnson.'

Chamique zag er doodsbang uit. 'Middag,' zei ze, met moeite.

Flair stelde zichzelf aan haar voor alsof ze elkaar op een cocktailparty tegen het lijf waren gelopen. Hij begon met Chamiques strafblad. Hij was vriendelijk maar direct. Ze was gearresteerd geweest voor prostitutie, klopte dat? Ze was gearresteerd geweest voor drugsbezit, klopte dat? Ze was ervan beschuldigd dat ze de portefeuille van een hoerenloper had gerold en er vierentachtig dollar uit had gehaald, klopte dat?

Ik maakte geen bezwaar.

Dit sloot allemaal aan op mijn strategie van de verschroeide aarde. Ik had deze punten tijdens mijn eigen getuigenverhoor al aangekaart, maar toch was Flairs kruisverhoor heel effectief. Hij vroeg haar nog niet om de punten van het verhoor toe te lichten. Hij hield zich aan de feiten en politierapporten en deed gewoon een soort warming-up.

Na een minuut of twintig begon Flair zijn kruisverhoor pas echt.
'U hebt wel eens marihuana gerookt, klopt dat?'
'Ja,' zei Chamique.
'Had u het op de avond van de vermeende verkrachting gerookt?'
'Nee.'
'Nee?' Flair bracht zijn hand naar zijn borst alsof het antwoord hem tot in het diepst van zijn ziel raakte. 'Hm. Had u alcoholhoudende drank geconsumeerd?'
'Ge-wat?'
'Had u iets met alcohol gedronken? Een biertje, of een glas wijn misschien?'
'Nee.'
'Echt niet?'
'Nee.'
'Hm. En iets anders? Frisdrank misschien?'
Ik wilde bezwaar maken, maar nogmaals, het was mijn strategie om haar zo veel mogelijk zelf te laten doen.
'Ik had wat punch gedronken,' zei Chamique.
'Punch, aha. En was die alcoholvrij?'
'Dat zeiden ze.'
'Wie?'
'De jongens.'
'Welke jongens?'
Ze aarzelde. 'Jerry.'
'Jerry Flynn?'
'Ja.'
'Wie nog meer?'
'Wat?'
'U zei jongens, met een s aan het eind. Dat is meervoud. Jerry Flynn geldt als één jongen. Dus wie heeft u nog meer verteld dat de punch die u hebt genuttigd... trouwens, hoeveel glazen hebt u gehad?'
'Dat weet ik niet meer.'
'Meer dan één?'
'Dat neem ik aan.'
'Niets aannemen, alstublieft, mevrouw Johnson. Kunt u zeggen of het er meer dan één was?'

'Ja, ik denk het wel.'
'Meer dan twee?'
'Dat weet ik niet.'
'Maar is het mogelijk?'
'Ja, misschien.'
'Dus misschien meer dan twee. Meer dan drie?'
'Dat denk ik niet.'
'Maar u weet het niet zeker.'
Chamique haalde haar schouders op.
'U moet verstaanbaar antwoord geven.'
'Ik geloof niet dat ik drie glazen heb gedronken. Waarschijnlijk maar twee. Of misschien niet eens twee.'
'En de enige persoon die u heeft verteld dat er geen alcohol in de punch zat, was Jerry Flynn. Is dat juist?'
'Ik denk het wel.'
'Zonet zei u "jongens", in meervoud. Maar nu zegt u dat het er maar één was. Dus u wijzigt uw verklaring?'
Ik stond op. 'Bezwaar.'
Flair wuifde me weg. 'Hij heeft gelijk, edelachtbare. Het is maar een detail. Laten we doorgaan.' Hij schraapte zijn keel en zette zijn hand in zijn rechterzij. 'Had u die avond drugs gebruikt?'
'Nee.'
'Zelfs niet een trekje van… laten we zeggen, een marihuanasigaret?'
Chamique schudde haar hoofd, herinnerde zich toen dat ze verstaanbaar moest antwoorden, boog zich naar de microfoon en zei: 'Nee, dat heb ik niet gedaan.'
'Hm, goed dan. Wanneer had u voor het laatst drugs gebruikt, van welke soort ook?'
Ik stond weer op. 'Bezwaar. Het woord "drugs" kan op van alles duiden, zelfs aspirine, Tylenol…'
Flair keek me geamuseerd aan. 'Denkt u niet dat iedereen hier weet waar ik het over heb?'
'Ik zou het toch graag gespecificeerd willen hebben.'
'Mevrouw Johnson, ik heb het over verboden drugs. Zoals marihuana. Of cocaïne. Of lsd, of heroïne. Dat soort middelen. Begrijpt u dat?'
'Ja, ik denk het wel.'
'Dus, wanneer had u voor het laatst verboden drugs gebruikt?'
'Dat kan ik me niet herinneren.'
'U zei dat u op de avond van het feestje geen drugs had gebruikt.'

'Dat klopt.'
'En de avond vóór het feestje?'
'Nee.'
'En de avond dáárvoor?'
Chamique begon een beetje te draaien en toen ze weer 'nee' zei, wist ik niet zeker of ik haar wel geloofde.
'Laten we eens kijken of ik u kan helpen met het neerzetten van een tijdkader. Uw zoontje is zestien maanden oud, is dat juist?'
'Ja.'
'Hebt u sinds hij geboren is verboden drugs gebruikt?'
'Ja,' antwoordde ze heel zacht.
'Kunt u ons vertellen wat voor soort drugs?'
Ik stond weer op. 'Bezwaar, edelachtbare. Het is nu wel duidelijk. Mevrouw Johnson heeft in het verleden drugs gebruikt. Niemand ontkent dat. Het maakt wat de cliënten van meneer Hickory hebben gedaan niet minder erg. Wat maakt het uit wannéér ze drugs heeft gebruikt?'
De rechter keek naar Flair. 'Meneer Hickory?'
'Wij geloven dat mevrouw Johnson een regelmatig gebruiker van drugs was. We geloven dat ze die avond high was en willen dat de jury dat weet wanneer die het waarheidsgehalte van haar verklaring beoordeelt.'
'Mevrouw Johnson heeft al verklaard dat ze die avond geen drugs had gebruikt, of alcoholhoudende drank heeft... geconsumeerd.' Het laatste woord sprak ik met veel cynisme uit.
'En ik,' zei Flair, 'heb het recht om haar herinneringen in twijfel te trekken. Want er zát alcohol in die punch. Ik ben van plan meneer Flynn als getuige op te roepen en hij zal verklaren dat mevrouw Johnson dat wist toen ze die dronk. Ik ben ook van plan om aan te tonen dat we hier te maken hebben met een vrouw die er niet voor terugdeinst om drugs te gebruiken, zelfs niet toen ze voor haar pasgeboren kind moest zorgen...'
'Edelachtbare!' riep ik.
'Oké, zo is het genoeg.' De rechter suste de gemoederen. 'Kunnen we doorgaan, meneer Hickory?'
'Wat mij betreft wel, edelachtbare.'
Ik ging weer zitten. Het was dom van me geweest om bezwaar te maken. Nu leek het alsof ik had geprobeerd iets tegen te houden, en wat erger was, ik had Flair de kans gegeven om zijn opmerking toe te lichten. Ik had me voorgenomen me koest te houden. Ik had mezelf laten gaan en dat had ons punten gekost.

'Mevrouw Johnson, u beschuldigt deze twee jongens ervan dat ze u hebben verkracht, is dat juist?'

Ik was weer opgestaan. 'Bezwaar. Mevrouw Johnson is geen jurist en niet bekend met juridische terminologie. Ze heeft al verteld wat ze met haar hebben gedaan. Het is de taak van het hof om daar de juiste juridische definities aan te verbinden.'

Opnieuw keek Flair me geamuseerd aan. 'Ik vraag haar niet om juridische definities. Ik ben gewoon benieuwd naar hoe zij het gebeuren verwoordt.'

'Waarom? Om haar woordenschat te testen?'

'Edelachtbare,' zei Flair, 'mag ik alstublieft deze getuige ondervragen?'

'Misschien kunt u ons uitleggen waar u naartoe wilt, meneer Hickory?'

'Goed dan, ik zal de vraag anders formuleren. Mevrouw Johnson, als u met uw vrienden praat, vertelt u hun dan dat u bent verkracht?'

Chamique aarzelde even. 'Ja.'

'Aha. En vertelt u me eens, mevrouw Johnson, kent u meer mensen die beweren verkracht te zijn?'

Ik weer. 'Bezwaar. Is dit relevant?'

'Ik sta de vraag toe.'

Flair was dichter bij Chamique gaan staan. 'U mag antwoorden,' zei hij, alsof hij haar een grote dienst bewees.

'Ja.'

'Wie zijn dat?'

'Een paar meisjes met wie ik werk.'

'Hoeveel meisjes?'

Ze keek omhoog alsof ze het zich probeerde te herinneren. 'Ik kan er twee bedenken.'

'Zijn die twee meisjes toevallig stripper of prostituee?'

'Allebei.'

'Van allebei een of...'

'Nee, ze doen alle twee allebei.'

'Ik begrijp het. Hebben deze misdaden tegen hen plaatsgevonden terwijl ze aan het werk waren, of in hun vrije tijd?'

Ik stond weer. 'Edelachtbare, ik bedoel, nu is het wel genoeg. Wat is de relevantie van deze vraag?'

'Mijn gewaardeerde collega heeft helemaal gelijk,' zei Flair, met een wijds armgebaar in mijn richting. 'En als hij gelijk heeft, geef ik dat ruiterlijk toe. Ik trek de vraag terug.'

Hij glimlachte naar me. Langzaam ging ik zitten, en ik begon steeds meer de pest in te krijgen.

'Mevrouw Johnson, kent u meer verkrachters?'

Ik weer. 'Afgezien van uw cliënten, bedoelt u?'

Flair keek me alleen maar aan en draaide zich toen naar de jury alsof hij wilde zeggen: tjonge, was dat niet heel erg onder de gordel? En hij had gelijk: dat was het.

Chamique zei: 'Ik begrijp niet wat u bedoelt.'

'Dat geeft niet, meisje,' zei Flair, alsof haar antwoord hem toch maar zou vervelen. 'Ik kom daar later op terug.'

Ik vond het nooit prettig wanneer Flair dat zei.

'Tijdens deze vermeende verkrachting, hadden mijn cliënten, meneer Jenrette en meneer Marantz, toen maskers op?'

'Nee.'

'Hadden ze zich op een andere manier vermomd?'

'Nee.'

'Hebben ze geprobeerd hun gezicht te verbergen?'

'Nee.'

Flair Hickory schudde zijn hoofd alsof dit het vreemdste was wat hij ooit had gehoord.

'Volgens uw getuigenis hebben ze u vastgegrepen en tegen uw wil de kamer in getrokken. Is dat juist?'

'Ja.'

'De kamer waar meneer Jenrette en meneer Marantz woonden?'

'Ja.'

'Ze hebben u niet buiten overvallen, in het donker, of op een of andere afgelegen plek die niet terug naar hen te herleiden was. Is dat juist?'

'Ja.'

'Vreemd, vindt u niet?'

Ik stond op het punt om bezwaar te maken, maar ik liet het lopen.

'Dus als ik het goed begrijp hebt u verklaard dat twee mannen u hebben verkracht, dat die twee mannen geen maskers droegen, noch zichzelf op een andere manier hadden vermomd, dat ze allebei zelfs hun gezicht aan u hebben laten zien, en dat ze dit allemaal hebben gedaan op hun eigen kamer, met ten minste één getuige die heeft gezien dat u tegen uw wil de kamer in bent getrokken. Klopt dat?'

In gedachten smeekte ik Chamique er niet omheen te draaien. Dat deed ze niet. 'Ja, dat klopt.'

'En toch, om de een of andere reden...' Flair keek weer om zich heen alsof hij hogelijk verbaasd was. '... gebruikten ze schuilnamen?'
Geen antwoord. Goed gedaan.
Flair Hickory bleef het hoofd schudden alsof iemand hem dwong te geloven dat twee plus twee vijf was. 'Uw vermeende verkrachters noemden zich Cal en Jim in plaats van hun eigen namen te gebruiken. Dat hebt u verklaard, nietwaar, mevrouw Johnson?'
'Dat klopt.'
'Begrijpt u daar iets van?'
'Bezwaar,' zei ik. 'Deze hele brute misdaad is voor mijn cliënt onbegrijpelijk.'
'Ah, dat zie ik in,' zei Flair Hickory. 'Ik hoopte alleen dat mevrouw Johnson, aangezien ze daar was, misschien een theorie had over de vraag waarom ze haar wel hun gezicht hebben laten zien en haar in hun eigen kamer hebben overmeesterd... en tóch een schuilnaam hebben gebruikt.' Hij glimlachte poeslief. 'Hebt u er een, mevrouw Johnson?'
'Een wat?'
'Een theorie over de vraag waarom twee jongens die Edward en Barry heten zichzelf Cal en Jim noemden.'
'Nee.'
Flair Hickory liep terug naar zijn tafel. 'Ik vroeg u daarnet of u meer verkrachters kende. Weet u nog?'
'Ja.'
'Mooi. En, is dat zo?'
'Volgens mij niet.'
Flair knikte en pakte een blaadje papier van zijn tafel. 'En als ik u de naam noem van iemand die op dit ogenblik gedetineerd is in Rahway na een veroordeling voor seksuele mishandeling, ene – let u goed op, mevrouw Johnson, alstublieft – Jim Broodway?'
Chamiques ogen werden groot. 'U bedoelt James?'
'Ik bedoel Jim – of James, als u zijn officiële naam wilt gebruiken – Broodway, die ooit woonachtig was op Central Avenue 1189 in Newark, New Jersey. Kent u hem?'
'Ja.' Ze was zachter gaan praten. 'Ik heb hem gekend.'
'Wist u dat hij nu in de gevangenis zit?'
Ze haalde haar schouders op. 'Ik ken zo veel jongens die in de gevangenis zitten.'
'Daar twijfel ik niet aan.' Voor het eerst kwam er wat scherpte in Flairs stem. 'Maar dat vroeg ik niet. Ik vroeg of u wist dat Jim Broodway in de gevangenis zat.'

'Hij heet geen Jim. Hij heet James!'
'Ik vraag het nog één keer, mevrouw Johnson, en dan zal ik het hof verzoeken u tot antwoorden te dwingen...'
Ik stond weer. 'Bezwaar. Hij intimideert de getuige.'
'Afgewezen. Geef antwoord op de vraag, mevrouw Johnson.'
'Ik heb er iets over gehoord,' zei Chamique bedeesd.
Flair slaakte een overdreven diepe zucht. 'Ja of nee, mevrouw Johnson. Wist u dat Jim Broodway op dit moment een straf uitzit in een staatsgevangenis?'
'Ja.'
'Hè hè, was dat nu zo moeilijk?'
Ik weer. 'Edelachtbare...'
'Maak het niet te dramatisch, meneer Hickory. Kom ter zake.'
Flair Hickory liep terug naar zijn tafel. 'Hebt u ooit seksuele gemeenschap met Jim Broodway gehad?'
'Hij heet James!' riep Chamique weer.
'Zullen we hem voor de duidelijkheid van dit verhoor "meneer Broodway" noemen? Hebt u ooit seksuele gemeenschap met meneer Broodway gehad?'
Ik kon dit niet laten passeren. 'Bezwaar. Haar seksleven is niet relevant in deze zaak. De wet is hier duidelijk over.'
Rechter Pierce keek Flair aan. 'Meneer Hickory?'
'Het is geenszins mijn bedoeling de reputatie van mevrouw Johnson te bezoedelen,' zei Flair, 'of te suggereren dat zij een vrouw van losse zeden zou zijn. Het Openbaar Ministerie heeft ons al heel duidelijk uitgelegd dat mevrouw Johnson als prostituee werkzaam was en in die hoedanigheid een breed scala aan seksuele handelingen met een groot aantal mannen verrichtte.'
Wanneer leer ik eens dat ik soms beter mijn mond dicht kan houden?
'Het punt dat ik te berde wil brengen, is een ander, een dat mevrouw Johnson niet in verlegenheid zal brengen. Ze heeft zelf toegegeven dat ze seksuele omgang met diverse mannen had. Het feit dat meneer Broodway mogelijk ook tot die groep behoort, is nauwelijks wereldschokkend te noemen.'
'Het is prejudicieel,' bracht ik ertegen in.
Flair keek me aan alsof ik net uit het achtereind van een paard was gevallen. 'Ik leg u net uit waarom het dat niet is. De waarheid is dat Chamique Johnson deze twee jongeheren van een heel ernstige misdaad beschuldigt. Ze heeft getuigd dat ze is verkracht door een man die Jim heet. Wat ik vraag, en niets meer dan dat, is het volgen-

de: heeft ze ooit seksuele gemeenschap gehad met meneer Jim – of James, als ze daar de voorkeur aan geeft – Broodway, die thans in een staatsgevangenis een straf uitzit wegens seksuele mishandeling?'

Ik begreep nu waar hij naartoe wilde. En dat was niet best.

'Ik sta het toe,' zei de rechter.

Ik ging weer zitten.

'Mevrouw Johnson, hebt u ooit seksuele gemeenschap met meneer Broodway gehad?'

Er rolde een traan over haar wang. 'Ja.'

'Meer dan eens?'

'Ja.'

Even leek het erop dat Flair haar om meer details zou vragen, maar hij wist wel beter. Hij veranderde iets van koers. 'Bent u wel eens dronken of stoned geweest terwijl u seksuele gemeenschap met meneer Broodway had?'

'Dat zou kunnen.'

'Ja of nee?'

Zijn stem klonk kalm maar vastberaden. En er klonk nu ook iets van boosheid in door.

'Ja.'

Ze begon harder te huilen.

Ik stond op. 'Ik verzoek om een korte schorsing, edelachtbare.'

Flair liet de bijl vallen voordat de rechter antwoord kon geven. 'Was er bij uw seksuele ontmoetingen met meneer Broodway ooit een tweede man aanwezig?'

De rechtszaal explodeerde.

'Edelachtbare!' riep ik.

'Orde!' De rechter gaf een paar klappen met zijn hamer. 'Orde in de rechtszaal!'

De rust in de rechtszaal keerde terug. Rechter Pierce keek me aan. 'Ik weet dat u het niet leuk zult vinden, maar ik ga deze vraag toestaan.' Hij wendde zich tot Chamique. 'Geeft u antwoord, alstublieft.'

De gerechtshofstenograaf las de vraag nog eens voor. Chamique verroerde zich niet en de tranen stroomden over haar wangen. Toen de stenograaf uitgesproken was, zei Chamique: 'Nee.'

'Meneer Broodway zal getuigen dat...'

'Hij heeft wel eens een van zijn vrienden laten toekijken!' riep Chamique uit. 'Dat is alles. Ik zou nooit goedvinden dat die vriend me aanraakte. Hoort u me? Nooit!'

Het was muisstil in de rechtszaal. Ik moest mijn best doen om rechtop te blijven zitten en mijn ogen niet te sluiten.

'Dus,' zei Flair Hickory, 'u had seksuele gemeenschap met ene Jim...'

'James! Hij heet James!'

'... er was een tweede man in de kamer, en tóch hebt u geen idee hoe u op de namen Jim en Cal bent gekomen?'

'Ik ken geen Cal. En hij heet James.'

Flair Hickory ging dichter bij haar staan. Zijn gezicht drukte bezorgdheid uit, alsof hij haar wilde helpen. 'Weet u zeker dat u zich dit niet verbeeld hebt, mevrouw Johnson?'

Hij klonk als zo'n zelfhulpdokter die je vaak op tv ziet.

Chamique veegde haar tranen weg. 'Ja, meneer Hickory, dat weet ik zeker. Verdomde zeker.'

Maar Flair gaf nog niet op.

'Ik wil niet beweren dat u liegt,' vervolgde Flair, en ik slikte mijn bezwaar in, 'maar kan het niet zo zijn dat u misschien een beetje te veel punch had gedronken – niet uw schuld, natuurlijk, want u dacht dat die alcoholvrij was – vervolgens betrokken bent geraakt bij een seksuele daad, en dat u die in gedachten aan een andere periode uit uw leven hebt gekoppeld? Kan dat niet verklaren waarom u blijft volhouden dat de twee mannen die u hebben verkracht Jim en Cal heetten?'

Ik was opgestaan om te zeggen dat dit twee vragen waren, maar opnieuw wist Flair wat hij deed.

'Ik trek de vraag in,' zei Flair Hickory, alsof het hele gebeuren hem droevig stemde en hij een diep medelijden voelde voor alle betrokkenen. 'Ik heb verder geen vragen.'

13

Terwijl Lucy op Sylvia Potter wachtte, deed ze met Google naspeuring naar de naam die ze op Ira's bladzijde in het gastenboek had zien staan: Manolo Santiago. Ze kreeg genoeg hits, maar niet een waar ze iets aan had. Hij was geen journalist... of ze kreeg in ieder geval geen hits die daarop wezen. Wie was hij dan wel? En waarom was hij bij haar vader op bezoek geweest?

Ze kon het natuurlijk aan Ira vragen. Als hij het zich herinnerde.

Er gingen twee uur voorbij. Daarna nog eens twee uur. Ze belde naar Sylvia's kamer. Er werd niet opgenomen. Stuurde nog een e-mail naar Sylvia's BlackBerry. Geen antwoord.

Het zag er niet goed uit.

Hoe was het in godsnaam mogelijk dat Sylvia Potter dingen over haar verleden wist?

Lucy keek in de studentenlijst. Sylvia Potter woonde in Stone House, in het gebouw van Sociale Studies. Ze besloot ernaartoe te wandelen en te kijken of ze iets te weten kon komen.

Op de campus van een universiteit hangt een bijzondere, bijna magische sfeer. Er bestaan weinig plekken waar je je veiliger en beter afgeschermd voelt, en hoewel er mensen zijn die daar niet goed tegen kunnen, is het toch zoals het hoort te zijn. Het is een plek waar je je veilig kunt voelen als je jong bent, en als je ouder wordt, zoals zij en Lonnie, wordt het een plek waar je je kunt verschuilen.

Stone House was vroeger de sociëteit van de afdeling Psychologie. Tien jaar geleden had de universiteit alle sociëteiten opgeheven omdat ze 'anti-intellectueel' zouden zijn. Lucy kon niet ontkennen dat sociëteiten en verenigingshuizen een negatieve reputatie hadden, en soms heel terecht, maar om ze dan allemaal maar op te heffen, dat was haar toch iets te gortig. Op een universiteit niet ver hiervandaan was sprake van een geval waarbij een verkrachting in een studentenhuis had plaatsgevonden. Maar als het niet in een studentenhuis was, gebeurde het wel in het spelershonk van een of ander sportteam, of door bouwvakkers in een striptent, of een stel rockers in een nachtclub. Wat je ertegen moest doen, wist ze niet precies, maar ze wist wel dat je niet zomaar alle instituten kon sluiten waar eventueel iets kon gebeuren.

Bestraf de misdaad, dacht ze, en beperk niet de vrijheid van anderen.

De buitenkant van het huis was nog steeds authentiek, baksteen, in Georgian stijl. Maar vanbinnen waren alle karakteristieke kenmerken verdwenen. Weg waren de wandkleden, de lambriseringen en al het mahoniehout van weleer; alles was vervangen door wit en beige, en een volkomen neutraal interieur. Eeuwig zonde.

Studenten liepen in en uit. Er werden een paar hoofden omgedraaid toen ze binnenkwam, maar veel waren het er niet. Er schalde muziek uit stereosets, of – wat waarschijnlijker was – de speakers van iPods. De deuren stonden open. Ze zag posters van Che Guevara aan de muren. Misschien leek ze meer op haar vader dan ze altijd gedacht had. Ook universiteitscampussen waren blijven steken in de jaren zestig. De mode en de muziek mochten dan veranderd zijn, maar het gevoel was nog steeds hetzelfde.

Lucy liep de centrale trap op, die ook was ontdaan van al zijn oorspronkelijkheid. Sylvia Potter bewoonde een eenpersoonskamer op de eerste verdieping. Lucy vond de deur van haar kamer. Er zat een klein formaat whiteboard op de deur, keurig in het midden, maar boodschappen stonden er niet op. Bovenaan stond de naam 'Sylvia', in heel zorgvuldig, bijna professioneel gekalligrafeerde letters, met een roze bloem ernaast. De deur viel op, leek hier misplaatst, leek afkomstig uit een andere tijd.

Lucy klopte. Geen antwoord. Ze probeerde de deurknop. De deur zat op slot. Ze overwoog een boodschap op het whiteboard te schrijven – daar was dat ding tenslotte voor bedoeld – maar dat vond ze te ver gaan. Alsof ze wanhopig was. Ze had al gebeld. Ze had een e-mail gestuurd. Dat ze hier langskwam ging eigenlijk al te ver.

Ze liep de trap af toen de voordeur van Stone House openging. Sylvia Potter kwam binnen. Ze zag Lucy en schrok. Lucy liep de laatste treden van de trap af en ging voor Sylvia staan. Ze zei niets, probeerde het meisje in de ogen te kijken. Sylvia keek alle kanten op, behalve naar Lucy.

'O, hallo, doctor Gold.'

Lucy zei niets.

'De les is uitgelopen, sorry. En ik heb nog een andere opdracht, voor morgen. Ik dacht: het is al laat en u bent vast al weg, dus misschien kan het wel tot morgen wachten.'

Ze probeerde zich eruit te praten en Lucy liet haar begaan.
'Is dat goed?' vroeg Sylvia. 'Dat ik morgen kom?'
'Heb je nu niet even tijd?'
Sylvia keek op haar horloge zonder te zien hoe laat het was. 'Ik heb het echt heel erg druk met mijn opdracht. Kan het niet tot morgen wachten?'
'Voor wie is die opdracht?'
'Wat?'
'Welke docent heeft je die opdracht gegeven, Sylvia? Als ik je te lang ophoud, zal ik wel een briefje voor je schrijven.'
Stilte.
'We kunnen naar je kamer gaan,' zei Lucy. 'Daar praten.'
Eindelijk keek Sylvia haar aan. 'Doctor Gold?'
Lucy wachtte.
'Ik geloof niet dat ik met u wíl praten.'
'Het gaat over je essay.'
'Mijn...?' Ze schudde haar hoofd. 'Maar dat heb ik anoniem ingestuurd. Hoe weet u welk essay van mij is?'
'Sylvia...'
'U had het gezegd! U hebt het beloofd! Dat ze anoniem zouden zijn. Dat hebt u gezegd.'
'Ik weet wat ik heb gezegd.'
'Hoe hebt u...?' Ze maakte zich groot. 'Ik wil niet met u praten.'
Lucy legde meer vastberadenheid in haar stem. 'Je zult wel moeten.'
Maar Sylvia liet zich niet intimideren. 'Nee, ik moet niks. U kunt me niet dwingen. Maar... mijn god, hoe hebt u dat kunnen doen? Eerst tegen ons zeggen dat het anoniem en vertrouwelijk is en dan...'
'Het is heel belangrijk dat we erover praten.'
'Nee, dat is het niet. Ik hoef niet met u te praten. En als u tegen iemand iets zegt, stap ik naar de decaan en zeg ik wat u hebt gedaan. Dan wordt u ontslagen.'
Er waren inmiddels meer studenten die hun kant op keken. Lucy begon de grip op de situatie te verliezen. 'Sylvia, alsjeblieft, ik moet weten...'
'Nee!'
'Sylvia...'
'Ik hoef u helemaal niks te vertellen! Laat me met rust!'
Sylvia Potter draaide zich om, rukte de voordeur open en rende naar buiten.

14

Na Flair Hickory's kruisverhoor van Chamique werd ik in mijn kantoor opgewacht door Loren Muse.
'Wauw,' zei Muse. 'Dat was knap klote.'
'Ga met die namenkwestie aan de slag,' zei ik.
'Welke namenkwestie?'
'Zoek uit of Broodway door iemand Jim wordt genoemd, of dat hij, zoals Chamique blijft volhouden, als James door het leven gaat.'
Muse keek bedenkelijk.
'Wat is er?'
'Denk je dat we daar veel mee opschieten?'
'Het kan geen kwaad.'
'Je gelooft haar nog steeds?'
'Kom op, Muse. Dit is een rookgordijn.'
'Wel een goed rookgordijn.'
'Is je vriendin Cingle al iets te weten gekomen?'
'Nee, nog niet.'
De zitting was voor vandaag voorbij, goddank. Flair had mijn hoofd al op een schaal liggen. Ik weet dat het in rechtszaken om gerechtigheid moet gaan en niet om competitie of zoiets, maar kom op, laten we reëel blijven.
Cal en Jim waren terug, sterker dan ooit.
Mijn mobiele telefoon ging over. Ik keek op de display maar herkende het nummer niet. Ik bracht het toestel naar mijn oor en zei: 'Hallo?'
'Met Raya.'
Raya Singh. De gewillige Indiase serveerster. Ik voelde mijn mond droog worden.
'Hoe gaat het met u?' vroeg ik.
'Prima.'
'Is u nog iets te binnen geschoten?'
Muse zat naar me te kijken. Ik trok een gezicht alsof ik wilde zeggen: dit is privé. Voor een rechercheur kon ze soms knap traag van

begrip zijn. Of misschien deed ze het wel expres.

'Ik had het waarschijnlijk meteen moeten zeggen,' zei Raya Singh.

Ik wachtte.

'Maar je stond zo plotseling voor mijn neus. Dat overviel me. Ik weet nog steeds niet of ik er goed aan doe.'

'Mevrouw Singh?'

'Alsjeblieft, noem me Raya.'

'Raya,' zei ik, 'ik heb geen idee waar je het over hebt.'

'Daarom vroeg ik waarom je in werkelijkheid was gekomen. Weet je nog?'

'Ja.'

'Weet je waarom ik dat vroeg... over wat je echt wilde?'

Ik dacht erover na en zei in volle eerlijkheid: 'Omdat ik zo onprofessioneel naar je liep te gluren?'

'Nee,' zei ze.

'Oké, ik geef het op. Waarom vroeg je dat? En nu we het daar toch over hebben, waarom vroeg je of ík hem had vermoord?'

Muses wenkbrauw ging omhoog. Ik trok me er niets van aan.

Raya Singh gaf geen antwoord.

'Mevrouw Singh? Raya?'

'Omdat,' zei ze, 'hij je naam heeft genoemd.'

Ik dacht dat ik het misschien verkeerd had verstaan, dus ik stelde een domme vraag. 'Wie heeft mijn naam genoemd?'

Er kwam een zweem van ongeduld in haar stem. 'Over wie hebben we het?'

'Manolo Santiago heeft mijn naam genoemd?'

'Ja, natuurlijk.'

'En je vond het niet nodig om me dat meteen te vertellen?'

'Ik wist niet of ik je kon vertrouwen.'

'Waardoor ben je van gedachten veranderd?'

'Ik heb je opgezocht op het internet. Je bent echt de procureur van Essex County.'

'Wat heeft Santiago over me gezegd?'

'Dat je over iets hebt gelogen.'

'Waarover?'

'Dat weet ik niet.'

Ik drukte door. 'Tegen wie zei hij dat?'

'Tegen een man. Ik weet niet hoe hij heet. Hij had thuis ook krantenknipsels over jou.'

'Thuis? Ik dacht dat je niet wist waar hij woonde.'

'Toen vertrouwde ik je nog niet.'
'En nu wel?'
Ze gaf geen direct antwoord op de vraag. 'Pik me over een uur op bij het restaurant,' zei Raya Singh. 'Dan laat ik je zien waar Manolo woonde.'

15

Toen Lucy haar kantoor binnenkwam, stond Lonnie daar met een blaadje papier in zijn hand.
'Wat is dat?' vroeg ze.
'Het vervolg van dat essay.'
Ze moest zich bedwingen om het blaadje niet uit zijn hand te rukken.
'Heb je Sylvia gevonden?' vroeg Lonnie.
'Ja.'
'En?'
'Ze werd woedend en wil niet met me praten.'
Lonnie ging zitten en legde zijn voeten op haar bureau. 'Moet ik het proberen?'
'Dat lijkt me geen goed idee.'
Lonnie wierp haar een triomfantelijke grijns toe. 'Ik kan heel overtuigend zijn.'
'Ben je bereid je nek uit te steken om mij te helpen?'
'Als het nodig is…'
'Zo ken ik je niet.' Ze leunde achterover en hield het blaadje op. 'Heb jij het al gelezen?'
'Ja.'
Ze knikte en begon zelf te lezen.

P maakte zich los uit onze omhelzing en rende in de richting van de schreeuw.
Ik riep dat hij op me moest wachten, maar dat deed hij niet. Twee seconden later had het nachtelijke duister hem verzwolgen. Ik wilde hem achternarennen. Maar het was zo donker. Ik zou dit bos beter moeten kennen dan P. Het was zijn eerste jaar hier.
De schreeuw was afkomstig geweest van een meisje. Dat kon je horen. Ik werkte me tussen de bomen door. Roepen deed ik niet meer. Om de een of andere reden durfde ik dat niet meer. Ik wilde P terugvinden, maar niet dat iemand anders wist dat ik daar was. Ik weet

dat het gek klinkt, maar zo voelde ik het op dat moment.
Ik was bang.
De maan stond aan de hemel. Het licht gaf alles in het bos een andere kleur. Het deed me denken aan zo'n lamp die mijn vader vroeger had. Ze noemen het black light, maar het licht is meer paars dan zwart. Het verandert de kleur van alles wat erdoor verlicht wordt. Maanlicht doet dat ook.
Dus toen ik P ten slotte vond en de vreemde kleur op zijn T-shirt zag, herkende ik die eerst niet. Ik kon de kleur donkerrood niet onderscheiden. Die leek meer op glimmend blauw. P keek me aan. Zijn ogen waren groot.
'We moeten hier weg,' zei hij. 'En we mogen nooit aan iemand vertellen dat we hier geweest zijn…'

Dat was het. Lucy las het nog tweemaal. Toen legde ze het blaadje neer. Lonnie zat naar haar te kijken.

'Dus,' zei hij, en hij rekte het woord lang uit, 'mag ik aannemen dat jij de verteller van dit verhaaltje bent?'

'Wat?'

'Ik heb zitten nadenken, Lucy, en ik kan maar tot één verklaring komen: jij bent het meisje in het verhaal. Iemand schrijft over jou.'

'Dat is bespottelijk,' zei ze.

'Kom op, Luce. Jezus, we hebben essays over incest in die stapel zitten. Zelfs naar die studenten doen we geen naspeuring. En jij raakt helemaal van streek van een verhaaltje over een schreeuw in het bos?'

'Bemoei je er niet mee, Lonnie.'

Hij schudde zijn hoofd. 'Sorry, schat, maar zo zit ik niet in elkaar. Zelfs niet als je níet bloedmooi was en ik níet in je broekje wilde.'

Ze nam niet eens de moeite om op dat laatste te reageren.

'Ik wil je best helpen.'

'Dat kun je niet.'

'Ik weet meer dan je denkt.'

Lucy keek hem aan. 'Wat bedoel je daarmee?'

'Eh… word je niet boos op me?'

Ze wachtte.

'Ik heb een beetje naspeuring naar je gedaan.'

Lucy kreeg een hol gevoel in haar maag, maar ze slaagde erin haar gezicht in de plooi te houden.

'Lucy Gold is niet je echte naam. Je hebt je naam veranderd.'

'Hoe weet je dat?'

'Kom op, Luce. Je weet toch wel hoe doodsimpel dat met een computer na te gaan is?'
Ze zei niets.
'Er zat iets in dit verhaal wat me dwars bleef zitten,' vervolgde hij. 'Dat over het zomerkamp. Ik was toen nog jong, maar ik herinner me dat er over de Summer Slasher werd gepraat. Dus heb ik nog wat meer naspeuring gedaan.' Hij probeerde bijdehand naar haar te glimlachen. 'Je zou je haar weer blond moeten maken.'
'Het was een moeilijke periode in mijn leven.'
'Dat kan ik me voorstellen.'
'Daarom heb ik mijn naam veranderd.'
'O, dat begrijp ik best. Jullie hebben het zwaar te verduren gehad, je vader en jij. Je wilde er graag afstand van nemen.'
'Ja.'
'En nu, om de een of andere merkwaardige reden, komt het allemaal terug.'
Ze knikte.
'Waarom?' vroeg Lonnie.
'Dat weet ik niet.'
'Ik wil je best helpen.'
'Zoals ik al zei, weet ik niet of je dat kunt.'
'Mag ik je iets vragen?'
Ze haalde haar schouders op.
'Ik heb nog wat graafwerk gedaan. Je weet dat Discovery Channel een paar jaar geleden een special over die moorden heeft uitgezonden.'
'Ja, dat weet ik,' zei ze.
'Jij werd daar helemaal niet in genoemd. Dat je die nacht in het bos geweest was, bedoel ik.'
Lucy zei niets.
'Dus waar maak je je druk om?'
'Daar kan ik niet over praten.'
'Wie is P? Paul Copeland, hè? Je weet dat hij nu openbaar aanklager of zoiets is?'
Ze schudde haar hoofd.
'Je maakt het niet gemakkelijk voor me,' zei hij.
Lucy hield haar mond dicht.
'Oké,' zei Lonnie, en hij stond op. 'Toch ga ik je helpen.'
'Hoe?'
'Sylvia Potter.'
'Wat is er met haar?'

'Ik krijg haar wel aan het praten.'
'Hoe?'
Lonnie liep naar de deur. 'Ik heb zo mijn methodes.'

Op weg naar het Indiase restaurant maakte ik een tussenstop om een bezoek aan Janes graf te brengen.
Ik wist niet precies waarom. Ik deed dat niet vaak... hooguit drie keer per jaar. Ik heb niet het gevoel dat mijn vrouw daar echt is. Haar ouders hadden samen met Jane de plek voor haar graf uitgekozen. 'Het betekent heel veel voor ze,' had Jane op haar sterfbed tegen me gezegd. En dat was waar. Het leidde haar ouders een beetje af, vooral haar moeder, en gaf hun het gevoel dat ze iets zinvols deden.
Mij maakte het op dat moment niet veel uit. Ik was nog aan het ontkennen dat Jane zou sterven, en dacht nog steeds, zelfs toen het heel, heel erg slecht met haar ging, dat ze zich er op de een of andere manier doorheen zou knokken. En voor mij is dood dood, het definitieve einde, met niets erna, de eindstreep, meer niet. Mooie, peperdure doodskisten en keurig onderhouden graven, zelfs die van Jane, veranderen daar niets aan.
Ik zette de auto op het parkeerterrein en liep het pad op. Er stonden verse bloemen op het graf. Wij, van het joodse geloof, doen dat niet. Wij leggen keien op het graf. Dat idee stond me wel aan, ook al weet ik niet precies waarom. Bloemen, zo levend, fris en kleurrijk, leken obsceen af te steken tegen het grijs van een grafsteen. Mijn vrouw, de beeldschone Jane, lag twee meter onder de grond weg te rotten onder een bos verse lelies? Dat leek bijna een provocatie.
Ik ging op de betonnen bank zitten. Ik praatte niet tegen haar. Het was zo erg op het laatst. Jane leed pijn en ik keek toe. Een tijdje in ieder geval. Ze werd verzorgd door een verpleegster, want Jane wilde thuis sterven, maar er waren ook nog het gewichtsverlies, de geur, de aftakeling en het gekreun. Het geluid dat me het meest was bijgebleven, wat me af en toe nog steeds overviel als ik sliep, was het afschuwelijke gehoest totdat ze bijna stikte omdat ze het slijm niet kon ophoesten, wat haar zo veel pijn deed en waar ze zich voor geneerde, en dat ging maanden en maanden zo door terwijl ik sterk probeerde te zijn, maar lang niet zo sterk was als Jane, en zij wist dat.
Toen we elkaar nog niet zo lang kenden, wist Jane dat ik mijn twijfels had over onze relatie. Ik had mijn zus verloren. Mijn moeder had me in de steek gelaten. En nu, voor het eerst sinds lange

tijd, liet ik weer een vrouw in mijn leven toe. Ik herinner me de nacht dat ik niet kon slapen en naar het plafond lag te staren, en Jane slapend naast me lag. Ik herinner me dat ik naar haar diepe ademhaling luisterde, toen nog zo zuiver en volmaakt, zo anders dan die later zou worden. Toen werd haar ademhaling lichter en werd ze langzaam wakker. Ze sloeg haar armen om me heen en kroop tegen me aan.

'Ik ben niet zoals zij,' zei ze zacht, alsof ze mijn gedachten kon lezen. 'Ik zal je nooit in de steek laten.'

Maar uiteindelijk had ze dat toch gedaan.

Ik was na haar dood met vrouwen uit geweest. Er waren er zelfs een paar met wie ik een redelijk intense emotionele band had opgebouwd. Ik hoopte ooit iemand te vinden en dan te hertrouwen. Maar nu, terwijl ik terugdacht aan die nacht in ons bed, vermoedde ik dat dit waarschijnlijk niet zou gebeuren.

Ik ben niet zoals zij, had mijn vrouw gezegd.

En met 'zij' bedoelde ze natuurlijk mijn moeder.

Ik keek naar de grafsteen en las haar naam. Onze liefhebbende moeder, dochter en vrouw. Met aan weerskanten ervan een soort engelenvleugels. Ik zag mijn schoonouders voor me terwijl ze de vleugels uitzochten, die precies de juiste grootte moesten hebben, en de juiste stijl, al die dingen. Zonder iets tegen me te zeggen hadden mijn schoonouders ook de plek naast Janes graf gekocht. Als ik niet hertrouwde, zou die voor mij zijn, nam ik aan. En als ik wel hertrouwde, nou, dan wist ik niet wat ze ermee zouden doen.

Ik wilde mijn Jane om hulp vragen. Ik wilde haar vragen eens goed rond te kijken waar ze nu was, om te zien of ze mijn zus kon vinden en me te laten weten of Camille nog in leven was of niet. Ik glimlachte schaapachtig. Toen verstrakte ik.

Ik weet zeker dat mobiele telefoons op begraafplaatsen ongepast zijn. Maar ik dacht niet dat Jane het erg zou vinden. Ik haalde het toestel uit mijn zak en drukte weer op de zes.

Sosh nam meteen op.

'Ik wil je om een gunst vragen,' zei ik.

'Ik heb je al gezegd: niet over de telefoon.'

'Zoek uit waar mijn moeder is, Sosh.'

Stilte.

'Je kunt het. Ik vraag het je. Voor de nagedachtenis van mijn vader en mijn zus. Vind mijn moeder voor me.'

'En als ik dat niet kan?'

'Je kúnt het.'

'Je moeder is al zo lang weg.'
'Dat weet ik.'
'Heb je rekening gehouden met de mogelijkheid dat ze niet gevonden wil worden?'
'Ja, dat heb ik,' zei ik.
'En?'
'Dan heeft ze pech gehad,' zei ik. 'Het gaat in het leven niet altijd zoals we het willen. Dus zoek haar voor me op, Sosh. Alsjeblieft.'

Ik beëindigde het gesprek en keek weer naar Janes graf.

'We missen je,' zei ik hardop tegen mijn overleden vrouw. 'Cara en ik. We missen je heel, heel erg.'

Daarna stond ik op en liep terug naar de auto.

16

Raya Singh stond al op me te wachten op het parkeerterrein van het restaurant. Ze had haar aquamarijnen werkkleding omgeruild voor een spijkerbroek en een donkerblauwe blouse. Haar haar was in een paardenstaart gebonden. Het resultaat was niet minder oogverblindend. Ik schudde mijn hoofd. Ik kwam net bij het graf van mijn vrouw vandaan en nu zat ik me hier zonder enige gêne te verlekkeren aan de schoonheid van een jonge vrouw.

Wat was het leven toch interessant.

Ze opende het portier en kwam naast me zitten. Ze rook heerlijk.

'Waar gaan we naartoe?' vroeg ik.

'Weet je waar Route 17 is?'

'Ja.'

'Rij die op, in noordelijke richting.'

Ik reed het parkeerterrein af. 'Ga je me nu de waarheid vertellen?' vroeg ik.

'Ik heb nooit tegen je gelogen,' zei ze. 'Ik had alleen besloten je bepaalde dingen niet te vertellen.'

'Hou je nog steeds vol dat je Santiago op straat hebt ontmoet?'

'Ja.'

Ik geloofde haar niet.

'Heb je hem wel eens de naam Perez horen noemen?'

Ze gaf geen antwoord.

'Gil Perez?' drong ik aan.

'De afslag voor Route 17 is aan de rechterkant.'

'Ik wéét waar de afslag is, Raya.'

Ik keek naar haar perfecte profiel. Ze keek recht vooruit en zag er prachtig uit.

'Vertel me over toen je hem mijn naam hoorde noemen,' zei ik.

'Dat heb ik je al verteld.'

'Vertel het nog een keer.'

Ze haalde diep adem, zonder geluid te maken. Even gingen haar ogen dicht.

'Manolo zei dat je gelogen had.'
'Waarover?'
'Over iets met een...' Ze aarzelde. '... met een bos of een woud, of zoiets.'
Ik voelde mijn hartslag versnellen. 'Zei hij dat? Een bos of een woud?'
'Ja.'
'Wat heeft hij precies gezegd?'
'Dat weet ik niet meer.'
'Probeer het.'
'Paul Copeland heeft gelogen over wat er in het bos is gebeurd.' Ze hield haar hoofd schuin. 'O, wacht...'
Ik wachtte.
Toen zei ze iets waardoor ik bijna van de weg raakte. Ze zei: 'Lucy.'
'Wat?'
'Dat was de andere naam die hij noemde. Hij zei: "Paul Copeland heeft gelogen over wat er in het bos is gebeurd. En Lucy ook."'
Ik was met stomheid geslagen.
'Paul,' vroeg Raya, 'wie is dat? Lucy?'

De rest van de rit zeiden we nauwelijks iets.

Mijn gedachten waren teruggegaan naar Lucy. Ik probeerde me te herinneren hoe haar vlasblonde haar had aangevoeld, hoe heerlijk het had geroken. Maar het lukte me niet. Dat was het rare. Mijn herinneringen waren zo vaag. Ik wist niet meer wat echt was en wat mijn verbeelding erbij had verzonnen. Het enige wat ik me herinnerde, was dat we smoorverliefd op elkaar waren en dat we lichamelijk naar elkaar verlangden. We waren allebei jong, onhandig en onervaren, maar het leek op iets uit een liedje van Bob Seger, of op *Bat Out Of Hell* van Meatloaf. Mijn god, dat lichamelijke verlangen. Hoe was het begonnen? En op welk moment leek dat verlangen over te gaan in iets wat liefde moest zijn?

Aan zomerliefdes komt een eind. Dat hoort zo. Ze zijn als bepaalde planten of insecten die maar één seizoen overleven en dan doodgaan. Toen dacht ik dat het met Luce en mij anders zou zijn. Misschien was dat ook wel zo, maar niet zoals ik toen dacht. Want ik geloofde oprecht dat we elkaar nooit meer zouden laten gaan.

Jonge mensen zijn soms zo naïef.

Het AmeriSuites-motel was in Ramsey, New Jersey. Raya had de sleutel. We gingen naar de tweede verdieping en Raya opende de deur. Ik had u graag de inrichting beschreven, maar afgezien van saai en gewoon viél er niets te beschrijven. Die had de persoonlijkheid van... nou ja, een motel aan een snelweg die Route 17 heette, in het noorden van New Jersey.

Toen we de kamer binnengingen, schrok Raya.

'Wat is er?' vroeg ik.

Ze liet haar blik door de kamer gaan. 'Er lagen stapels papieren op die tafel,' zei ze. 'Dossiers, kranten, pennen, potloden.'

'Alles is weg.'

Raya deed de kast open. 'Zijn kleren zijn ook weg.'

We deden een grondige huiszoeking. Alles was weg... geen papieren meer, geen dossiers, geen krantenartikelen, geen tandenborstel, geen persoonlijke bezittingen, niets. Raya ging op de bank zitten. 'Er moet iemand geweest zijn die alles heeft meegenomen.'

'Wanneer was je hier voor het laatst?'

'Drie dagen geleden.'

Ik liep naar de deur. 'Kom mee.'

'Waar wil je naartoe?'

'We gaan met iemand van de receptie praten.'

Maar er stond een jonge knul achter de balie. Hij kon ons vrijwel niets vertellen. De bewoner had zich ingeschreven als Manolo Santiago. Hij had contant betaald, vooruit, tot het eind van de maand. En nee, de jongen wist niet hoe meneer Santiago eruitzag, noch iets anders over hem. Dat was het probleem met dit soort motels. Je hoefde niet via de receptie naar binnen. Het was doodsimpel om anoniem te blijven.

Raya en ik gingen terug naar Santiago's kamer.

'Je zei dat er overal papieren lagen?'

'Ja.'

'Wat stond er op die papieren?'

'Ik heb niet gekeken.'

'Raya,' zei ik.

'Wat is er?'

'Ik zal eerlijk tegen je zijn. Ik geloof er geen barst van.'

Ze keek me alleen maar aan, met die ogen.

'Wat?'

'Je wilt dat ik je vertrouw,' zei ze.

'Ja.'

'Waarom zou ik dat doen?'

Daar moest ik even over nadenken.

'Je hebt tegen me gelogen toen we elkaar voor het eerst ontmoetten,' zei ze.

'Waarover?'

'Je zei dat je de moord op Manolo onderzocht. Als een gewone rechercheur of zoiets. Maar dat was niet waar, hè?'

Ik zei niets.

'Manolo,' vervolgde ze, 'vertrouwde jou niet. Ik heb die artikelen gelezen. Ik weet dat er twintig jaar geleden in dat bos iets met jullie is gebeurd. Manolo dacht dat jij daarover had gelogen.'

Ik zei nog steeds niets.

'En nu verwacht je van mij dat ik je alles vertel? Echt? Als jij mij zou zijn, zou jíj dan alles vertellen?'

Ik nam even de tijd om mijn gedachten te ordenen. Ze had gelijk. 'Heb je die artikelen gelezen?'

'Ja.'

'Dan weet je dat ik die vakantie in dat zomerkamp was.'

'Ja, dat weet ik.'

'En je weet dat mijn zus die nacht ook is verdwenen.'

Ze knikte.

Ik keek haar aan. 'Daarom ben ik hier.'

'Om je zus te wreken?'

'Nee,' zei ik, 'om haar terug te vinden.'

'Maar ik dacht dat ze dood was. Dat Wayne Steubens haar had vermoord.'

'Dat heb ik al die tijd ook gedacht.'

Raya wendde even haar blik af. Toen keek ze weer dwars door me heen. 'Waar heb je dan over gelogen?'

'Ik héb nergens over gelogen.'

Die ogen weer. 'Je kunt me vertrouwen,' zei ze.

'Dat doe ik.'

Ze wachtte. Ik wachtte ook.

'Wie is Lucy?'

'Een meisje dat ook in het zomerkamp was.'

'En verder? Hoe past ze in dit verhaal?'

'Haar vader was de baas van het kamp,' zei ik, en ik voegde eraan toe: 'Zij was toen mijn vriendin.'

'Maar waarover hebben jullie dan gelogen?'

'We hébben niet gelogen.'

'Waar had Manolo het dan over?'

'Ik mag doodvallen als ik het weet. Daar probeer ik juist achter te komen.'

'Ik begrijp het niet. Hoe kun je er zo zeker van zijn dat je zus nog in leven is?'

'Daar ben ik niet zeker van,' zei ik. 'Maar ik denk dat er een redelijke kans bestaat.'

'Waarom denk je dat?'

'Door Manolo.'

'Wat heeft die ermee te maken?'

Ik observeerde haar gezicht en vroeg me af of er met me werd gespeeld. 'Je sloeg dicht toen ik in de auto de naam Gil Perez noemde,' zei ik.

'Zijn naam kwam voor in die krantenartikelen. Hij is die nacht ook vermoord.'

'Nee, dat is niet waar,' zei ik.

'Ik begrijp het niet.'

'Weet je waarom Manolo research deed naar wat er die nacht was gebeurd?'

'Dat heeft hij nooit gezegd.'

'Was je er niet nieuwsgierig naar?'

Ze haalde haar schouders op. 'Hij zei dat het zakelijk was.'

'Raya,' zei ik, 'Manolo Santiago was niet zijn echte naam.'

Ik aarzelde even om te zien of ze erop in zou gaan en er iets over zou zeggen. Dat deed ze niet.

'Zijn echte naam,' vervolgde ik, 'was Gil Perez.'

Dat moest ze even verwerken. 'De jongen uit het bos?'

'Ja.'

'Weet je dat zeker?'

Goeie vraag. Maar zonder enige aarzeling zei ik: 'Ja.'

Ze dacht erover na. 'Dus wat jij beweert – als het waar is – is dat hij al die tijd in leven is geweest.'

Ik knikte.

'En als hij in leven was...' Raya Singh stopte. Dus maakte ik de zin voor haar af.

'... is mijn zus dat misschien ook.'

'Of misschien,' zei ze, 'heeft Manolo – of Gil, of hoe je hem ook wilt noemen – ze allemaal vermoord.'

Vreemd. Daar had ik nog niet aan gedacht. Zo zóú het gegaan kunnen zijn. Gil vermoordt ze allemaal en laat bewijs achter dat erop duidt dat hij zelf ook slachtoffer is geworden. Maar was Gil slim genoeg om zoiets uit te denken? En hoe moest de rol van Wayne Steubens dan worden verklaard?

Tenzij Wayne de waarheid sprak...

'Als dat zo is,' zei ik, 'zal ik daar ook achter komen.'

Raya fronste haar wenkbrauwen. 'Manolo zei dat Lucy en jij

hadden gelogen. Als hij ze allemaal had vermoord, waarom zou hij dat dan zeggen? Waarom zou hij dan al die papieren hebben verzameld en onderzoek doen naar wat er gebeurd was? Als hij het had gedaan, zou hij alle antwoorden toch weten, of niet soms?'

Ze liep de kamer door en kwam vlak voor me staan. Zo jong en zo verdomde mooi. Ik had zin om haar te zoenen.

'Wat verzwijg je voor me?' vroeg ze.

Mijn mobiele telefoon begon te piepen. Ik keek op de display. Het was Loren Muse. Ik drukte de knop in en vroeg: 'Wat is er?'

'We hebben een probleem,' zei Muse.

Ik deed mijn ogen dicht en wachtte.

'Het is Chamique. Ze wil schikken.'

Mijn kantoor is in het centrum van Newark. Ik hoor steeds zeggen dat ze in Newark met stadsvernieuwing bezig zijn. Ik heb er nog niets van gemerkt. Newark is al aan het aftakelen zo lang ik me kan herinneren. Maar ik heb de stad wel goed leren kennen. Onder de oppervlakte zie je het rijke verleden. En de mensen zijn er geweldig. Wij, als samenleving, zijn er goed in om steden een etiket op te plakken, net zoals we dat met etnische groepen en minderheden doen. Het is zo gemakkelijk om ze vanaf een afstand te haten. Ik herinner me Janes conservatieve ouders en hun afkeer van alles wat met homoseksualiteit te maken had. Janes kamergenoot op de universiteit, Helen, die ze niet kenden, was lesbisch. Toen ze haar wel leerden kennen, was zowel haar moeder als haar vader gek op haar. En toen ze hoorden dat Helen lesbisch was, waren ze nog steeds gek op haar. En later waren ze gek op Helens partner.

Zo ging het vaak. Het was heel gemakkelijk om de pest te hebben aan homoseksuelen of kleurlingen of Joden of Arabieren. Het was een stuk moeilijker om aan een enkele persoon de pest te hebben.

Hetzelfde ging op voor Newark. Misschien kon je de stad in zijn totaliteit haten, maar er waren zo veel buurten en winkeliers en bewoners die charmant en ondernemend waren, dat je je zonder het te willen tot hen aangetrokken voelde en om hen ging geven.

Chamique zat in mijn kantoor. Ze was nog zo verdomde jong, maar er stond al zo veel hardheid op haar gezicht geschreven. Het leven was voor haar geen pretje geweest. Waarschijnlijk zou het dat ook nooit worden. Haar advocaat, Horace Foley, had veel te veel aftershave opgedaan en zijn ogen stonden te ver uit elkaar. Ik ben zelf jurist, dus ik hou niet van de vooroordelen die tegen mijn beroepsgroep gericht zijn, maar ik was er vrij zeker van dat wanneer er een ambulance langs zou rijden, deze advocaat uit het raam van mijn kantoor op de tweede verdieping zou springen om te zien of hij er een nieuwe cliënt aan kon overhouden.

'We zouden graag willen dat u de aanklachten tegen meneer Jenrette en meneer Marantz intrekt,' zei Foley.

'Dat kan ik niet doen,' zei ik. Mijn blik ging naar Chamique. Ze zat niet met gebogen hoofd, maar ze zat ook niet bepaald te springen om oogcontact. 'Heb je in je getuigenis van gisteren gelogen?' vroeg ik haar.

'Mijn cliënt zou nooit liegen,' zei Foley.

Ik negeerde hem en keek Chamique aan. 'U krijgt ze toch niet veroordeeld,' zei ze.

'Dat weet je niet.'

'Meent u dat?'

'Ja.'

Chamique glimlachte naar me alsof ik het meest naïeve wezen was dat God ooit had geschapen. 'U begrijpt er niets van, hè?'

'Ja hoor, ik begrijp het heel goed. Ze bieden je geld aan als je akkoord gaat met een schikking. Het bedrag heeft inmiddels een omvang bereikt dat je advocaat hier, meneer "Waarom-Zou-Je-Je-Wassen-Als-Er-Aftershave-Bestaat", het ook interessant begint te vinden.'

'Hoe noemde je me?'

Ik draaide me om naar Muse. 'Zet een raam open, wil je?'

'Met plezier, Cope.'

'Hé! Hoe noemde je me?'

'Het raam is open. Als je eruit wilt springen, ga gerust je gang.' Ik richtte me weer tot Chamique. 'Als je nu schikt, geef je toe dat je getuigenissen van vandaag en gisteren gelogen waren. Dat houdt in dat je meineed hebt gepleegd. Dat houdt in dat je het OM duizenden dollars belastinggeld hebt laten uitgeven aan jouw leugens... aan je meineed. Dat is een misdaad. Daar ga je de gevangenis voor in.'

'Praat met mij, meneer Copeland, niet met mijn cliënt,' zei Foley.

'Praten? Met jou? Ik kan niet eens ademhalen met jou in de buurt.'

'Dit pik ik niet!'

'Stil eens,' zei ik, en ik hield mijn hand naast mijn oor. 'Hoor je dat knisperende geluid?'

'Hè?'

'Volgens mij laat mijn behang los door jouw aftershave. Stil nou, als je goed luistert, kun je het horen.'

Zelfs Chamique moest er even om lachen.

'Doe het niet, schikken,' zei ik tegen haar.

'Ik moet wel.'

'Dan klaag ik je aan.'

Haar advocaat zat al weer klaar om ten strijde te trekken, maar Chamique legde haar hand op zijn arm. 'Dat doet u niet, meneer Copeland.'

'Ja, hoor, dat doe ik wel.'

Maar Chamique wist wel beter. Ik blufte. Ze was het arme, doodsbange slachtoffer van een verkrachting dat de kans kreeg haar leed te verzilveren... meer geld op te strijken dan ze hoogstwaarschijnlijk in de rest van haar leven zou zien. Wie was ik dan wel om haar de les te lezen over normen en waarden?

Chamique en haar advocaat stonden op. 'Morgen tekenen we de schikking,' zei Horace Foley.

Ik zei niets. Ergens voelde ik me ook opgelucht, en daar schaamde ik me voor. JaneCare zou blijven bestaan. De nagedachtenis aan mijn vader – goed dan, mijn politieke carrière – zou geen onnodige schade oplopen. Ik was buiten de vuurlinie. Maar dat was niet mijn verdienste. Chamique had dit gedaan.

Chamique wilde me een hand geven. Ik schudde die. 'Dank u wel,' zei ze.

'Doe het niet,' zei ik, maar veel overtuiging zat er niet meer in. Ze merkte het en glimlachte. Toen liepen ze mijn kantoor uit. Eerst Chamique, daarna haar advocaat. Zijn aftershave bleef achter als aandenken.

Muse haalde haar schouders op en vroeg: 'Wat kun je nu nog doen?'

Dat vroeg ik mezelf ook af.

Ik kwam thuis en at samen met Cara. Ze had 'huiswerk': ze moest in tijdschriften dingen opzoeken die rood waren en die uitknippen. Dat leek niet al te moeilijk, ware het niet dat alle rode dingen die ze vond, haar niet bevielen. De rode auto, de rode jurk van het fotomodel, en zelfs de rode brandweerwagen... ze vond het allemaal maar niks. Het probleem, merkte ik al snel, was dat ik te veel enthousiasme toonde voor de dingen die ze vond. Als ze me iets liet zien, zei ik: 'Ja, die jurk is rood, schat! Je hebt helemaal gelijk! Die kun je uitknippen!'

Toen dit een minuut of twintig zo was doorgegaan, begon ik mijn fout in te zien. De eerstvolgende keer dat ze naar me toe kwam met de foto van een fles ketchup, haalde ik mijn schouders op en zei quasi-ongeïnteresseerd: 'Hm, ik hou niet van ketchup.'
Ze pakte het kinderschaartje en ging aan de slag.
Kinderen.
Cara begon te zingen terwijl ze aan het knippen was. Een liedje van de tekenfilmserie *Dora the Explorer*, waarvan de tekst bestond uit één woord, 'rugzak', dat je keer op keer moest herhalen en net zo lang moest blijven zingen totdat het hoofd van de aanwezige ouder van pure waanzin uiteenspatte. Twee maanden daarvoor was ik zo dom geweest een sprekende Dora the Explorer-pop voor haar te kopen (zing: rugzak, rugzak, rugzak, herhaal...), met de bijpassende sprekende schatkaart (zing: schatkaart, schatkaart, schatkaart, herhaal...). Als haar nichtje Madison op bezoek was, speelden ze vaak Dora the Explorertje. Een van hen nam dan de rol van Dora voor haar rekening. De ander speelde de aap die de intrigerende bijnaam 'Boots' droeg. Dat hoor je niet vaak, een aap die naar schoeisel is vernoemd.

Daar zat ik aan te denken, aan Boots, aan hoe Cara en haar nichtje zouden bekvechten over wie Dora en wie Boots zou zijn, toen het me trof als de spreekwoordelijke bliksem.

Ik verstrakte. Letterlijk. Ik zat daar en verroerde me niet meer. Zelfs Cara merkte het.

'Papa?'

'Eén momentje, snoezepoes.'

Ik stormde de trap op en mijn voetstappen deden het huis trillen op zijn grondvesten. Waar had ik verdomme die rekeningen van het studentenhuis gelaten? Ik begon de kamer overhoop te halen. Het duurde een paar minuten voordat ik ze had gevonden. Na het gesprek met Chamique was ik eigenlijk van plan geweest alles weg te gooien.

Bingo, daar had ik ze.

Ik bladerde het stapeltje door, vond de aankopen op het internet, de maandelijkse rekeningen, trok de telefoon naar me toe en draaide Muses nummer. Ze nam meteen op.

'Wat is er loos?'

'Toen jij studeerde,' vroeg ik, 'hoe vaak werkte je toen de hele nacht door?'

'Minstens twee keer per week.'

'Hoe hield je jezelf wakker?'

'Met M&M's. Massa's M&M's. Die oranje zijn peppillen, ik zweer het.'
'Koop zo veel M&M's als je nodig denkt te hebben. Je mag ze declareren.'
'Dat klinkt me als muziek in de oren, Cope.'
'Ik heb een idee, maar ik weet niet of we genoeg tijd hebben.'
'Maak je geen zorgen over de tijd. Waar gaat dat idee over?'
'Dat idee,' zei ik, 'gaat over onze goede vrienden Cal en Jim.'

17

Ik zocht het privénummer van Horace 'Aftershave' Foley op en belde hem wakker.
'Teken de papieren niet voor twaalf uur 's middags,' zei ik.
'Waarom niet?'
'Omdat, als je dat wel doet, ik er persoonlijk voor zal zorgen dat het OM jou en je cliënt aanpakt zoals je nog nooit bent aangepakt. Dan zorg ik ervoor dat er nooit meer een deal met Horace Foley wordt gesloten en zullen we tegen al je cliënten de maximumstraf eisen.'
'Dat kun je niet doen.'
Ik zei niets.
'Ik heb verplichtingen jegens mijn cliënt.'
'Zeg tegen haar dat ik om wat extra tijd heb gevraagd. Zeg tegen haar dat het in haar eigen belang is.'
'En wat moet ik tegen de tegenpartij zeggen?'
'Dat weet ik niet, Foley. Bedenk maar iets, over papieren die ontbreken of weet ik veel. Als je de afspraak maar tot de middag uitstelt.'
'En op welke manier is dit in het belang van mijn cliënt?'
'Als ik geluk heb en ze kan schaden, heb jij een betere onderhandelingspositie. Meer flappen in je broekzak.'
Foley wachtte even en zei toen: 'Hé, Cope?'
'Wat is er?'
'Het is een apart kind. Chamique, bedoel ik.'
'Hoe dat zo?'
'De meeste meisjes zoals zij zouden meteen voor het geld zijn gegaan. Je mag best weten dat ik heb geprobeerd haar ervan te overtuigen dat het geld aanpakken voor haar de beste zet zou zijn. Dat weten we allebei. Maar daar wilde ze niet van weten, tótdat ze gisteren door dat Jim-James-gedoe in de hoek werd gedrukt. Maar daarvoor, wat ze ook in haar getuigenis over geld heeft gezegd, wilde ze liever dat die twee de gevangenis in gingen dan er financieel wijzer van worden. Ze wilde echt dat er recht werd gedaan.'

'En dat verbaast jou?'

'Jij bent nieuw in dit werk. Ik doe dit al zevenentwintig jaar. Dan word je vanzelf cynisch. Dus ja, dat verbaasde me, en niet zo weinig ook.'

'Heb je een reden dat je me dit vertelt?'

'Ja, die heb ik. Ik weet best hoe je over me denkt, dat ik een derde van de schikking opstrijk. Maar voor Chamique is het anders. Dit geld kan haar hele leven veranderen. Dus wat je ook van plan bent, meneer de procureur, verpest het niet voor haar.'

Lucy zat alleen te drinken.

Het was laat in de avond. Lucy woonde intern, in het faculteitshuis, in een appartement dat meer dan deprimerend was. De meeste docenten werkten keihard, maakten lange dagen en spaarden hun geld in de hoop dat ze zo snel mogelijk uit het faculteitshuis konden vertrekken. Lucy woonde hier nu een jaar. Vóór haar had hier een docent Engelse literatuur gewoond, ene Amanda Simon, vier decennia lang, in deprimerende afzondering. Op achtenvijftigjarige leeftijd was ze geveld door longkanker. Wat ze had achtergelaten was de stank van sigarettenrook. Lucy had nieuwe vloerbedekking laten leggen en alles over laten schilderen, maar de stank was nooit helemaal verdwenen. Het leek wel alsof ze in een asbak woonde.

Lucy was een liefhebber van wodka. Ze keek uit het raam. In de verte hoorde ze muziek. Dit was de campus van een universiteit. Je hoorde altijd wel ergens muziek. Ze keek op haar horloge. Middernacht.

Ze zette het speakertje van haar iPod aan en zette die op de *playlist* 'soft'. Stuk voor stuk langzame nummers die je ook nog bij de keel grepen. Zo dronk ze haar wodka met tonic, zittend in dit deprimerende appartement dat naar de rook van een overleden vrouw stonk, luisterend naar hartverscheurende liedjes over verlies, verlangen en eenzaamheid. Meelijwekkend, maar soms was het goed om te voelen. Het maakte niet uit of het pijn deed of niet. Ze wilde alleen maar voelen.

Op dit moment zong Joseph Arthur zijn *Honey and the Moon*. Hij zong voor zijn ware liefde dat als ze niet echt zou zijn, hij haar zou verzinnen. Wauw, dat was andere koek. Lucy stelde zich voor dat een man, een die ze zelf leuk vond, dat voor haar zou zingen. Moedeloos schudde ze het hoofd.

Ze deed haar ogen dicht en probeerde de stukjes in elkaar te passen. Ze pasten geen van alle. Het verleden stak de kop weer op.

Lucy was haar hele volwassen leven al op de vlucht geweest voor dat verdomde bos bij het kamp van haar vader. Heel de Verenigde Staten was ze door getrokken, helemaal naar Californië, en daarna weer helemaal terug. Ze had haar naam en haar haarkleur veranderd. Maar het verleden was haar blijven achtervolgen. Soms gunde het haar een comfortabele voorsprong, suste het haar in slaap met de geruststellende gedachte dat ze genoeg afstand had gecreeerd tussen die nacht en de dag van vandaag, maar het was altijd de dood die de afstand overbrugde.

Uiteindelijk vond die afschuwelijke nacht haar altijd weer terug.

Maar deze keer... hoe was het mogelijk? Dat essay... hoe kon iemand dat geschreven hebben? Sylvia Potter was nog maar net geboren toen de Summer Slasher toesloeg in Zomerkamp PLUS (Peace Love Understanding Summer). Wat kon zij daar nu van weten? Natuurlijk kon ze research hebben gedaan op het internet, net als Lonnie, en ontdekt hebben dat Lucy een verleden had. Of misschien had ze erover horen praten door iemand die ouder was dan zij.

Maar toch. Hoe was het mogelijk dat ze ervan wist? Trouwens, hoe was het mogelijk dat íemand ervan wist? Er was maar één persoon die wist dat Lucy had gelogen over wat er die nacht was gebeurd.

En natuurlijk zou Paul tegen niemand iets zeggen.

Ze staarde naar de heldere vloeistof in haar glas. Paul. Paul Copeland. Ze kon hem zo voor zich zien met zijn lange, slungelige armen en benen, dat magere bovenlichaam, zijn lange haar, en die glimlach waar je als meisje van in zwijm viel. Het grappige was dat ze elkaar via hun vaders hadden ontmoet. Pauls vader, een huisarts in zijn oude vaderland, was de onderdrukking in de Sovjet-Unie ontvlucht om tot de ontdekking te komen dat die in de goeie ouwe Verenigde Staten evengoed bestond. Ira, Lucy's vader met zijn grote hart, had zo'n droevig verhaal natuurlijk niet onbeantwoord kunnen laten. Dus had hij Vladimir Copeland aangesteld als arts van het zomerkamp. En daarmee diens gezin de kans gegeven om 's zomers uit Newark te ontsnappen.

Lucy wist nog precies hoe ze met hun auto, een oude Oldsmobile Cierra, de grindweg op kwamen rijden en stopten, hoe de vier portieren vrijwel op hetzelfde moment opengingen en de hele familie uitstapte. Op dat moment, toen ze Paul voor het eerst zag en hun blikken elkaar ontmoetten, was het alsof de bliksem insloeg. En ze zag dat hetzelfde bij hem gebeurde. Er zijn van die zeldzame momenten in het leven wanneer je die schok krijgt. Het voelt fantastisch en tegelijkertijd doet het pijn, maar je voelt, voelt echt, en opeens zijn alle kleuren mooier, alle geluiden helderder dan ooit, alles smaakt beter, en je houdt nooit – nog geen minuut – op met denken aan hem omdat je weet, dat weet je gewoon, dat hij precies hetzelfde voor jou voelt.

'Zoiets,' zei Lucy hardop, en ze nam nog een slok van haar wodka-tonic. Net als deze deerniswekkende muziek waar ze alsmaar weer naar luisterde. Een gevoel. Een opwelling van emoties. Of die prettig of onprettig waren, maakte niet uit. Maar er was nu iets veranderd. Wat had Elton John, met dank aan tekstschrijver Bernie Taupin, ook alweer over wodka-tonic gezongen? Iets over een paar wodka-tonics om je weer op de been te krijgen?

Het was Lucy nog niet gelukt. Maar hé, ze was nog maar net begonnen, dus waarom zou ze het nu al opgeven?

Een iel stemmetje in haar hoofd zei: hou op met drinken.

Een veel hardere, zware stem zei tegen het iele stemmetje dat het zijn mond moest houden, anders kon het een pak op zijn donder krijgen.

Lucy balde haar hand tot een vuist en stak hem in de lucht. 'Grijp hem, zware stem!'

Ze lachte, en dat geluid, haar eigen gelach in deze stille kamer, beangstigde haar. Rob Thomas was aan de beurt op de iPod en vroeg haar of hij haar in zijn armen mocht nemen als ze instortte, of hij haar mocht blijven vasthouden als ze dat allebei deden. Lucy knikte. Ja hoor, dat mocht hij. Rob herinnerde haar eraan dat ze het koud had, dat ze bang en kapot was, en – verdomme – dat ze samen met Paul naar dit liedje wilde luisteren.

Paul.

Hij zou het moeten weten van dat essay.

Het was twintig jaar geleden dat ze hem voor het laatst had gezien, maar een jaar of zes geleden had Lucy hem opgezocht op het internet. Ze was het niet van plan geweest. Ze wist dat Paul een hoofdstuk was dat ze beter gesloten kon laten. Maar ze was dronken geweest – wat een verrassing – en zoals sommige mensen gaan bellen wanneer ze dronken zijn, was zij gaan googelen.

Wat ze had gevonden, was ontnuchterend en weinig verrassend. Paul was getrouwd. Hij werkte als jurist. Hij had een dochtertje. Lucy had zelfs een foto gevonden van zijn beeldschone vrouw, van goeden huize, op een of andere liefdadigheidsbijeenkomst. Jane – zo heette zijn vrouw – was rijzig en slank, en had een parelketting om haar hals. Ze stonden haar goed, die parels. Sommige mensen hebben dat, alsof ze ervoor geboren zijn.

Nog een slok.

Misschien was er in de afgelopen zes jaar iets veranderd, maar toen woonde Paul in Ridgewood, New Jersey, nog geen veertig kilometer van waar zij nu was. Haar blik ging naar haar computer aan de andere kant van de kamer.

Paul moest ingelicht worden, vond ze.

En het kon nooit moeilijk zijn om hem op internet te vinden. Alleen zijn telefoonnummer, thuis, of – beter nog – op kantoor. Dan kon ze hem bellen. Om hem te waarschuwen, in feite. Verder niets. Geen afspraakjes, geen bijbedoelingen, alleen dat.

Ze zette haar glas neer. Buiten kletterde de regen tegen het raam. Haar computer stond nog aan. Op het beeldscherm was de screensaver te zien, ja, die gewone, van Windows. Geen vakantiekiekje van het hele gezin. Geen fotoreeks van de kinderen, of zelfs niet van een huisdier, zoals alleenstaande mensen vaak hadden. Alleen maar het logo van Windows, dat over het scherm bewoog, plagend bijna, alsof het beeldscherm de gek met haar stak.

Ronduit pathetisch.

Ze wilde net de naam intypen in Google, toen er op de deur werd geklopt. Ze stopte en wachtte.

Er werd opnieuw geklopt. Lucy keek op het klokje in de rechteronderhoek van het beeldscherm.

0.17 uur.

Nogal laat voor bezoek.

'Wie is daar?'

Geen antwoord.

'Wie...'

'Ik ben het. Sylvia Potter.'

Ze klonk alsof ze gehuild had. Lucy stond op en wankelde naar de keuken. Ze goot haar glas leeg in de gootsteen en zette de wodkafles terug in de kast. Wodka rook je niet, of bijna niet, dus op dat punt zat het wel goed. Ze wierp een korte blik in de spiegel. Ze zag er afgrijselijk uit, maar daar kon ze nu niet veel aan doen.

'Ik kom eraan!'

Ze deed de deur open en Sylvia tuimelde naar binnen alsof ze ertegenaan had staan leunen. Het arme kind was drijfnat. De airconditioning stond op de hoogste stand. Lucy had bijna een opmerking gemaakt over kouvatten, maar dat zou te moederlijk klinken, dus daar zag ze van af. Ze deed de deur dicht.

'Sorry dat ik zo laat langskom,' zei Sylvia.
'Dat geeft niet. Ik was nog wakker.'
Sylvia bleef midden in de kamer staan. 'Het spijt me van eerder vandaag.'
'Dat zit wel goed.'
'Nee, het was alleen...' Sylvia keek in het rond. Ze had haar armen om zichzelf heen geklemd.
'Wil je een handdoek of zoiets?'
'Nee.'
'Kan ik je iets te drinken aanbieden?'
'Nee, dank u.'
Lucy gebaarde Sylvia dat ze moest gaan zitten. Sylvia plofte neer op de Ikea-bank. Lucy had de pest aan Ikea, met hun montage-instructies die alleen uit plaatjes bestonden en die door NASA-technici bedacht moesten zijn. Lucy ging naast haar op de bank zitten en wachtte af.
'Hoe bent u te weten gekomen dat ik dat essay heb geschreven?' vroeg Sylvia.
'Dat doet er niet toe.'
'Ik heb het anoniem ingezonden.'
'Dat weet ik.'
'En u had gezegd dat het vertrouwelijk zou blijven.'
'Ja, dat weet ik. Het spijt me.'
Sylvia haalde haar hand langs haar neus en wendde haar blik af. Het regenwater droop nog steeds uit haar haar.
'Ik heb zelfs tegen u gelogen,' zei Sylvia.
'O ja?'
'Over wat ik had geschreven. Toen ik naar uw kantoor was gekomen. Weet u nog?'
'Ja.'
'En weet u nog wat ik zei waarover ik had geschreven?'
Daar moest Lucy even over nadenken. 'Over je eerste keer.'
Sylvia glimlachte, maar er zat weinig blijdschap achter. 'Ik denk dat het, op een heel perverse manier, dat ook was.'
Ook daar moest Lucy over nadenken. Ten slotte zei ze: 'Ik geloof niet dat ik je kan volgen, Sylvia.'
Sylvia zei lange tijd niets. Lucy herinnerde zich dat Lonnie had gezegd dat hij haar wel aan het praten zou krijgen. Maar dat zou hij pas de volgende ochtend doen.
'Is Lonnie vanavond bij je langs geweest?'
'Lonnie Berger? Van Engels?'

'Ja.'

'Nee. Waarom zou Lonnie bij me langskomen?'

'Dat is niet belangrijk. Dus je bent uit jezelf naar me toe gekomen?'

Sylvia slikte en leek nog onzekerder van zichzelf. 'Had ik dat beter niet kunnen doen?'

'Nee, juist wel. Ik ben blij dat je er bent.'

'Ik ben doodsbang,' zei Sylvia.

Lucy knikte, probeerde geruststellend en bemoedigend over te komen. De zaak forceren zou alleen averechts werken. Dus wachtte ze. Ze wachtte twee volle minuten voordat ze weer iets zei.

'Er is geen reden om bang te zijn,' zei Lucy.

'Wat vindt u dat ik moet doen?'

'Vertel me alles, oké?'

'Dat heb ik al gedaan. Ik bedoel, alle belangrijke dingen staan in mijn essay.'

Lucy vroeg zich af hoe ze dit moest aanpakken. 'Wie is P?'

Sylvia fronste haar wenkbrauwen. 'Wat?'

'In je essay. Je hebt het over een jongen die P heet. Wie is dat?'

'Waar hebt u het over?'

Lucy zweeg even. Ze probeerde het op een andere manier.

'Vertel me nu eens precies waarom je naar me toe bent gekomen, Sylvia.'

Maar nu was het Sylvia die het initiatief nam. 'Waarom bent u vandaag naar mijn kamer gekomen?'

'Omdat ik met jou over je essay wilde praten.'

'Maar waarom vraagt u me dan naar een jongen die P heet? Ik heb het in mijn essay niet over een P gehad. Ik heb meteen gezegd dat het…' De woorden bleven steken in haar keel. Ze deed haar ogen dicht en zei heel zacht: '… dat het mijn vader was.'

De dam brak en de tranen stroomden als een waterval over haar wangen.

Lucy deed haar ogen dicht. Het incestverhaal. Het essay waar Lonnie en zij zo van waren geschrokken. Verdomme. Lonnie had een fout gemaakt. Sylvia had het essay over die nacht in het bos helemaal niet geschreven.

'Je vader heeft je aangerand toen je twaalf was,' zei Lucy.

Sylvia had haar handen voor haar gezicht geslagen. Haar snikken klonken zo hartverscheurend, dat het leek alsof ze letterlijk uit haar borst werden gescheurd. Haar hele lichaam schokte toen ze naar Lucy knikte. Het arme kind, dacht Lucy, dat altijd zo haar best deed om aardig gevonden te worden, en ze probeerde zich de vader voor te stellen. Ze stak haar hand uit en legde die op Sylvia's schouder. Daarna schoof ze dichter naar haar toe en sloeg haar beide armen om het meisje heen. Sylvia vlijde zich tegen haar borst en huilde. Lucy wiegde haar zachtjes heen en weer, sprak troostende woordjes en bleef haar vasthouden.

18

Ik had niet geslapen. Muse ook niet. Ik had me snel elektrisch geschoren. Ik stonk zo dat ik even overwoog om Horace Foley te vragen of ik zijn aftershave mocht lenen.
'Zorg dat ik die papieren krijg,' zei ik tegen Muse.
'Zodra ze binnenkomen.'
Toen de rechter binnenkwam en de rechtszaal tot orde maande, riep ik een – schrik – onverwachte getuige op.
'Het OM roept Jerry Flynn naar de getuigenbank.'
Flynn was de 'aardige' jongen die Chamique Johnson voor het feest had uitgenodigd. Zo zag hij er ook uit, met zijn smetteloze gladde huid, zijn blonde lokken met een keurige scheiding en zijn blauwe ogen die alles met een zekere naïveteit aanschouwden. Omdat de kans bestond dat mijn kant van de zaak ieder moment afgesloten kon worden, had de verdediging ervoor gezorgd dat Flynn op het gerechtshof aanwezig was. Hij was tenslotte hun kroongetuige.

Flynn had de verklaringen van zijn twee huisgenoten op alle punten bevestigd. Maar liegen tegen de politie, of zelfs tijdens een voorgeleiding, was iets heel anders dan liegen tijdens de 'grote show'. Ik keek naar Muse. Ze zat achter in de rechtszaal en probeerde haar gezicht in de plooi te houden. Het lukte haar maar voor een deel. Ze zou niet mijn eerste keus zijn als ik met bridgen een partner moest kiezen.

Ik vroeg de getuige om zijn naam, voor het rechtbankverslag.
'Gerald Flynn.'
'Maar u wordt Jerry genoemd, is dat juist?'
'Ja.'
'Goed, zullen we dan maar bij het begin beginnen? Wanneer hebt u de eiser, mevrouw Chamique Johnson, voor het eerst ontmoet?'
Chamique was vandaag ook gekomen. Ze zat met Horace Foley op de twee na laatste rij, ongeveer in het midden. Interessant, dat ze

daar was gaan zitten. Alsof ze er niet bij wilde horen. Ik had voor aanvang van de zitting het geschreeuw op de gang wel gehoord. De ouders van Jenrette en Marantz waren er helemaal niet blij mee dat het tekenen van de schikking op het laatste moment was uitgesteld. Ze hadden hun uiterste best gedaan het alsnog door te drukken, maar dat was niet gelukt. Daarom waren we later begonnen. Maar ze waren er weer klaar voor. Ze hadden hun rechtszaalgezicht – bezorgd, ernstig en betrokken – weer opgezet.

Het uitstel was tijdelijk, dachten ze. Hooguit een paar uur.

'Toen ze op 12 oktober naar het studentenhuis kwam,' antwoordde Flynn.

'Herinnert u zich de exacte datum?'

'Ja.'

Ik trok een gezicht alsof ik dacht: wel, wel, interessant... Echt opmerkelijk was het niet. Natuurlijk wist hij de datum nog. Het gebeuren was nu ook een onderdeel van zíjn leven geworden.

'Met welke reden was mevrouw Johnson in het studentenhuis?'

'Ze kwam daar optreden als stripteasedanseres.'

'Had u haar ingehuurd?'

'Nee. Nou, ik bedoel, dat hadden we met de hele groep gedaan. Maar ik was niet degene die haar had geboekt of zoiets.'

'Ik begrijp het. Dus ze kwam naar het studentenhuis en heeft daar een striptease-act gedaan?'

'Ja.'

'En hebt u die act gezien?'

'Ja.'

'Wat vond u ervan?'

Mort Pubin was opgestaan. 'Bezwaar!'

De rechter keek al mijn kant op. 'Meneer Copeland?'

'Volgens mevrouw Johnson heeft meneer Flynn hier haar uitgenodigd voor het feest waar de verkrachting heeft plaatsgevonden. Ik probeer te begrijpen waaróm hij haar heeft uitgenodigd.'

'Vraag dat dan,' zei Pubin.

'Edelachtbare, mag ik dit alstublieft op mijn eigen manier doen?'

'Misschien kunt u de vraag anders formuleren,' zei rechter Pierce.

Ik draaide me weer om naar Flynn. 'Vond u mevrouw Johnson een goede stripteasedanseres?'

'Ik denk het.'

'Ja of nee.'

'Niet spectaculair, maar... ja, ze was best goed.'

'Vond u haar aantrekkelijk?'
'Ja, ik bedoel, ik denk het.'
'Ja of nee.'
'Bezwaar!' Pubin weer. 'Hij hoeft zo'n vraag niet met ja of nee te beantwoorden. Misschien vond hij haar wel redelijk aantrekkelijk. Het is niet altijd ja of nee.'
'Je hebt gelijk, Mort,' zei ik, wat hem verbaasde. 'Ik zal de vraag anders stellen, meneer Flynn. Hoe zou u haar aantrekkelijkheid beoordelen?'
'Op een schaal van één tot tien, bedoelt u?'
'Dat zou fijn zijn, meneer Flynn. Op een schaal van één tot tien.'
Hij dacht er even over na. 'Zeven... misschien een acht.'
'Mooi, dank u wel. En op een zeker moment gedurende de avond raakte u met mevrouw Johnson in gesprek?'
'Ja.'
'Waar ging dat gesprek over?'
'Dat weet ik niet meer.'
'Denkt u nog eens goed na.'
'Ik vroeg haar waar ze woonde. In Irvington, zei ze. Ik vroeg of ze naar school ging en of ze een vriendje had. Dat soort dingen. Ze vertelde me dat ze een zoontje had. Ze vroeg mij wat ik studeerde. Ik zei dat ik medicijnen studeerde.'
'Verder nog iets?'
'Nee, dat was het ongeveer wel.'
'Goed. Hoe lang hebt u met haar gepraat?'
'Dat weet ik niet meer.'
'Laten we dan kijken of ik u kan helpen. Was het langer dan vijf minuten?'
'Ja.'
'Langer dan een uur?'
'Nee, dat denk ik niet.'
'Langer dan een halfuur?'
'Dat weet ik niet precies.'
'Maar wel langer dan tien minuten?'
'Ja, ik denk het wel.'
Rechter Pierce onderbrak me, zei dat we nu wel een idee hadden en dat ik moest doorgaan.
'Hoe is mevrouw Johnson op die avond vertrokken, weet u dat?'
'Ze werd opgehaald, door een auto.'
'Aha. En was ze die avond de enige stripteasedanseres?'
'Nee.'

'Hoeveel waren er dan?'
'Ze waren met z'n drieën.'
'Dank u. Zijn de andere twee tegelijk met mevrouw Johnson vertrokken?'
'Ja.'
'Hebt u met een van beide anderen gesproken?'
'Niet echt. Ik heb ze alleen gedag gezegd, geloof ik.'
'Dus het is redelijk wanneer ik zeg dat Chamique Johnson de enige van de drie stripteasedanseressen was met wie u een gesprek hebt gevoerd?'
'Ja,' zei Flynn, 'dat is redelijk.'
Genoeg inleidend gebabbel. 'Chamique Johnson heeft verklaard dat ze op die avond wat heeft bijverdiend door enkele jongemannen seksuele diensten te verlenen. Weet u of dat waar is?'
'Nee, dat zou ik niet weten.'
'O nee? Dus u hebt niet van haar diensten gebruikgemaakt?'
'Nee.'
'En u hebt geen van de andere bewoners van het studentenhuis horen zeggen dat mevrouw Johnson hun diensten van een seksueel karakter heeft verleend?'
Flynn zat in de val. Nu moest hij óf liegen, óf bekennen dat er verboden activiteiten hadden plaatsgevonden. Hij deed het domste wat hij kon doen: hij koos de middenweg. 'Het kan zijn dat ik geruchten heb gehoord.'
Heel leuk en nietszeggend, maar iedereen wist dat hij loog.
Ik deed alsof ik totaal verbijsterd was. 'Het kán zijn dat u geruchten hebt gehoord?'
'Ja.'
'Dus u weet niet zeker of u geruchten hebt gehoord?' vroeg ik, alsof dit wel het ongeloofwaardigste antwoord was dat ik ooit had gehoord. 'Maar het zóú kunnen? U kunt zich niet herinneren of u geruchten hebt gehoord of niet? Is dat uw officiële verklaring?'
Deze keer was het Flair die was opgestaan. 'Edelachtbare?'
De rechter keek hem aan.
'Is dit een verkrachtingszaak of werkt meneer Copeland tegenwoordig voor de zedenpolitie?' Hij spreidde zijn armen. 'Met andere woorden: staat zijn verkrachtingszaak zo zwak en is die zo vergezocht dat hij deze jongens gebruikmaking van de diensten van een prostituee in de schoenen probeert te schuiven?'
'Daar was ik niet op uit,' zei ik.
Flair glimlachte naar me. 'Beperkt u zich met deze getuige dan

tot vragen over de vermeende verkrachting, alstublieft. Vraag hem niet om uit de school te klappen over alle misdragingen die hij zijn huisgenoten ooit heeft zien doen.'

'Laten we doorgaan, meneer Copeland,' zei de rechter.

Verdomde Flair.

'Hebt u mevrouw Johnson om haar telefoonnummer gevraagd?'

'Ja.'

'Waarom?'

'Ik dacht dat ik haar misschien een keer kon bellen.'

'U vond haar aardig?'

'Ik voelde me tot haar aangetrokken, ja.'

'Omdat ze een zeven, misschien een acht was?' Ik gebaarde naar de rechter voordat Pubin kon opstaan. 'Ik trek die vraag terug. Kwam dat moment er, dat u mevrouw Johnson hebt gebeld?'

'Ja.'

'Kunt u ons vertellen wanneer dat was, en – zo precies mogelijk, alstublieft – wat er in dat gesprek is gezegd?'

'Ik heb haar tien dagen daarna gebeld en haar gevraagd of ze zin had om naar het feest in het studentenhuis te komen.'

'Om weer als stripteasedanseres op te treden?'

'Nee,' zei Flynn. Hij slikte en ik zag dat zijn ogen een beetje vochtig waren. 'Om haar uit te nodigen, als gast.'

Ik liet een stilte vallen. Ik keek naar Jerry Flynn. Ik liet de jury naar hem kijken. Er was iets aan zijn gezicht veranderd. Had hij Chamique Johnson echt aardig gevonden? Ik liet het moment voortduren. Want ik was verbaasd. Ik had gedacht dat Jerry Flynn deel had uitgemaakt van het plan... dat hij Chamique had gebeld om haar in de val te lokken. Ik probeerde het opnieuw op een rij te zetten.

'Meneer Copeland?' vroeg de rechter.

'Nam mevrouw Johnson uw uitnodiging aan?'

'Ja.'

'Toen u zei dat u haar...' Ik maakte aanhalingstekens met mijn vingers. '... als gast uitnodigde, bedoelde u daar toen mee dat u een afspraakje met haar wilde maken?'

'Ja.'

Ik vroeg hem hoe het weerzien was verlopen en ging door naar het moment waarop hij de punch voor haar had ingeschonken.

'Had u haar verteld dat er alcohol in zat?'

'Ja.'

Dat was een leugen. En zo klonk het ook, maar ik wilde de nadruk op de domheid van zijn leugen leggen.

'Vertelt u me hoe dat gesprek verliep,' zei ik.
'Ik begrijp de vraag niet.'
'Vroeg u mevrouw Johnson of ze iets wilde drinken?'
'Ja.'
'En zei ze ja?'
'Ja.'
'En wat zei u toen?'
'Ik vroeg of ze een glaasje punch wilde.'
'En wat zei ze toen?'
'Ze zei ja.'
'En toen?'

Hij schoof even heen en weer in de getuigenbank. 'Toen zei ik dat er alcohol in zat.'

Ik trok mijn ene wenkbrauw op. 'Zomaar?'

'Bezwaar!' Pubin was weer opgestaan. 'Hoezo zomaar? Hij zei dat er alcohol in zat. Vraag gesteld en beantwoord.'

Hij had gelijk. Ze mochten hun overduidelijke leugen houden. Ik gebaarde naar de rechter dat ik de laatste vraag terugtrok. Ik nam Flynn mee naar de rest van de avond. Hij bleef vasthouden aan het verhaal dat hij eerder had verteld, dat Chamique dronken was geworden en dat ze begon te flirten met Edward Jenrette.

'Hoe reageerde u toen u dat zag gebeuren?'

Hij haalde zijn schouders op. 'Edward is laatstejaars, ik ben eerstejaars. Dat soort dingen gebeuren.'

'Denkt u dat Chamique onder de indruk van hem was omdat hij ouder was dan u?'

Pubin had bezwaar kunnen maken, maar dat deed hij niet.

'Dat weet ik niet,' zei Flynn. 'Misschien wel.'

'O, tussen twee haakjes, bent u wel eens in de kamer van meneer Marantz en meneer Jenrette geweest?'

'Jazeker.'

'Hoe vaak?'

'Dat weet ik niet precies. Vaak.'

'Echt? Maar u bent een eerstejaars.'

'Toch zijn we bevriend.'

Ik keek hem aan alsof ik hem niet geloofde. 'Bent u er meer dan eens geweest?'

'Ja.'

'Meer dan tien keer?'

'Ja.'

Ik trok een nog ongeloviger gezicht. 'Oké, vertelt u me dan eens wat voor stereo- of geluidssysteem ze in hun kamer hebben.'

Flynn antwoordde onmiddellijk. 'Een iPod met Bose-speakers.'

Ik wist dat al. We waren in de kamer geweest. We hadden er foto's gemaakt.

'En de tv in hun kamer? Hoe groot is die?'

Hij glimlachte alsof hij me te slim af was. 'Ze hebben geen tv.'

'Wat? Helemaal geen tv?'

'Nee.'

'Goed dan, laten we teruggaan naar de bewuste avond...'

Flynn ging door met zijn verhaal. Hij was aan het feesten met zijn vrienden. Op een zeker moment zag hij Chamique en Jenrette hand in hand de trap op lopen. Wat er toen was gebeurd, wist hij natuurlijk niet. Later die avond was hij Chamique weer tegengekomen en had hij haar naar de bushalte gebracht.

'Was ze van streek?' vroeg ik.

Nee, antwoordde Flynn, eerder het tegenovergestelde. Chamique 'glimlachte' en maakte een 'blije', 'opgewekte' indruk. Die sprookjesbeschrijving was net iets te veel van het goede.

'Dus,' zei ik, 'toen Chamique Johnson ons vertelde dat ze met u naar boven was gegaan en iemand haar een kamer in heeft gesleurd, was dat allemaal gelogen?'

Flynn was zo slim om niet in het aas te happen. 'Ik vertel u alleen wat ik heb gezien.'

'Kent u iemand die Cal of Jim heet?'

Hij dacht een ogenblik na. 'Ik ken een paar jongens die Jim heten. Ik geloof niet dat ik een Cal ken.'

'Bent u zich ervan bewust dat mevrouw Johnson heeft verklaard dat de twee mannen die haar hebben verkracht, Cal en Jim...' Ik wilde niet dat Flair bezwaar zou maken vanwege de formulering, maar ik rolde wel met mijn ogen toen ik het laatste woord uitsprak. '... "heetten"?'

Flynn vroeg zich af hoe hij hierop moest reageren. Hij besloot voor de waarheid te kiezen. 'Ja, dat heb ik gehoord.'

'Waren er Cals en Jims op het feestje?'

'Niet dat ik weet.'

'Oké. En zou u een reden kunnen bedenken waarom meneer Jenrette en meneer Marantz zichzelf zo zouden noemen?'

'Nee.'

'U hebt die namen nooit in combinatie met elkaar gehoord? Ik bedoel vóór de vermeende verkrachting?'

'Niet dat ik weet.'

'Dus u kunt geen licht werpen op de vraag waarom mevrouw Johnson heeft verklaard dat haar twee verkrachters Cal en Jim heetten?'

Pubin schoot overeind en riep: 'Hoe kan hij in hemelsnaam weten waarom deze ontspoorde, verdorven vrouw liegt?'

Ik bleef de getuige aankijken. 'Er schiet u niets te binnen, meneer Flynn?'

'Nee,' zei hij zelfverzekerd.

Ik keek naar Muse, achter in de rechtszaal. Ze had het hoofd gebogen en was met haar BlackBerry in de weer. Ze keek op, zag me kijken en knikte.

'Edelachtbare,' zei ik, 'ik heb nog meer vragen voor deze getuige, maar misschien is dit een goed moment om de zitting te schorsen voor de lunch.'

Rechter Pierce ging akkoord.

Ik moest me inhouden om niet naar Muse toe te sprinten.

'We hebben hem,' zei ze met een brede grijns. 'De fax ligt op je bureau.'

19

Lucy was blij dat ze die ochtend geen colleges had. Na alle drank en haar late gesprek met Sylvia Potter van de afgelopen nacht was ze tot twaalf uur in bed gebleven. Toen ze was opgestaan, belde ze een van de maatschappelijk werksters van de universiteit, Katherine Lucas, een psychotherapeut die Lucy altijd heel goed had gevonden. Ze legde haar Sylvia's situatie uit. Lucas zou beter weten dan zij wat ze eraan konden doen.

Lucy dacht weer aan het essay waarmee dit allemaal was begonnen. Het bos. Het geschreeuw. Het bloed. Sylvia Potter had het niet ingestuurd. Wie dan wel?

Geen idee.

Ze had zich de vorige avond voorgenomen dat ze Paul zou bellen. Hij moest dit weten, had ze gevonden. Of was dat dronkenmanspraat geweest. Was dat nu, in het ontnuchterende daglicht, nog steeds zo'n goed idee?

Na een uur zoeken op het internet had ze Pauls telefoonnummer op kantoor gevonden. Hij was procureur van Essex County, en – helaas voor hem – weduwnaar. Jane was overleden aan kanker. Paul had een stichting voor medisch onderzoek opgericht die haar naam droeg. Lucy vroeg zich even af wat ze van die nieuwe informatie vond, maar dat moest echt tot later wachten.

Met trillende hand draaide ze het nummer. Toen ze de telefoniste aan de lijn kreeg, vroeg ze naar Paul Copeland. Het deed haar pijn toen ze het zei. Ze besefte dat ze zijn naam in geen twintig jaar hardop had uitgesproken.

Paul Copeland.

Ze kreeg een andere vrouw aan de lijn. 'Openbaar Ministerie.'

'Ik zou Paul Copeland graag willen spreken.'

'Mag ik uw naam, alstublieft?'

'Ik ben een oude vriendin van hem,' zei ze.

Het bleef stil aan de andere kant van de lijn.

'Mijn naam is Lucy. Zeg dat maar tegen hem. Lucy, van twintig jaar geleden.'

'Heb je ook een achternaam, Lucy?'
'Zeg dat nou maar tegen hem, oké?'
'Procureur Copeland is op dit moment niet op kantoor. Wil je een telefoonnummer achterlaten waarop hij je terug kan bellen?'
Lucy gaf haar al haar nummers: privé, kantoor en mobiel.
'Mag ik vragen waar het over gaat?'
'Zeg nou maar gewoon dat Lucy heeft gebeld. En dat het belangrijk is.'

Muse en ik zaten in mijn kantoor. De deur was dicht. We hadden broodjes laten halen bij een delicatessenwinkel. Ik at een volkorenbroodje met kipsalade. Muse had een broodje met een gehaktbal zo groot als een kanonskogel.
Ik had de fax in mijn hand. 'Waar blijft je privédetective? Cingle Dinges?'
'Shaker. Cingle Shaker. Ze komt heus wel.'
Ik zat achter mijn bureau en bekeek mijn aantekeningen.
'Wil je erover praten?' vroeg Muse.
'Nee.'
Ze had een brede grijns op haar gezicht.
'Wat is er?'
'Ik zeg het niet graag, Cope, omdat je mijn baas bent en zo, maar je bent verdomme een genie.'
'Ja,' zei ik. 'Dat denk ik ook.'
Ik richtte mijn aandacht weer op mijn aantekeningen.
'Wil je dat ik je alleen laat?' vroeg ze.
'Nee. Misschien is er nog iets wat je voor me moet doen.'
Ze bracht haar broodje naar haar mond. Het verbaasde me dat ze dat zonder vorkheftruck voor elkaar kreeg. 'Je voorganger...' zei Muse terwijl ze haar tanden in haar broodje zette, '... als hij een grote zaak had, dan zat hij achter zijn bureau, voor zich uit te staren, en zei hij dat hij zich in een aanvalszone aan het werken was. Alsof hij Michael Jordan was. Doe jij dat ook?'
'Nee.'
'Zou het...' Meer kauwen en slikken. '... je afleiden als ik een ander onderwerp ter sprake bracht?'
'Bedoel je iets wat niks met deze zaak te maken heeft?'
'Ja, dat bedoel ik.'
Ik keek op. 'Eigenlijk kan ik wel wat afleiding gebruiken. Wat heb je op je hart?'
Muse wendde haar blik af en nam even tijd om na te denken.

Toen zei ze: 'Ik heb vrienden bij Moordzaken van de politie van Manhattan.'

Ik begon te vermoeden welke kant dit op zou gaan. Ik nam een behoedzaam hapje van mijn broodje met kipsalade. 'Droog,' zei ik.

'Wat?'

'Die kipsalade. Droog.' Ik legde mijn broodje neer en veegde mijn vingers af aan het servet. 'Laat me raden. Een van die vrienden bij Moordzaken heeft je verteld over de moord op Manolo Santiago?'

'Ja.'

'Hebben ze je verteld wat mijn theorie was?'

'De theorie dat hij een van de jongens was die in dat zomerkamp door de Summer Slasher is vermoord, ook al zeggen zijn ouders dat hij het niet is?'

'Precies, die.'

'Ja, dat hebben ze me verteld.'

'En?'

'En ze denken dat je niet goed snik bent.'

Ik glimlachte. 'En jij?'

'Toen ze het vertelden, dacht ik ook dat je niet goed snik was. Maar nu...' Ze wees naar de fax. '... heb ik gezien waartoe je in staat bent. Dus, wat ik wil zeggen, denk ik, is... ik wil meedoen.'

'Meedoen waaraan?'

'Je weet best waaraan. Jij gaat die zaak onderzoeken, of niet soms? Jij gaat kijken of je kunt achterhalen wat er echt in dat bos is gebeurd.'

'Ja, daar ben ik al mee bezig,' zei ik.

Ze hield haar beide handen op. 'Nou, ik wil je helpen.'

'Ik kan niet goedvinden dat je overheidsuren aan mijn persoonlijke zaken besteedt.'

'Ten eerste,' zei Muse, 'hoewel iedereen er zo zeker van is dat Wayne Steubens al die moorden heeft gepleegd, is het dossier van Moordzaken officieel nog steeds open. Dus, als je erover nadenkt, hebben we het over een viervoudige moord die nooit is opgelost.'

'En die buiten onze jurisdictie is gepleegd.'

'Dat weten we niet. We weten alleen waar de lijken zijn gevonden. En een van de slachtoffers, jouw zus, woonde hier, in deze stad.'

'Dat is een nogal ruime interpretatie.'

'Ten tweede ben ik aangenomen voor veertig uur per week. Ik werk er eerder tachtig. Dat weet je. Daarom heb je me tot chef gepromoveerd. Dus wat ik naast die veertig uur doe, is eigenlijk aan mij. Of ik ga gewoon honderd uur werken, dat kan me niet schelen. En voordat je het vraagt, nee, ik doe dit niet om bij mijn baas in het gevlij te komen. Zoals je weet ben ik een onderzoeker, een rechercheur. Als het ons lukt deze zaak op te lossen, zou dat een enorme scalp aan mijn riem zijn. Dus, wat zeg je ervan?'

Ik haalde mijn schouders op. 'Ach, vooruit dan maar.'

'Ik doe mee?'

'Jij doet mee.'

Ze leek oprecht blij. 'Oké, wat is de eerste stap?'

Ik dacht erover na. Er was iets wat ik moest doen. Tot nu toe had ik het vermeden. Maar het kon niet langer uitgesteld worden.

'Wayne Steubens,' zei ik.

'De Summer Slasher.'

'Ik moet met hem gaan praten.'

'Je hebt hem gekend, hè?'

Ik knikte. 'We waren allebei groepsleider in dat kamp.'

'Ik heb gehoord dat hij geen bezoek wil.'

'Dan moeten we ervoor zorgen dat hij van gedachten verandert,' zei ik.

'Hij zit in een maximaal beveiligde gevangenis in Virginia,' zei Muse. 'Ik kan een paar mensen bellen.'

Muse had al uitgezocht waar Steubens gedetineerd was. Ongelooflijk.

'Doe dat,' zei ik.

Er werd op de deur geklopt en mijn secretaresse, Jocelyn Durels, stak haar hoofd naar binnen. 'Telefoontjes,' zei ze. 'Zal ik ze op je tafel leggen?'

Ik gebaarde dat ze ze aan mij moest geven. 'Iets belangrijks?'

'Niet echt. Veel van de pers. Je zou denken dat ze weten dat je elke dag op het gerechtshof bent, maar ze blijven bellen.'

Ik pakte het stapeltje briefjes aan en begon ze door te nemen. Toen ik opkeek naar Muse, zat ze om zich heen te kijken. Persoonlijke voorwerpen waren er in mijn kantoor nauwelijks te vinden. Toen ik hier pas was ingetrokken, had ik een foto van Cara op de ladekast gezet. Twee dagen later arresteerden we een kinderverkrachter die onbeschrijflijke dingen met een meisje van Cara's leeftijd had gedaan. Toen die dingen in deze kamer werden besproken, bleef mijn blik alsmaar naar de foto van Cara gaan, totdat ik ten slotte was opgestaan en de foto had omgedraaid. Die avond had ik de foto weer meegenomen naar huis.

Dit was geen plek voor Cara. Ook niet voor haar foto.

Ik zat mijn berichten door te bladeren toen mijn blik op iets viel.

Mijn secretaresse gebruikt van die ouderwetse roze briefjes, waar ze zelf in het boek een gele kopie van bewaart en die ze met de hand schrijft. Ze heeft een volmaakt duidelijk handschrift.

Degene die had gebeld, volgens het roze briefje, was: LUCY??

Ik bleef even naar de naam staren. Lucy. Dat kon niet waar zijn.

Er stonden drie telefoonnummers onder geschreven: privé, werk, en een mobiel nummer. De drie regiocodes gaven aan dat Lucy met twee vraagtekens woonachtig, werkzaam en, eh… mobiel was in New Jersey.

Ik trok de telefoon naar me toe en drukte op de knop van de intercom. 'Jocelyn?'

'Ja.'

'Ik zie hier een bericht van ene Lucy,' zei ik.

'Ja. Ze belde ongeveer een uur geleden.'

'Je hebt haar achternaam niet opgeschreven.'

'Omdat ze die niet wilde zeggen. Daarom heb ik die vraagtekens erachter gezet.'

'Ik begrijp het niet. Je hebt haar naar haar achternaam gevraagd en die wilde ze niet zeggen?'

'Precies.'

'Wat zei ze nog meer?'

'Onderaan.'

'Wat?'

'Heb je de notitie onder aan de bladzijde gelezen?'

'Nee.'

Jocelyn wachtte, zei niet wat ik zelf wel kon verzinnen. Ik keek onder aan het blaadje en las: ZEGT DAT ZE VRIENDIN VAN VROEGER IS, VAN 20 JAAR GELEDEN.

Ik las de zin nog eens, en nog eens.

'*Ground Control to Major Cope.*'

Het was Muse. Ze zei het niet maar ze zong het, op de wijs van de oude hit van David Bowie. Ik schrok op. 'Je zingt net zo slecht,' zei ik, 'als je nieuwe schoenen uitkiest.'

'Leuk. Erg leuk.' Ze wees naar het briefje en trok een wenkbrauw op. 'En, wie is Lucy, mooie jongen? Een oude liefde van je?'

Ik zei niets.

'O, shit.' Haar wenkbrauw zakte weer. 'Ik zat je maar te jennen. Ik wist niet dat…'

'Maak je geen zorgen, Muse.'

'Jij ook niet, Cope. In ieder geval niet nu.'
Haar blik ging naar de klok achter me. Ik keek ook. Ze had gelijk. De lunchpauze was voorbij. Dit zou tot later moeten wachten. Ik wist niet wat Lucy van me wilde. Of misschien wist ik het wel. Het verleden kwam terug. In zijn geheel. De doden waren er blijkbaar in geslaagd zich uit de grond omhoog te graven.

Maar dat zou allemaal tot later moeten wachten. Ik pakte de fax en stond op.

Muse kwam ook overeind. 'Showtime,' zei ze.

Ik knikte. Het zou zelfs nog meer worden dan dat. Ik ging die twee rotzakken in de pan hakken. En ik zou heel erg mijn best moeten doen om er niet te veel van te genieten.

Jerry Flynn, na de lunchpauze in de getuigenbank, zag er redelijk zelfverzekerd uit. Ik had gedurende de ochtend niet al te veel schade aangericht. Hij had geen redenen om aan te nemen dat het vanmiddag veel anders zou zijn.

'Meneer Flynn,' begon ik, 'houdt u van pornografie?'

De reactie lag zo voor de hand dat ik er niet eens op wachtte. Ik keerde me naar Mort Pubin en maakte een sarcastisch handgebaar, alsof ik hem net bij het publiek had aangekondigd en hem nu op het podium uitnodigde.

'Bezwaar!'

Pubin hoefde het niet eens toe te lichten. De rechter wierp me een afkeurende blik toe. Ik haalde mijn schouders op en zei: 'Bewijsstuk achttien.' Ik hield een vel papier omhoog. 'Dit is de afrekening voor het studentenhuis van aankopen die op het internet zijn gedaan. Komt die u bekend voor?'

Flynn keek ernaar. 'Ik betaal de rekeningen niet. Dat doet de schatbewaarder.'

'Ja, en dat is meneer Rich Devin, die heeft bevestigd dat dit inderdaad de maandafrekening van het studentenhuis is.'

De rechter keek naar Flair en Mort. 'Bezwaren, heren?'

'We zullen niet bestrijden dat dit de maandafrekening van het studentenhuis is,' zei Flair.

'Ziet u deze naam hier staan?' Ik wees Flynn een van de regels aan.

'Ja.'

'Wilt u ons voorlezen wat hier staat?'

'NetFlix.'

'Dat is met één x aan het eind.' Ik spelde de naam hardop. 'Wat

is dat voor een bedrijf, NetFlix, voor zover u dat weet?'
'Daar kun je dvd's huren. Het gaat per post. Je hebt steeds drie dvd's in huis. Als je er één terugstuurt, sturen ze je een nieuwe toe.'
'Goed, dank u wel.' Ik knikte en liet mijn vingertop een paar regels omlaaggaan. 'Kunt u ons voorlezen wat hier staat?'
Hij aarzelde.
'Meneer Flynn?' vroeg ik.
Hij schraapte zijn keel. 'HotFlixxx,' zei hij.
'Met drie x'en aan het eind, is dat juist?' Opnieuw spelde ik de naam hardop.
'Ja.'
Flynn zag eruit alsof hij ieder moment niet goed kon worden.
'Kunt u me vertellen wat HotFlixxx voor een bedrijf is?'
'Zoiets als NetFlix,' zei hij.
'Een dvd-verhuurbedrijf?'
'Ja.'
'In welk opzicht verschilt het van NetFlix, weet u dat?'
Hij begon te blozen. 'Ze verhuren... eh... een ander soort films.'
'Wat voor films?'
'Eh... films voor volwassenen.'
'Ik begrijp het. Dus toen ik u zojuist vroeg of u van pornografie hield, had ik misschien beter kunnen vragen: kijkt u wel eens naar pornofilms?'
Hij kromp ineen. 'Soms,' zei hij.
'Daar is niets mis mee, knul.' Zonder achterom te kijken, want ik wist dat hij al was opgestaan, wees ik naar de tafel van de verdediging. 'En ik durf te wedden dat meneer Pubin is gaan staan om ons te vertellen dat hij er ook van houdt, vooral van pornofilms met een goed verhaal.'
'Bezwaar!' riep Pubin.
'Ik trek de laatste opmerking in, edelachtbare.' Ik wendde me weer tot Flynn. 'Is er één specifieke pornofilm die uw bijzondere voorkeur heeft?'
Alle kleur trok weg uit zijn gezicht. Het was alsof de vraag een knop in hem omdraaide. Hij keek naar de tafel van de verdediging. Ik deed een stapje opzij om hem het zicht te ontnemen. Flynn kuchte in zijn vuist en vroeg: 'Kan ik me op het vijfde amendement beroepen?'
'Waarom zou u dat willen?' vroeg ik.
Flair Hickory stond op. 'De getuige verzoekt om overleg met de verdediging.'
'Edelachtbare,' zei ik, 'toen ik op de rechtenfaculteit zat, hebben

we daar geleerd dat het vijfde amendement bedoeld is om te voorkomen dat een getuige of gedaagde zichzelf van een misdaad beschuldigt, maar – en corrigeert u me alstublieft als ik het mis heb – bestaat er een wet die verbiedt er een favoriete pornofilm op na te houden?'

'Kunnen we de zitting tien minuten schorsen?' vroeg Flair.

'Mooi niet, edelachtbare.'

'De getuige heeft om overleg verzocht,' hield Flair vol.

'Nee hoor, dat heeft hij niet. Hij heeft gevraagd of hij zich op het vijfde amendement kon beroepen. Weet u wat, meneer Flynn? Ik sta u immuniteit toe.'

'Immuniteit waarvoor?' vroeg Flair.

'Voor wat hij maar wil. Maar ik wil niet dat deze getuige de getuigenbank verlaat.'

Rechter Pierce keek naar Flair Hickory. Hij nam de tijd. Als Flair zijn zin kreeg, zou ik in de problemen zijn. Dan zouden ze vast wel iets verzinnen. Ik keek achterom naar Jenrette en Marantz. Ze verroerden zich niet, deden niets om hun raadsheren te waarschuwen.

'Geen schorsing,' zei de rechter.

Flair Hickory liet zich langzaam terugzakken op zijn stoel.

Ik richtte mijn aandacht weer op Jerry Flynn. 'Meneer Flynn, hebt u een favoriete pornofilm?'

'Nee,' zei hij.

'Hebt u ooit gehoord van een pornofilm die...' Ik deed alsof ik het van een blaadje moest oplezen, maar ik kende de titel uit mijn hoofd. '... die *Romancing His Bone* heet?'

Hij moest de vraag hebben zien aankomen, maar desondanks was het alsof hij een stroomstoot kreeg. 'Eh... kunt u de titel nog eens herhalen?'

Ik deed wat hij vroeg. 'Hebt u die film gezien?'

'Ik geloof het niet.'

'U gelooft dat niet,' herhaalde ik. 'Dus het zou kunnen?'

'Ik weet het niet zeker. Ik ben niet goed in het onthouden van filmtitels.'

'Nou, laten we dan eens kijken of ik uw geheugen een beetje kan opfrissen.'

Ik pakte de fax die Muse voor me had opgevraagd. Ik overhandigde de fax als bewijsstuk en gaf een kopie aan de verdediging. Toen zei ik: 'Volgens HotFlixxx is een exemplaar van die dvd de afgelopen zes maanden in het bezit van het studentenhuis geweest. En, opnieuw volgens de gegevens van HotFlixxx, is de film naar hen

teruggestuurd op de dag nadát mevrouw Johnson bij de politie aangifte heeft gedaan van de verkrachting.'
Stilte.
Pubin zag eruit alsof hij zijn tong had ingeslikt. Flair was te ervaren om iets te laten blijken. Hij las de fax alsof die een reclamefolder van het grote familiecircus was.
Ik ging dichter bij Flynn staan. 'Herinnert u zich al iets?'
'Ik weet het niet.'
'U weet het niet? Laten we dan iets anders proberen.'
Ik draaide me om en keek naar de andere kant van de rechtszaal. Loren Muse stond bij de deur. Ze grijnsde. Ik knikte naar haar. Ze deed de deur open en een oogverblindende vrouw die eruitzag als een vamp in een B-film, verscheen in de deuropening.
Cingle Shaker, Muses privédetective, kwam de rechtszaal binnenwandelen alsof die haar stamkroeg was. De hele rechtszaal hapte naar adem.
Ik vroeg: 'Herkent u de vrouw die zojuist is binnengekomen?'
Flynn gaf geen antwoord. 'Meneer Flynn?' vroeg de rechter.
'Ja.' Hij schraapte zijn keel om tijd te winnen. 'Ik herken haar.'
'Waar kent u haar van?'
'Ik heb haar gisteravond in een bar ontmoet.'
'Ik begrijp het. En hebt u het met haar gehad over een film, *Romancing His Bone*?'
Cingle had gedaan alsof ze een voormalige pornoactrice was. In een mum van tijd had ze het vertrouwen van diverse studenten gewonnen. Het moest een hele klus zijn geweest, zoals Muse had gezegd, voor een vrouw zo welgevormd dat ze een dode tot leven kon wekken, om een stelletje hitsige studentjes aan de praat te krijgen.
'Het kan zijn dat we er iets over gezegd hebben,' zei Flynn.
'Dat het die film was?'
'Ja.'
'Aha,' zei ik, alsof dit een opmerkelijke ontwikkeling in ons gesprek was. 'Dus nu mevrouw Shaker hier is om het te bevestigen, herinnert u zich de film, *Romancing His Bone*?'
Hij deed zijn best het hoofd niet te buigen, maar zijn schouders zakten een paar centimeter. 'Ja,' zei Flynn, 'nu herinner ik het me weer.'
'Fijn dat ik u van dienst kon zijn,' zei ik.
Pubin stond op om bezwaar te maken, maar de rechter gebaarde dat hij moest gaan zitten.
'Is het niet zo,' vervolgde ik, 'dat u mevrouw Shaker hebt verteld

dat *Romancing His Bone* de favoriete pornofilm van het hele studentenhuis was? Ja, hè?'
Flynn aarzelde.
'Het geeft niet, Jerry. Drie van je studiebroeders hebben mevrouw Shaker hetzelfde verteld.'
Mort Pubin: 'Bezwaar!'
Ik keek naar Cingle Shaker. Iedereen keek naar haar. Cingle glimlachte en wuifde als een diva die net aan het publiek was gepresenteerd. Ik reed het wagentje met de tv en de dvd-speler naar het midden van de rechtszaal. De dvd zat er al in en Muse had de bewuste scène opgezocht.
'Edelachtbare, gisteravond heeft een van mijn onderzoeksmedewerkers een bezoek gebracht aan Koning Davids Sekspaleis in New York.' Ik keek naar de jury en voegde eraan toe: 'Ziet u, die winkel is vierentwintig uur per dag open, hoewel het me ontgaat wat iemand daar om drie uur 's nachts te zoeken zou kunnen hebben.'
'Meneer Copeland...'
De rechter wierp me terecht een bestraffende blik toe, maar de juryleden hadden geglimlacht. Dat was goed. Ik wilde de spanning wegnemen. En straks, als ze zagen wat er op de dvd stond en het grote contrast kwam, wilde ik de knock-out uitdelen.
'Hoe dan ook, mijn onderzoeksmedewerker heeft daar alle erotische films gekocht die in de afgelopen zes maanden door het studentenhuis bij HotFlixxx zijn gehuurd, waaronder ook *Romancing His Bone*. Ik zou u nu graag een scène willen laten zien waarvan ik denk dat die relevant is.'
Alles viel stil. Alle ogen waren op de rechter gericht. Arnold Pierce nam er de tijd voor. Hij wreef met zijn hand over zijn kin. Ik hield mijn adem in. Het was muisstil in de rechtszaal. Iedereen zat gespannen voorovergebogen. Pierce wreef nog een keer over zijn kin. Ik had het antwoord wel uit hem willen wringen.
Toen knikte hij en zei simpelweg: 'Ga uw gang. Ik sta het toe.'
'Wacht!' Mort Pubin protesteerde, deed wat hij kon, vroeg om een *voir dire* en alles wat hij nog meer kon verzinnen. Hij kreeg steun van Flair Hickory. Maar het was vergeefs. Uiteindelijk werden de gordijnen van de rechtszaal dichtgedaan om te voorkomen dat er iemand naar binnen zou gluren. En toen, zonder uit te leggen wat ze te zien zouden krijgen, drukte ik op de afspeelknop.
De scène speelde zich af in een doodgewone slaapkamer met een kingsize bed. Er waren drie deelnemers. Het voorspel was heel kort. Er werd begonnen aan een nogal ruw triootje. Er waren twee

mannen. En één meisje.

De twee mannen waren blank. Het meisje was zwart.

De blanke mannen gooiden met haar alsof ze een lappenpop was. Ze lachten, maakten denigrerende opmerkingen en praatten doorlopend tegen elkaar.

'*Draai haar om, Cal... Ja, Jim, zo... Keer haar om, Cal...*'

Ik lette meer op de reactie van de juryleden dan op het tv-scherm. Wat er gebeurd was, was anderen nadoen. Mijn dochter en haar nichtje hadden Dora the Explorer nagedaan. Jenrette en Marantz, hoe misselijkmakend het ook was, hadden een scène uit een pornofilm nagespeeld. Het was doodstil in de rechtszaal. Ik zag de gezichten op de publieke tribune betrekken, zelfs die van degenen die meteen achter Jenrette en Marantz zaten, terwijl het zwarte meisje op het tv-scherm het uitschreeuwde van de pijn en de twee blanke mannen vals lachten en elkaar bij de naam noemden.

'*Buig haar voorover, Jim... Wauw, Cal, die slet vindt het lekker... Neuk haar, Jim, harder...*'

En zo ging het door. Cal en Jim. Alsmaar weer. De stemmen klonken grof, vals en gevoelloos. Ik keek naar Chamique Johnson, achter in de rechtszaal. Ze zat rechtop, met geheven hoofd.

'*Joehoe, Jim... Nou ik weer, Cal...*'

Chamique zag me kijken en knikte naar me. Ik knikte terug. Er liepen tranen over haar wangen.

Ik weet het niet zeker, maar volgens mij hield ik het ook niet helemaal droog.

20

Flair Hickory en Mort Pubin kregen een halfuur tijd voor overleg. Toen de rechter de zitting had geschorst en opstond, ontplofte bijkans de rechtszaal. Zonder iemand commentaar te geven ging ik terug naar kantoor. Muse kwam me achterna. Ze was klein en tenger, maar ze speelde het spel alsof ze mijn eigen geheim agent was.

Toen we de deur van mijn kantoor achter ons dichtdeden, stak ze haar hand op en riep: 'High five!'

Ik keek haar alleen maar aan. Ze deed haar hand weer naar beneden.

'Het is afgelopen, Cope.'

'Nog niet helmaal,' zei ik.

'Maar over een halfuur?'

Ik knikte. 'Dan waarschijnlijk wel. Maar in de tussentijd is er nog steeds werk te doen.'

Ik liep langs de vergadertafel. Daar lag het briefje met de boodschap van Lucy. Het was me gelukt om haar tijdens het verhoor van Flynn uit mijn hoofd te zetten. Dat moest wel. Maar nu, hoezeer ik ook een paar minuten had willen genieten van onze overwinning, was Lucy's boodschap in volle hevigheid terug.

Muse zag me naar het briefje kijken.

'Een vriendin van twintig jaar geleden,' zei ze. 'Heeft toen niet het incident in het zomerkamp plaatsgevonden?'

Ik keek haar aan.

'Het een houdt verband met het ander, hè?'

'Dat weet ik niet,' zei ik, 'maar ik vermoed van wel.'

'Hoe heet ze van haar achternaam?'

'Silverstein. Lucy Silverstein.'

'Juist,' zei Muse terwijl ze achteroverleunde en haar armen over elkaar sloeg. 'Dat dacht ik al.'

'Hoezo dacht jij dat al?'

'Kom op, Cope. Je weet hoe ik ben.'

'Nieuwsgieriger dan goed voor je is?'
'Dat maakt me zo onweerstaanbaar.'
'Je nieuwsgierigheid en je schoeisel? Wanneer heb jij naspeuring naar me gedaan?'
'Zodra ik hoorde dat je hier procureur zou worden.'
Het verbaasde me niet eens.
'O, en ik heb me in de zaak ingelezen voordat ik je vroeg of ik mocht meedoen.'
Ik keek weer naar het briefje.
'Ze was jouw vriendin,' zei Muse.
'Een zomerliefde,' zei ik. 'We waren nog jong.'
'Wanneer heb je voor het laatst iets van haar gehoord?'
'Heel lang geleden.'
Gedurende enige tijd zeiden we geen van beiden iets. Ik hoorde het rumoer op de gang, maar schonk er geen aandacht aan. Muse ook niet. We zaten zwijgend aan tafel met Lucy's bericht tussen ons in.
Ten slotte stond Muse op. 'Ik heb werk te doen.'
'Ga maar,' zei ik.
'Red je het zonder mij naar het gerechtshof?'
'Ik knok me er wel doorheen,' zei ik.
Muse bleef bij de deur staan en draaide zich om. 'Ga je haar bellen?'
'Later.'
'Moet ik haar naam voor je nagaan? Kijken wat ik kan vinden?'
Ik dacht erover na. 'Nog niet.'
'Waarom niet?'
'Omdat ze ooit iets voor me betekend heeft, Muse. Ik vind het niet prettig als je in haar leven gaat graven.'
Muse stak haar handen op. 'Oké, oké, rustig maar! Het was maar een voorstel. Ik was niet van plan haar met handboeien om je kantoor binnen te slepen. Ik had het over een simpel achtergrondonderzoekje.'
'Nee, niet doen. Nu nog niet in ieder geval.'
'Oké, dan ga ik verder met je bezoek aan Wayne Steubens in de gevangenis.'
'Dank je.'
'Onze voorsprong met Cal en Jim... je gaat die toch niet meer uit handen geven, hè?'
'Weinig kans.'

Mijn enige zorg was dat de verdediging zou stellen dat Chamique Johnson de film zelf ook had gezien en er een verzinsel op had gebaseerd, of dat ze zich had ingebeeld dat wat er in de film te zien was geweest, haar in het echt was overkomen. Ik werd echter door diverse factoren geholpen. Ten eerste konden we vrij gemakkelijk vaststellen dat de film niet op de grootbeeldtelevisie in de gemeenschappelijke ruimte was vertoond. Er waren genoeg getuigen om dat te bewijzen. Ten tweede had ik met de hulp van Jerry Flynn en de politiefoto's kunnen vaststellen dat Jenrette en Marantz zelf geen tv op hun kamer hadden, dus daar hadden ze hem hoogstwaarschijnlijk ook niet gezien.

Dat gaf de verdediging één kleine opening. Je kon een dvd namelijk ook op een computer afspelen. Goed, het was mager, maar ik wilde geen enkele uitweg openlaten. Jerry Flynn, als getuige, was als de stier in een stierengevecht. Een stier wordt de arena in gelaten en een paar mannen – niet de matador – leiden hem af met hun rode capes. De stier rent achter hen aan totdat hij doodmoe is. Dan komen de picadors te paard, met hun lange speren, die ze in de nek van de stier steken, in de klier achter de nekspier, waardoor hij begint te bloeden en de nek opzwelt, zodat hij zijn kop bijna niet meer kan omdraaien. Daarna komen er weer andere mannen, met *banderillas*, kunstig bewerkte dolken die ze in de flanken bij de schouders van de stier steken. Nog meer bloed. De stier is inmiddels al halfdood.

Uiteindelijk komt de matador – van het Spaanse *matar*, dat 'doden' betekent – om het werk af te maken met zijn zwaard.

Dat was nu mijn taak. Ik had mijn getuige uitgeput door hem in het rond te laten rennen, een speer in zijn nek te steken en een paar mooi versierde dolken in zijn lijf te prikken. En nu was het moment aangebroken om hem af te maken met mijn zwaard.

Flair Hickory deed alles wat in zijn aanzienlijke vermogen lag om dit te voorkomen. Hij verzocht om een schorsing, stelde dat we de film nooit als bewijs hadden opgevoerd en dat die dus ontoelaatbaar bewijs was omdat hij tijdens de inzage van de stukken niet aan hen was overlegd, enzovoort, enzovoort. Ik knokte terug. De film was in het bezit van zijn eigen cliënten geweest en we hadden ons exemplaar pas de afgelopen nacht kunnen bemachtigen. De getuige had verklaard dat de film in het studentenhuis was bekeken. Als meneer Hickory wilde beweren dat zijn cliënten hem nooit gezien hadden, kon hij hen in de getuigenbank zetten.

Flair nam de tijd voor zijn verhoor. Hij stelde vragen, diende zijn moties in bij de rechter en sloeg een paar zijwegen in, zelfs met enig succes, alles met het doel om Jerry Flynn de kans te geven een beetje op adem te komen.

Maar het hielp allemaal niets.

Dat kon ik zien zodra Flynn weer in de getuigenbank had plaatsgenomen. Hij was al te ernstig verwond door de speer en de dolken. En de film was de doodsteek geweest. Toen die werd afgespeeld, had hij niet durven kijken, had hij zijn ogen stijf dichtgeknepen, en het had weinig gescheeld of hij had zijn handen op zijn oren gedrukt om niets te hoeven horen.

Voor zover ik hem kende was Flynn waarschijnlijk geen echt slechte jongen. Hij had in zijn getuigenis gezegd dat hij Chamique aardig had gevonden. En hij had het gemeend toen hij een afspraakje met haar had gemaakt. Maar toen zijn oudere studiebroeders daar lucht van hadden gekregen, hadden die hem uitgelokt en geïntimideerd totdat hij had ingestemd met hun misselijkmakende plan om de film met Chamique 'na te spelen'. En Flynn, de eerstejaars, had moeten buigen.

'Ik vind het heel erg wat ik heb gedaan,' zei hij. 'Maar u moet het begrijpen.'

Nee, dat moet ik niet, had ik willen zeggen. Maar ik zei het niet. In plaats daarvan bleef ik hem aankijken totdat hij zijn ogen neersloeg. Daarna keek ik met een bijna uitdagende blik in de richting van de jury. Er gingen een paar seconden voorbij.

Ten slotte draaide ik me om naar Flair Hickory en zei: 'Uw getuige.'

Het duurde even voordat ik alleen was.

Na mijn bespottelijke gespeelde verontwaardiging tegen Muse besloot ik zelf wat amateuristische naspeuring naar Lucy te doen. Ik googelde haar telefoonnummers. Twee van de drie leverden niets op, maar het derde, het nummer van haar werk, was een directe lijn naar een docent van Reston University op naam van ene Lucy Gold.

Silverstein. Gold. Grappig.

Ik had al geweten dat het om 'mijn' Lucy ging, maar dit bevestigde het min of meer. De vraag was: wat moest ik eraan doen? Het antwoord was heel simpel. Haar terugbellen en vragen wat ze wilde.

Ik geloofde niet erg in toeval. Ik had in geen twintig jaar iets van deze vrouw gehoord. Nu belde ze me opeens en wilde ze haar achternaam niet zeggen. Het móést met de dood van Gil Perez te maken hebben. Met het incident dat in Kamp PLUS had plaatsgevonden.

Dat kon niet anders.

Doorgaan met je leven. Het was niet zo moeilijk geweest om haar achter me te laten. Een zomerliefde, hoe intens ook, is niet meer dan dat. Misschien had ik van haar gehouden, waarschijnlijk was dat ook zo, maar ik was nog zo jong. Jeugdliefdes zijn niet bestand tegen bloed en lijken. Er bestaan deuren. Ik had die deur dichtgedaan. Lucy was er niet meer. Het duurde vrij lang voordat ik dat geaccepteerd had. Maar het was me ten slotte gelukt en daarna had ik die verdomde deur dicht gehouden.

Nu zou ik hem weer moeten openen.

Muse had een achtergrondonderzoek willen doen. Ik had gewoon ja moeten zeggen. Maar ik had me laten leiden door mijn emoties. Ik had even moeten wachten. Ik was geschrokken toen ik haar naam las. Ik had de tijd moeten nemen om me van de schok te herstellen en de dingen weer in het juiste perspectief te zien. Maar dat had ik niet gedaan.

Misschien moest ik haar nu nog niet bellen.

Nee, zei ik tegen mezelf, je hebt het al lang genoeg uitgesteld.

Ik nam de hoorn van de telefoon en draaide haar privénummer. Toen de telefoon vier keer was overgegaan, zei een vrouwenstem: 'Ik ben op dit moment niet thuis. Na de pieptoon kunt u een boodschap inspreken.'

De piep kwam veel te snel. Ik was er nog niet klaar voor. Dus hing ik op.

Heel volwassen van me.

Mijn hoofd tolde. Twintig jaar. Zo lang was het geleden. Lucy zou nu achtendertig zijn. Ik vroeg me af of ze nog steeds zo mooi zou zijn. Als ik terugdacht aan vroeger, had ze wel het soort uiterlijk dat standhoudt wanneer je ouder wordt. Sommige vrouwen hebben dat.

Blijf bij de les, Cope.

Ik deed mijn best. Maar het horen van haar stem, die nog precies hetzelfde klonk, was het auditieve equivalent van het weerzien van je oude kamergenoot. Na tien seconden waren de tussenliggende jaren verdwenen en was het weer alsof je samen in het studentenhuis zat en er niets was veranderd. Dit was net zo. Ze klonk nog hetzelfde. Ik voelde me weer achttien.

Ik haalde een paar keer diep adem. Er werd op de deur geklopt.

'Binnen.'
Muse stak haar hoofd naar binnen. 'Heb je haar al gebeld?'
'Ik heb haar thuis gebeld. Er werd niet opgenomen.'
'Dat verbaast me niet,' zei Muse. 'Ze geeft op dit moment college.'
'En dat weet jij omdat...?'
'Omdat ik je chef Onderzoek ben. En ik hoef niet te luisteren naar alles wat jij zegt.'
Ze ging zitten en legde haar in degelijk schoeisel gehulde voeten op de rand van de tafel. Ze keek me aan maar zei niets. Ik zei ook niets. Ten slotte vroeg ze: 'Wil je liever alleen zijn?'
'Vertel me eerst wat je hebt gevonden.'
Ze moest haar best doen om niet te lachen. 'Ze heeft zeventien jaar geleden haar naam veranderd. Ze heet nu Lucy Gold.'
Ik knikte. 'Dat zal meteen na de schikking zijn geweest.'
'Wat voor schikking? O, wacht, jullie hebben het zomerkamp aangeklaagd, hè?'
'De nabestaanden van de slachtoffers.'
'En Lucy's vader was de eigenaar van het kamp.'
'Precies.'
'Ging het er hard aan toe?'
'Dat weet ik niet. Ik was er niet bij.'
'Maar jullie hebben wel gewonnen?'
'Natuurlijk. Er was vrijwel geen beveiliging in het zomerkamp.' Het deed zeer toen ik dat zei. 'De nabestaanden hebben Silversteins waardevolste bezit toegewezen gekregen.'
'Het kamp zelf.'
'Ja. We hebben het land aan een projectontwikkelaar verkocht.'
'Alles?'
'Er was een clausule over het bos. Het was vrijwel onbruikbaar land, dus daar hebben ze een openbaar domein van gemaakt. Je kunt er geen huizen op bouwen.'
'Bestaat het kamp nog?'
Ik schudde mijn hoofd. 'De projectontwikkelaar heeft alle zomerhuisjes platgegooid en er een omheinde woongemeenschap neergezet.'
'Hoeveel hebben jullie gekregen?'
'Na aftrek van kosten van advocaten en zo heeft ieder gezin meer dan achthonderdduizend dollar gekregen.'
Haar ogen werden groot. 'Wauw!'
'Ja, je kind kwijtraken kan een lucratieve business zijn.'

'Ik bedoelde niet...'
Ik stak mijn hand op. 'Dat weet ik. Sorry, ik gedraag me als een klootzak.'
Muse sprak het niet tegen. 'Het moet jullie leven veranderd hebben,' zei ze.
Ik gaf niet meteen antwoord. Bij ons was het geld op een gezamenlijke rekening gezet. Mijn moeder had honderdduizend dollar meegenomen toen ze was vertrokken. De rest had ze voor ons laten staan. Aardig van haar, neem ik aan. Pa en ik waren van Newark naar een behoorlijk huis in Montclair verhuisd. Ik had al een beurs voor Rutgers, maar nu viel Columbia Law in New York ook binnen de mogelijkheden. Daar had ik Jane ontmoet.
'Ja,' zei ik. 'Het heeft veel veranderd.'
'Wil je meer over je oude vlam weten?'
Ik knikte.
'Ze heeft op UCLA gestudeerd. Psychologie als hoofdvak. Ze heeft haar doctoraal gedaan aan USC en daarna haar doctoraal Engels aan Stanford. Ik heb haar hele werkverleden nog niet in kaart gebracht, maar op het ogenblik is ze docent op Reston University. Ze is daar een jaar geleden begonnen. Ze... eh... is twee keer veroordeeld voor rijden onder invloed toen ze in Californië woonde. Eerst in 2001, en daarna nog een keer in 2003. Beide keren heeft ze schuld bekend. Afgezien daarvan is haar strafblad brandschoon.'
Ik zei niets. Rijden onder invloed. Dat klonk helemaal niet als Lucy. Haar vader, Ira, de kampoudste, was een fervent drugsgebruiker geweest, zo erg dat Lucy een grote afkeer had ontwikkeld voor alles waar ze high van kon worden. Nu had ze twee veroordelingen voor rijden onder invloed. Ik kon het me moeilijk voorstellen. Aan de andere kant was het meisje dat ik had gekend te jong geweest om iets met alcohol te drinken. Lucy was een opgewekt meisje geweest, misschien een beetje naïef, maar ze was prettig in de omgang, kwam uit een goede familie, en haar vader was een schijnbaar onschuldige vrijdenker geweest.
Ook aan al díé dingen was die nacht in het bos een eind gekomen.
'En nog iets,' zei Muse terwijl ze ging verzitten en zich een quasinonchalante houding aanmat. 'Lucy Silverstein alias Gold is niet getrouwd. Ik heb nog niet alles gecontroleerd, maar voor zover ik kan zien is ze ook nooit getrouwd geweest.'
Wat ik met die informatie moest, wist ik niet precies. Het had geen enkele invloed op wat er nu aan de hand was. Maar toch stak

het me. Ze was zo'n levenslustig meisje geweest, zo vrolijk en energiek, en het was zo verdomde gemakkelijk geweest om verliefd op haar te worden. Hoe was het mogelijk dat ze al die jaren alleen was gebleven? En dan die veroordelingen voor rijden onder invloed?

'Hoe laat is haar college afgelopen?' vroeg ik.

'Over twintig minuten.'

'Oké, dan bel ik haar straks. Verder nog iets?'

'Wayne Steubens wenst geen bezoek te ontvangen, afgezien van zijn naaste familie en zijn advocaat. Maar ik geef het nog niet op. Ik heb nog een paar ijzers in het vuur, maar voorlopig is het antwoord nee.'

'Besteed er niet te veel tijd aan.'

'Dat doe ik niet.'

Ik keek op de klok. Twintig minuten.

'Ik kan beter gaan,' zei Muse.

'Ja.'

Ze stond op. 'O, nog één ding.'

'Wat?'

'Wil je een foto van haar zien?'

Ik keek op.

'Reston University heeft zijn eigen website. Met de foto's van de docenten van alle faculteiten.' Ze hield een blaadje papier op. 'Hier is de URL.'

Zonder op mijn antwoord te wachten legde ze het blaadje op tafel en liet me alleen.

Ik had nog twintig minuten. Waarom niet?

Ik startte mijn browser. Ik gebruik de startpagina van Yahoo omdat je daar voor het merendeel zelf de inhoud van kunt bepalen. Ik had links voor het nieuws, mijn sportteams, mijn twee favoriete strips – Doonesbury en Foxtrot – dat soort dingen. Ik typte de URL die Muse me had gegeven in het venster.

En daar was ze.

Het was niet de meest flatteuze foto die er van Lucy bestond, vermoedde ik. Ze glimlachte, maar geforceerd, en ze had een grimmige uitdrukking op haar gezicht. Ze had voor de foto geposeerd, maar je kon zien dat ze daar weinig zin in had gehad. Het haar was niet blond meer. Dat gebeurt als je ouder wordt, wist ik, maar ik had het gevoel dat dit met opzet was gedaan. De nieuwe kleur stond haar niet echt goed. Ze was ouder geworden – ja, natuurlijk – maar zoals ik had vermoed, kon ze het heel goed hebben. Haar gezicht was magerder geworden. De hoge jukbeenderen waren meer geprononceerd. En verdomme, ze was nog steeds bloedmooi.

Terwijl ik naar haar gezicht staarde, kwam er diep binnen in me iets tot leven dat daar heel lang had liggen slapen en zich nu weer begon te roeren. Dat kon ik nu niet gebruiken. Het leven was op dit moment al ingewikkeld genoeg. Ik kon niet toestaan dat die oude gevoelens nu de kop opstaken. Ik las haar korte cv, maar die zei me niet veel. Ik wist dat studenten hun colleges en docenten tegenwoordig beoordeelden. En dat je die informatie vaak op het net kon vinden. Ik zocht het op. Lucy was duidelijk geliefd bij haar studenten. Haar beoordelingen waren opvallend hoog. Ik las een paar opmerkingen die haar studenten op het net hadden gezet. Haar colleges moesten een ware belevenis zijn. Ik glimlachte en op een merkwaardige manier voelde ik me trots.

De twintig minuten waren voorbij.

Ik wachtte er nog eens vijf, stelde me voor dat ze afscheid nam van haar studenten, een praatje maakte met iemand die nog wat bleef hangen, en ten slotte haar boeken en spullen in een of andere versleten nepleren tas propte.

Ik nam de hoorn van de telefoon en drukte op de knop van de intercom voor Jocelyn.

'Ja?'

'Geen telefoontjes,' zei ik. 'Ik wil even niet gestoord worden.'

'Oké.'

Ik drukte op de knop van de buitenlijn en draaide Lucy's mobiele nummer. Het toestel ging drie keer over en toen vroeg een stem: 'Hallo?'

Mijn hart zat meteen in mijn keel, maar ik kon nog net zeggen: 'Ik ben het, Luce.'

Het bleef even stil en toen, na een paar seconden, hoorde ik dat ze zachtjes begon te huilen.

21

'Luce?' zei ik in de telefoon. 'Alles oké met je?'
'Ja. Het is alleen dat...'
'Ik weet het.'
'Ik kan niet geloven dat ik zo reageer.'
'Er was nooit veel voor nodig om jou aan het huilen te krijgen,' zei ik, en ik had er spijt van zodra ik het had gezegd. Maar ze kon er wel om lachen.
'Tegenwoordig wel,' zei ze.
Stilte.
Toen vroeg ik: 'Waar ben je?'
'Op mijn werk, Reston University. Ik loop op de campus.'
'O,' zei ik, omdat ik niet wist wat ik anders moest zeggen.
'Sorry dat ik zo'n vage boodschap heb achtergelaten. Ik heet geen Silverstein meer.'
Ik wilde niet zeggen dat ik dat allang wist. Maar ik wilde ook niet liegen. Dus beperkte ik me weer tot een neutraal: 'O.'
Weer stilte. Deze keer verbrak zij die.
'Tjonge, dit is wel raar, hoor.'
Ik glimlachte. 'Ja, ik weet het.'
'Ik voel me zo opgelaten,' zei ze. 'Alsof ik weer zestien ben en me zorgen maak om een nieuwe pukkel.'
'Ik ook,' zei ik.
'We veranderen nooit echt, hè? Ik bedoel, diep in ons hart blijven we altijd bange kinderen die zich afvragen wat er van hen zal worden als ze groot zijn.'
Ik glimlachte nog steeds, maar tegelijkertijd moest ik denken aan het feit dat ze nooit getrouwd was en haar twee veroordelingen voor rijden onder invloed. Misschien veranderen we niet echt, dacht ik, maar hoe je door het leven ging, kon toch flink van elkaar verschillen.
'Ik vind het erg leuk om je stem weer te horen, Luce.'
'Ik ook om die van jou te horen.'

Stilte.

'Ik had je gebeld omdat…' Lucy stopte. Toen zei ze: 'Ik weet niet eens hoe ik het moet zeggen, dus laat me je iets vragen. Is jou de laatste tijd iets vreemds overkomen?'

'Vreemds? Op welke manier vreemd?'

'Vreemd zoals toen in die ene nacht.'

Ik had kunnen verwachten dat ze zoiets zou zeggen – wíst dat het daarover zou gaan – maar toch verstrakte mijn glimlach alsof ik een klap in mijn gezicht had gekregen. 'Ja,' zei ik.

Stilte.

'Wat is er in godsnaam aan de hand, Paul?'

'Dat weet ik niet.'

'Ik vind dat we dat moeten uitzoeken.'

'Dat ben ik met je eens.'

'Zullen we iets afspreken?'

'Ja.'

'Het zal wel een vreemd weerzien worden,' zei ze.

'Ja, dat denk ik ook.'

'Ik bedoel, niet dat ik dat wil. En dat is niet de reden dat ik je heb gebeld. Om je weer eens te zien. Maar ik vind wel dat we dit met elkaar moeten bespreken, denk je ook niet?'

'Ja,' zei ik.

'Ik praat te veel. Dat doe ik altijd als ik nerveus ben.'

'Dat herinner ik me,' zei ik, en opnieuw had ik er spijt van zodra ik het had gezegd, dus voegde ik er snel aan toe: 'Waar spreken we af?'

'Weet je waar Reston University is?'

'Ja.'

'Ik heb nog één college en daarna studentenspreekuur tot halfacht,' zei Lucy. 'Zullen we in mijn kantoor afspreken? Dat is in het Armstrong-gebouw. Om, laten we zeggen, acht uur?'

'Ik zal er zijn.'

Toen ik thuiskwam, zag ik tot mijn verrassing dat de pers zijn kamp voor de deur van mijn huis had opgeslagen. Dat hoor je zo vaak – dat de pers dat doet – maar voor mij was het de eerste keer. De plaatselijke politie was er ook, zichtbaar enthousiast omdat ze mocht meedoen aan iets wat belangrijk leek. Er stonden agenten aan weerskanten van de oprit, zodat ik die ongehinderd op kon rijden. De pers deed niets om dat te verhinderen. Sterker nog, toen ik uit de auto stapte, leek niemand er iets van te merken.

Greta verwelkomde me alsof ik de held van de dag was. Ze was een en al zoenen en omhelzingen en felicitaties. Ik ben dol op Greta. Er zijn mensen op deze wereld die puur goed zijn, en die, als ze je vrienden zijn, altijd aan jouw kant zullen staan. Het zijn er niet veel, maar ze bestaan wel. Greta zou vóór me springen als er iemand met een pistool op me schoot. En ik zou hetzelfde voor haar doen.

Op dat punt deed ze me aan mijn zus denken.

'Waar is Cara?' vroeg ik.

'Bob is met Cara en Madison gaan eten in Baumgart's.'

Estelle was in de keuken, de was aan het doen. 'Ik moet vanavond weg,' zei ik tegen haar.

'Geen probleem.'

'Cara kan wel bij ons slapen,' zei Greta.

'Bedankt voor het aanbod, maar ik wil liever dat ze vanavond thuis slaapt.'

Ik liep naar de woonkamer en Greta kwam me achterna. De voordeur ging open en Bob en de meisjes kwamen binnen. Opnieuw stelde ik me mijn dochter voor die stralend op me af kwam stormen en riep: 'Papa! Papa! Je bent thuis!' Dat gebeurde niet. Maar ze glimlachte en kwam zelfs naar me toe lopen. Ik nam haar in mijn armen, tilde haar op en kuste haar stevig op de wang. Ze bleef glimlachen, maar veegde wel haar wang af. Oké, ik kan er wel tegen.

Bob gaf me een klap op mijn schouder. 'Gefeliciteerd met het proces,' zei hij.

'Het is nog niet afgelopen.'

'Daar denkt de pers heel anders over. Het zorgt er in ieder geval voor dat Jenrette ons verder met rust laat.'

'Of dat hij wanhopiger wordt.'

Bobs gezicht werd een tintje bleker. Als je Bob voor een film zou casten, zou hij het goed doen als de corrupte, rijke Republikein. Hij had een blozende gelaatskleur, vlezige wangen en dikke, stompe vingers. Weer een voorbeeld van hoe bedrieglijk het uiterlijk van iemand kan zijn. Bob kwam uit een arbeidersmilieu. Hij had hard gewerkt en hard gestudeerd. Hij had nooit iets voor niets gekregen.

Cara kwam de kamer in met een dvd in haar hand. Ze hield hem naar me op alsof het een cadeautje was. Ik deed mijn ogen dicht, herinnerde me welke dag van de week het was en vervloekte mezelf. Toen zei ik tegen mijn dochtertje: 'Het is filmavond.'

Ze hield de dvd nog steeds naar me op. Haar ogen waren groot en ze glimlachte. Aan de cover zag ik dat het om een of andere computeranimatiefilm ging, met pratende auto's of pratende dieren van een boerderij of een dierentuin, een film van Pixar of Disney, een die ik al minstens honderd keer had gezien.

'Dat klopt. Ga je popcorn maken?'

Ik hurkte neer zodat ik haar kon aankijken, en legde mijn beide handen op haar schoudertjes. 'Schat,' zei ik, 'papa moet vanavond weg.'

Geen reactie.

'Het spijt me, meisje.'

Ik wachtte op de tranen. 'Kan Estelle dan met me kijken?'

'Ja hoor.'

'En kan zij popcorn maken?'

'Natuurlijk.'

'Cool.'

Ik had gehoopt op een beetje teleurstelling. Mooi niet.

Cara huppelde weg. Ik keek op naar Bob. Hij keek me aan alsof hij wilde zeggen: kinderen…?

'Vanbinnen,' zei ik, en ik wees mijn dochter na, 'is ze er helemaal kapot van.'

Bob lachte toen mijn mobiele telefoon overging. Op de display stond alleen NEW JERSEY, maar ik herkende het nummer en voelde een lichte schok door me heen gaan. Ik drukte op de knop en zei: 'Hallo?'

'Knap werk vandaag, superster.'

'Meneer de gouverneur,' zei ik.

'Dat is niet helemaal juist.'

'Pardon?'

'Meneer de gouverneur. Het is juist als je de president van de Verenigde Staten aanspreekt met meneer de president, maar gouverneurs worden aangesproken óf met gouverneur, óf met hun achternaam. Bijvoorbeeld, in mijn geval, gouverneur Fokhengst of gouverneur Vrouwenmagneet.'

'Of,' zei ik, 'gouverneur Anale Fixatie, wat dacht je daarvan?'

'Dat kan ook.'

Ik glimlachte. Tijdens mijn eerste jaar op Columbia had ik Dave Markie, die nu gouverneur was, op een feestje ontmoet. Hij had me geïntimideerd. Ik was de zoon van een immigrant. Zijn vader was senator. Maar dat was het mooie van een universiteit. Je kwam er van alles tegen. Dave en ik waren goede vrienden geworden.

Daves critici waren zonder het te willen op onze vriendschap geattendeerd toen hij me tot procureur van Essex County benoemde. Maar de gouverneur had zijn schouders opgehaald en mij op mijn huidige post neergezet. Ik had al veel goede pers gehad en ondanks mijn neiging me te veel in te zetten voor zaken die ik beter met rust kon laten, had het resultaat van vandaag me dat extra zetje in de richting van een zetel in het Congres gegeven.

'De grote dag, niet? Jij bent de held. Woehoe! Go, Cope, go! Het lijkt wel of je jarig bent, Cope.'

'Probeer je je hiphopimago op te vijzelen?'

'Ik probeer mijn tienerdochter te begrijpen. Hoe dan ook, gefeliciteerd.'

'Bedankt.'

'Desondanks blijft het van mij "geen commentaar" als het om deze zaak gaat.'

'Ik heb jou nog nooit van je leven "geen commentaar" horen zeggen.'

'Natuurlijk wel. Ik vul het alleen creatiever in: "Ik heb een heilig geloof in ons rechtssysteem. Alle burgers zijn onschuldig totdat hun schuld is aangetoond. Het recht moet zijn loop hebben. Ik ben geen rechter en geen jury. We moeten wachten totdat we over alle feiten beschikken."'

'Clichés als geen commentaar.'

'Ja, én als commentaar,' corrigeerde hij. 'Hoe gaat het met je, Cope?'

'Prima.'

'Ga je nog wel eens met een vrouw uit?'

'Af en toe.'

'Man, je bent vrijgezel. Je ziet er goed uit. Je hebt wat geld op de bank. Begrijp je waar ik naartoe wil?'

'Je bent erg subtiel, Dave, maar ik geloof dat ik je wel kan volgen.'

Dave Markie was altijd een rokkenjager geweest. Hij zag er redelijk goed uit, maar de man had een gave voor vrouwen inpalmen die ronduit bewonderenswaardig was. Hij had het soort charisma waarmee hij elke vrouw het gevoel gaf dat ze de allermooiste en meest fascinerende mens op deze aarde was. En het was allemaal spel. Hij wilde alleen maar met ze naar bed. Verder niets. Toch had ik nog nooit iemand ontmoet die beter was in vrouwen versieren dan hij.

Dave was nu getrouwd, natuurlijk, en had twee voorbeeldige kinderen, maar ik twijfelde er geen seconde aan dat hij ook nog wel wat bezigheden buitenshuis had. Sommige mannen kunnen er niets aan doen. Het is instinctief en primitief. Het idee dat Dave Markie niet achter een vrouw aan zat, was gewoon ondenkbaar.

'Goed nieuws,' zei hij. 'Ik kom morgen naar Newark.'
'Waarvoor?'
'Newark is de grootste stad van mijn staat, dáárvoor, en ik hecht waarde aan al mijn kiezers.'
'O.'
'En ik wil je spreken. Het is te lang geleden.'
'Ik heb het nogal druk met deze zaak.'
'Kun je niet een uurtje tijd vrijmaken voor je gouverneur?'
'Wat is er aan de hand, Dave?'
'Het heeft te maken met waar we het eerder over hebben gehad.'
Mijn mogelijke zetel in het Congres. 'Goed nieuws?' vroeg ik.
'Nee.'
Stilte.
'Ik denk dat er een probleem is,' zei hij.
'Wat voor probleem?'
Hij ging weer over op zijn joviale toon. 'Misschien stelt het niks voor, Cope. We praten er morgen wel over. Je hoeft pas om twee uur op het gerechtshof te zijn. Ik kom naar je kantoor. Laten we zeggen rond lunchtijd?'
'Oké.'
'Laat broodjes brengen. Van die zaak op Brandford.'
'Hobby's?'
'Ja, die. Voor mij kalkoenfilet met alles erop en eraan op versgebakken volkorenbrood. Neem zelf ook wat. Ik zie je morgen.'

Lucy Golds kantoor bevond zich in het lelijkste gebouw van de hele campus, een blok beton, neergezet in de jaren zeventig met de bedoeling dat het er futuristisch zou uitzien, maar dat drie jaar na oplevering al gedateerd leek. De andere universiteitsgebouwen waren een stuk fraaier, opgetrokken uit baksteen en smeekten om meer klimop. Ik reed het parkeerterrein aan de zuidwestkant op. Ik draaide de achteruitkijkspiegel naar me toe, keek erin en – om Bruce Springsteen te citeren – wenste dat ik mijn kleding, mijn haar en mijn gezicht kon veranderen.

Ik stapte uit en liep het terrein op. Ik passeerde een tiental studenten. De meisjes waren een stuk mooier dan in mijn tijd, maar misschien leek dat alleen maar zo omdat ik ouder was. Ik knikte naar ze toen ik ze passeerde. Ze knikten niet terug. Toen ik op de universiteit zat, hadden we een jaargenoot die al achtendertig was. Hij had zijn studie afgebroken, was het leger in gegaan en was later opnieuw begonnen. Ik herinner me hoe hij opviel op de campus omdat hij er zo verdomde oud uitzag. Ik kon het me bijna niet voorstellen, maar ik was nu van dezelfde leeftijd als de man die toen zo stokoud had geleken.

Ik bleef me vastklampen aan dit soort stompzinnige gedachten om me af te leiden van waar ik naartoe ging. Ik had een wit overhemd aan, dat los over mijn spijkerbroek hing, een blauwe blazer, en Ferragamo-instappers zonder sokken. Meneer Achteloos In Stijl.

Toen ik de ingang van het gebouw naderde, voelde ik dat ik beefde. Ik leek wel gek. Ik was een volwassen man. Ik was getrouwd geweest. Ik was vader en weduwnaar. Het was meer dan een half leven geleden dat ik deze vrouw had gezien.

Leren we het dan nooit?

Ik keek naar het bord met de namen, hoewel Lucy me had verteld dat haar kantoor op de tweede verdieping was, deur B. Daar stond het. Doctor Lucille Gold. 2-B. Het lukte me om de juiste knop van de lift in te drukken. Toen ik uitstapte op de tweede, liep ik linksaf de gang in, hoewel de pijl met A – E naar rechts wees.

Uiteindelijk vond ik haar deur. Er hing een intekenlijst voor haar spreekuren naast. De meeste uren waren al besproken. Er was ook een lesrooster en iets over opdrachten die ingeleverd moesten worden. Bijna had ik mijn hand voor mijn mond gehouden om erin te ademen, om te ruiken of mijn adem fris rook, maar ik had al een pepermuntje in mijn mond.

Ik klopte op de deur, twee keer kort achter elkaar. Zelfverzekerd, dacht ik. Mannelijk.

God, wat een stakker was ik.

'Binnen.'

Ik kreeg een hol gevoel in mijn maag toen ik haar stem hoorde. Ik deed de deur open en ging de kamer binnen. Ze stond bij het raam. Er viel nog zonlicht naar binnen, dat een lange schaduw achter haar wierp. Ze was nog steeds verdomde mooi. Ik incasseerde de dreun en stond als aan de grond genageld. Zo bleven we enige tijd staan, vijf meter van elkaar, zonder ons te verroeren.

'Hoe is het licht?' vroeg ze.

'Sorry?'

'Ik heb diverse plekken uitgeprobeerd. Je weet wel, voor als je op de deur klopte. Moest ik zelf opendoen? Nee, een te snelle close-up. Moest ik achter mijn bureau blijven zitten met een pen in mijn hand? Je aankijken over mijn halfronde leesbrilletje? Hoe dan ook, ik heb een vriend van me om advies gevraagd en hij zei dat dit de beste plek was… bij het raam, met het gordijn halfdicht.'

Ik glimlachte. 'Je ziet er fantastisch uit.'

'Jij ook. Hoeveel outfits heb je geprobeerd?'

'Alleen deze,' zei ik. 'Maar er was me al een paar keer verteld dat deze een echte killer is. En jij?'

'Ik heb drie blouses geprobeerd.'

'Ik vind deze erg mooi,' zei ik. 'Groen stond je toen ook al goed.'

'Toen had ik nog blond haar.'

'Ja, maar je hebt nog steeds groene ogen,' zei ik. 'Mag ik binnenkomen?'

Ze knikte. 'Doe de deur dicht.'

'Moeten we… elkaar nu omhelzen of zoiets?'

'Nee, nog niet.'

Lucy ging achter haar bureau zitten. Ik nam de stoel aan de andere kant.

'Dit is een krankzinnige situatie,' zei ze.

'Ja, ik weet het.'

'Er zijn zo veel dingen die ik je wil vragen.'

'Ik jou ook.'

'Ik heb op het net gezien dat je vrouw is overleden,' zei ze. 'Wat erg voor je.'

Ik knikte. 'Hoe gaat het met je vader?'

'Niet goed.'

'Het spijt me dat te horen.'

'Al die vrije liefde en drugs eisen uiteindelijk hun tol. En Ira is… nooit hersteld van wat er is gebeurd, kun je dat begrijpen?'

Ja, dat kon ik me goed voorstellen.

'En jouw ouders?' vroeg Lucy.

'Mijn vader is een paar maanden geleden overleden.'

'Wat erg voor je. Ik herinner me hem nog zo goed van die zomer.'

'Het was de laatste keer dat ik hem gelukkig heb gezien,' zei ik.

'Door wat er met je zus is gebeurd?'

'Door een heleboel dingen. Jouw vader gaf hem de kans om weer arts te zijn. Dat vond hij heerlijk… zijn vak uitoefenen. Daarna heeft hij het nooit meer kunnen doen.'

'Het spijt me dat te horen.'

'Mijn vader wilde eigenlijk niet meedoen aan de rechtszaak – hij mocht Ira veel te graag – maar hij móést iemand de schuld geven, en mijn moeder zette hem onder druk. De andere nabestaanden hebben het doorgedrukt.'

'Je hoeft het niet uit te leggen.'
Ik stopte met praten. Ze had gelijk.
'En je moeder?' vroeg ze.
'Hun huwelijk heeft het niet overleefd.'
Mijn antwoord leek haar niet te verbazen.
'Vind je het vervelend als ik mijn professionele mening erover geef?' vroeg ze.
'Helemaal niet.'
'Een kind verliezen legt een loodzware druk op een huwelijk,' zei Lucy. 'De meeste mensen denken dat alleen de sterkste huwelijken zo'n klap kunnen overleven. Dat is niet waar. Ik heb er research naar gedaan. Ik ben huwelijken tegengekomen die men misschien als "wankel" zou omschrijven en die er zelfs beter van werden. En ik heb huwelijken gezien die voorbestemd waren om eeuwig stand te houden en die als een zeepbel uit elkaar spatten. Hebben jullie een goede relatie?'
'Mijn moeder en ik?'
'Ja.'
'Ik heb haar al achttien jaar niet gezien.'
We zaten elkaar even zwijgend aan te kijken.
'Je hebt een hoop mensen verloren, Paul.'
'Je zit toch geen psychoanalyse van me te maken, hè?'
'Nee, wees maar niet bang.' Ze leunde achterover, keek op en wendde haar blik af. Het was die volgorde die me naar vroeger terugschoot. We zaten op het oude honkbalveldje in het zomerkamp, in het lange gras vol onkruid, ik met mijn arm om haar heen, en dan keek ze op en wendde haar blik af, precies zoals ze nu deed.
'Toen ik op de middelbare school zat,' begon Lucy, 'had ik een vriendin. Ze was er een van een tweeling. Een twee-eiige, geen eeneiige. Dat maakt niet echt veel verschil, volgens mij, behalve dat een eeneiige een nog iets sterkere band met elkaar schijnt te hebben. Hoe dan ook, we zaten in het laatste jaar toen haar zus omkwam bij een auto-ongeluk. De reactie van mijn vriendin was heel merkwaardig. Ze was er kapot van, natuurlijk, maar tegelijkertijd voelde ze zich ook opgelucht. Ze dacht: nou, dat was het dan. God heeft me beproefd. Ik heb mijn portie gehad. Nu kan me niks meer gebeuren. Ik heb al gegeven. Als je op die manier je tweelingzus verliest, denk je dat je de rest van je leven veilig bent. Eén hartverscheurende tragedie per persoon. Begrijp je wat ik bedoel?'
'Ja.'
'Maar zo is het leven niet. Sommige mensen krijgen een vrijkaart

voor heel hun leven. Anderen, zoals jij, krijgen meer dan hun deel. Veel meer. En het ergste is dat het je niet onkwetsbaar maakt voor nóg meer.'

'Het leven is niet eerlijk,' zei ik.

'Amen.' Ze glimlachte naar me. 'Dit is wel raar, hè?'

'Ja.'

'Hoe lang zijn we samen geweest? Een week of zes?'

'Ja, zoiets.'

'En het was maar een zomerliefde, als je erover nadenkt. Je hebt daarna waarschijnlijk tientallen meisjes gehad.'

'Tientallen?' herhaalde ik.

'Wat dan? Honderden?'

'Op zijn minst,' zei ik.

Stilte. Er begon iets te gloeien in mijn borstkas.

'Maar jij was heel bijzonder, Lucy. Jij was...'

Ik stopte.

'Ja, ik weet het,' zei ze. 'Jij ook. Daarom is dit zo raar. Ik wil alles van je weten. Maar ik weet niet of dit het juiste moment ervoor is.'

Het was alsof er een chirurg aan het werk was geweest, een plastisch chirurg die zijn scalpel in de tijd had gezet. Hij had de afgelopen twintig jaar weggesneden, had mijn achttienjarige zelf tevoorschijn gehaald voor een ontmoeting met mijn achtendertigjarige zelf, en had dat gedaan zonder dat ik er ook maar iets van had gemerkt.

'Nou, waarom heb je me gebeld?' vroeg ik.

'Het rare wat me is overkomen?'

'Ja.'

'Je zei dat jou ook iets was overkomen.'

Ik knikte.

'Wil jij eerst?' vroeg ze. 'Je weet wel, net als toen we met elkaar vreeën?'

'Touché.'

'Sorry.' Ze stopte en sloeg haar armen over elkaar alsof ze het koud had. 'Ik zit onzin te kletsen. Ik kan er niks aan doen.'

'Je bent niks veranderd, Luce.'

'Ja, Cope, ik ben wel veranderd. Je hebt geen idee hoeveel ik ben veranderd.'

Voor het eerst sinds ik de kamer was binnengekomen keken we elkaar echt aan. Ik ben niet erg goed in het lezen van ogen van mensen. Ik heb te vaak uitstekende leugenaars meegemaakt om nog veel te geloven van wat ik zie. Maar ze probeerde me hier iets te vertel-

len, een geschiedenis, een waar volgens mij veel pijn in zat.
Ik wilde geen leugens tussen ons beiden.
'Weet je wat ik tegenwoordig doe?' vroeg ik.
'Je bent procureur van Essex County. Dat heb ik ook op het net gezien.'
'Dat klopt. En dat geeft me toegang tot bepaalde informatie. Een van mijn onderzoeksmedewerkers heeft wat achtergrondresearch naar je gedaan.'
'Aha. Dus je weet dat ik dronken achter het stuur heb gezeten.'
Ik zei niets.
'Ik dronk toen te veel, Cope. Ik drink nog steeds te veel. Maar ik rij geen auto meer.'
'Het gaat me niet aan.'
'Nee, dat is waar. Maar ik stel het op prijs dat je eerlijk tegen me bent.' Ze leunde achterover, vouwde haar handen en legde ze in haar schoot. 'Nou, vertel me wat er gebeurd is, Cope.'
'Een paar dagen geleden hebben twee rechercheurs van Moordzaken in Manhattan me het lijk van een nog niet geïdentificeerde man laten zien,' zei ik. 'Ze zeiden dat hij vijfendertig tot veertig jaar oud moest zijn, en ík denk dat het Gil Perez is.'
Haar mond viel open. 'Onze Gil?'
'Ja.'
'Hoe is dat in hemelsnaam mogelijk?'
'Dat weet ik niet.'
'Is hij al die tijd in leven geweest?'
'Blijkbaar.'
Lucy schudde haar hoofd en dacht na. 'Wacht, hebben jullie zijn ouders ingelicht?'
'De politie heeft hen naar het mortuarium laten komen om hem te identificeren.'
'En, wat zeiden ze?'
'Zíj zeggen dat het Gil niet is. Dat Gil twintig jaar geleden is vermoord.'
Ze zakte onderuit in haar stoel. 'Wauw!' Ik zag haar met haar wijsvinger op haar onderlip tikken terwijl ze het tot zich door liet dringen. Ook een gebaar dat me aan onze tijd in het zomerkamp deed denken. 'Maar wat heeft Gil al die jaren dan uitgespookt?'
'Wacht even. Ga je me niet vragen of ik zeker weet dat hij het is?'
'Natuurlijk weet je het zeker. Je zou het toch niet zeggen als het niet zo was? Dus zijn ouders liegen erover, of, wat waarschijnlijker is, ze ontkennen het.'

'Ja.'
'Welke van de twee?'
'Ik weet het niet zeker, maar ik neig naar het eerste, dat ze liegen.'
'Dan moeten we ze daarmee confronteren.'
'We?'
'Ja. Wat ben je nog meer over Gil te weten gekomen?'
'Niet veel.' Ik verschoof op mijn stoel. 'En jij? Wat is jou gebeurd?'
'Mijn studenten schrijven anonieme essays over persoonlijke ervaringen. Ik heb er een binnengekregen waarin vrij nauwkeurig beschreven staat wat ons die nacht is overkomen.'
Ik dacht dat ik haar niet goed had verstaan. 'In een essay?'
'Ja. Het merendeel klopt. Dat we het bos in zijn gegaan. Dat we aan het vrijen waren. Dat we geschreeuw hoorden.'
Ik begreep het nog steeds niet. 'Een essay dat door een van jouw studenten is geschreven?'
'Ja.'
'En je hebt geen idee wie?'
'Nee.'
Ik dacht erover na. 'Wie kent jouw ware identiteit?'
'Dat weet ik niet. Trouwens, ik ben niet van identiteit veranderd, ik heb alleen een andere naam genomen. Zo moeilijk moet dat niet te vinden zijn.'
'En wanneer kreeg je dat essay?'
'Dinsdag.'
'De dag nadat Gil is vermoord.'
We zwegen en lieten de informatie bezinken.
Toen vroeg ik: 'Heb je het hier, dat essay?'
'Ik heb een kopie voor je gemaakt.'
Ze schoof de blaadjes over het bureau naar me toe. Ik las ze. Het bracht alles weer terug. Het deed pijn het te lezen. Ik vroeg me af wat de ontboezemingen te betekenen hadden, over de mysterieuze P die ze nooit had kunnen vergeten. Maar het eerste wat ik zei toen ik de blaadjes had neergelegd was: 'Zo is het niet gegaan.'
'Dat weet ik.'
'Maar het komt dicht in de buurt.'
Ze knikte.
'Ik heb een jonge vrouw ontmoet die Gil heeft gekend. Ze zei dat ze hem over ons had horen praten. Hij zei dat we hadden gelogen.'
Lucy reageerde niet meteen. Ze draaide haar stoel een kwartslag,

zodat ik nu haar profiel zag. 'Dat hebben we ook,' zei ze.

'Niet over de dingen die ertoe deden,' zei ik.

Ik zei niets. Ik nam weer afstand. Zo wist ik me te redden in het leven. Want als ik geen afstand nam, zou ik me herinneren dat ik groepsleider was geweest en die nacht dienst had gehad. Dat ik niet stiekem met mijn vriendinnetje het bos in had mogen gaan. Dat ik beter op de anderen had moeten letten. Dat ik, als ik enig verantwoordelijkheidsgevoel had gehad en had gedaan wat ik had moeten doen, niet gezegd zou hebben dat ik had gecontroleerd of iedereen er was, wat ik niet had gedaan. Dat ik daar de volgende ochtend niet over gelogen zou hebben. Dan zouden we geweten hebben dat ze de nacht daarvoor al waren verdwenen, en niet pas die ochtend. Dat, op het moment dat ik de vinkjes zette op de presentielijst, voor controles die ik nooit had gedaan, mijn zus misschien wel de keel was doorgesneden.

'We waren nog zo jong, Cope,' zei Lucy.

Ik zei nog steeds niets.

'Ze waren stiekem het kamp uit geslopen. Dat zouden ze toch wel hebben gedaan, of wij er waren of niet.'

Waarschijnlijk niet, dacht ik. Dan zou ik er geweest zijn om op te letten. Ik zou ze gezien hebben. Of ik zou gemerkt hebben dat er bedden onbeslapen waren toen ik mijn rondes deed. Wat ik allemaal had nagelaten. Ik was met mijn vriendin het bos in gegaan om een potje te vrijen. En de volgende ochtend, toen ze nog niet terug waren gekomen, was ik ervan uitgegaan dat ze nog steeds bezig waren. Gil ging met Margot, hoewel ik dacht dat ze het uitgemaakt hadden. Mijn zus ging met Doug Billingham, hoewel dat niet al te serieus was. Ze waren hem gesmeerd en waren zich aan het vermaken.

Dus had ik gelogen. Had ik gezegd dat ik alle huisjes had gecontroleerd en dat ze veilig in bed hadden gelegen. Omdat ik op dat moment de ernst van de situatie niet inzag. Ik had gezegd dat ik die nacht alleen was geweest – een leugen die ik te lang heb volgehouden – omdat ik Lucy in bescherming had willen nemen. Raar, vindt u niet? Omdat ik toen niet wist wat er gebeurd was. Dus ja, ik had gelogen. Toen ze Margot Green eenmaal hadden gevonden, heb ik een deel van de waarheid verteld, dat ik mijn plicht als groepsleider had verzaakt. Maar over Lucy's rol had ik gezwegen. En toen ik me eenmaal aan die leugen had vastgeklampt, was ik te bang geweest om erop terug te komen en de hele waarheid te vertellen. Want ze koesterden al argwaan tegen me – ik herinner me het ongelovige gezicht van sheriff Lowell nog goed – en als ik later mijn verhaal veranderde, zou de politie zich zeker afvragen waarom ik in eerste instantie had gelogen. Het deed trouwens niet ter zake.

Wat maakte het uit of ik alleen of met iemand was geweest? In beide gevallen had ik mijn plicht verzaakt.

Tijdens de rechtszaak hadden de raadslieden van Ira Silverstein geprobeerd een deel van de schuld bij mij te leggen. Maar ik was minderjarig, in feite nog maar een kind. Alleen al aan de jongenskant waren er twaalf zomerhuisjes. Zelfs als ik op mijn post was geweest, zou het doodsimpel zijn om ongezien het kamp uit te sluipen. De beveiliging was onvoldoende geweest. Dat was waar. Juridisch was het mijn schuld niet.

Juridisch.

'Mijn vader is talloze keren naar het bos teruggegaan,' zei ik.

Lucy draaide zich om en keek me aan.

'Om in de grond te graven.'

'Waarom?'

'Om naar mijn zus te zoeken. Dan zei hij tegen ons dat hij ging vissen. Maar ik wist dat hij naar het bos ging. Twee jaar lang heeft hij dat volgehouden.'

'Wat was de reden dat hij ermee is opgehouden?'

'Dat mijn moeder bij ons was weggegaan. Ik denk dat hij geloofde dat zijn obsessie hem al te veel had gekost. Hij heeft toen privédetectives in de arm genomen. En hij heeft een paar oude vrienden om hulp gevraagd. Maar zelf graven deed hij niet meer.'

Ik keek naar haar bureau. Het was een rommeltje op het werkblad. Overal stapels papieren, schots en scheef en half op elkaar, als een bevroren waterval. En studieboeken, opengeslagen en op elkaar, als omgekomen soldaten op een slagveld.

'Dat is het probleem als je geen lijk vindt,' zei ik. 'Ik neem aan dat je de diverse stadia van rouwverwerking hebt bestudeerd?'

'Ja.' Ze knikte, begreep wat ik bedoelde. 'Het eerste stadium is ontkenning.'

'Precies. In zekere zin zijn we er nooit voorbij gekomen.'

'Geen lijk, dus ontkenning. Jullie hadden behoefte aan bewijs voordat jullie verder konden.'

'Mijn vader had dat. Ik bedoel, ik was ervan overtuigd dat Wayne haar had vermoord. Maar toen ik merkte dat mijn vader steeds naar het bos ging...'

'Begon je te twijfelen.'

'Laten we zeggen dat ik de mogelijkheid openhield.'

'En je moeder?'

'Die trok zich steeds verder in zichzelf terug. Mijn ouders hadden al geen groots huwelijk. Er zaten al barstjes in. Toen mijn zus werd vermoord – of wat er ook met haar is gebeurd – keerde ze zich volledig van hem af.'

Daarna zeiden we geen van tweeën nog iets. De laatste zonnestraaltjes waren verdwenen. De hemel was in een paarse draaikolk veranderd. Ik keek uit het raam links van me. Ook Lucy zat naar buiten te kijken. Zo bleven we zitten, dichter bij elkaar dan we in twintig jaar waren geweest.

Eerder had ik het gevoel gehad dat de jaren chirurgisch waren weggesneden. Nu leken ze weer terug te komen. Het verdriet was terug. Ik kon het aan Lucy's gezicht zien. Het was duidelijk dat die nacht fataal voor ons gezin was geweest. Ik had gehoopt dat Lucy zich eroverheen had kunnen zetten. Maar dat was haar niet gelukt. Ook voor haar was dit hoofdstuk niet afgesloten. Ik wist niet wat er in de afgelopen twintig jaar nog meer met haar was gebeurd. Het zou te voorbarig zijn om het verdriet dat ik nu in haar ogen zag uitsluitend aan het gebeuren van die nacht te wijten. Maar ik herkende de blik wel. Toen ik me die nacht van haar had losgemaakt, had ze me net zo aangekeken.

In het essay stond dat ze mij nooit had kunnen vergeten. Een feit waarvoor ik mezelf niet op de borst klopte. Want volgens mij was het die nacht die ze nooit had kunnen vergeten. Wat die haar vader had aangedaan. Wat die met haar jeugd had gedaan.

'Paul?'

Ze zat nog steeds uit het raam te kijken.

'Ja?'

'Wat doen we nu?'

'We gaan uitzoeken wat er écht in dat bos is gebeurd.'

22

Van een vakantie in Italië herinner ik me wandkleden met een voorstelling die van perspectief veranderde wanneer je er voorbij liep. Als je er vanaf de rechterkant tegenaan keek, stond de tafel naar rechts gekeerd. Keek je vanaf de linkerkant, dan leek de tafel meegedraaid te zijn.

Gouverneur Dave Markie was de menselijke variant van dit verschijnsel. Wanneer hij een kamer binnenkwam, hadden alle aanwezigen het idee dat hij naar hen toe gekeerd stond en hen aankeek. In zijn jonge jaren had ik hem zo veel vrouwen zien versieren, nogmaals, niet omdat hij zo ongelooflijk knap was, maar omdat hij zo geïnteresseerd in hen leek. Zijn blik had een hypnotische intensiteit. Ik herinner me een lesbische vriendin op Columbia die zei: 'Als Dave Markie je zo aankijkt, nou, dan wil ik wel een avondje van voorkeur veranderen.'

Dat bracht hij met zich mee toen hij mijn kantoor binnenkwam. Jocelyn Durels, mijn secretaresse, begon te stotteren. Loren Muse bloosde. Zelfs Joan Thurston, mijn collega op het OM, had een glimlach op haar gezicht die deed denken aan hoe ze eruit moest hebben gezien toen ze op de middelbare school haar eerste zoen kreeg.

De meeste mensen zouden zeggen dat het de macht van zijn functie was, die hij uitstraalde. Maar ik kende hem al voordat hij gouverneur was. Zijn functie was niet de bron van zijn macht, maar had die alleen verder uitgediept.

We begroetten elkaar met een omhelzing. Het was me opgevallen dat mannen dat tegenwoordig doen, elkaar omhelzen als begroeting. Ik vond dat wel leuk, een beetje menselijk contact. Ik heb niet veel echt goede vrienden, dus de weinige die ik heb zijn heel belangrijk voor me. Die zijn met zorg gekozen en ik houd van hen allemaal.

'Er zijn hier te veel mensen,' fluisterde Dave in mijn oor.

We maakten ons los uit de omhelzing. Hij glimlachte, maar de boodschap was duidelijk. Ik stuurde de anderen mijn kantoor uit. Alleen Joan Thurston bleef. Ik kende haar vrij goed. Het kantoor van het OM was verderop in de straat. We werkten samen wanneer dat mogelijk was, hielpen elkaar. We hadden dezelfde jurisdictie – daarvoor was er genoeg misdaad in Essex County – maar zij beperkte zich tot de grote zaken. Tegenwoordig hield dat in dat ze zich vooral met terrorisme en politieke corruptie bezighield. Wanneer ze misdaden van een ander karakter tegenkwam, liet ze die door ons afhandelen.

Zodra de deur dicht was en we alleen waren, verdween de glimlach van Daves gezicht. We gingen aan mijn vergadertafel zitten. Ik aan de ene kant, zij aan de andere.

'Slecht nieuws?' vroeg ik.

'Heel slecht.'

Ik hield mijn handen op en gebaarde met graaiende vingers dat ze ermee voor de dag moesten komen. Dave keek Joan Thurston aan. Ze schraapte haar keel.

'Terwijl wij hier met elkaar in gesprek zijn,' zei ze, 'doen mijn rechercheurs een inval in het kantoor van een liefdadigheidsinstelling die JaneCare heet. Ze hebben een gerechtelijk bevel. Ze nemen de administratie en de boekhouding in beslag. Ik had gehoopt dat we het stil konden houden, maar de pers heeft er al lucht van gekregen.'

Ik voelde mijn hartslag versnellen. 'Dat is waanzin.'

Geen van beiden zei iets.

'Het is Jenrette,' zei ik. 'Hij zet me onder druk om me zover te krijgen dat ik zijn zoon ontzie.'

'Dat weten we,' zei Dave.

'Dus?'

Hij keek weer naar Thurston.

'Dat maakt de beschuldiging niet minder waar.'

'Waar heb je het verdomme over?'

'Jenrettes onderzoekers kunnen op plaatsen komen die voor ons onbereikbaar zijn. Ze hebben zaken gevonden die niet kloppen. Ze hebben die onder de aandacht van een van mijn beste mensen gebracht. Onze man is verder gaan graven. We hebben geprobeerd het stil te houden. We weten hoe schadelijk dit soort beschuldigingen voor een liefdadigheidsinstelling kunnen zijn.'

De kant die het gesprek op ging, beviel me helemaal niet. 'Hebben jullie iets gevonden?'

'Je zwager fraudeert.'

'Bob? Dat bestaat niet.'

'Hij heeft minstens honderdduizend dollar weggesluisd.'

'Waar naartoe?'
'Je zwager laat een zwembad aanleggen, klopt dat?'
Ik zei niets.
'Er is vijftigduizend dollar overgemaakt aan Marston Zwembaden, in diverse overboekingen, met de beschrijving "uitbreiding kantoor". Heeft JaneCare haar kantoor uitgebreid?'
Ik zei niets.
'Daarnaast is er nog eens bijna dertigduizend dollar overgemaakt aan Barry's Tuinarchitectuur. De kosten staan omschreven als "verfraaiing perceel".'
Ons kantoor was gevestigd in een halve twee-onder-een-kapwoning in het centrum van Newark. Er bestonden helemaal geen plannen om uit te breiden of iets te verfraaien. We hadden niet meer ruimte nodig. We richtten ons uitsluitend op het inzamelen van geld voor behandelingen en medisch onderzoek. Dat was altijd ons doel geweest. Ik was al te veel fraude tegengekomen in de liefdadigheidssector, in de vorm van overheadkosten die het bedrag dat uiteindelijk naar het goede doel ging, ver overschreden. Bob en ik hadden het erover gehad. We bleken dezelfde visie te hebben.
Ik voelde me misselijk worden.
'We kunnen geen uitzonderingen maken,' zei Dave. 'Dat weet je.'
'Ja, ik weet het,' zei ik.
'En zelfs al hadden we het stil willen houden vanwege onze vriendschap, zou dat niet gelukt zijn. Want iemand heeft de pers getipt. Joan hier moet straks een persconferentie houden.'
'Gaan jullie hem arresteren?'
'Ja.'
'Wanneer?'
Joan keek naar Dave. 'Hij is al in hechtenis. We hebben hem een uur geleden opgepakt.'
Ik dacht aan Greta. En aan Madison. Een zwembad. Bob had verdomme geld van de stichting van mijn overleden vrouw achterovergedrukt om een zwembad te laten aanleggen.
'Is hij geboeid afgevoerd?'
'Ja. En over een minuut of tien wordt hij voorgeleid, in aanwezigheid van de pers. Ik ben hier als vriend, maar we waren het erover eens dat we dit soort zaken zouden aanpakken. Ik kan geen uitzonderingen maken.'
Ik knikte. Dat hadden we afgesproken. Ik wist niet wat ik moest denken.
Dave stond op. Joan Thurston volgde zijn voorbeeld. 'Zorg er-

voor dat hij een goede advocaat krijgt, Cope. Hij gaat het zwaar krijgen, vermoed ik.'

Ik zette de tv aan en zag Bob geboeid afgevoerd worden. Nee, niet live op CNN of Fox, maar wel op News 12 New Jersey, onze plaatselijke nieuwszender die vierentwintig uur per dag in de lucht was. Er zouden foto's komen in de *Star Ledger*, de *Bergen Record* en alle andere grote kranten van New Jersey. Misschien zouden een paar grotere tv-zenders er aandacht aan besteden, hoewel ik dat betwijfelde.

Bobs afgang was secondelang in beeld. Hij had handboeien om. Hij liep niet voorovergebogen. Hij zag eruit zoals veel arrestanten eruitzien, verdwaasd en kinderlijk. Ik voelde me misselijk. Ik belde Greta thuis en op haar mobiele telefoon. Geen antwoord. Op beide sprak ik een bericht in.

Muse was in mijn kantoor komen zitten zodra de anderen waren vertrokken. Toen het nieuwsbericht afgelopen was, zei ze: 'Dat is knap klote.'

'Ja.'

'Je kunt Flair vragen voor zijn verdediging.'

'Belangenverstrengeling.'

'Hoezo? Vanwege onze zaak?'

'Ja.'

'Dat zie ik niet. Die twee zaken hebben toch niks met elkaar te maken?'

'De vader van de beklaagde, EJ Jenrette, is het onderzoek begonnen.'

'O, juist.' Ze leunde achterover. 'Verdomme.'

Ik zei niets.

'Ben je in de stemming om over Gil Perez en je zus te praten?'

'Ja.'

'Zoals je weet hebben ze twintig jaar geleden in het bos hun kapot gescheurde kleren met bloed erop gevonden.'

Ik knikte.

'Al het bloed was O positief. Net als de bloedgroep van de twee vermisten. Vier van de tien mensen hebben O positief, dus dat is niet zo verrassend. Ze hadden toen nog geen DNA-tests, dus er kon niks met zekerheid worden gezegd. Ik heb geïnformeerd. Als we nu een DNA-test laten doen, duurt dat, zelfs als we er druk achter zetten, minimaal drie weken. Waarschijnlijk langer.'

Ik luisterde maar half. Mijn gedachten bleven teruggaan naar Bob, naar zijn gezicht toen hij werd afgevoerd. Ik dacht aan Greta, de lieve, goede Greta, aan hoe dit haar leven zou verwoesten. Ik dacht aan mijn vrouw, mijn Jane, aan het project dat haar naam droeg en dat binnenkort waarschijnlijk zou ophouden te bestaan. Ik was het gestart als nagedachtenis aan haar, omdat ik tijdens haar leven tegenover haar tekort was geschoten. Nu had ik opnieuw gefaald.

'Bovendien heb je voor een DNA-test vergelijkingsmateriaal nodig. We kunnen jouw bloed gebruiken voor je zus, maar een van de ouders van Perez zal dus ook moeten meewerken.'

'Wat nog meer?'

'Misschien is een DNA-test voor Perez niet nodig.'

'Hoezo niet?'

'Farrell Lynch is klaar met je verouderde foto.'

Ze gaf me twee foto's. De ene was de foto die in het mortuarium van Manolo Santiago was genomen. De andere was de verouderde versie van de foto van de jonge Gil Perez, die ik aan haar had gegeven.

De overeenkomst was volmaakt.

'Wauw,' zei ik.

'Ik heb het adres van de ouders van Perez voor je opgezocht.' Ze schoof een strookje papier naar me toe. Ik keek ernaar. Ze woonden in Park Ridge. Nog geen uur rijden vanaf hier.

'Ga je ze ermee confronteren?' vroeg Muse.

'Ja.'

'Wil je dat ik meega?'

Ik schudde mijn hoofd. Lucy had er al op gestaan dat ze zou meegaan. Dat was genoeg.

'En ik heb een idee,' zei ze.

'Wat?'

'De technologie om begraven lijken te vinden is nu een heel stuk verder dan twintig jaar geleden. Ken je Andrew Barrett?'

'Die van het lab van John Jay? Vreemde snuiter, en hij praat nogal veel.'

'En hij is een genie. Precies, die bedoel ik. Hoe dan ook, hij is dé expert van het land, met zijn nieuwe radarapparaat dat door bodemlagen kan dringen. Hij heeft het voor het grootste deel zelf ontwikkeld en beweert dat hij in relatief korte tijd een groot stuk terrein kan afzoeken.'

'Het gebied is veel te groot.'

'Maar we kunnen toch een stuk proberen, of niet soms? Luister nou, Barrett staat te popelen om zijn nieuwe vinding uit te proberen. Hij heeft behoefte aan veldwerk, zegt hij.'

'Heb je al met hem gesproken?'

'Ja, waarom niet?'

Ik haalde mijn schouders op. 'Jij bent chef Onderzoek.'

Mijn blik ging weer naar de tv. Ze waren Bobs aftocht al aan het herhalen. Hij zag er deze keer nóg meelijwekkender uit. Ik balde mijn handen tot vuisten.

'Cope?'

Ik keek haar aan.

'We moeten naar het gerechtshof,' zei ze.

Ik knikte en zonder iets te zeggen stond ik op. Muse deed de deur van mijn kantoor open. Twee minuten later zag ik EJ Jenrette in de hal van het gerechtshof staan. Hij had zich expres tussen mij en de deur van de rechtszaal opgesteld. En hij grijnsde naar me.

Muse probeerde me opzij te dirigeren. 'Laten we naar links gaan. We kunnen via de…'

'Nee.'

Ik bleef rechtdoor lopen. Ik kookte van woede. Muse had moeite me bij te houden. EJ Jenrette verroerde zich niet en zag me aankomen.

Muse pakte me bij mijn schouder. 'Cope…'

Ik bleef doorlopen.

EJ bleef grijnzen. Ik keek hem aan. Hij bleef staan waar hij stond. Ik liep door en ging vlak voor hem staan, zodat onze gezichten nog maar een centimeter of tien van elkaar verwijderd waren. De idioot stond nog steeds naar me te grijnzen.

'Ik had je gewaarschuwd,' zei EJ.

Ik grijnsde ook naar hem en boog me nog dichter naar hem toe.

'Het gerucht is verspreid,' zei ik.

'Wat?'

'Elke gedetineerde die zich door jouw kleine Edward laat bedienen, krijgt een voorkeursbehandeling. Jouw jongen wordt de hoer van het hele cellenblok.'

Zonder op een reactie te wachten liep ik langs hem heen. Muse kwam me achterna.

'Dat was subtiel,' zei ze.

Ik bleef doorlopen. Het was een loos dreigement, natuurlijk, want de zonden van de vader mochten nooit op de zoon worden verhaald, maar als dit het beeld was dat EJ zou zien als hij 's avonds zijn hoofd op zijn ganzenveren kussen legde, dan had hij pech gehad.

Muse ging voor me staan. 'Je moet nu tot rust komen, Cope.'

'Is me iets ontgaan, Muse? Ben je mijn chef Onderzoek of mijn psychiater?'

Ze stak haar handen op in een gebaar van overgave en liet me passeren. Ik ging aan mijn tafel zitten en wachtte totdat de rechter binnenkwam.

Hoe had Bob verdomme zo stom kunnen zijn?

Er zijn van die dagen in de rechtszaal dat er een hoop stampij wordt gemaakt en er in feite heel weinig gebeurt. Dit was zo'n dag. Flair en Mort wisten dat ze diep in de problemen zaten. Ze probeerden de pornografische dvd ontoelaatbaar te laten verklaren omdat die niet eerder als bewijs was opgevoerd. Ze probeerden op een procedurefout aan te sturen. Ze dienden moties en bezwaren en researchbevindingen in. Het was duidelijk dat hun collega's en onderzoeksmedewerkers de hele nacht hadden doorgewerkt.

Met zijn borstelige wenkbrauwen diep gefronst luisterde rechter Pierce toe. Zijn kin rustte op zijn gebalde vuist en hij zag er heel, tja... heel erg als een rechter uit. Hij onthield zich van direct commentaar. Een paar keer gebruikte hij de term 'in overweging', maar meer niet. Ik maakte me geen zorgen. Ze hadden niets. Maar toen opeens begon er een andere gedachte aan me te knagen. Ze hadden mij aangepakt. Ze hadden me heel hard aangepakt.

Zouden ze met de rechter niet hetzelfde hebben gedaan?

Ik observeerde zijn gezicht. Dat verried niets. Ik keek naar zijn ogen en zocht naar een teken, maar zag alleen een slaperige blik. Er was niets aan hem te zien, maar dat hoefde niets te betekenen.

Om drie uur 's middags zetten we er een punt achter. Ik ging terug naar kantoor en keek of er gebeld was. Niets van Greta. Ik belde haar opnieuw. Weer geen antwoord. Ik belde Bobs mobiele nummer. Ook geen antwoord. Ik sprak een boodschap in.

Ik keek naar de twee foto's: de ouder gemaakte Gil Perez en de dode Manolo Santiago. Toen belde ik Lucy. Ze nam meteen op.

'Hé,' zei Lucy, en in tegenstelling tot de avond daarvoor klonk haar stem opgewekt en melodieus. Ik moest meteen weer aan vroeger denken.

'Hé.'

Er viel een merkwaardige, bijna gelukkige stilte.

'Ik heb het adres van meneer en mevrouw Perez,' zei ik. 'Ik wilde nog eens met ze gaan praten.'

'Wanneer?'

'Nu meteen. Ze wonen niet zo ver bij jou vandaan. Ik kan je onderweg oppikken.'

'Ik zorg dat ik klaarsta.'

23

Lucy zag er fantastisch uit.
Ze had een zachte groene pullover aan die perfect om haar lichaam sloot. Haar haar was in een paardenstaart gebonden. Ze streek een losgeraakte lok achter haar oor. Ze had vanavond een bril op, en ik vond dat die haar goed stond.

Zodra ze was ingestapt, begon ze mijn cd's door te nemen. 'Counting Crows,' zei ze. *'August and Everything.'*

'Ken je het?'

'Het beste debuut van de afgelopen twintig jaar.'

Ik knikte.

Ze schoof de cd in de speler. 'Round Here' begon. We reden en luisterden. Toen Adam Durwitz begon te zingen over een vrouw die een shot nam en de muren rondom haar zag instorten, waagde ik een blik opzij. Lucy's ogen waren vochtig.

'Alles oké met je?'

'Wat heb je nog meer voor cd's?'

'Waar heb je zin in?'

'Iets ruigs.'

'Een stukje Meatloaf?' Ik liet haar het doosje zien. *'Bat Out of Hell?'*

'O jee,' zei ze. 'Weet je dat nog?'

'Ik heb hem altijd in de auto liggen.'

'Mijn god, je was toen al een hopeloze romanticus,' zei ze.

'Wat dacht je van een stukje "Paradise by the Dashboard Light"?'

'Oké, maar dan zonder dat stuk waarin hij haar moet beloven dat hij voor altijd van haar moet blijven houden voordat ze zich aan hem geeft.'

'Aan hem geeft,' herhaalde ik. 'Mooi gezegd.'

Ze draaide zich naar me toe. 'Hoe heb je míj toen zover gekregen?'

'Waarschijnlijk met mijn standaard verleidingszin.'

'En die luidt?'

'Alsjeblieft?' zei ik op zeurende toon. 'Toe nou, alsjeblieft?'
Ze lachte.
'Hé, bij jou werkte het.'
'Omdat ik zo gemakkelijk in te palmen was.'
'Ja, ja, vergeet het maar.'
Ze gaf een speels tikje op mijn arm. Ik glimlachte. Ze draaide zich weer terug. Zonder iets te zeggen luisterden we een tijdje naar Meatloaf.
'Cope?'
'Ja?'
'Jij was mijn allereerste.'
Ik ging bijna op de rem staan.
'Ik weet dat ik deed alsof het niet zo was. Door de manier van leven van mijn vader en mij, dat belachelijke gedoe van de vrije liefde en zo. Maar ik had het nog nooit gedaan. Jij was mijn eerste. De eerste man van wie ik ooit heb gehouden.'
De stilte die volgde was drukkend.
'Na jou ben ik natuurlijk met iedereen de koffer in gedoken.'
Ik schudde mijn hoofd en keek opzij. Ze glimlachte weer.
De nuffige stem van mijn navigatiesysteem zei waar ik moest afslaan.
De familie Perez woonde in een koopflat in Park Ridge.
'Worden we verwacht?' vroeg Lucy.
'Nee.'
'Hoe weet je dan dat ze thuis zijn?' vroeg ze.
'Ik heb ze gebeld vlak voordat ik jou oppikte. Mijn nummer verschijnt niet op de display als ik iemand bel. Toen mevrouw Perez opnam, heb ik mijn stem verdraaid en naar Harold gevraagd. Ze zei dat ik een verkeerd nummer had. Ik zei dat het me speet en heb het gesprek beëindigd.'
'Wauw, je bent goed in dit werk.'
'Ik probeer bescheiden te blijven.'
We stapten uit de auto. De voortuin was netjes onderhouden. De buitenlucht rook zoet, naar bloemen. Ik kon de geur niet thuisbrengen. Lelietjes misschien. Maar de geur was te sterk, benauwend, alsof iemand goedkope shampoo had gemorst.
Voordat ik op de deur kon kloppen, werd die opengedaan. Door mevrouw Perez. Ze zei geen hallo, noch begroette ze ons op een andere manier. Ze keek naar me op met geloken ogen en wachtte.
'We moeten praten,' zei ik.
Haar blik ging naar Lucy. 'Wie bent u?'

'Lucy Silverstein,' zei Lucy.
Mevrouw Perez deed haar ogen dicht. 'Ira's dochter.'
'Ja.'
Haar schouders leken een paar centimeter te zakken.
'Mogen we binnenkomen?' vroeg ik.
'En als ik nee zeg?'
Ik keek haar recht aan. 'Ik kan het er niet bij laten zitten.'
'Wat laten zitten? Die man wás mijn zoon niet.'
'Alstublieft,' zei ik. 'Vijf minuten.'
Mevrouw Perez zuchtte en deed een stap achteruit. We gingen het huis binnen. De geur van shampoo was hier nog sterker. Veel te sterk. Ze deed de deur dicht en wees naar de bank.
'Is meneer Perez ook thuis?'
'Nee.'
Ik hoorde gestommel in een van de slaapkamers. In de hoek van de woonkamer stonden twee kartonnen dozen. Aan de tekst op de zijkant zag ik dat er medische artikelen in zaten. Ik keek om me heen. Afgezien van de dozen stond alles zo keurig op zijn plaats, dat je zou zweren dat ze de modelflat gemeubileerd en al hadden gekocht.
De flat had een open haard. Ik stond op en liep ernaartoe. Er stonden familiefoto's op de schoorsteenmantel. Ik bekeek ze. Er waren geen foto's van meneer en mevrouw Perez. Ook geen foto's van Gil. De hele schoorsteenmantel stond vol met foto's van mensen van wie ik aannam dat het Gils twee broers en een zus waren.
Een van de broers zat in een rolstoel.
'Dat is Tomas,' zei mevrouw Perez, en ze wees naar een glimlachende jongen in een rolstoel, die op Kean University zijn bul kreeg uitgereikt. 'Hij heeft een dwarslaesie. Weet u wat dat is?'
Ik knikte en vroeg: 'Hoe oud is hij?'
'Tomas is nu drieëndertig.'
'En wie is dat?'
'Eduardo,' zei ze, en haar gezichtsuitdrukking gaf aan dat ik niet verder moest vragen. Eduardo zag eruit als een probleemgeval. Ik herinnerde me dat Gil me had verteld dat een van zijn broers in een of andere bende zat. Ik had hem toen niet geloofd.
Ik wees naar het meisje. 'Ik herinner me dat Gil over haar vertelde,' zei ik. 'Ze was twee jaar ouder dan hij, klopt dat? Ik herinner me dat hij zei dat ze bezig was om aangenomen te worden op een universiteit, of zoiets.'
'Glenda is advocaat,' zei mevrouw Perez, en haar borst zwol van trots. 'Ze heeft aan Columbia Law gestudeerd.'

'Ik ook,' zei ik.
Mevrouw Perez glimlachte. Ze liep terug naar de bank. 'Tomas woont in de flat hiernaast. We hebben de tussenmuur gesloopt.'
'Kan hij zelfstandig wonen?'
'Ik zorg voor hem. En hij heeft thuishulp.'
'Is hij nu thuis?'
'Ja.'
Ik knikte en ging zitten. Ik weet niet precies waarom het me interesseerde. Ik vroeg het me af. Wist hij misschien iets over zijn broer, over wat er met hem was gebeurd, waar hij de afgelopen twintig jaar had uitgehangen?
Lucy had zich nauwelijks verroerd. Ze zei niets en liet mij de leiding nemen. Ze keek om zich heen en nam alles in zich op, waarschijnlijk met haar psychologenpet op.
Mevrouw Perez keek me aan. 'Waarom bent u hier?'
'Het lijk dat we u hebben laten zien is van Gil.'
'Ik heb jullie al gezegd dat…'
Ik hield een kartonnen envelop naar haar op.
'Wat hebt u daar?'
Ik stak mijn hand in de envelop en haalde de bovenste foto eruit. Het was de oude foto, van in het zomerkamp. Ik legde hem op de salontafel. Ze staarde naar de foto van haar zoon. Ik lette op haar gezicht om haar reactie te zien. Ik zag niets veranderen of bewegen, of de overgang was zo subtiel dat ik die niet opmerkte. Het ene moment leek ze oké. Het volgende, zonder waarschuwing, viel de muur om. Het masker barstte en de verslagenheid drong erdoorheen.
Ze deed haar ogen dicht. 'Waarom laat u me die foto zien?'
'Vanwege het litteken.'
Haar ogen bleven dicht.
'U hebt gezegd dat Gils litteken op zijn rechterarm zat. Maar kijk nu eens goed naar de foto. Het zat op zijn linkerarm.'
Ze zei niets.
'Mevrouw Perez?'
'Die man was mijn zoon niet. Mijn zoon is twintig jaar geleden door Wayne Steubens vermoord.'
'Nee.'
Ik stak mijn hand weer in de envelop. Lucy boog zich naar me toe. Ze had deze foto nog niet gezien. Ik haalde hem eruit. 'Dit is Manolo Santiago, de man in het mortuarium.'
Lucy schrok. 'Hóé zeg je dat hij heet?'

'Manolo Santiago.'
Lucy keek me verbijsterd aan.
'Wat is er?' vroeg ik.
Ze schudde haar hoofd. Ik ging door.
'En dit...' Ik haalde de laatste foto tevoorschijn. '... is een computerbewerking waarop verouderingssoftware is toegepast. Met andere woorden, mijn computerexpert heeft een oude foto van Gil genomen en heeft Gil twintig jaar ouder gemaakt. Vervolgens heeft hij het hoofdhaar verwijderd en de gezichtsbeharing aangepast aan die van Manolo Santiago.'
Ik legde de twee foto's naast elkaar.
'Kijk eens goed naar deze twee foto's, mevrouw Perez.'
Ze deed het. Ze keek geruime tijd. 'Hij lijkt misschien op hem. Dat is alles. Of misschien denken jullie wel dat alle latino's op elkaar lijken.'
'Mevrouw Perez?'
Het was Lucy, die zich voor het eerst sinds we waren binnengekomen rechtstreeks tot Gils moeder richtte. 'Waarom staan er daar geen foto's van Gil bij?'
Lucy wees naar de schoorsteenmantel. Mevrouw Perez' blik volgde de wijzende vinger niet. Ze bleef Lucy aankijken. 'Hebt u kinderen, mevrouw Silverstein?'
'Nee.'
'Dan begrijpt u dat niet.'
'Met alle respect, mevrouw Perez, dat is klinkklare onzin.'
Mevrouw Perez keek haar aan alsof ze een klap in haar gezicht had gekregen.
'U hebt daar foto's staan van toen de kinderen nog jong waren en Gil nog leefde. Maar niet één foto van Gil? Ik heb therapie gegeven aan ouders die een kind verloren hadden. Die hadden allemaal een foto van dat kind staan. Allemaal. Bovendien liegt u over op welke arm het litteken zat. Een moeder vergeet dat niet. Die maakt die vergissing niet. U kunt het hier op de foto zien. Foto's liegen niet. En als laatste, Paul heeft u zijn coup de grâce nog niet gegeven.'
Ik had geen idee wat die coup de grâce was, dus ik hield mijn mond.
'De DNA-test, mevrouw Perez. De uitslag is onderweg hiernaartoe. Het is een voorlopige uitslag, maar de overeenkomst is een feit. Het ís uw zoon.'
Jezus, dacht ik, ze is goed.
'DNA?' riep mevrouw Perez. 'Ik heb niemand toestemming gegeven om een DNA-test te doen.'

'Daar heeft de politie uw toestemming niet voor nodig,' zei Lucy. 'U hebt tenslotte gezegd dat Manolo Santiago uw zoon niet is.'

'Maar... maar hoe zijn ze dan aan míjn DNA gekomen?'

Deze nam ik voor mijn rekening. 'Dat mogen we niet zeggen.'

'Jullie... mogen jullie dat doen?'

'Ja, dat mogen we.'

Mevrouw Perez leunde achterover. Lange tijd zei ze niets. Lucy en ik wachtten af.

'Jullie liegen.'

'Wat?'

'Die DNA-test klopt niet,' zei ze, 'of jullie liegen. Die man is mijn zoon niet. Mijn zoon is twintig jaar geleden vermoord. En uw zus ook. Ze zijn vermoord in het zomerkamp van uw vader omdat er niemand op hen lette. Jullie zien spoken, dat is het.'

Ik keek naar Lucy, hoopte dat zij nog een of andere briljante ingeving zou hebben.

Mevrouw Perez stond op.

'En nu wil ik dat jullie weggaan.'

'Alstublieft,' zei ik. 'Mijn zus is die nacht ook verdwenen.'

'Ik kan jullie niet helpen.'

Ik wilde nog meer zeggen, maar Lucy nam het voortouw en stond op. Ze had gelijk; misschien was het beter om ons terug te trekken en te horen wat zij ervan dacht, voordat ik meer aandrong.

Toen we buiten stonden, zei mevrouw Perez: 'En niet meer terugkomen. Laat me in vrede mijn rouw verwerken.'

'Ik dacht dat uw zoon twintig jaar geleden was gestorven,' zei Lucy.

'Daar kom je nooit overheen,' zei mevrouw Perez.

'Nee,' zei Lucy, 'maar je komt wel op een punt dat je niet langer de behoefte voelt om in vrede je rouw te verwerken.'

Lucy wachtte niet op antwoord. Ik liep haar achterna. De huisdeur ging dicht. Toen we in mijn auto waren gestapt, vroeg ik: 'En?'

'Ze liegt dat ze barst.'

'Leuke bluf, trouwens,' zei ik.

'Over die DNA-test?'

'Ja.'

Lucy ging er niet op in. 'Zonet, binnen... noemde je de naam Manolo Santiago.'

'Dat was Gils valse naam.'

Ze verwerkte de informatie. Ik wachtte even, en nog even, en vroeg toen: 'Wat is daarmee?'

'Ik was gisteren op bezoek bij mijn vader. In zijn... in het huis waar hij woont. Toen ik het gastenboek tekende, zag ik dat hij de afgelopen maand, afgezien van mij, maar één andere bezoeker heeft gehad. Iemand die Manolo Santiago heette.'

'Wat?' zei ik.

'Precies.'

Ik moest dit even laten bezinken. Dat gebeurde niet. 'Waarom zou Gil Perez jouw vader opzoeken?'

'Goeie vraag.'

Ik dacht terug aan de woorden van Raya Singh, dat Lucy en ik gelogen zouden hebben. 'Kun je het aan Ira vragen?'

'Ik kan het proberen. Het gaat niet goed met hem. Zijn gedachten dwalen nogal eens af.'

'Het is te proberen.'

Ze knikte. Ik sloeg rechts af en besloot van onderwerp te veranderen.

'Waarom ben je er zo zeker van dat mevrouw Perez liegt?' vroeg ik.

'Omdat ze in de rouw is, om te beginnen. De geur die we roken? Die komt van kaarsen. Ze was in het zwart gekleed. Het rood in haar ogen toen ze opendeed, haar hangende schouders. Al die dingen. En dan nog die foto's.'

'Wat is daarmee?'

'Wat ik erover zei, was niet gelogen. Het is hoogst ongebruikelijk om foto's van je jonge kinderen neer te zetten en die van een omgekomen kind weg te laten. Het bewijst natuurlijk niks, maar is je niks opgevallen aan de lege plekken tussen de foto's? Het was net alsof er een paar ontbraken. Ik vermoed dat ze de foto's met Gil erop heeft weggehaald. Voor het geval er zoiets als dit zou gebeuren.'

'Dat er iemand langskwam, bedoel je?'

'Ik weet het niet precies. Maar ik denk dat mevrouw Perez heeft geprobeerd bewijsmateriaal te verstoppen. Dat ze dacht dat zij de enige was met foto's die voor de identificatie van Gil gebruikt konden worden. Ze had waarschijnlijk niet verwacht dat jij ook nog foto's van die zomer had.'

Ik dacht erover na.

'Al haar reacties klopten niet, Cope. Het was alsof ze een rol speelde. Ze liegt.'

'Dus is de grote vraag: waaróm liegt ze?'
'In geval van twijfel moet je voor het meest voor de hand liggende kiezen.'
'En dat is?'
Lucy haalde haar schouders op. 'Dat Gil Wayne heeft geholpen de anderen te vermoorden. Dat zou alles verklaren. Ze zijn er altijd van uitgegaan dat Wayne een medeplichtige moet hebben gehad. Hoe zou het hem anders gelukt zijn die lijken zo snel te dumpen? Of misschien was er maar één extra lijk.'
'Dat van mijn zus.'
'Ja. Vervolgens hebben Wayne en Gil het zo geënsceneerd, dat het erop leek dat Gil ook was vermoord. Misschien heeft Gil hem met de andere moorden ook wel geholpen, weet je veel?'
Ik zweeg enige tijd.
'Als dat het geval is,' zei ik ten slotte, 'is mijn zus dood.'
'Ja, ik weet het.'
Ik zei niets.
'Cope?'
'Wat is er?'
'Het was jouw schuld niet.'
Ik zei nog steeds niets.
'Als er iemand schuld heeft,' zei ze, 'ben ik het.'
Ik remde en zette de auto aan de kant van de weg. 'Hoe kom je daarbij?'
'Jij wilde die nacht in het kamp blijven. Jij wilde gewoon je nachtdienst doen. Ik was degene die je het bos in heeft gelokt.'
'Gelokt?'
Ze zei niets.
'Je maakt een grapje, hè?'
'Nee,' zei ze.
'Het was mijn eigen beslissing om mee te gaan, Lucy. Je hebt me nergens toe gedwongen.'
Ze zei niets. Toen we weer reden zei ze: 'Je voelt je nog steeds schuldig.'
Ik merkte dat mijn handen harder in het stuur knepen. 'Nee, dat doe ik niet.'
'Ja, Cope, dat doe je wel. Ondanks de korte opleving van hoop besef je heel goed dat je zus dood moet zijn. Je hoopte op een tweede kans. Je hoopte op verlossing van je schuldgevoel.'
'Die psychologiestudie van jou,' zei ik, 'heeft zijn geld wel opgebracht, hè?'

'Het was niet mijn bedoeling om...'
'En hoe zit het met jou, Luce?' Mijn stem klonk scherper dan ik had gewild. 'Neem jij het jezelf kwalijk? Drink je daarom zo veel?'
Stilte.
'Dat had ik niet mogen zeggen,' zei ik.
'Jij weet niks van het leven dat ik heb geleid,' zei ze zacht.
'Dat is waar. Het spijt me. Het is mijn zaak niet.'
'Die veroordelingen van rijden onder invloed zijn van jaren geleden.'
Ik zei niets. Ze draaide zich om en keek door de voorruit naar buiten. In stilte reden we verder.
'Misschien heb je gelijk,' zei ik.
Ze bleef naar buiten kijken.
'Er is iets wat ik nooit aan iemand heb verteld,' zei ik. Mijn gezicht begon te gloeien en ik voelde mijn ogen branden. 'Na die nacht in het bos heeft mijn vader me nooit meer op dezelfde manier aangekeken.'
Lucy draaide zich naar me toe.
'Misschien beeldde ik het mezelf in. Ik bedoel, je hebt gelijk. Ik nam het mezelf kwalijk, in ieder geval tot op zekere hoogte. Wat zou er gebeurd zijn als we niet waren gegaan? Als ik op mijn post was gebleven, zoals er van me werd verwacht. En misschien was de blik in zijn ogen gewoon de totale verslagenheid van een vader die een kind had verloren. Maar ik heb altijd gedacht dat ik ook nog iets anders in zijn ogen zag. Een bijna beschuldigende blik.'
Ze legde haar hand op mijn arm. 'O, Cope...'
Ik reed door. 'Dus misschien heb je wel gelijk. Misschien probeer ik iets van het verleden goed te maken. Maar hoe zit het met jou?'
'Hoe zit wat met mij?'
'Waarom wil jij weer in het verleden gaan graven? Wat hoop je na al die jaren te vinden?'
'Maak je een grapje?'
'Nee. Waar ben je precies naar op zoek?'
'Aan het leven zoals ik het kende is die nacht een abrupt eind gekomen. Begrijp je dat dan niet?'
Ik zei niets.
'De families van de nabestaanden – ook jouw ouders – hebben mijn vader voor de rechter gesleept. Jullie hebben ons alles afgenomen wat we hadden. Ira was niet iemand die zo'n dreun kon incasseren. Hij kon de stress niet aan.'

Ik wachtte totdat ze meer zou zeggen. Dat deed ze niet.
'Dat begrijp ik,' zei ik. 'Maar waar ben je nu naar op zoek? Ik bedoel, zoals je zei doe ík een laatste poging om mijn zus te redden. Of anders gezegd, ik probeer te weten te komen wat er echt met haar is gebeurd. Maar waar ben jij naar op zoek?'
Ze gaf geen antwoord. We reden weer door. Het begon donker te worden.
'Ik weet niet of ik me wel zo kwetsbaar wil opstellen,' zei ze na een tijdje.
Ik wist niet precies wat ik daarop moest antwoorden. Dus zei ik: 'Ik zou je nooit willen kwetsen.'
Stilte.
'Soms heb ik het gevoel dat ik twee levens heb geleid,' zei ze. 'Het ene van voor die bewuste nacht, toen alles best goed ging, en het andere van daarna, toen het niet meer zo goed ging. En ja, ik weet hoe dramatisch dat klinkt. Maar soms voelt het alsof ik die nacht van een heuvel ben geduwd en sindsdien naar beneden aan het rollen ben. Dat ik er soms in slaag me schrap te zetten en op te staan, maar dat de helling zo steil is dat het me niet lukt mijn evenwicht terug te vinden en ik weer verder omlaag rol. Dus dacht ik dat ik misschien – ik weet het natuurlijk niet – maar heel misschien, als ik te weten kan komen wat er die nacht echt is gebeurd, kan voorkomen dat ik nog verder naar beneden rol.'
Ze was zo indrukwekkend geweest toen ik haar kende. Ik wilde haar daaraan herinneren. Ik wilde tegen haar zeggen dat dit wel erg dramatisch klonk, dat ze nog steeds heel mooi was, dat ze succes in haar werk had en dat het leven haar nog veel te bieden had. Maar ik wist dat het allemaal veel te belerend zou klinken.
Dus zei ik: 'Het is zo verdomde goed je weer te zien, Lucy.'
Ze kneep haar ogen dicht alsof ik haar een klap in haar gezicht had gegeven. Ik dacht aan wat ze had gezegd, dat ze zich zo kwetsbaar voelde en niet wist of ze dat wel wilde. Ik dacht aan het essay, die ontboezeming over dat ze na die nacht nooit meer de ware liefde had kunnen vinden. Ik wilde me naar haar omdraaien en haar hand vastpakken, maar ik wist dat het op dit moment voor ons allebei nog te vers was, dat zelfs zo'n gebaar te veel en tegelijkertijd niet genoeg zou zijn.

24

Ik zette Lucy bij de universiteit af.
'Morgenochtend,' zei ze, 'ga ik Ira opzoeken om te zien wat ik over Manolo Santiago te weten kan komen.'
'Oké.'
Haar hand ging naar de deurhendel. 'Ik heb nog een berg correctiewerk te doen.'
'Ik loop een stukje met je mee.'
'Nee, niet doen.'
Lucy stapte uit de auto. Ik keek haar na terwijl ze naar de deur liep. Ik kreeg een hol gevoel in mijn maag. Ik probeerde te bedenken wat ik op dit moment voelde, maar verder dan een golf van emoties kwam ik niet. Wat voor emoties, was moeilijk te zeggen.

Mijn mobiele telefoon ging over. Ik keek op de display en zag dat het Muse was.

'Hoe is het bij Perez' moeder gegaan?' vroeg Muse.
'Ik denk dat ze liegt.'
'Dan heb ik misschien iets interessants voor je.'
'Ik luister.'
'Meneer Perez komt regelmatig in een buurtkroeg die Smith Brothers heet. Hij drinkt daar een biertje met zijn maten, speelt een partijtje darts, dat soort dingen. Een matig drinker, heb ik gehoord. Maar de afgelopen twee avonden heeft hij zich flink volgegoten. Totdat hij begon te huilen en zelfs heeft gevochten.'

'Hij rouwt,' zei ik.
In het mortuarium was mevrouw Perez de sterke van de twee geweest. Hij had op haar gesteund. Hij had toen al op instorten gestaan, had ik gezien.

'Hoe dan ook, drank maakt de tong los,' zei Muse.
'Helemaal waar.'
'Perez is er nu, trouwens. Hij zit aan de bar. Misschien een goed moment om een praatje met hem te maken?'
'Ik ben onderweg.'

'Er is nog iets.'
'Ik luister.'
'Wayne Steubens is bereid met je te praten.'
Ik hield op met ademhalen, geloof ik. 'Wanneer?'
'Morgen. Hij zit zijn straf uit in de Red Onion-staatsgevangenis in Virginia. Ik heb ook een afspraak voor je geregeld met Geoff Bedford van de FBI, voor daarna. Hij was de *special agent* die Steubens' zaak heeft behandeld.'
'Ik kan morgen niet. Ik moet naar het gerechtshof.'
'Je kunt wel. Een van je collega's kan het wel een dagje overnemen. Ik heb een vlucht voor je geboekt voor morgenochtend.'

Ik wist niet precies wat ik van de bar had verwacht. Iets wat loucher was, dacht ik. Maar de zaak leek op die van een restaurantketen als TGI Fridays of Bennigans, of zoiets. De bar was groter dan in dat soort gelegenheden, en het restaurantgedeelte aanzienlijk kleiner. Er waren houten lambriseringen, een automaat met gratis popcorn en harde muziek uit de jaren tachtig. Op dit moment zongen Tears For Fears 'Head Over Heels'.

In mijn tijd zouden we dit een yuppiebar hebben genoemd. Jonge mannen met losgetrokken stropdassen, en vrouwen die hun best deden er zakelijk uit te zien. De mannen dronken bier uit flesjes en probeerden de indruk te wekken dat ze zich uitstekend met hun vrienden vermaakten terwijl ze naar de vrouwen loerden. Die dronken witte wijn of ingewikkelde martini's en wierpen terughoudender blikken in de richting van de mannen. Ik schudde mijn hoofd. Discovery Channel zou hier een documentaire over baltsgedrag kunnen filmen.

Het leek me geen stamkroeg voor iemand als Jorge Perez, maar ik zag hem achterin zitten. Hij zat aan de bar, te midden van vier of vijf maten, mannen die wisten wat drinken was en over hun glazen zaten gebogen als waren het pasgeboren kuikentjes die beschermd moesten worden. Met lodderige blik volgden ze het wel en wee van de yuppies uit de eenentwintigste eeuw.

Ik ging achter Perez staan en legde mijn hand op zijn schouder. Langzaam draaide hij zich om. Zijn maten deden hetzelfde. Perez' ogen waren vochtig en bloeddoorlopen. Ik besloot de directe benadering te kiezen.

'Mijn condoleances,' zei ik.

Dat leek hem te verbazen. De andere mannen, allemaal latino's van achter in de vijftig, keken me aan alsof ik hun dochters had lastiggevallen. Ze hadden werkkleding aan. Meneer Perez was gekleed in een polo en een kakibroek. Ik vroeg me af of dat iets te betekenen had, maar ik kon niet verzinnen wat.

'Wat wil je?' vroeg Perez.

'Praten.'

'Hoe heb je me gevonden?'

Ik negeerde de vraag. 'Ik heb in het mortuarium uw gezicht gezien. Waarom hebt u gelogen en gezegd dat het Gil niet was?'

Hij kneep zijn ogen tot spleetjes. 'Noem je mij een leugenaar?'

De andere mannen keken me nog vuiler aan.

'Misschien kunnen we even onder vier ogen praten.'

Hij schudde zijn hoofd. 'Nee.'

'U weet dat mijn zus die nacht verdwenen is, hè?'

Hij draaide zich om en pakte zijn bierglas. Met zijn rug naar me toe gekeerd zei hij: 'Ja, dat weet ik.'

'Het was uw zoon in het mortuarium, hè?'

Hij bleef met zijn rug naar me toe zitten.

'Meneer Perez?'

'Sodemieter op.'

'Dat ben ik niet van plan.'

De andere mannen, die er stevig uitzagen, mannen die hun leven lang buiten en met hun handen hadden gewerkt, keken me dreigend aan. Een van hen liet zich van zijn barkruk glijden.

'Ga zitten,' zei ik tegen hem.

Hij verroerde zich niet. Ik bleef hem aankijken. Een tweede man ging staan en sloeg zijn armen over elkaar.

'Weten jullie wie ik ben?' vroeg ik.

Ik bracht mijn hand naar mijn binnenzak en haalde het leren mapje met mijn procureurspenning tevoorschijn. Ja, die heb ik. Sterker nog, ik ben de hoogste gezagsambtenaar van heel Essex County. Ik hou er niet van bedreigd te worden. Stoere jongens maken me boos. Kent u het oude gezegde over het opnemen tegen stoere jongens die je bedreigen? Dat je dat alleen moet doen als je het waar kunt maken? Nou, ik kon dat.

'Ik hoop dat jullie hier allemaal legaal zijn,' zei ik. 'Dat jullie gezin hier legaal is, jullie vrienden en jullie buren. Dat de mensen die jullie op straat tegenkomen... dat ze hier allemaal legaal zijn.'

De ogen met de dreigende blik werden iets groter.

'Laat me jullie identiteitsbewijzen zien,' zei ik. 'Allemaal.'

De man die het eerst was opgestaan, stak zijn handen op. 'Hé, we zoeken geen problemen.'

'Smeer 'm dan.'

Ze gooiden wat geld op de bar en vertrokken. Ze renden niet echt, of haastten zich niet, maar ze bleven ook niet langer dan strikt noodzakelijk was. Normaliter zou ik het vervelend vinden om dit soort dreigementen te uiten, om mijn macht op deze manier te misbruiken, maar ze hadden er min of meer om gevraagd.

Perez draaide zich om en was duidelijk niet blij met de situatie.

'Hé,' zei ik, 'waarom zou ik die penning bij me steken als ik hem niet mag gebruiken?'

'Heb je al niet genoeg schade aangericht?' vroeg hij me.

De kruk naast hem was nu vrij. Ik ging erop zitten, wenkte de barkeeper en bestelde een tapbiertje door naar het glas van Jorge Perez te wijzen.

'Het was uw zoon in het mortuarium,' zei ik. 'Ik kan u het bewijs laten zien, maar we weten allebei dat het waar is.'

Hij dronk zijn glas leeg en gebaarde naar de barkeeper dat hij er nog een wilde. Onze biertjes werden tegelijk gebracht. Ik hield mijn glas op alsof ik wilde proosten. Hij keek me alleen maar aan en liet het zijne op de bar staan. Ik nam een flinke slok. De eerste slok bier op een warme dag is als de lik pindakaas die je met je vinger stiekem uit een nieuwe pot haalt. Ik genoot van wat Gods nectar zou moeten heten.

'We kunnen dit op twee manieren doen,' vervolgde ik. 'U blijft volhouden dat het Gil niet is. Ik heb al opdracht gegeven om een DNA-test te doen. U weet hoe dat werkt, hè, meneer Perez?'

Hij liet zijn blik door de bar gaan. 'Wie niet, tegenwoordig?'

'Ja, ik weet het. CSI en al die andere politieseries op tv. Dus u weet dat het voor ons niet zo moeilijk is om te bewijzen dat Manolo Santiago en Gil Perez een en dezelfde persoon waren.'

Perez nam een slok bier. Zijn hand trilde. Zijn gezicht vertoonde de eerste breuklijnen. Ik zette door.

'Dus de vraag is: als we eenmaal hebben bewezen dat het uw zoon is, wat gebeurt er dan? Ik verwacht dat u en uw vrouw zullen reageren met iets onzinnigs als: "O nee! We hadden echt geen idee!" Maar daar trapt natuurlijk niemand in. Iedereen zal u beiden als leugenaars zien. En dan beginnen mijn mensen het echte onderzoek. We gaan alles controleren, de telefoongegevens, alle bankafschriften, we gaan overal aanbellen, we gaan al uw vrienden en buren uithoren, we gaan uw kinderen ondervragen...'

'Laat mijn kinderen erbuiten.'

'Uitgesloten,' zei ik.

'Dat kunnen jullie niet doen.'
'En wat ú niet kunt doen, is liegen over uw zoon.'
Hij schudde zijn hoofd. 'Je begrijpt het niet.'
'Nee, natuurlijk begrijp ik het niet. Mijn zus was die nacht ook in het bos.'
Er kwamen tranen in zijn ogen.
'Ik ga u en uw vrouw en uw kinderen helemaal binnenstebuiten keren. Ik ga graven en graven, en geloof me, ik zal iets vinden.'
Hij zat naar zijn bierglas te staren. De tranen liepen over zijn wangen. Hij veegde ze niet weg. 'Verdomme,' zei hij.
'Wat is er gebeurd, meneer Perez?'
'Niks.'
Hij boog zijn hoofd. Ik bracht mijn gezicht vlak bij het zijne.
'Heeft uw zoon mijn zus vermoord?'
Hij keek op. Hij staarde me aan alsof hij wanhopig naar sporen van mededogen zocht, maar die zou hij niet vinden. Ik hield vol.
'Ik praat niet meer met jou,' zei Perez.
'Heeft hij het gedaan? Is het dát wat jullie proberen te verbergen?'
'We proberen niks te verbergen.'
'Wat ik net zei, meneer Perez, waren geen loze dreigementen. Ik blijf u achtervolgen. U, uw vrouw en uw kinderen.'
Zijn handen bewogen zo snel dat ik geen tijd kreeg om te reageren. Hij greep de revers van mijn jasje vast en trok me naar zich toe. Hij was zeker twintig jaar ouder dan ik, maar ik kon voelen hoe sterk hij nog was. Ik herstelde me gelukkig snel, herinnerde me een of andere karatetruc van toen ik jong was en sloeg met gestrekte handen zijn onderarmen opzij.
Hij liet los. Ik weet niet of het door mijn tegenactie kwam of dat hij het zelf al had besloten, maar hij liet me in ieder geval los. Hij stond op. Ik stond ook op. De barkeeper keek onze kant op.
'Hebt u hulp nodig, meneer Perez?' vroeg hij.
Ik haalde het mapje met mijn penning weer tevoorschijn. 'Geef jij al je fooien aan de belastingdienst op?'
Hij bond in. Iedereen liegt. Iedereen doet dingen die het daglicht niet kunnen verdragen. Iedereen overtreedt de wet en houdt er geheimen op na.
Perez en ik staarden elkaar aan. Toen zei hij tegen me: 'Ik zal het gemakkelijk voor je maken.'
Ik wachtte.
'Als jij in de buurt van mijn kinderen komt, ga ik achter de jouwe aan.'

Ik voelde dat mijn bloed begon te koken. 'Wat mag dat dan wel betekenen?'

'Dat betekent,' zei hij, 'dat het me geen barst kan schelen wat voor penning jij hebt. Maar ik laat mijn kinderen niet bedreigen.'

Vervolgens liep hij de bar uit. Ik dacht na over wat hij had gezegd. Dat beviel me niet. Toen haalde ik mijn mobiele telefoon uit mijn zak en belde Muse.

'Graaf alles op wat je over het gezin Perez kunt vinden,' zei ik. 'De hele verdomde familie.'

25

Eindelijk belde Greta terug.
 Ik was op weg naar huis, zat nog in de auto, en het kostte me de nodige moeite om mijn toestel in de *handsfree*-houder te krijgen, want ik wilde als procureur van Essex County niet op een verkeersovertreding worden betrapt.
'Waar ben je?' vroeg Greta.
Ik hoorde de snik in haar stem.
'Op weg naar huis.'
'Vind je het erg als ik straks even langskom?'
'Nee, natuurlijk niet. Ik had je al gebeld...'
'Ik was op het gerechtshof.'
'Is Bob vrij op borgtocht?'
'Ja. Hij is boven, Madison in bed aan het stoppen.'
'Heeft hij je verteld...'
'Hoe laat ben je thuis?'
'Over een kwartier, twintig minuten hooguit.'
'Dan zie ik je over een uur, oké?'
Greta hing op voordat ik antwoord kon geven.
Cara was nog wakker toen ik thuiskwam. Daar was ik blij om. Ik stopte haar in bed en we deden haar nieuwe lievelingsspelletje, dat 'spookje' heette. Spookje was eigenlijk verstoppertje en tikkertje in één. De een verstopt zich. Wanneer die persoon is gevonden, probeert hij de vinder te tikken voordat die de buutplaats bereikt. Wat onze versie van het spel extra stompzinnig maakte, was dat we het in Cara's bed speelden. Dat beperkte de plekken om je te verstoppen en de kans om de buutplaats te bereiken aanzienlijk. Meestal verstopte Cara zich onder de dekens en deed ik alsof ik haar niet kon vinden. Vervolgens deed zij haar ogen dicht en verstopte ik mijn hoofd onder het kussen. Ze was net zo goed in doen alsof als ik. Soms 'verstopte' ik me door mijn gezicht vlak voor dat van Cara te houden, zodat ze me zag zodra ze haar ogen opendeed. Dan proestten we het uit van het lachen. Ja, ik ook. Het was flauw en stomp-

zinnig en binnenkort zou Cara er niets meer aan vinden, wat mij zeer zou spijten.

Tegen de tijd dat Greta het huis binnenkwam, met de sleutel die ik haar jaren geleden had gegeven, was ik zo opgegaan in het plezier van mijn dochter dat ik al het andere bijna was vergeten: studenten die meisjes verkrachten, jonge meisjes die in het bos van de aardbodem verdwijnen, seriemoordenaars die kelen doorsnijden, zwagers die je stichting leegroven, rouwende vaders die kleine meisjes bedreigen. Maar toen ik beneden de deur hoorde dichtgaan, was alles meteen weer terug.

'Ik moet naar beneden,' zei ik tegen Cara.

'Nog één keer,' smeekte ze.

'Je tante Greta is er. Ik moet met haar praten, oké?'

'Eén keer? Alsjeblieft?'

Kinderen willen altijd één keer meer. En als je eraan toegeeft, willen ze daarna nog een keer. Als je er eenmaal aan begint, houdt het nooit meer op. Dan blijven ze om 'nog één keer' vragen. Dus zei ik: 'Oké, de laatste keer.'

Cara lachte en verstopte zich, ik vond haar en ze tikte me af, en toen ik zei dat ik naar beneden moest, smeekte ze me om nog één keer. Maar deze keer was ik onvermurwbaar, dus ik gaf haar een zoen op haar wang en liet haar smekend en bijna in tranen in haar bed achter.

Greta stond onder aan de trap. Haar gezicht was niet bleek. Haar ogen waren droog. Haar mond vormde een rechte streep die haar toch al te ver uitstekende jukbeenderen nog eens extra benadrukte.

'Komt Bob niet?' vroeg ik.

'Die past op Madison. En zijn advocaat komt straks.'

'Wie heeft hij?'

'Hester Crimstein.'

Ik kende Hester. Ze was heel goed.

Ik kwam de trap af lopen. Meestal kus ik Greta op haar wang. Vandaag deed ik dat niet. Ik wist niet precies wat ik moest doen. Ik wist ook niet wat ik moest zeggen. Greta liep de woonkamer in. Ik ging haar achterna. We gingen op de bank zitten. Ik nam haar handen in de mijne. Ik keek naar haar gezicht, dat eigenaardige gezicht, en zoals altijd zag ik een engel. Ik was dol op Greta. Echt waar. Ik had zo met haar te doen.

'Wat kan ik voor je doen?' vroeg ik.

'Je moet Bob helpen,' zei ze, en na een korte pauze: 'Ons helpen.'

'Ik zal doen wat ik kan. Dat weet je.'

Haar handen voelden ijskoud aan. Ze boog haar hoofd, hief het weer op en keek me recht aan.

'Je moet zeggen dat jij ons dat geld hebt geleend,' zei Greta op vlakke toon. 'Dat je ervan wist. Dat we hebben afgesproken dat we het met rente terugbetalen.'

Ik wist niet wat ik moest zeggen.

'Paul?'

'Wil je dat ik lieg?'

'Je zei net dat je zou doen wat je kunt.'

'Wil je zeggen...' Ik moest mezelf bedwingen. 'Wil je zeggen dat ik moet goedpraten dat Bob dat geld achterover heeft gedrukt? Dat hij het van de stichting heeft gestolen?'

Haar stem klonk vastberaden. 'Hij heeft het geld geleend, Paul.'

'Je maakt zeker een grapje?'

Greta maakte haar handen los uit de mijne. 'Je begrijpt het niet.'

'Leg het me dan uit.'

'Hij gaat de gevangenis in,' zei ze. 'Mijn man. De vader van Madison. Bob gaat de gevangenis in. Begrijp je dat dan niet? Het zal ons leven ruïneren, van ons allemaal.'

'Daar had Bob aan moeten denken voordat hij geld van een liefdadigheidsinstelling stal.'

'Hij heeft het niet gestolen. Hij heeft het geleend. Hij heeft het moeilijk gehad op zijn werk. Wist je dat hij twee grote opdrachtgevers is kwijtgeraakt?'

'Nee. Waarom heeft hij dat niet gezegd?'

'Wat had hij dan moeten zeggen?'

'Dus dan steelt hij het? Is dat het antwoord?'

'Hij heeft het niet...' Halverwege de ontkenning stopte ze en schudde haar hoofd. 'Zo simpel zit het niet in elkaar. We hadden het contract voor het zwembad al getekend. We hebben een fout gemaakt. We hebben het verkeerd ingeschat.'

'En het geld van jouw familie?'

'Toen Jane was overleden, leek het mijn ouders het beste om alles in een trust vast te zetten. Ik kan er niet aankomen.'

Ik schudde mijn hoofd. 'Dus dan steelt hij het maar?'

'Wil je ophouden dat steeds te zeggen?' Ze gaf me een paar fotokopieën. 'Kijk. Bob heeft tot op de cent bijgehouden wat hij heeft opgenomen. Hij heeft zes procent rente berekend. Hij zou alles weer terugbetalen als het weer wat beter ging. Het was alleen bedoeld om ons door een moeilijke periode heen te helpen.'

Ik bekeek de kopieën, zocht naar iets wat hen zou kunnen helpen, iets wat mij vertelde dat hij niet echt had gedaan wat werd beweerd. Maar ik vond niets. Het waren handgeschreven notities die ieder moment neergekrabbeld konden zijn. Ik voelde me moedeloos worden.

'Wist jij ervan?' vroeg ik.
'Dat doet er niet toe.'
'Dat doet er verdomme wel toe. Wist jij het?'
'Nee,' zei ze. 'Hij heeft me niet verteld waar het geld vandaan kwam. Maar hoor eens, weet jij hoeveel uur Bob in JaneCare heeft gestoken? Hij was directeur. Iemand in die positie zou een fulltime salaris moeten hebben. Een bedrag van minstens zes cijfers.'
'Ga me alsjeblieft niet vertellen dat je het op die manier wilt goedpraten.'
'Ik zal het goedpraten op elke manier die ik kan verzinnen. Ik hou van mijn man. Je kent hem. Bob is een goeie vent. Hij heeft het geld geleend en zou het teruggestort hebben voordat iemand iets in de gaten had. Dat doen ze overal. Dat weet je best. Maar omdat jij bent wie je bent en door die verdomde verkrachtingszaak van jou is de politie erover gestruikeld. En omdat jij bent wie je bent, zullen ze Bob als voorbeeld willen stellen. Ze zullen de man van wie ik hou keihard te grazen nemen. En als ze hem te grazen nemen, nemen ze mij en mijn gezin ook te grazen. Dat zie je toch wel in, Paul?'

Ja, dat zag ik in. Ik had het eerder zien gebeuren. Ze had gelijk. Ze zouden het hele gezin aan de schandpaal nagelen. Ik probeerde mijn boosheid terug te dringen, probeerde het van Greta's kant te bekijken en haar excuses te accepteren.

'Ik weet niet precies wat je van me verlangt,' zei ik.
'We hebben het hier over mijn leven.'
Ik huiverde toen ze dat zei.
'Red ons. Alsjeblieft.'
'Door te liegen?'
'Het was een lening. Hij had alleen nog geen tijd gehad om het je te vertellen.'
Ik deed mijn ogen dicht en schudde mijn hoofd. 'Hij heeft geld van een liefdadigheidsorganisatie gestolen. Hij heeft geld gestolen van de stichting van je eigen zus.'
'Nee, niet van mijn zus,' zei ze. 'Van jouw stichting.'
Ik ging niet op die laatste opmerking in. 'Ik wou dat ik je kon helpen, Greta.'
'Laat je ons barsten?'
'Ik laat jullie niet barsten. Maar ik ga niet voor jullie liegen.'

Ze keek me alleen maar aan. De engel was er niet meer. 'Ik zou het voor jou wel hebben gedaan. Dat weet je.'

Ik zei niets.

'Heel je leven heb je iedereen teleurgesteld,' zei Greta. 'Je bent in dat zomerkamp niet naar je zus gaan zoeken. En ten slotte, toen het lijden van mijn zus op zijn ergst was...' Ze stopte.

De kamertemperatuur daalde tien graden. De slapende slang in mijn buik werd wakker en begon te kronkelen.

Ik keek haar aan. 'Zeg het maar. Kom op, zeg het maar.'

'JaneCare had niks met Jane te maken. Het had met jou te maken. Met jouw schuldgevoel. Mijn zus lag op sterven. Ze leed pijn. Ik ben bij haar gebleven, heb aan haar sterfbed gezeten. Jij was er niet.'

Het eindeloze lijden. Dagen werden weken, weken werden maanden. Ik was erbij en zag het allemaal gebeuren. Het merendeel in ieder geval. Ik zag de vrouw die ik aanbad, mijn rots in de branding, voor mijn ogen wegkwijnen. Ik zag het licht in haar ogen doven. Ik rook de geur van de dood als ik bij haar in de buurt kwam, bij de vrouw die naar lelietjes had geroken toen we op een regenachtige middag in de vrije natuur de liefde hadden bedreven. En toen het einde naderde, kon ik het niet meer aan. Ik kon niet langer toezien terwijl bij haar langzaam maar zeker het licht doofde. Ik stortte in. Op het meest ongelegen moment van mijn leven. Ik stortte in, ging ervandoor en liet Jane in haar eentje sterven. Greta had gelijk. Ik had mijn wacht verzaakt. Opnieuw. Ik zal er nooit overheen komen... en het was inderdaad mijn schuldgevoel dat me ertoe heeft gedreven om JaneCare op te richten.

Greta wist natuurlijk wat ik had gedaan. Zoals ze net had gezegd, had ze op het laatst alleen aan Janes sterfbed gezeten. Maar we hadden er nooit over gepraat. En nooit had Greta me met mijn grootste schande geconfronteerd. Ik had altijd willen weten of Jane op het laatst naar me had gevraagd. Of ze had geweten dat ik was weggegaan. Maar ik had het nooit durven vragen. Even dacht ik erover het nu te vragen, maar wat voor verschil zou het maken? Welk antwoord zou me tevredenstellen? Welk antwoord zou ik verdienen?

Greta stond op. 'Dus je wilt ons niet helpen?'

'Helpen wel, maar ik ga niet liegen.'

'Als je Jane ermee had kunnen redden, zou je dan gelogen hebben?'

Ik zei niets.

'Als je met liegen Janes leven had kunnen redden... als je met lie-

gen je zus terug kon krijgen... zou je het dan wel doen?'
'Dat is een oneerlijke, hypothetische vraag.'
'Nee, dat is het niet. Want we hebben het nu over míjn leven. Jij bent niet bereid te liegen om mij het leven te redden. Dat is nogal typerend voor jou, Cope. Voor de doden ben je bereid alles te doen. Het zijn de levenden die blijkbaar minder van je te verwachten hebben.'

26

Muse had me een drie pagina's tellend rapport over Wayne Steubens gefaxt.

Dat kon je wel aan Muse overlaten. Ze had me niet het hele dossier gestuurd. Ze had het eerst zelf gelezen en er de belangrijkste punten uit overgenomen. Het merendeel wist ik al. Ik herinner me dat toen Wayne was gearresteerd, veel mensen zich afvroegen hoe hij ertoe was gekomen om leeftijdgenoten in een zomerkamp te gaan vermoorden. Had hij een traumatische ervaring in een zomerkamp opgelopen? Een psychiater had geopperd – omdat Steubens niet had willen praten – dat Wayne in zijn kindertijd in een zomerkamp seksueel misbruikt zou zijn. Een andere psychiater zei echter dat het ging om het gemak waarmee de moorden gepleegd konden worden; Steubens had zijn eerste vier slachtoffers immers in Kamp PLUS gemaakt en was daar niet voor gepakt. Dus had hij de opwinding en de roes met zomerkampen geassocieerd en het patroon doorgezet.

Wayne had niet in de andere kampen gewerkt. Dat zou natuurlijk te veel opgevallen zijn. Maar de omstandigheden hadden hem de das omgedaan. Een bekende profielschetser van de FBI, Geoff Bedford, had hem op die manier in zijn kraag kunnen pakken. Wayne had voor de eerste vier moorden onder gematigde verdenking gestaan. Nadat de jongen in Indiana was vermoord, begon Bedford aan een onderzoek waarbij iedereen die op de tijdstippen van de moorden op de diverse plekken had kunnen zijn, onder de loep werd genomen. Dat hij daarbij begon met de groepsleiders van het zomerkamp, lag voor de hand.

Tot welke groep, wist ik, ik ook behoorde.

Aanvankelijk vond Bedford niets in Indiana, op de plaats delict van de tweede moord, maar wat hij wel vond was een opname bij een geldautomaat op naam van Wayne Steubens, twee stadjes van de plek waar de jongen in Virginia was vermoord. Dat was de grote doorbraak. Dus ging Bedford verder graven. Wayne Steubens had geen geld opgenomen in Indiana, maar wel in Everett, Pennsylvania, en in Columbus, Ohio, in een patroon dat erop duidde dat hij vanaf zijn woonplaats New York met de auto die kant op was gereden. Hij had geen alibi, en uiteindelijk vonden ze in de buurt van Muncie een klein motel waarvan de eigenaar hem herkende. Bedford groef nog wat dieper en kreeg een huiszoekingsbevel.

In de tuin van Steubens' huis, begraven in de grond, vonden ze aandenkens van de slachtoffers.

Maar geen aandenkens van de eerste reeks moorden. De theorie was echter dat die zijn eerste moorden waren geweest en dat hij geen tijd had gehad om de slachtoffers aandenkens af te nemen, of er gewoon niet aan had gedacht.

Wayne weigerde te praten. Hij bleef volhouden dat hij onschuldig was. Dat hij in de val was gelokt.

Ze kregen hem veroordeeld voor de moorden in Virginia en Indiana. Daar waren de meeste bewijzen gevonden. Voor de moorden in Kamp PLUS was onvoldoende bewijs. En die zaak leverde enkele problemen op. Hij had alleen een mes gebruikt. Hoe was het hem gelukt hen alle vier te vermoorden? Hoe was hij erin geslaagd hen het bos in te sjouwen? En twee van de vier lijken te begraven? Het kon allemaal wel verklaard worden – hij had slechts tijd gehad om twee van de vier lijken te begraven, en hij had hen tot diep in het bos achternagezeten – maar echt rond was de zaak niet. Met de moorden in Indiana en Virginia hadden ze het bewijs dat de doorslag gaf.

Lucy belde tegen middernacht.

'En?' vroeg ze toen ik haar vertelde over mijn ontmoeting met Jorge Perez.

'Je had gelijk. Ze liegen. Hij wilde ook niks zeggen.'

'Wat is de volgende stap?'

'Ik heb een afspraak met Wayne Steubens.'

'Echt?'

'Ja.'

'Wanneer?'

'Morgenochtend.'

Stilte.

'Lucy?'

'Ja?'

'Toen ze hem hadden gearresteerd, wat dacht je toen?'

'Hoe bedoel je?'

'Wayne was in die zomer – wat? – een jaar of twintig?'

'Ja.'

'Ik was de groepsleider van Groep Rood,' zei ik. 'Hij zat twee huizen verderop, bij Groep Geel. We zagen elkaar elke dag. We hebben een week lang samen op het basketbalveld gewerkt, Wayne en ik. En ja, ik dacht zeker dat er een steekje aan hem los zat. Maar een seriemoordenaar?'

'Ze hebben geen stempel op hun voorhoofd, of zoiets. Dat weet je. Je werkt zelf met misdadigers.'

'Ja, dat is zo. Jij kende hem ook, hè?'

'Ja.'

'Wat vond je van hem?'

'Ik vond hem een eikel.'

Ondanks alles moest ik glimlachen. 'Maar geloofde je dat hij tot zoiets in staat was?'

'Wat? Mensen de keel doorsnijden of levend begraven? Nee, Cope. Dat geloofde ik niet.'

'Gil Perez heeft hij niet vermoord.'

'Maar die andere mensen wel. Dat weet je.'

'Ja.'

'En, kom op, je weet dat hij degene moet zijn die Margot en Doug heeft vermoord. Ik bedoel, welke andere mogelijkheden zijn er? Dat hij toevallig groepsleider was in een zomerkamp waar moorden werden gepleegd en toen zelf ook is gaan moorden?'

'Het is niet onmogelijk,' zei ik.

'O nee?'

'Misschien hebben de eerste moorden Wayne op de een of andere manier aangezet tot zijn eigen moorden. Misschien sluimerde het al in hem, had hij de aandrang, en toen hij die zomer groepsleider in het kamp was en daar mensen de keel werd doorgesneden, was dat voor hem de druppel.'

'Dat geloof je toch niet echt?'

'Nee, niet echt,' zei ik. 'Maar je weet nooit.'

'Er is nog iets wat je in gedachten moet houden,' zei Lucy.

'En dat is?'

'Wayne was een pathologische leugenaar. Ik bedoel, nu, met mijn chique doctorsgraad in de psychologie, weet ik dat het zo heet. Maar hij loog toen al dat hij barstte. Weet je nog? Hij loog over alles. Alleen om het liegen. Dat was zijn natuurlijke manier van reageren. Zelfs als je vroeg wat hij als ontbijt had gegeten, loog hij daarover.'

Ik dacht terug. 'Ja, dat herinner ik me. Voor een deel was het de opschepperij die je altijd in zomerkampen tegenkomt. Hij was een

kind van rijke ouders en probeerde aansluiting te vinden bij ons, de minderbedeelden. Hij zei dat hij drugsdealer was. Dat hij lid was van een bende. Dat hij thuis een vriendin had die in de *Playboy* had gestaan. Alles wat hij zei was onzin.'
'Hou dat in gedachten,' zei ze, 'als je met hem praat.'
'Dat zal ik doen.'
Stilte. De slapende slang was er niet meer. Maar nu begonnen andere slapende gevoelens zich te roeren. Ik voelde nog steeds iets voor Lucy, merkte ik. Ik wist niet of het pure of nostalgische gevoelens waren, of dat ze het gevolg waren van alle stress waaraan ik had blootgestaan, maar ik voel het, wilde het niet negeren en wist dat ik dat wel moest.
'Ben je er nog?' vroeg Lucy.
'Ja.'
'Het is nog steeds vreemd, hè? Wij tweeën, bedoel ik.'
'Ja, dat is het zeker.'
'Hou dan in gedachten dat je niet alleen bent,' zei ze. 'Ik ben er ook, afgesproken?'
'Afgesproken.'
'Helpt dat?'
'Ja. Jou ook?'
'Ja, mij ook. Het zou nogal vervelend zijn als ik de enige was die het zo beleefde, of niet soms?'
Ik glimlachte.
'Welterusten, Cope.'
'Welterusten, Luce.'

Seriemoorden plegen – of er in ieder geval een heel beperkt geweten op nahouden – moest een tamelijk stressvrije bezigheid zijn, want Wayne Steubens was in twintig jaar tijd nauwelijks ouder geworden. Hij was vroeger, toen ik hem kende, al een knappe jongen geweest. Hij was nog steeds knap te noemen. Zijn haar was gemillimeterd, in tegenstelling tot de golvende 'mamma's lieve jongen'-lokken van toen, maar het stond hem wel. Ik wist dat hij maar een uur per dag zijn cel uit mocht, maar waarschijnlijk zat hij dan buiten in de zon, want van de typerende bajesbleekheid was op zijn gezicht niets te bespeuren.
Wayne Steubens wierp me een bijna volmaakte, triomfantelijke glimlach toe. 'Kom je me uitnodigen voor de kampreünie?'
'Ja, in de Rainbow Room in Manhattan. Goh, ik hoop zó dat je kunt komen.'

Hij proestte het uit van het lachen alsof ik een geweldige grap had verteld. Dat was natuurlijk niet zo, maar dit gesprek zou een spel worden. Hij was al verhoord door de beste federale ondervragers van het land. Er was in hem gewroet door psychiaters die alle trucs uit het psychopatenhandboek kenden. Een normale aanpak zou hier niet werken. Maar we kenden elkaar van vroeger. We waren zelfs tot op zekere hoogte bevriend geweest. Daar moest ik gebruik van maken.

Zijn gelach ging over in een zacht grinniken en ten slotte verdween ook dat. 'Noemen ze je nog steeds Cope?'

'Ja.'

'Nou, hoe is het met je, Cope?'

'Te gek gaaf,' zei ik.

'Te gek gaaf,' herhaalde Wayne. 'Je klinkt als oom Ira.'

In het zomerkamp werden alle volwassenen met oom en tante aangesproken.

'Die Ira was zo gek als een deur, hè Cope?'

'Van een andere planeet.'

'Zeg dat wel.' Wayne wendde zijn blik af. Ik probeerde hem recht in zijn lichtblauwe ogen te kijken, maar zijn blik schoot alle kanten op. Hij leek een beetje manisch. Ik vroeg me af of hij onder de medicijnen zat – waarschijnlijk wel – en waarom ik dat niet had nagevraagd.

'Nou,' zei Wayne, 'ga je me nu vertellen waarom je echt hier bent?' Maar meteen daarna, voordat ik antwoord kon geven, stak hij zijn hand op. 'Nee, wacht, vertel het me maar niet. Nog niet.'

Ik had iets heel anders verwacht. Ik weet niet precies wat. Ik had meer zichtbare of onzichtbare gekte verwacht. De zichtbare waanzin waar je aan denkt wanneer je het over seriemoordenaars hebt: de intense, doordringende blik, het voortdurende rondkijken, het smakken met de lippen, handen die tot vuisten worden gebald en weer worden gestrekt, de woede die heel dicht onder de oppervlakte zit. Maar ik zag geen van die dingen bij Wayne. Bij onzichtbare gekte denk ik aan de psychopaten die we dagelijks tegenkomen maar aan wie niets te zien is, de gladde jongens van wie je weet dat ze liegen en dat ze tot de gruwelijkste dingen in staat zijn. Maar ook dat signaal ontving ik niet.

Wat ik van Wayne ontving, was veel beangstigender. Tegenover hem zitten en met hem praten, met de man die hoogstwaarschijnlijk mijn zus en ten minste zeven andere mensen had vermoord, voelde heel normaal. Het voelde zelfs oké.

'Het is nu twintig jaar geleden, Wayne. Ik wil weten wat er in dat bos is gebeurd.'
'Waarom?'
'Omdat mijn zus daar was.'
'Nee, Cope, dat bedoel ik niet.' Hij boog zich een stukje naar voren. 'Waarom nu? Zoals je zegt is het twintig jaar geleden. Dus, beste vriend, waarom wil je het nú pas weten?'
'Dat weet ik niet precies,' zei ik.
Zijn blik kwam tot rust en werd op mij gericht. Ik deed mijn best niets te laten blijken. De rollen waren omgekeerd: de psychopaat observeerde mij om te zien of ik loog.
'De timing,' zei hij, 'is zonder meer interessant.'
'O ja? Waarom?'
'Omdat je niet het eerste onverwachte bezoek van de laatste tijd bent.'
Ik wachtte even voordat ik knikte, want ik wilde niet te gretig overkomen. 'Wie is er nog meer geweest?'
'Waarom zou ik dat aan jou vertellen?'
'Waarom niet?'
Wayne Steubens leunde achterover. 'Je ziet er nog steeds goed uit, Cope.'
'Jij ook,' zei ik. 'Maar een afspraakje zit er niet in, vrees ik.'
'Ik zou eigenlijk boos op je moeten zijn, weet je dat?'
'O ja?'
'Jij hebt die zomer voor me verpest.'
Afstand nemen. Ik heb het er al eerder over gehad. Ik weet dat mijn gezicht niets prijsgaf, maar binnen in me was iemand met een scheermes aan het werk. Ik zat hier een luchtig praatje te maken met een meervoudig moordenaar. Ik keek naar zijn handen en dacht aan het bloed. Ik stelde me het mes op de keel voor. Die handen. Die schijnbaar onschuldige handen die gevouwen op het plaatstalen tafelblad lagen. Wat hadden ze gedaan?
Ik bleef rustig ademhalen.
'Hoe heb ik dat dan gedaan?' vroeg ik.
'Ze had van mij moeten zijn.'
'Wie had van jou moeten zijn?'
'Lucy. Het was overduidelijk dat ze die zomer door iemand aan de haak geslagen zou worden. Als jij er niet was geweest, was ík waarschijnlijk de gelukkige geweest, als je begrijpt wat ik bedoel.'
Ik wist niet goed wat ik daarop moest zeggen, dus speelde ik mee.
'Ik dacht dat jij meer in Margot Green geïnteresseerd was.'

Hij glimlachte. 'Wat een lijf had die griet, hè?'

'Zeg dat wel.'

'En uitdagend dat ze was! Weet je nog, dat ongeluk op het basketbalveld?'

Ik wist onmiddellijk waar hij het over had. Vreemd, hoe je geheugen werkt. Margot was 'het stuk van het kamp' en dat wist ze maar al te goed. Ze ging altijd gekleed in haltertopjes die uitsluitend bedoeld waren om uitdagender te zijn dan wanneer ze topless was geweest. Op die dag was er een meisje gewond geraakt op het volleybalveld. Hoe ze heette kan ik me niet meer herinneren. Ik geloof dat ze haar been had gebroken, maar wie zou dát nog weten? Het enige wat we ons herinnerden – het beeld dat ik met deze gestoorde deelde – was de in paniek geraakte Margot Green die, roepend om hulp, in dat verdomde haltertopje langs het basketbalveld rende, waardoor alles op en neer deinde, terwijl wij, dertig tot veertig jongens op het basketbalveld, als aan de grond genageld stonden en haar met open mond aanstaarden.

Mannen zijn beesten, jazeker. Maar jonge jongens zijn dat evengoed. Het leven is vreemd. De natuur bepaalt dat jongens van – laten we zeggen – veertien tot zeventien jaar veranderen in een soort wandelende hormoonfabriek. Je kunt er niets aan doen. Tegelijkertijd bepaalt de samenleving dat je nog te jong bent óm er iets aan te doen. Lijden mocht je, verder niks. En dat lijden werd vertienvoudigd zodra Margot Green in de buurt was.

God heeft zeker gevoel voor humor, vindt u niet?

'Ja, ik weet het nog,' zei ik.

'Wat een verleidster,' zei Wayne. 'Wist je dat ze Gil aan de kant had gezet?'

'Wie? Margot?'

'Ja. Kort voordat ze werd vermoord.' Hij trok een wenkbrauw op. 'Dat zet je wel aan het denken, hè?'

Ik verroerde me niet, liet hem praten en hoopte dat hij meer zou zeggen. Dat deed hij.

'Ik heb het met haar gedaan, wist je dat? Met Margot. Maar ze was niet zo goed als Lucy.' Hij sloeg zijn hand voor zijn mond alsof hij te veel had gezegd. Hij speelde het spel goed. Ik hield me rustig.

'Je wist dat we iets met elkaar hadden voordat jij die zomer in het kamp aankwam, toch? Lucy en ik?'

'Ja.'

'Je ziet een beetje groen, Cope. Je bent toch niet jaloers, hè?'

'Het is twintig jaar geleden.'

'Ja, dat klopt. En eerlijk gezegd ben ik niet verder gekomen dan een beetje voelen. Maar jij wel, hè Cope? Ik wed dat jij je dingetje wel in haar dingetje hebt gestoken, waar of niet?'

Hij probeerde me op de kast te krijgen. Maar ik speelde het spel niet mee.

'Een heer praat niet over dat soort zaken,' zei ik.

'Wat je wilt. En begrijp me niet verkeerd. Jullie tweeën waren bijzonder. Een blinde kon zien dat jullie gek op elkaar waren. Lucy en jij waren het echte werk. Het was heel bijzonder met jullie, hè?'

Hij glimlachte en knipoogde naar me.

'Het was,' zei ik, 'lang geleden.'

'Dat geloof je toch niet echt? Goed, we worden ouder, maar wat de meeste dingen betreft voelen we ons nog hetzelfde als toen, denk je niet?'

'Nee, Wayne, dat denk ik niet.'

'Nou ja, het leven gaat door. We hebben tegenwoordig toegang tot het internet, wist je dat? Geen pornosites natuurlijk, en alles wat we op het net doen wordt gecontroleerd. Maar ik heb wat naspeuring naar jou gedaan. Ik weet dat je weduwnaar bent en dat je een dochtertje van zes hebt. Maar haar naam heb ik niet kunnen vinden. Hoe heet ze?'

Deze keer kon ik er niets aan doen; het effect van de vraag was dodelijk. Dat deze psychopaat over mijn dochter praatte, was vele malen erger dan dat ik haar foto in mijn kantoor had staan. Ik ging in de tegenaanval en kwam ter zake.

'Wat is er in dat bos gebeurd, Wayne?'

'Er zijn mensen omgekomen.'

'Speel geen spelletjes met me.'

'Van ons beiden is er maar één die een spelletje speelt, Cope. Als je de waarheid wilt, laten we dan bij jou beginnen. Waarom ben je hier? Nu, bedoel ik, vandaag. Want de timing is niet toevallig. Dat weet je net zo goed als ik.'

Ik keek achter me. Ik wist dat we werden geobserveerd. Ik had verzocht dat we niet zouden worden afgeluisterd. Ik gebaarde dat er iemand binnen moest komen. Een bewaker deed de deur open.

'Meneer?' zei hij.

'Heeft meneer Steubens in – laten we zeggen – de afgelopen twee weken nog iemand anders op bezoek gehad?'

'Ja, meneer. Eén bezoeker.'

'Wie was dat?'

'Ik kan de naam voor u opzoeken, als u wilt.'

'Doe dat, alsjeblieft.'

De bewaker ging weg. Ik keek Wayne weer aan. Hij wekte niet de indruk dat hij de pest in had. 'Touché,' zei hij. 'Maar het is niet nodig. Ik zal het je vertellen. De man heette Curt Smith.'

'Die naam zegt me niks.'

'Ah, maar jouw naam zegt hém blijkbaar wel iets. Want zie je, hij werkt voor een bureau dat MVD heet.'

'Een privédetective?'

'Ja.'

'En hij is jou komen opzoeken omdat hij...' Ik begreep nu waar die smerige schoften op uit waren geweest. '... belastende feiten over me wilde horen.'

Wayne Steubens raakte zijn neus aan en wees naar me.

'Wat heeft hij je in ruil aangeboden?' vroeg ik.

'Zijn baas was vroeger een hoge pief bij de FBI. Hij zei dat die kon regelen dat ik een betere behandeling zou krijgen.'

'Heb je hem iets verteld?'

'Nee. Om twee redenen. Ten eerste, dat aanbod was gelul. Een ex-FBI-man kán niks voor me regelen.'

'En ten tweede?'

Wayne Steubens boog zich naar voren. Hij wilde er zeker van zijn dat ik hem recht in de ogen keek. 'Luister goed naar me, Cope. Ik wil dat je heel goed naar me luistert.'

Ik bleef hem aankijken.

'Ik heb in mijn leven een hoop slechte dingen gedaan. Ik zal niet in details treden. Dat is nergens voor nodig. Ik heb fouten gemaakt. Voor die fouten heb ik de afgelopen achttien jaar in dit stinkhol gezeten. Ik hoor hier niet thuis. Echt niet. Ik wil het niet hebben over Indiana of Virginia of dat soort zaken. De mensen die daar zijn gedood, kende ik niet. Dat waren onbekenden voor me.'

Hij stopte, deed zijn ogen dicht en wreef met zijn hand over zijn gezicht. Hij had een breed gezicht. Zijn gezichtshuid had een wasachtige glans gekregen. Hij deed zijn ogen weer open en overtuigde zich ervan dat ik hem nog steeds aankeek. Dat deed ik. Zelfs al had ik het gewild, had ik me niet kunnen verroeren.

'Maar – en hier komt jouw reden nummer twee, Cope – ik heb geen idee wat er twintig jaar geleden in dat bos is gebeurd. Want ik wás niet in dat bos. Ik weet niet wat er met mijn vrienden – geen onbekenden, Cope, maar vrienden – Margot Green of Doug Billingham of Gil Perez of jouw zus is gebeurd.'

Stilte.

'Heb jij die jongens in Indiana en Virginia vermoord?' vroeg ik.
'Zou je me geloven als ik nee zei?'
'Er was veel bewijs.'
'Ja, dat klopt.'
'Maar je blijft volhouden dat je onschuldig bent.'
'Ja.'
'Bén je onschuldig, Wayne?'
'Zullen we ons met één ding tegelijk bezighouden? Ik heb het nu met jou over die zomer. Ik heb het met jou over dat zomerkamp. Ik heb daar niemand vermoord. Ik weet niet wat er in dat bos is gebeurd.'
Ik zei niets.
'Je bent nu procureur, hè?'
Ik knikte.
'Er zijn mensen in je verleden aan het graven, heb ik begrepen. Normaliter zou ik daar geen aandacht aan schenken. Maar nu ben jij opeens ook hier. Wat betekent dat er iets is gebeurd. Er is een nieuwe ontwikkeling. Een die met die nacht in het bos te maken heeft.'
'Waar wil je naartoe, Wayne?'
'Jij hebt altijd gedacht dat ik ze had vermoord,' zei hij. 'Maar nu, voor het allereerst, ben je daar niet meer zo zeker van, hè?'
Ik zei niets.
'Er is iets veranderd. Ik zie het aan je gezicht. Voor het eerst vraag je je serieus af of ik het die nacht wel ben geweest. En als jij iets nieuws hebt ontdekt, ben je verplicht het aan mij te vertellen.'
'Ik ben je niks verplicht, Wayne. Want je bent niet voor die moorden veroordeeld. Je bent berecht en veroordeeld voor de moorden in Indiana en Virginia.'
Hij spreidde zijn armen. 'Wat kan het dan voor kwaad als je me vertelt wat je hebt ontdekt?'
Ik dacht erover na. Hij had gelijk. Als ik hem vertelde dat Gil Perez al die jaren in leven was geweest, zou dat geen enkele invloed op zijn veroordeling hebben, want hij was niet veroordeeld voor de moord op Gil. Maar het zette de zaak wel in een ander licht. Een seriemoordzaak is zoiets als het spreekwoordelijke huis vol lijken, want als je te weten kwam dat een van je lijken niet was vermoord – of in ieder geval niet toen en niet door jouw seriemoordenaar – was er een goede kans dat er van je huis vol lijken niets meer overbleef.
Ik besloot hem voorlopig in het ongewisse te laten. Totdat we Gil Perez definitief hadden geïdentificeerd, was er geen enkele re-

den om hem iets te vertellen. Ik keek hem aan. Was hij gestoord? Ik dacht het wel. Maar hoe kon ik daar verdomme echt zeker van zijn? Hoe dan ook, ik zou vandaag niet meer te horen krijgen. Dus stond ik op.

'Tot ziens, Wayne.'

'Tot ziens, Cope.'

Ik liep naar de deur.

'Cope?'

Ik draaide me om.

'Je wéét dat ik ze niet heb vermoord, hè?'

Ik gaf geen antwoord.

'En als ík ze niet heb vermoord,' ging hij door, 'zul je vraagtekens moeten zetten bij al het andere wat er die nacht is gebeurd. Niet alleen wat het met Margot, Doug, Gil en Camille heeft gedaan. Maar ook wat het met mij heeft gedaan. En met jou.'

27

'Ira, kijk me even aan.'
Lucy had gewacht totdat ze meende dat haar vader een helder moment had. Ze zat tegenover hem in zijn kamer. Ira had vandaag zijn oude lp's tevoorschijn gehaald. Overal lagen platenhoezen: *Sweet Baby James* met een langharige James Taylor, The Beatles die Abbey Road overstaken – Paul op blote voeten en daarom dus 'dood' –, Marvin Gaye met een sjaal om op *What's Going On*, en Jim Morrison die de seksualiteit predikte op de eerste lp van The Doors.

'Ira?'

Hij zat glimlachend naar een oude foto uit de tijd van het zomerkamp te staren. De gele Volkswagen Kever was versierd door de meisjes van de oudste groep. Ze hadden bloemen en vredestekens op de auto geschilderd. Ira stond in het midden, trots, met zijn armen over elkaar. De meisjes hadden zich om de auto geschaard, allemaal in short en T-shirt en met een brede lach op het blozende gezicht. Lucy herinnerde zich die dag. Het was een leuke dag geweest, zo'n dag die je in een doosje stopte, onder in een la bewaarde en tevoorschijn haalde wanneer je een sentimentele bui had.

'Ira?'

Hij keek naar haar op. 'Stil nou. Ik zit te luisteren.'

Uit de speakers klonk Barry Maguires 'Eve of Destruction', de klassieke anti-oorlogsong uit 1965. Hoe naargeestig het nummer ook was, Lucy had zich er altijd door getroost gevoeld. In de tekst werd een wel heel grimmig beeld van de wereld geschetst. Een en al explosies, lijken die in de Jordaan dreven, angst voor de atoombom, haat in China en Selma, Alabama (anders rijmde het niet), alle andere hypocrisie en haat in de wereld, waarna de luisteraar in het refrein op bijna plagende toon werd gevraagd hoe die zo naïef kon zijn om níet te denken dat het einde der tijden nabij was.

Waarom had Lucy zich er dan door getroost gevoeld?

Omdat het waar was. De wereld was een naar, akelig oord. De

aarde had toen op de rand van de afgrond gestaan. Maar ze hadden het overleefd; sommige mensen zeiden zelfs dat ze de strijd tegen de ondergang hadden gewonnen. Vandaag de dag was de wereld nog steeds een afschuwelijke bende. Het was moeilijk te geloven dat we het ook deze keer zouden redden. Maguires wereld was net zo beangstigend geweest. Misschien nog wel erger. En als je twintig jaar verder terugging, had je de Tweede Wereldoorlog en de nazi's. Daarmee vergeleken waren de jaren zestig een soort Disneyworld geweest. Maar ook die periode hadden ze overleefd.

We leken altijd op de rand van de afgrond te staan. En elke keer slaagden we erin om ons erdoorheen te slaan.

Overleefden we het onheil dat we zelf hadden gecreëerd.

Lucy schudde haar hoofd. Dat waren wel heel naïeve gedachten. Ze zou beter moeten weten.

Ira's baard was getrimd. Maar zijn haar zat nog steeds in de war. Het grijs begon een bijna blauwe glans te krijgen. Zijn handen trilden en Lucy vroeg zich af of de ziekte van Parkinson misschien al had ingezet. Zijn laatste levensjaren, wist ze, zouden niet aangenaam zijn. Aan de andere kant waren de afgelopen twintig jaar niet veel beter voor hem geweest.

'Wat is er, meisje?'

Zijn bezorgdheid was altijd zo oprecht. Die was altijd een van Ira's grootste charmes geweest... dat hij echt om mensen gaf. Hij kon zo goed luisteren. Als hij pijn zag, ging hij op zoek naar een manier om die te verzachten. Iedereen kon altijd bij Ira terecht: alle jongeren in het kamp, alle ouders, al zijn vrienden. En als je zijn enige kind was, degene van wie hij het meest hield van allemaal, dan was dat als de warmste deken op de koudste dag.

Hij was zo'n fantastische vader voor haar geweest. God, wat miste ze die man.

'In het gastenboek staat dat je bezoek hebt gehad van ene Manolo Santiago.' Ze hield haar hoofd schuin. 'Weet je dat nog, Ira?'

Zijn glimlach verdween.

'Ira?'

'Ja,' zei hij. 'Dat herinner ik me.'

'Wat wilde hij?'

'Praten.'

'Waarover?'

Hij trok zijn lippen strak over zijn tanden, alsof hij op die manier kon voorkomen dat hij iets zou zeggen.

'Ira?'

Hij schudde zijn hoofd.
'Alsjeblieft, vertel het me,' zei Lucy.
Ira's mond ging open, maar er kwam geen geluid uit. Toen hij ten slotte zijn stem terugvond, klonk die zacht en schor. 'Je weet best waarover hij wilde praten.'
Lucy keek achterom. Ze waren alleen in de kamer. De 'Eve of Destruction' was afgelopen. The Mamas and the Papas begonnen aan een liedje over blaadjes die bruin werden.
'Over het zomerkamp?' vroeg ze.
Hij knikte.
'Wat wilde hij weten?'
Hij begon te huilen.
'Ira?'
'Ik wilde er niet aan terugdenken.'
'Ik weet dat je dat niet wilt.'
'Hij bleef maar doorvragen.'
'Waarover, Ira? Wat wilde hij weten?'
Hij sloeg zijn handen voor zijn gezicht. 'Alsjeblieft...'
'Alsjeblieft wat?'
'Ik wil er niet meer aan denken. Begrijp je dat dan niet? Ik kan het niet meer.'
'Het kan je nu geen kwaad meer doen.'
Hij had zijn handen nog steeds voor zijn gezicht. Zijn schouders schokten. 'Die arme kinderen.'
'Ira?' Hij zag er zo verdomde bang uit. 'Papa?' zei ze toen.
'Ik heb iedereen laten barsten.'
'Nee, dat is niet waar.'
Het snikken werd erger, oncontroleerbaar. Lucy ging voor hem op haar knieën zitten. Ze moest haar eigen tranen ook bedwingen.
'Alsjeblieft, papa, kijk me aan.'
Hij reageerde niet. Rebecca, de verpleegster, stak haar hoofd naar binnen.
'Ik zal iets voor hem halen,' zei Rebecca.
Lucy stak haar hand op. 'Nee.'
Ira bleef snikken.
'Hij heeft iets nodig om te kalmeren.'
'Nee, nog niet,' zei Lucy. 'We zijn gewoon... Laat ons even alleen, alsjeblieft.'
'Ik heb mijn verantwoordelijkheid.'
'Er is niks aan de hand. Dit is een privégesprek. Hij is een beetje emotioneel, dat is alles.'

'Ik ga de dokter halen.'

Lucy wilde zeggen dat ze dat niet moest doen, maar ze was al weg.

'Ira, alsjeblieft, luister naar me.'

'Nee...'

'Wat heb je tegen hem gezegd?'

'Dat ik ze niet allemaal kon beschermen. Begrijp je?'

Lucy begreep het niet. Ze nam zijn gezicht in haar handen en probeerde het naar zich toe te draaien. De kreet die hij uitstootte was zo hard dat ze bijna achteroverviel. Ze liet hem los. Hij deinsde achteruit en sloeg een stoel omver. Hij vluchtte naar de hoek van de kamer. 'Nee...!'

'Het is oké, papa. Het is...'

'Nee!'

Zuster Rebecca kwam terug met twee vrouwen. De ene was de arts. De andere, ook een verpleegster, nam Lucy aan, had een injectiespuit in haar hand.

'Het is oké, Ira,' zei Rebecca.

Ze wilden op hem af lopen, maar Lucy ging voor hen staan. 'Ga de kamer uit,' zei ze.

De arts – Julie Contrucci, stond er op haar naamplaatje – schraapte haar keel. 'Hij is erg van streek.'

'Ik ook,' zei Lucy.

'Pardon?'

'U zei dat hij van streek is. Nou en? Van streek zijn hoort bij het leven. Ik ben ook wel eens van streek. U bent ook wel eens van streek, of niet soms? Waarom mag hij niet van streek zijn?'

'Omdat het niet goed met hem gaat.'

'Er is niks met hem aan de hand. Ik wil dat hij nog een paar minuten helder blijft.'

Ira stootte weer een kreet uit.

'Noemt u dat helder?'

'Ik wil nog even met hem alleen zijn.'

Dokter Contrucci sloeg haar armen over elkaar. 'Die beslissing is niet aan u.'

'Ik ben zijn dochter.'

'Uw vader is hier vrijwillig. Hij kan komen en gaan wanneer hij wil. Geen enkele rechter heeft hem incompetent verklaard. Hij beslist zelf.'

Contrucci keek Ira aan. 'Wilt u een kalmeringsmiddel, meneer Silverstein?'

Ira's blik schoot door de kamer alsof hij zich opeens een in het nauw gedreven dier voelde.

'Meneer Silverstein?'

Hij staarde naar zijn dochter en begon weer te huilen. 'Ik heb niks gezegd, Lucy. Wat zou ik hem moeten vertellen?'

Het snikken werd weer erger. De arts keek naar Lucy. Lucy keek haar vader aan. 'Het is oké, Ira.'

'Ik hou van je, Luce.'

'Ik hou ook van jou.'

De twee verpleegsters liepen naar hem toe. Ira hield zijn arm op. Er kwam een dromerige glimlach om zijn mond toen de naald in zijn arm werd gestoken. De glimlach deed Lucy aan haar kindertijd denken. Hij had er nooit een probleem van gemaakt om weed te roken waar ze bij was. Ze kon zich herinneren dat hij dat diep inhaleerde, met zo'n zelfde gelukszalige glimlach om zijn mond, en vroeg zich nu af waarom hij er toen behoefte aan had gehad. Ze herinnerde zich dat zijn drugsgebruik was toegenomen nadat hij zijn zomerkamp was kwijtgeraakt. Daarvóór waren drugs gewoon een deel van het dagelijkse leven geweest, van de scene waarin hij verkeerde. Maar nu vroeg ze het zich af. Met het oog op haar drankgebruik. Waren er voor beiden een of andere soort verslavingsgenen aan het werk? Of maakte Ira, net als zijzelf, gebruik van hulpmiddelen – drugs of drank – om ergens aan te ontsnappen, iets te verdoven of de waarheid niet onder ogen te hoeven zien?

28

'Zeg alstublieft dat u een grapje maakt.'
Special agent Geoff Bedford van de FBI en ik zaten in een snackbar, zo'n standaard geval met door voorschriften opgelegde afmetingen, met een aluminium buitengevel en gesigneerde foto's van plaatselijke tv-beroemdheden aan de binnenmuren. Bedford was een magere man met een snor waarvan de opkrullende punten met snorrenvet waren bewerkt. Ik weet zeker dat ik zo'n snor wel eens eerder heb gezien, maar vraag me niet waar en wanneer. Ik zou niet raar hebben opgekeken als er nog drie mannen waren binnengekomen en ze een nummer van het Barbershop Quartet voor me hadden gezongen.

'Nee, geen grapje,' zei ik.

De serveerster kwam naar ons toe. Ze noemde ons geen 'schat'. Dat viel me tegen. Bedford had het hele menu doorgenomen, maar hij bestelde alleen koffie. Ik begreep de hint en deed hetzelfde. We gaven haar de menu's terug. Bedford wachtte totdat ze was weggelopen.

'Steubens heeft het gedaan, daar bestaat geen twijfel over. Daar bestond toen al geen twijfel over en nu ook niet. En dan heb ik het niet alleen over gerede twijfel, maar over geen enkele twijfel.'

'De eerste moorden. De vier in het bos.'

'Wat is daarmee?'

'Er was geen bewijs dat hij die had gepleegd,' zei ik.

'Geen concreet bewijs, nee.'

'Vier slachtoffers,' zei ik, 'onder wie twee jonge vrouwen. Margot Green en mijn zus?'

'Dat klopt.'

'Maar geen van Steubens' andere slachtoffers waren vrouwen.'

'Dat is juist.'

'Allemaal van het mannelijk geslacht, tussen de zestien en achttien jaar oud. Vindt u dat niet vreemd?'

Hij keek me aan alsof er opeens een tweede hoofd uit mijn

schouder was gegroeid. 'Hoor eens, meneer Copeland, ik ben met deze ontmoeting akkoord gegaan omdat, één, u procureur bent en, twee, uw zus door dit beest is vermoord. Maar wat u met uw vragen wilt suggereren...'
'Ik ben vandaag bij Wayne Steubens op bezoek geweest,' zei ik.
'Dat heb ik gehoord. En ik kan u dit zeggen, Wayne is een eersteklas psychopaat én een pathologische leugenaar.'
Ik herinnerde me dat Lucy precies hetzelfde had gezegd. Maar ik herinnerde me ook dat Wayne had gezegd dat Lucy en hij iets met elkaar hadden gehad voordat ik in het kamp aankwam.
'Dat weet ik,' zei ik.
'Ik vraag me af of u dat weet. Ik zal u iets uitleggen. Wayne Steubens heeft bijna twintig jaar lang deel van mijn leven uitgemaakt. Denk daar maar eens over na. Ik heb gezien hoe overtuigend hij kan liegen.'
Ik wist niet precies welke weg ik moest bewandelen, dus begon ik maar wat in het rond te stampen. 'Er is nieuw bewijs aan het licht gekomen,' zei ik.
Bedford fronste zijn wenkbrauwen. Zijn mondhoeken gingen omlaag en de punten van zijn snor draaiden mee. 'Waar hebt u het over?'
'U weet wie Gil Perez is?'
'Natuurlijk weet ik dat. Ik ken alles en iedereen die met deze zaak te maken heeft.'
'Jullie hebben zijn lijk nooit gevonden.'
'Dat klopt. En dat van uw zus ook niet.'
'Hoe verklaart u dat?'
'U bent in dat zomerkamp geweest. U kent het gebied.'
'Ja.'
'Weet u hoeveel hectare bos daar is?'
'Ja, dat weet ik.'
Hij deed zijn rechterhand omhoog en keek ernaar. 'Hallo, meneer Naald.' Toen deed hij hetzelfde met zijn linkerhand. 'Mag ik u voorstellen aan meneer Hooiberg?'
'Wayne Steubens is slank en niet al te groot.'
'Ja, en?'
'En Doug was ruim een meter tachtig. Gil was een stevig gebouwde jongen. Hoe kan Wayne hen alle vier overmeesterd hebben, volgens u?'
'Omdat hij een mes had. Margot Green was vastgebonden. Hij hoefde haar alleen maar de keel door te snijden. We zijn niet zeker

van de volgorde waarin hij de anderen heeft gepakt. Misschien waren die ook wel vastgebonden... op andere plekken in het bos. Dat weten we gewoon niet. We weten dat hij Doug Billingham achterna is gerend. Billinghams lijk werd gevonden in een ondiep graf op nog geen kilometer van dat van Margot. Hij had diverse steekwonden, én verdedigingswonden aan zijn handen. We hebben bebloede kleding van uw zus en van Gil Perez gevonden. Maar dat weet u allemaal al.'

'Ja.'

Bedford leunde achterover totdat de voorpoten van zijn stoel een stukje van de grond kwamen. 'Maar vertelt u me eens, meneer Copeland. Wat is het nieuwe bewijs dat opeens aan het licht is gekomen?'

'Gil Perez.'

'Wat is er met hem?'

'Hij is die nacht niet vermoord. Hij is deze week pas vermoord.'

De stoel viel met een klap terug. 'Pardon?'

Ik vertelde hem over Manolo Santiago en mijn sterke vermoeden dat hij Gil Perez was. Als ik zou zeggen dat hij me met een enigszins sceptische blik aankeek, zou dat geen natuurgetrouwe weergave van de situatie zijn. De werkelijkheid was dat agent Bedford me aanstaarde alsof ik hem probeerde wijs te maken dat de paashaas echt bestond.

'Laten we eens kijken of ik het goed begrijp,' zei hij toen ik uitgesproken was. De serveerster kwam onze koffie brengen. Bedford deed er niets in. Hij bracht het kopje heel zorgvuldig naar zijn mond en slaagde erin een slokje te nemen zonder zijn snor nat te maken. 'Perez' ouders ontkennen dat hij het is. Moordzaken van Manhattan gelooft niet dat hij het is. En toch vertelt u me...'

'Hij is het.'

Bedford grinnikte. 'Ik geloof dat dit gesprek lang genoeg heeft geduurd, meneer Copeland.'

Hij zette zijn kopje neer en stond op.

'Ik wéét dat hij het is. En binnenkort zal ik dat bewijzen ook.'

Bedford ging weer zitten. 'Weet u wat,' zei hij. 'Laten we het spel op uw manier spelen. Laten we aannemen dat het Gil Perez inderdaad is. Dat hij het die nacht heeft overleefd.'

'Oké.'

'Dat pleit Wayne Steubens niet vrij. Bij lange na niet. Er zijn diverse mensen...' Hij keek me heel doordringend aan. '... die geloven dat Wayne Steubens een medeplichtige heeft gehad toen hij de

eerste moorden pleegde. U vroeg zich zonet zelf af hoe het hem gelukt was om vier mensen te overmeesteren. Nou, als zij met z'n tweeën waren en er waren maar drie slachtoffers, werd dat een stuk eenvoudiger, of niet soms?'
'Dus u denkt nu dat Perez misschien medeplichtig is geweest?'
'Nee. Shit, ik geloof niet eens dat hij het die nacht heeft overleefd. Ik schets alleen een hypothese. Als dat lijk in het mortuarium in Manhattan inderdaad van Gil Perez blijkt te zijn.'
Ik strooide een zakje suiker in mijn koffie en deed er een scheutje melk in. 'Bent u bekend met het werk van sir Arthur Conan Doyle?' vroeg ik.
'De schepper van Sherlock Holmes.'
'Precies. Een van Sherlocks stellingen luidt als volgt: het is een grote vergissing om te theoretiseren voordat men de feiten kent, omdat men dan de neiging heeft de feiten aan te passen aan de theorie, in plaats van de theorie aan de feiten.'
'U begint mijn geduld wel op de proef te stellen, meneer Copeland.'
'Ik heb u zonet een nieuw feit gegeven. In plaats van zelfs maar een poging te doen om te heroverwegen wat er is gebeurd, hebt u onmiddellijk een manier bedacht om dat feit aan uw theorie aan te passen.'
Hij staarde me alleen maar aan. Ik kon het hem niet kwalijk nemen. Ik pakte hem hard aan, maar ik moest hem zien te overtuigen.
'Weet u iets van het verleden van Wayne Steubens?' vroeg hij.
'Het een en ander.'
'Hij past perfect in het daderprofiel.'
'Daderprofielen zijn geen bewijs.'
'Maar ze helpen ons wel. Wist u bijvoorbeeld dat, toen Steubens een tiener was, er diverse huisdieren zijn verdwenen in de buurt waar hij woonde?'
'Echt? Nou, als dat geen keihard bewijs is...'
'Mag ik dit met een voorbeeld illustreren?'
'Ga uw gang.'
'We hebben een ooggetuige die het heeft gezien. Ene Charlie Kadison. Hij heeft toen tegen niemand iets gezegd, omdat hij doodsbang was. Maar toen Wayne Steubens zestien was, heeft hij een hond begraven, zo'n klein wit hondje... een of ander Frans ras...'
'*Bichon frisé*?'
'Precies, dat was het. Hij had dat hondje tot aan zijn nek in de

grond begraven. Zodat alleen de kop erboven uitstak. Het arme beestje kon zich niet bewegen.'

'Nogal sadistisch.'

'Wacht, het wordt nog erger.'

Hij nam nog een voorzichtig slokje koffie. Ik wachtte. Hij zette zijn kopje neer en bette zijn mond met een servetje.

'Dus nadat hij dat hondje had begraven, ging je oude zomerkampvriend naar het huis van die jongen van Kadison. Zie je, zijn ouders hadden namelijk zo'n motormaaier voor de tuin. Hij heeft gevraagd of hij die mocht lenen...'

Hij stopte, keek me aan en knikte.

'Jakkes,' zei ik.

'Ik heb meer van dat soort voorbeelden. Een stuk of tien.'

'En toch lukte het Wayne Steubens om een baantje als groepsleider in het zomerkamp te krijgen...'

'Zo verrassend is dat niet. Ik bedoel, die Ira Silverstein was niet iemand die eventuele referenties natrok.'

'En niemand dacht aan Wayne toen die eerste moorden waren gepleegd?'

'Toen wisten we dit allemaal nog niet. Trouwens, de plaatselijke politie zat op de zaak van Kamp PLUS, niet wij. Het was geen federale zaak. Toen nog niet. Daar kwam bij dat, toen Steubens in zijn tienerjaren al die dingen deed, veel mensen te bang waren om aangifte bij de politie te doen. Zoals Charlie Kadison. We moeten ook niet vergeten dat Steubens uit een rijke familie kwam. Zijn vader stierf al toen hij jong was, maar zijn moeder beschermde hem, kocht mensen af, of wat er ook nodig was. Ze was overdreven beschermend, heel ouderwets en heel streng, trouwens.'

'Wat weer mooi aansloot bij jullie daderprofiel van een seriemoordenaar?'

'Er was meer dan alleen dat profiel, meneer Copeland. U kent de feiten. Hij woonde in New York, maar op de een of andere manier had hij het voor elkaar gekregen om op alle drie de plaatsen delict – in Virginia, Indiana en Pennsylvania – te zijn toen de moorden werden gepleegd. Hoe groot is de kans dat dát toeval is? En dan was er natuurlijk nog de grote uitsmijter, want toen we een huiszoekingsbevel hadden gekregen, hebben we op zijn perceel eigendommen – klassieke aandenkens – van alle slachtoffers gevonden.'

'Niet van alle slachtoffers,' zei ik.

'Meer dan genoeg.'

'Maar niks van de eerste vier.'

'Dat is juist.'

'Waarom niet?'

'Mijn vermoeden? Waarschijnlijk had hij haast. Steubens moest zich van de lijken ontdoen. Hij kwam tijd tekort.'

'Ook dit,' zei ik, 'klinkt mij in de oren als het aanpassen van de feiten.'

Hij leunde achterover en keek me recht aan. 'Wat is uw theorie dan, meneer Copeland? Want die zou ik heel graag willen horen.'

Ik zei niets.

Hij spreidde zijn armen. 'Dat het toeval is dat een seriemoordenaar, die in Indiana en Virginia een paar kampeerders de keel heeft doorgesneden, toevallig groepsleider was in een zomerkamp waar ten minste nog twee slachtoffers de keel is doorgesneden?'

Hij had gelijk. Dit had me vanaf het eerste begin dwarsgezeten, en ik kon er niet omheen.

'U kent de feiten, aangepast of niet. U bent procureur. Vertel me wat er volgens ú is gebeurd.'

Ik dacht erover na. Hij wachtte. Ik dacht nog wat langer na.

'Dat weet ik nog niet,' zei ik. 'Misschien was het te vroeg om er theorieën op na te houden. Misschien hadden we eerst meer feiten moeten verzamelen.'

'En terwijl we dat deden,' zei hij, 'had iemand als Wayne Steubens nog een paar kampeerders kunnen vermoorden.'

Ook daar had hij gelijk in. Ik dacht aan het bewijs in de verkrachtingszaak tegen Jenrette en Marantz. Als je het objectief bekeek, was er net zo veel, en waarschijnlijk meer bewijs tegen Wayne Steubens geweest.

Tenminste, zo was het tóén geweest.

'Hij heeft Gil Perez niet vermoord,' zei ik.

'Goed dan. Laten we er omwille van onze discussie van uitgaan dat hij die jongen van Perez niet heeft vermoord.' Hij hield zijn beide handen op. 'Wat schiet u daarmee op?'

Ik dacht enige tijd na. Wat ik ermee opschoot, concludeerde ik, was dat ik nu met de vraag zat wat er verdomme écht met mijn zus was gebeurd.

29

Een uur later zat ik in het vliegtuig. De deur was nog niet dicht toen Muse me belde.
'Hoe is het met Steubens gegaan?' vroeg ze.
'Dat vertel ik je als ik terug ben. Hoe was het op het gerechtshof?'
'Moties, bezwaren en verder niks, zo is me verteld. De term "in overweging" schijnt vaak gevallen te zijn. Het moet verdomde saai zijn om jurist te zijn. Hoe voorkom je dat je op zo'n dag een pistool op je slaap zet?'
'Dat vereist inspanning. Dus er is niks gebeurd?'
'Nee, en je hebt morgenochtend vrij. De rechter wil alle raadslieden morgenmiddag in zijn kamer zien.'
'Waarom?'
'Het heeft met dat "in overweging"-gedoe te maken, maar je assistent – hoe heet hij ook alweer? – zei dat het waarschijnlijk niks voorstelde. Hoor eens, ik heb nog iets anders voor je.'
'Wat?'
'Ik heb de essays die aan je vriendin Lucy zijn gemaild laten uitkammen door ons grootste computerwonder.'
'En?'
'En ze komen overeen met wat je al wist. Tenminste, op het eerste gezicht.'
'Hoe bedoel je, op het eerste gezicht?'
'Ik heb de informatie genomen die hij eruit heeft gehaald, een paar telefoontjes gepleegd en nog wat graafwerk gedaan. En daar is iets interessants uit gekomen.'
'En dat is?'
'Ik denk dat ik weet wie dat essay heeft ingestuurd.'
'Wie dan?'
'Heb je je BlackBerry bij je?'
'Ja.'
'Het is nogal veel informatie. Het is beter als ik die aan je mail.'

'Oké.'
'Meer zeg ik er liever niet over. Ik wil graag zien of je op hetzelfde antwoord komt als ik.'
Ik dacht erover na en het was alsof ik de echo van mijn gesprek met Geoff Bedford hoorde. 'Je wilt niet dat ik de feiten aanpas aan de theorie, hè?'
'Wat?'
'Laat maar zitten, Muse. Stuur me die e-mail nu maar.'

Vier uur nadat ik afscheid had genomen van Geoff Bedford, zat ik in het kantoor naast dat van Lucy, dat normaliter werd gebruikt door een docent Engels die nu op sabbatical was. Lucy had de sleutel van het kantoor.

Ze stond uit het raam te kijken toen haar klassenassistent, een knaap die Lonnie Berger heette, zonder te kloppen binnenkwam. Merkwaardig. Lonnie deed me een beetje denken aan Lucy's vader, Ira. Hij had dezelfde Peter Pan-uitstraling, dat bewuste maatschappelijk onaangepaste. Ik heb niets tegen hippies of linkse rakkers of hoe je ze ook wilt noemen. We hebben ze nodig. Ik geloof heilig in de beide politieke vleugels, zowel links als rechts. We hebben ze nodig, zelfs – of misschien wel júíst – degenen met wie je het oneens bent en aan wie je een hekel hebt. Het zou oersaai zijn als ze er niet waren. Dan zouden je argumenten niet eens weggehoond worden. Je moest het zo zien: zonder rechts had je geen links. En zonder beide had je geen midden.

'Wat is er loos, Luce? Ik heb een afspraakje met mijn bloedmooie serveerster...' Lonnie zag mij en zijn stem stierf weg. 'Wie is dit?'

Lucy bleef uit het raam kijken.

'En waarom zijn we in het kantoor van doctor Mitnick?'

'Ik ben Paul Copeland,' zei ik.

Ik stak mijn hand naar hem uit. Hij schudde die.

'Wauw,' zei Lonnie. 'Jij bent die gast uit het nieuws, hè? Meester P of weet ik veel. Ik bedoel, ik heb op het net over de zaak gelezen.'

'Ja. Lucy heeft me ingelicht over het amateurspeurwerk dat je hebt gedaan. Zoals je waarschijnlijk wel weet, heb ik een paar echte speurneuzen – professionele onderzoekers – die voor me werken.'

Hij liet mijn hand los.

'Is er iets wat je ons wilt vertellen?' vroeg ik.

'Waar heb je het over?'

'Je had trouwens gelijk. De e-mail is verzonden met een van de computers in de Frost Library, om 18.42 uur. Maar Sylvia Potter was daar niet tussen zes en zeven uur 's avonds.'

Hij begon achteruit te deinzen.

'Jij was er wel, Lonnie.'

Er kwam een scheve grijns om zijn mond en hij schudde zijn hoofd. Hij probeerde tijd te winnen. 'Wat een onzin. Hé, wacht eens even...' De grijns verdween en hij deed alsof hij buitengewoon verontwaardigd was. 'Kom op, Luce, je gelooft toch niet dat ik...'

Eindelijk draaide Lucy zich naar hem om. Ze zei niets.

Lonnie wees naar mij. 'Je gelooft deze figuur toch niet? Hij is...'

'Wat ben ik?'

Geen antwoord. Lucy staarde hem alleen maar aan. Ze had nog steeds geen woord gezegd. Ze bleef hem aanstaren totdat hij het niet langer aankon. Ten slotte liet Lonnie zich in zijn stoel vallen.

'Verdomme,' zei hij.

We wachtten. Hij keek naar de grond.

'Jullie begrijpen het niet.'

'Leg het ons dan uit,' zei ik.

Hij keek op naar Lucy. 'Vertrouw jij deze figuur echt?'

'Een stuk meer dan ik jou vertrouw,' zei ze.

'Dat zou ik niet doen als ik jou was. Deze figuur betekent ellende.'

'Bedankt voor je hartverwarmende aanbeveling,' zei ik. 'Nou, vertel op, waarom heb je Lucy die essays gemaild?'

Hij begon met een van zijn oorringen te spelen. 'Ik hoef jou helemaal niks te vertellen.'

'Jazeker wel,' zei ik. 'Ik ben de procureur van Essex County.'

'Nou en?'

'Nou, Lonnie, ik kan je laten arresteren wegens laster.'

'Nee, dat kun je niet. Ten eerste kun je niet bewijzen dat ik ook maar iets heb gemaild.'

'Ja hoor, dat kan ik wel. Jij kunt wel denken dat je verstand van computers hebt, en op lekenniveau – om indruk te maken op de meisjes – heb je dat misschien ook wel, maar de deskundigen op mijn kantoor... dat zijn pas echte profs. We weten allang dat jij die essays hebt gestuurd. We hebben het al bewezen.'

Daar moest hij even over nadenken, en hij scheen zich af te vragen of hij moest blijven ontkennen, of dat hij een nieuwe koers moest gaan varen. Hij koos voor de nieuwe koers. 'Nou en? Zelfs al heb ik ze gemaild, hoe kan dat dan laster zijn? Sinds wanneer is het verboden om een universiteitsdocent een fictief verhaal te sturen?'

Op dat punt had hij gelijk.
'Ik kan je laten ontslaan,' zei Lucy.
'Misschien wel, misschien niet. Maar, ik wil niet vervelend zijn, Luce, dan heb jij een hoop meer uit te leggen dan ik. Jij bent degene die over haar achtergrond heeft gelogen. Jij bent degene die haar naam heeft veranderd om haar verleden geheim te houden.'
Dat argument leek Lonnie wel te bevallen. Hij was rechtop gaan zitten, had zijn armen over elkaar geslagen en zag er weer heel strijdlustig uit. Ik had hem heel graag een stomp in zijn gezicht gegeven. Lucy bleef hem aanstaren. Hij durfde haar niet recht aan te kijken. Ik deed een stapje terug, gaf haar de ruimte om zelf te reageren.
'Ik dacht dat we vrienden waren,' zei ze.
'Dat zijn we ook.'
'Dus?'
Hij schudde zijn hoofd. 'Je begrijpt het niet.'
'Leg het me dan uit.'
Lonnie begon weer met zijn oorringetje te spelen. 'Niet waar hij bij is.'
'Ja, wél waar ik bij ben, Lonnie.'
Tot zover het stapje terug.
Ik gaf hem een klap op zijn schouder. 'Ik ben je nieuwe beste vriend. Weet je waarom?'
'Nee.'
'Omdat ik een heel hoge en heel boze gezagsfunctionaris ben. En omdat ik durf te wedden dat als mijn onderzoekers aan jouw boom gaan schudden, er zeker iets uit zal vallen.'
'Mooi niet.'
'Mooi wel,' zei ik. 'Wil je voorbeelden?'
Hij zei niets.
Ik hield mijn BlackBerry op. 'Ik heb hier een paar arrestatierapporten. Moet ik ze voor je voorlezen?'
En weg was zijn hernieuwde strijdlust.
'Ik heb alles over jou, beste vriend. Ook het vertrouwelijke materiaal. Dat bedoel ik als ik zeg dat ik een heel hoge en heel boze gezagsfunctionaris ben. Ik kan je alle hoeken van de rechtszaal laten zien. Dus hou op met die onzin en vertel me waarom je Lucy die essays hebt gestuurd.'
Ik keek naar Lucy. Ze knikte net zichtbaar. Waarschijnlijk begreep ze het. We hadden afgesproken hoe we het zouden aanpakken voordat Lonnie het kantoor binnenkwam. Als ze alleen met

hem zou zijn, zou hij de Lonnie spelen die hij altijd was... dan zou hij liegen, haar woorden verdraaien, onzin uitkramen, op haar gemoed inspelen en hun vriendschapsrelatie tegen haar uitspelen. Ik kende het type maar al te goed. Uiterlijk cool, een snelle babbel en een scheve grijns als charmeoffensief. Maar als ik hem genoeg onder druk zette, hielden jongens als Lonnie het nooit lang vol. Bovendien zou angst bij mensen als hij een snellere en eerlijker reactie opleveren dan wanneer er op hun gemoed werd gewerkt.

Hij keek op naar Lucy. 'Ik had geen keus,' zei hij.

Hij begon met zich te verontschuldigen. Goed zo.

'Eigenlijk heb ik het voor jou gedaan, Luce. Om je te beschermen. En, oké, ook voor mezelf. Zie je, ik wilde die arrestaties niet in mijn personeelsdossier van Reston hebben. Als de universiteit erachter zou komen, zou ik ontslagen worden. Per direct. Dat zei hij tegen me.'

'Wie zei dat tegen je?' vroeg ik.

'Ik weet niet hoe ze heetten.'

'Lonnie...'

'Echt niet. Ze hebben geen namen genoemd.'

'Wat hebben ze tegen je gezegd?'

'Ze hebben me beloofd dat het Lucy niet zou schaden. Het was hen niet om haar te doen. Ze zeiden ook dat het voor een goede zaak was, wat ik deed, dat...' Lonnie draaide zich heel theatraal mijn kant op. '... dat ze op zoek waren naar een moordenaar.'

Hij keek me zo doordringend mogelijk aan, maar veel indruk maakte het niet. Ik had het idee dat hij ieder moment: 'Hij is de dader!' kon roepen. Toen hij dat niet deed, zei ik: 'Inwendig beef ik; het is maar dat je het weet.'

'Ze denken dat jij iets met die moorden te maken hebt gehad.'

'Geweldig, dank je. Wat is er toen gebeurd, Lonnie? Zeiden ze dat jij die essays moest insturen?'

'Ja.'

'Wie had die geschreven?'

'Dat weet ik niet. Zij, neem ik aan.'

'Je zegt steeds "zij". Met z'n hoevelen waren ze?'

'Twee.'

'En hoe heetten ze, Lonnie?'

'Dat weet ik niet. Luister nou, het waren privédetectives, oké? Ze zeiden dat ze in opdracht van de nabestaanden van een van de slachtoffers werkten.'

De nabestaanden van een van de slachtoffers. Een leugen. Een

aperte leugen. Ze waren van MVD, het detectivebureau in Newark. Opeens begon ik het te begrijpen. Het hele plaatje.
'Hebben ze gezegd hoe die cliënt heette?'
'Nee. Dat was vertrouwelijk, zeiden ze.'
'Dat zal best. Wat hebben ze nog meer gezegd?'
'Dat hun bureau onderzoek naar die oude moorden deed. Dat ze de officiële versie, waarin de schuld bij de Summer Slasher was gelegd, niet geloofden.'
Ik keek Lucy aan. Ik had haar verteld over mijn gesprekken met Wayne Steubens en Geoff Bedford. We hadden 's avonds met elkaar gepraat, over onze eigen rol, over de fouten die we hadden gemaakt, over de oude zekerheid dat ze alle vier dood waren en dat Wayne Steubens hen had vermoord...
Nu wisten we niet meer wat we moesten denken.
'Verder nog iets?'
'Nee, dat is alles.'
'Ach, kom nou, Lonnie.'
'Dat is alles wat ik weet. Ik zweer het.'
'Nee, daar geloof ik niks van. Jullie hebben Lucy die essays gestuurd om te zien hoe ze erop zou reageren, hè?'
Lonnie zei niets.
'En jij moest haar in de gaten houden. Jij moest hun vertellen wat ze zei en wat ze deed. Daarom ben je gisteren naar Lucy toe gekomen en heb je haar verteld over al die dingen uit haar verleden, die je op het net had gevonden. Je had gehoopt dat ze jou in vertrouwen zou nemen. Dat vormde een deel van je opdracht, waar of niet? Jij moest haar vertrouwen winnen en dat nog meer misbruiken dan je al had gedaan.'
'Zo was het niet.'
'Natuurlijk wel. Hebben ze je een bonus voor het vuile werk aangeboden?'
'Een bonus?'
'Ja, Lonnie, een bonus. Meer geld.'
'Ik heb het niet voor het geld gedaan.'
Ik schudde mijn hoofd. 'Dat lieg je.'
'Wat?'
'Laten we nou niet doen alsof je dit allemaal hebt gedaan om je verleden stil te houden of de samenleving een dienst te bewijzen door een moordenaar te vinden. Ze hebben je ervoor betaald, hè?'
Hij opende zijn mond om het te ontkennen. Ik sloot die weer voordat hij iets kon zeggen.

'Dezelfde onderzoekers die jouw oude arrestaties hebben opgegraven,' zei ik, 'hebben ook toegang tot bankrekeningen. Ze kunnen bijvoorbeeld een storting van vijfduizend dollar terugvinden. Zoals die vijf dagen geleden op jouw rekening bij Chase in West Orange is gedaan.'

De mond ging dicht. Ik moest het Muse nageven. Haar onderzoekskwaliteiten waren echt ongelooflijk.

'Ik heb niks onwettigs gedaan,' zei hij.

'Daar valt over te twisten, maar daar ben ik nu niet voor in de stemming. Wie heeft dat essay geschreven?'

'Dat weet ik niet. Ze hebben me de tekst gegeven en gezegd dat ik die in delen aan haar moest sturen.'

'En hebben ze gezegd waar ze hun informatie vandaan hadden?'

'Nee.'

'Je hebt geen idee?'

'Ze zeiden dat ze hun bronnen hadden. Luister nou, ze wisten alles van me. Ze wisten alles van Lucy. Maar het ging hun om jóú, vriend. Dat was het enige waar ze op uit waren. Alles wat ik haar kon laten zeggen over Paul Copeland... daar ging het ze om. Ze denken dat jij misschien een moordenaar bent.'

'Nee, Lonnie, dat denken ze niet. Wat ze dachten, is dat jij achterlijk genoeg was om mijn naam door het slijk te halen.'

Verbijsterd. Lonnie deed erg zijn best om er verbijsterd uit te zien. Hij keek Lucy aan. 'Het spijt me heel erg. Ik zou nooit iets doen om jou te kwetsen. Dat weet je.'

'Doe me een lol, Lonnie,' zei Lucy. 'Ga alsjeblieft weg. Ik wil je niet meer zien.'

30

Alexander 'Sosh' Siekierki was alleen in zijn penthouse.
Een mens raakt gewend aan zijn woonomgeving. Zo beleefde hij het. Het leven was comfortabel geworden. Veel te comfortabel voor iemand van zijn afkomst. Het was nu wat hij ervan verwachtte. Hij vroeg zich af of hij nog zo moedig was als toen, of hij zich nog steeds schuil kon houden in kasten en op zolder, zonder bang te zijn, zonder een kik te geven. Het antwoord, wist hij zeker, was nee. Het was niet zijn leeftijd die hem had verzwakt. Het was het comfort.
Toen Sosh jong was, hadden hij en zijn familie geleden onder de bezetting van Leningrad. De nazi's hadden de stad omsingeld en een onuitsprekelijke ellende veroorzaakt. Een maand nadat de bezetting was begonnen, op 21 oktober 1941, was Sosh vijf geworden. Hij zou zes en zeven worden terwijl de bezetting nog steeds voortduurde. In januari 1942, toen het broodrantsoen tot een kwart pond was teruggebracht, stierven zijn twaalfjarige broertje Gavril en zijn achtjarige zusje Aline de hongerdood. Sosh overleefde het door zwerfdieren te eten, katten voornamelijk. Veel mensen kennen de verhalen, maar de angst en de afschuw kunnen ze zich niet echt voorstellen. Je bent machteloos. Je ondergaat het gewoon.
Maar toch, zelfs aan die ellende raakte je gewend. Net als comfort kon ellende de dagelijkse norm worden.
Sosh herinnerde zich nog goed dat hij pas in de Verenigde Staten was aangekomen. Je kon overal eten kopen. Je hoefde niet urenlang in de rij te staan. Er was geen schaarste. Hij herinnerde zich dat hij een kip had gekocht. Hij had hem meteen in de vriezer gestopt. Hij kon het bijna niet geloven. Een hele kip! Soms werd hij midden in de nacht badend in het zweet wakker. Dan rende hij naar de keuken, rukte het deurtje van de vriezer open, zag dat de kip er nog lag en voelde zich weer gerust.
Hij deed dat nog steeds wel eens.
De meeste van zijn vroegere Sovjetmakkers misten de goeie

ouwe tijd. Ze misten de macht die ze toen hadden. Enkelen van hen waren naar het oude vaderland teruggekeerd, maar de meesten waren gebleven. Het waren verbitterde mannen geworden. Sosh had een paar van zijn oud-collega's in dienst genomen, omdat hij hen kon vertrouwen en hen wilde helpen. Ze hadden een gezamenlijk verleden. En als het zware tijden waren en zijn oude KGB-vrienden enorm veel medelijden met zichzelf hadden, wist Sosh dat ook zij het deurtje van hun vriezer openden om te zien hoe ver ze het hadden geschopt.

Je maakt je geen zorgen over geluk en het verwezenlijken van je idealen wanneer je barst van de honger.

Het was goed om dat te onthouden.

Je leeft te midden van al deze bespottelijke weelde en je raakt het spoor bijster. Je houdt je bezig met onzinnige zaken als spiritualiteit, geestelijk evenwicht, zekerheden en relaties. Je hebt geen idee hoeveel geluk je hebt gehad. Je hebt geen idee hoe het is om honger te lijden, om jezelf in een geraamte te zien veranderen, om machteloos toe te zien terwijl iemand van wie je houdt, iemand die ooit jong en gezond was, langzaam maar zeker sterft, en dat je dan ergens diep binnen in je, in een of ander meedogenloos en primitief deel van jezelf, bijna blij bent omdat je die dag anderhalve homp brood krijgt in plaats van maar één.

Mensen die geloven dat we anders zijn dan dieren, zijn stekeblind. Alle mensen zijn beesten. Degenen die goed gevoed zijn, zijn alleen luier dan de anderen. Ze hoeven niet te doden om aan voedsel te komen. Dus kleden ze zich netjes aan en vinden een zogenaamde levensroeping die hun het idee geeft dat ze op de een of andere manier boven alles verheven zijn. Wat een onzin. De beesten hadden alleen meer honger dan zij. Dat was alles.

Je doet de vreselijkste dingen om te overleven. Iedereen die gelooft dat hij daarboven staat, leeft in een fantasiewereld.

Het bericht was binnengekomen op zijn computer.

Zo werkte dat tegenwoordig. Niet per telefoon, niet persoonlijk. Computers. E-mail. Het was heel gemakkelijk om op die manier te communiceren en anoniem te blijven. Hij vroeg zich af hoe het oude Sovjetregime met het internet omgegaan zou zijn. Informatie controleren was immers zo belangrijk voor hen geweest? Maar hoe zou je die moeten controleren als alles over het internet liep? Of misschien was het verschil toch niet zo groot. Uiteindelijk vond je de vijand meestal omdat er ergens een lek was. Mensen praatten. Mensen verkochten elkaar. Mensen verraadden hun buren en hun geliefden. Soms voor een homp brood. Soms voor een vliegticket naar de vrijheid. Het hing er maar van af hoeveel honger je had.

Sosh las het bericht nog eens. Het was kort en duidelijk, en Sosh wist niet goed wat hij ermee moest doen. Ze hadden een telefoonnummer gevonden. Ze hadden een adres gevonden. Maar het was de eerste regel van de e-mail die hem niet losliet. Het stond er zo simpel.

Hij las de woorden nog eens.
We hebben haar gevonden.
En nu vroeg hij zich af wat hij ermee aan moest.

Ik belde Muse. 'Kun je een afspraak met Cingle Shaker voor me regelen?'

'Ik denk het wel. Hoezo, wat is er?'

'Ik wil haar een paar dingen vragen over hoe MVD werkt.'

'Oké, ik ga erachteraan.'

Ik beëindigde het gesprek en richtte me weer tot Lucy. Ze stond nog steeds uit het raam te kijken.

'Alles oké met je?'

'Ik vertrouwde hem.'

Ik wilde zeggen dat het me speet, of andere woorden van troost, maar ik hield mijn mond.

'Je had gelijk,' zei ze.

'Waarover?'

'Lonnie Berger was waarschijnlijk mijn beste vriend. Ik vertrouwde hem meer dan wie ook. Goed, behalve Ira dan, maar die zit al met één arm in zijn dwangbuis.'

Ik probeerde te glimlachen.

'Trouwens, hoe vind je mijn zelfmedelijden? Onweerstaanbaar, niet?'

'Nou,' zei ik, 'eigenlijk wel.'

Ze draaide zich om van het raam en keek me aan.

'Gaan we het nog een keer proberen, Cope? Ik bedoel, als dit allemaal achter de rug is en we weten wat er met je zus is gebeurd? Gaan we terug naar ons oude leven... of gaan we proberen te ontdekken of er nog iets kan gebeuren?'

'Heerlijk om zo onder druk gezet te worden.'

Lucy bleef ernstig.

'Ja,' zei ik. 'Dat wil ik graag proberen.'

'Goed geantwoord. Heel goed.'

'Dank je.'

'Ik wil niet altijd degene zijn die zich blootgeeft, snap je?'
'Dat ben je niet,' zei ik. 'Ik ben er ook.'
'Goed dan. Wie heeft Margot en Doug vermoord?'
'Wauw! Dat was een snelle overgang.'
'Ja, nou, hoe eerder we weten wat er gebeurd is...' Ze haalde haar schouders op.
'Weet je...?' begon ik.
'Wat?'
'Ik kan me nog zo verdomde goed herinneren waarom ik toen verliefd op je ben geworden.'
Lucy draaide zich om. 'Ik ga niet huilen, ik ga niet huilen, ik ga niet huilen...'
'Ik weet niet meer zo zeker wie die twee heeft vermoord,' zei ik.
'Akkoord. En Wayne Steubens? Denk je nog steeds dat hij het heeft gedaan?'
'Dat weet ik dus niet. We weten dat hij Gil Perez in ieder geval niet heeft vermoord.'
'Denk je dat hij je de waarheid heeft verteld?'
'Hij zei dat hij jou had versierd.'
'Jakkes.'
'Maar dat hij niet verder was gekomen dan een beetje voelen.'
'Als hij het heeft over de keer dat hij tijdens een partijtje softbal expres tegen me op is gebotst en me even heeft vastgepakt, nou, dan spreekt hij technisch gezien de waarheid. Heeft hij dat echt gezegd?'
'Ja. Hij zei ook dat hij het met Margot had gedaan.'
'Dat is waarschijnlijk waar. Er waren heel wat jongens die het met Margot hebben gedaan.'
'Ik niet.'
'Omdat ik je heb ingerekend zodra je in het kamp aankwam.'
'Ja, zo is het ongeveer gegaan. Hij zei ook dat Gil en Margot het hadden uitgemaakt.'
'Nou en?'
'Denk je dat dat waar is?' vroeg ik.
'Dat weet ik niet. Maar je weet hoe het ging in het zomerkamp. Het was een soort levenscyclus in zeven weken. Jongens en meisjes versierden elkaar, maakten het weer uit en gingen op zoek naar iemand anders.'
'Dat is waar.'
'Maar?'
'Maar de algemeen heersende theorie was dat beide stelletjes het

bos in waren gegaan om, eh... met elkaar te rotzooien.'
'Zoals wij aan het doen waren,' zei ze.
'Ja. En mijn zus en Doug gingen nog met elkaar. Niet dat ze echt verliefd op elkaar waren, maar je weet wel wat ik bedoel. Waar het mij om te doen is, als Gil en Margot niet langer samen waren, waarom waren ze dan stiekem het bos in gegaan?'
'Ik begrijp waar je naartoe wilt. Dus als zij en Gil het hadden uitgemaakt... en als we weten dat Gil die nacht niet is vermoord...'
Ik dacht aan wat me verteld was door Raya Singh, iemand die Gil Perez alias Manolo Santiago had gekend en van dichtbij had meegemaakt. 'Misschien heeft Gil Margot vermoord,' zei ik. 'En misschien hebben Camille en Doug dat per ongeluk gezien.'
'Dus moet Gil hun het zwijgen opleggen.'
'Precies. En dan zit hij echt in de problemen. Ga maar na. Hij komt uit een arm gezin. Hij heeft een broer met een strafblad. Hij zou zeker verdacht worden.'
'Dus doet hij alsof hij ook is vermoord,' zei Lucy.
We zwegen enige tijd.
'We zien iets over het hoofd,' zei ze toen.
'Ja, ik weet het.'
'Misschien komen we dichter in de buurt.'
'Of we dwalen verder af.'
'Een van de twee,' beaamde Lucy.
God, wat voelde het goed om bij haar te zijn.
'Iets anders,' zei ik.
'Wat?'
'Het essay. Wat bedoelden ze met dat stuk over dat jij me terugvond, dat ik helemaal onder het bloed zat en dat ik tegen jou zei dat we er nooit iets over mochten zeggen?'
'Geen idee.'
'Laten we beginnen met het eerste deel, het deel dat ze min of meer goed hebben. Over hoe we het kamp uit zijn geslopen.'
'Oké.'
'Hoe kunnen ze dat weten?'
'Dat weet ik niet,' zei ze.
'Hoe kunnen ze weten dat jij me had overgehaald om het bos in te gaan?'
'Of...' Ze slikte. '... wat ik voor je voelde?'
Stilte.
Lucy haalde haar schouders op. 'Misschien was het voor iedereen duidelijk te zien door de manier waarop ik naar je keek.'

'Ik probeer me te concentreren en moet erg mijn best doen om niet te glimlachen.'

'Doe niet té veel je best,' zei ze. 'Maar goed, tot zover deel een van het essay. Laten we doorgaan naar deel twee.'

'Dat stuk over mij, dat ik onder het bloed zit. Hoe komen ze daar in hemelsnaam bij?'

'Geen idee. Maar weet je wat me echt de rillingen bezorgt?'

'Nou?'

'Dat ze weten dat we elkaar zijn kwijtgeraakt. Dat we elkaar uit het oog waren verloren.'

Dat had ik me ook afgevraagd.

'Wie kan dat weten?' vroeg ik.

'Ik heb het nooit aan iemand verteld,' zei Lucy.

'Ik ook niet.'

'Iemand moet het geraden hebben,' zei Lucy. Ze stopte en keek naar het plafond. 'Of...'

'Of wat?'

'Jij hebt nooit aan iemand verteld dat we elkaar zijn kwijtgeraakt, hè?'

'Nee.'

'En ik heb dat ook niet gedaan.'

'Dus?'

'Dan is er maar één verklaring mogelijk,' zei Lucy.

'En die is?'

Ze keek me recht aan. 'Dat iemand ons die nacht heeft gezien.'

Stilte.

'Misschien Gil,' zei ik. 'Of Wayne.'

'Zij zijn onze hoofdverdachten, hè?'

'Ja.'

'Wie heeft Gil dan uiteindelijk vermoord?'

Ik zei niets.

'Gil heeft het niet zelf gedaan en daarna zijn eigen lijk verplaatst,' vervolgde ze. 'En Wayne Steubens zit in een zwaarbeveiligde strafinrichting in Virginia.'

Ik dacht erover na.

'Dus als de dader niet Gil en niet Wayne is,' zei ze, 'wie is het dan wel?'

'Ik heb haar gevonden,' zei Muse toen ze mijn kantoor in kwam lopen.

Cingle Shaker kwam haar achterna. Cingle wist hoe ze haar entree moest maken, hoewel ik me afvroeg of ze er enige moeite voor deed. Ze bewoog zich met een krachtige zelfverzekerdheid, alsof ze de zuurstof in het kantoor opdroeg dat die maar beter opzij kon gaan. Muse was geen lelijk eendje, maar naast Cingle Shaker zag ze er wel zo uit.

Ze gingen allebei zitten. Cingle sloeg haar ene lange been over het andere.

'Dus,' zei Cingle, 'MVD wil je bloed zien.'

'Daar lijkt het wel op.'

'Het ís zo. Ik heb het nagegaan. Een "alles of niets"-operatie. Kosten noch moeite worden gespaard. Levens evenmin. Ze hebben je zwager al op de brandstapel gezet. Ze hebben iemand naar Rusland gestuurd. Ze hebben ik weet niet hoeveel mensen op pad gestuurd. Ze hebben zelfs geprobeerd je oude vriend Wayne Steubens om te kopen. Kortom, ze willen je hoofd op een schaal, met een appel in je mond.'

'Is er al iets bekend over hoeveel ze hebben?'

'Nee, nog niet. Alleen wat je al weet.'

Ik vertelde haar over Lucy's essays. Cingle knikte een paar keer terwijl ik aan het woord was.

'Dat hebben ze eerder gedaan. Hoe accuraat is dat essay?'

'Er zitten diverse onjuistheden in. Ik ben nooit met bloed besmeurd geweest, en we hebben nooit gezegd dat we het geheim moesten houden, of dat soort dingen. Maar ze wisten wel dat we gek op elkaar waren. En dat we het kamp uit waren geslopen, en hoe we dat hadden gedaan.'

'Interessant.'

'Hoe zouden ze aan hun informatie zijn gekomen?'

'Moeilijk te zeggen.'

'Enig idee?'

Ze dacht er even over na. 'Zoals ik al zei, is dat hun manier van werken. Ze willen je vuile was buiten hangen. Of het waar is of niet, maakt ze niet uit. Soms moet de werkelijkheid een beetje worden aangepast. Begrijp je wat ik bedoel?'

'Nee, niet echt.'

'Hoe zal ik het uitleggen...' Cingle dacht weer even na. 'Toen ik pas bij MVD begon, weet je waarvoor ik toen was aangenomen?'

Ik schudde mijn hoofd.

'Ik moest overspelige echtgenoten betrappen. Overspel is een heel lucratieve markt. Voor mijn eigen bureau ook. Het maakt veertig procent van de omzet uit, misschien wel meer. En MVD is de

beste op dat gebied, hoewel hun aanpak soms wat onorthodox is.'
'Op welke manier?'
'Dat hangt van het geval af, maar de eerste stap was altijd dezelfde. Schat de cliënt in. Met andere woorden: zoek uit wat de cliënt echt wil. Wil die de waarheid? Wil ze voorgelogen worden? Wil ze gerustgesteld worden, of is ze op zoek naar een manier om te kunnen scheiden?'
'Ik begrijp het niet. Willen ze niet allemaal de waarheid?'
'Ja en nee. Hoor eens, dat onderdeel van het werk beviel me helemaal niet. Observeren en achtergrondonderzoek doen vond ik niet erg... je weet wel, een man of vrouw volgen, betalingen per creditcard nagaan, telefoongegevens checken, dat soort dingen. Ik geef het toe, het is ook niet helemaal fris, maar ik kan ermee leven. Het gaat ergens over. Maar er is ook nog een andere kant.'
'Wat voor andere kant?'
'De kant die wíl dat er een probleem is. Er zijn bijvoorbeeld vrouwen die wíllen dat hun man hen bedriegt.'
Ik keek Muse aan. 'Ik kan het niet volgen.'
'Ja, dat kun je wel. Van een man wordt verwacht dat hij zijn vrouw eeuwig trouw is, nietwaar? Ik ken er zo een. Ik bel hem op – we hebben elkaar dan nog nooit ontmoet – en hij vertelt me dat hij zijn vrouw nooit, écht nooit zou bedriegen, dat hij zo veel van haar houdt en bla bla bla. Maar we hebben het hier over een onaantrekkelijke sukkel die als assistent-manager op een of ander kantoor werkt, dus dan denk ik bij mezelf: wie zal het hem ooit moeilijk maken?'
'Ik kan het nog steeds niet volgen.'
'Het is gemakkelijker om een brave, trouwe echtgenoot te zijn als je niet in de verleiding wordt gebracht. Maar in gevallen als deze past MVD de werkelijkheid een beetje aan. Door mij als lokaas in te zetten.'
'Waarvoor?'
'Waarvoor denk je? Als een vrouw haar echtgenoot wil betrappen op overspel, is het mijn taak om hem te verleiden. Zo werkt MVD. De man zit bijvoorbeeld in een bar, en ik word naar hem toe gestuurd om hem een kleine...' Ze maakte aanhalingstekens met haar vingers. '... loyaliteitstest af te nemen.'
'Ja, en?'
'Nou, ik wil niet onbescheiden klinken, maar kijk zelf eens.' Cingle spreidde haar armen. Zelfs in haar wijdvallende trui bood ze een indrukwekkende aanblik. 'Als dat geen oneerlijke concurrentie is, weet ik het niet meer.'

'Omdat je aantrekkelijk bent?'
'Ja.'
Ik haalde mijn schouders op. 'Als de man zijn vrouw trouw blijft, mag het niet uitmaken hoe aantrekkelijk een vrouw is.'
Cingle Shaker staarde me aan. 'Doe me een lol.'
'Wat?'
'Doe je expres zo naïef? Hoe moeilijk denk je dat het voor me is om meneer Grijze Muis zover te krijgen dat hij mijn kant op kijkt?'
'Kijken is één ding. Meer doen is iets heel anders.'
Cingle keek Muse aan. 'Is hij van deze planeet?'
Muse haalde haar schouders op.
'Laat ik het anders zeggen,' zei Cingle. 'Tot nu toe heb ik zo'n dertig tot veertig van deze loyaliteitstests gedaan. Hoeveel getrouwde mannen hebben me afgewezen, denk je?'
'Ik heb geen idee.'
'Twee.'
'Dat zijn er niet veel, geef ik toe...'
'Wacht even, ik ben nog niet klaar. De twee die me hebben afgewezen? Weet je waarom ze dat deden?'
'Nee.'
'Ze hadden me door. Ze vermoedden dat er iets niet klopte. Ze moeten allebei gedacht hebben: wacht eens, waarom zou een vrouw die er zo uitziet iets van mij willen? Ze roken onraad en daarom zijn ze niet op mijn avances ingegaan. Maar, zijn ze daarom betrouwbaarder dan de anderen?'
'Ja.'
'Waarom?'
'Omdat ze niet zijn doorgegaan.'
'Maar maakt het dan niet uit waaróm ze niet zijn doorgegaan? Misschien heeft die ene wel nee gezegd omdat hij bang was dat hij betrapt zou worden. Is hij daarom loyaler dan de man die daar niet bang voor was? Misschien houdt de man die niet bang was wel meer van zijn vrouw. Misschien is hij wel een betere, meer toegewijde echtgenoot. En misschien zou de bange echtgenoot best zin hebben in een beetje vertier, maar is hij gewoon te verlegen en te angstig om het aan te durven.'
'Dus?'
'Dus is angst – niet liefde, niet zijn beloften van trouw, niet loyaliteit – het enige wat hem eerlijk houdt. Maar welke van de twee is dan beter? Gaat het om wat we doen, of om wat we denken en voelen?'

'Dat zijn moeilijke vragen, Cingle.'
'En wat is daarop uw antwoord, meneer de procureur?'
'Precies. Ik ben procureur. Het gaat om wat we doen.'
'Wat we doen onderscheidt de brave echtgenoot van de slechterik?'
'Juridisch wel, ja.'
'Dus de man die te bang is om ermee door te gaan... die gaat vrijuit?'
'Ja. Omdat hij niet is doorgegaan. Het waarom doet er niet toe. Niemand eist van hem dat hij uit liefde trouw aan zijn vrouw is. Angst is een even goede reden als alle andere.'
'Wauw,' zei ze. 'Maar daar ben ik het niet mee eens.'
'Dat mag. Maar wat wil je met dit alles zeggen?'
'Waar het om gaat, is dat MVD vuile was wil. Hoe, maakt ze niet uit. Als de situatie van dat moment die niet biedt – lees: als de echtgenoot zijn vrouw niet al bedriegt – passen ze die aan door iemand als mij op de echtgenoot af te sturen. Begrijp je het nou?'
'Ik denk het wel. Dus ik moet me niet alleen zorgen maken over wat ik in het verleden eventueel heb gedaan, maar ook om wat ik nu doe en hoe dat verdraaid kan worden om een verkeerde indruk te wekken.'
'Bingo.'
'En je hebt geen idee wie hun de informatie voor dat essay heeft geleverd?'
'Nog niet. Maar hé, ik doe nu contraspionage voor je. Wie weet wat ik boven water kan halen?' Ze stond op. 'Is er nog iets anders waarmee ik je kan helpen?'
'Nee, Cingle, op dit moment niet.'
'Oké. Trouwens, ik heb hier mijn declaratie voor de Jenrette/Marantz-zaak. Aan wie kan ik die kwijt?'
'Geef maar hier,' zei Muse.
Cingle gaf haar de rekening en glimlachte naar me. 'Ik vond het leuk om je in de rechtszaal aan het werk te zien, Cope. Je hebt die twee rotzakjes mooi te grazen genomen.'
'Zonder jouw hulp zou dat niet gelukt zijn,' zei ik.
'Vast wel. Ik heb meer openbaar aanklagers bezig gezien. Jij verstaat je vak.'
'Dank je. Wat ik me afvraag... hebben wij ons, op grond van jouw definitie, eh... ook schuldig gemaakt aan aanpassing van de werkelijkheid?'
'Nee. Je hebt me eerlijke informatie laten opgraven. Ik heb nie-

mand misleid. Goed, ik heb mijn uiterlijk gebruikt om de waarheid boven water te krijgen. Maar daar is niks mis mee.'
'Vind ik ook,' zei ik.
'Mooi. Dan zijn we het daarover eens.'
Ik leunde achterover en legde mijn handen achter mijn hoofd. 'MVD zal je wel missen.'
'Ik heb gehoord dat ze een nieuwe mooie meid in dienst hebben genomen. Ze schijnt erg goed te zijn.'
'Vast niet zo goed als jij.'
'Dat valt nog te bezien. Misschien probeer ik haar daar wel weg te pikken. Ik kan een tweede mooie meid goed gebruiken, zeker wanneer er mensen met een andere etnische achtergrond benaderd moeten worden.'
'Hoe bedoel je?'
'Nou, ik ben blond. Het nieuwe meisje van MVD heeft een donkere huidskleur.'
'Een Afro-Amerikaan?'
'Nee.'
En ik voelde de vloer onder me wegzakken toen Cingle Shaker eraan toevoegde: 'Ik geloof dat ze uit India komt.'

31

Ik belde Raya Singh op haar mobiele telefoon. Cingle Shaker was vertrokken, maar Muse zat nog in mijn kantoor. Na drie keer overgaan gaf Raya antwoord. 'Hallo?'
'Misschien heb je gelijk,' zei ik tegen haar.
'Meneer Copeland?'
Dat accent van haar was zo opgelegd. Dat ik daar ingetrapt was... of had ik het al die tijd al vermoed?
'Noem me maar Cope,' zei ik.
'Oké, eh... Cope.' Haar stem klonk warm. Ik hoorde die alwetende, licht plagende toon weer. 'Waar heb ik misschien gelijk in?'
'Hoe weet ik dat jij het niet bent? Hoe weet ik dat jij niet degene bent die me onbeschrijflijk gelukkig kan maken?'
Muse rolde met haar ogen. Daarna deed ze alsof ze haar wijsvinger in haar keel stak en hevig moest braken.
Ik probeerde met Raya af te spreken voor die avond, maar daar had ze geen zin in. Ik drong niet aan. Als ik dat deed, zou ze misschien argwaan krijgen. We spraken af voor de volgende ochtend.
Ik hing op en keek Muse aan. Muse schudde haar hoofd.
'Ik wil het niet horen.'
'Zei ze het echt zo? "Onbeschrijflijk gelukkig"?'
'Ik zei dat ik het niet wilde horen.'
Ze schudde haar hoofd weer.
Ik keek op de klok. Het was al halfnegen.
'Ik kan beter naar huis gaan,' zei ik.
'Oké.'
'En jij, Muse?'
'Ik heb nog een paar dingen te doen.'
'Het is al laat. Ga naar huis.'
Ze negeerde het. 'Jenrette en Marantz,' zei ze, 'gaan heel ver met hun wraakacties.'
'Ik kan het wel aan.'
'Dat weet ik. Maar het is verbazingwekkend waartoe ouders in staat zijn om hun kinderen te beschermen.'

Ik wilde zeggen dat ik het wel begreep, omdat ik zelf een kind had en alles zou doen om het tegen het kwaad te beschermen. Maar dat zou te aanmatigend klinken.

'Ik verbaas me nergens meer over, Muse. Jij werkt hier ook elke dag. Je hebt gezien waartoe mensen in staat zijn.'

'Dat bedoel ik.'

'Wat?'

'Jenrette en Marantz horen dat jij politieke ambities hebt. Ze denken dat dat jouw zwakke plek is. Dus gaan ze in de aanval, doen ze alles wat ze kunnen om je te intimideren. Best slim. Een hoop mensen zouden onder de druk bezweken zijn. Je zaak stond er toch al niet erg sterk voor. Ze gingen ervan uit dat jij de informatie te zien zou krijgen en dat je zou schikken.'

'Dat hadden ze dan verkeerd gedacht. En?'

'En denk jij dat ze nu gewoon zullen opgeven? Denk je dat ze alleen jou onder druk hebben gezet? Of denk je dat er een andere reden is dat rechter Pierce je morgenmiddag in de rechterskamer heeft ontboden?'

Toen ik thuiskwam, had ik een e-mail van Lucy.

Weet je nog dat we vroeger bepaalde liedjes aan elkaar lieten horen? Ik weet niet of je deze kent, maar goed. Ik zal niet zo veeleisend zijn om te zeggen: 'Denk aan mij' terwijl je ernaar luistert.
Maar ik hoop het wel.
Liefs,
Lucy

Ik downloadde het meegestuurde nummer. Het was één oudje van Bruce Springsteen, redelijk onbekend, met de titel 'Back In Your Arms'. Ik zat aan mijn bureau en luisterde ernaar. Bruce zong over onverschilligheid en berouw, over alles wat hij had verprutst en waar hij opnieuw naar verlangde, en het hartverscheurende refrein waarin hij haar smeekt hem weer in haar armen te nemen.

De tranen schoten in mijn ogen.

Ik zat daar, alleen, naar Bruce Springsteen te luisteren, dacht aan Lucy, aan die bewuste nacht, en voor de allereerste keer sinds mijn vrouw was overleden, huilde ik.

Ik downloadde het nummer op mijn iPod en nam die mee naar de slaapkamer. Ik speelde het nummer opnieuw af. En daarna nog eens. En toen viel ik eindelijk in slaap.

De volgende ochtend stond Raya me op te wachten voor Bistro Janice in Hohokus, een kleine stad in het noordoosten van New Jersey. Niemand weet precies of het stadje nu Hohokus of Ho Ho Kus of Ho-Ho-Kus heet. Men zegt dat de naam is afgeleid van een indiaans woord, gebruikt door de Lenni Lenape-stam die in dit gebied heerste totdat in 1698 de Hollanders zich hier kwamen vestigen. Maar bewijzen zijn er niet, hoewel dat oudere mensen er niet van weerhoudt om erover te bekvechten.

Raya was gekleed in een donkere spijkerbroek en een witte blouse met een open kraag en daaronder nog een paar losse knoopjes. Oogverblindend. Absoluut onweerstaanbaar. Haar schoonheid greep me nog steeds bij de strot, zelfs nu ik wist wie ze in werkelijkheid was. Ik was boos omdat ik was misleid, voelde me toch tot haar aangetrokken en nam het mezelf zeer kwalijk.

Toch, bedacht ik, hoe beeldschoon en jong ze ook was, aan Lucy kon ze niet tippen. Ik vond dat een heel prettig gevoel en klampte me eraan vast. Ik dacht weer aan Lucy en er kwam een schaapachtige grijns om mijn mond. Mijn ademhaling versnelde iets. Zoals altijd wanneer ik bij Lucy in de buurt was. Het gebeurde nu weer.

Toch vreemd hoe verliefd zijn werkt.

'Ik ben zo blij dat je me hebt gebeld,' zei Raya.

'Ik ook.'

Raya gaf me een vluchtig kusje op mijn wang. Ik rook een vleugje lavendel. We liepen door naar de achterkant van de bistro. De hele zijmuur was versierd met een reusachtige wandschildering, gemaakt door de dochter van de eigenaar, van etende mensen die de bistro in keken. Alle geschilderde ogen volgden ons terwijl we naar achteren liepen. We namen plaats aan de laatste tafel, onder de grote wandklok. Ik at al vier jaar in Bistro Janice en had die klok nog nooit gelijk zien lopen. Een grapje van de eigenaar, nam ik aan.

Zodra we zaten wierp Raya me haar allerliefste glimlach toe. Ik dacht aan Lucy. Het effect van de glimlach werd opgeheven.

'Dus je bent privédetective,' zei ik.

Een subtiele aanpak zou hier niet werken. Daar had ik de tijd en het geduld niet voor. Ik hield de druk op de ketel voordat ze met ontkennen kon beginnen.

'Je werkt voor Most Valuable Detection in Newark, New Jersey. Je werkt niet echt in dat Indiase restaurant. Ik had dat moeten weten toen de vrouw achter de balie niet wist wie je was.'

Haar glimlach haperde even maar bleef op volle kracht. Ze haal-

de haar schouders op. 'Hoe ben je erachter gekomen?'
'Dat zal ik je later vertellen. Nou, hoeveel van wat je me hebt verteld was gelogen?'
'Niet zo veel, eigenlijk.'
'Hou je vast aan je verhaal dat je niet wist wie Manolo Santiago in werkelijkheid was?'
'Dat deel was waar. Ik wist pas dat het Gil Perez was toen jij het me vertelde.'
Dat verbaasde me.
'Hoe hebben jullie elkaar echt ontmoet?' vroeg ik.
Ze leunde achterover en sloeg haar armen over elkaar. 'Weet je, ik hoef niet met jou te praten. Ik ben alleen verantwoording verschuldigd aan de advocaat die me heeft ingehuurd.'
'Als Jenrette jou via Mort of Flair heeft ingehuurd, zou je je daarop kunnen beroepen. Maar het probleem is het volgende. Jij doet onderzoek naar mij. Je kunt onmogelijk hard maken dat Gil Perez binnen jouw taakomschrijving van Jenrette of Marantz valt.'
Ze zei niets.
'En aangezien jij geen enkele wroeging voelt terwijl je mij in de problemen brengt, ga ik jou in de problemen brengen. Ik heb het sterke vermoeden dat het niet de bedoeling was dat je te weten kwam dat het Gil Perez was. En MVD hoeft het niet te weten. Dus als jij mij helpt, help ik jou, een win-winsituatie, en voeg je eigen cliché er zelf maar aan toe.'
Dat bracht een glimlach op haar gezicht.
'Ik heb hem op straat ontmoet,' zei ze. 'Zoals ik je heb verteld.'
'Maar niet per ongeluk.'
'Nee, niet per ongeluk. Het was mijn taak om hem te benaderen.'
'Waarom hij?'
John, de eigenaar van de bistro – Janice was zijn vrouw en chefkok – kwam naar ons toe. Hij schudde me de hand en vroeg wie de aantrekkelijke dame was. Ik stelde hem aan Raya voor. Hij kuste haar hand. Ik keek hem streng aan. John liep weg.
'Hij beweerde dat hij informatie over jou had.'
'Dat begrijp ik niet. Gil Perez komt naar MVD...'
'Voor ons was hij Manolo Santiago.'
'Oké, oké, Manolo Santiago komt naar jullie toe en zegt dat hij jullie kan helpen vuiligheid over me te vinden.'
'Vuiligheid is wat sterk uitgedrukt, Paul.'
'Vanaf nu ben ik voor jou weer procureur Copeland,' zei ik. 'Dat

was jouw taak, hè? Belastende informatie over mij vinden. Om me onder druk te kunnen zetten.'

Ze gaf geen antwoord. Dat was ook niet nodig.

'En je kunt je niet beroepen op de geheimhoudingsregel van jurist en cliënt, hè? Daarom geef je antwoord op mijn vragen. Want Flair zou een cliënt nooit zoiets laten doen. En zelfs Mort, die een enorme lastpak kan zijn, is niet zo onethisch. EJ Jenrette heeft jullie zelf ingehuurd, hè?'

'Ik heb niet de vrijheid om dat te zeggen. En eerlijk gezegd ben ik niet in de positie om het te weten. Ik doe alleen het veldwerk. Ik onderhoud geen contacten met de cliënt.'

Ik wist niet hoe de infrastructuur van het bureau in elkaar stak en het kon me niet schelen ook, maar ik had het gevoel dat ze bevestigde wat ik had gezegd.

'Dus Manolo Santiago komt naar jullie toe,' vervolgde ik, 'en zegt dat hij informatie over me heeft. En dan?'

'Hij wil niet zeggen wat die informatie precies is. Hij komt ons alleen lekker maken. Hij wil geld, veel geld.'

'En jij brengt de boodschap over aan Jenrette.'

Ze haalde haar schouders op.

'En Jenrette is bereid te betalen. Ga door vanaf daar.'

'We staan erop dat hij eerst bewijs levert. Manolo zegt dan dat hij nog een paar details moet bevestigen. Maar waar het om gaat, is dat we hem inmiddels hebben nagegaan. We weten dat Manolo Santiago niet zijn echte naam is. En we weten dat hij iets groots op het spoor is. Iets heel groots.'

'Zoals?'

De barjongen kwam onze glazen mineraalwater brengen. Raya nam een slokje.

'Hij vertelde ons dat hij wist wat er die nacht, toen die vier jongelui in het bos waren vermoord, écht was gebeurd. Hij zei dat hij kon bewijzen dat jij daarover had gelogen.'

Ik zei niets.

'Hoe is hij bij jullie terechtgekomen?' vroeg ik na een tijdje.

'Hoe bedoel je?'

Maar ik dacht erover na.

'Jullie zijn naar Rusland geweest om informatie over mijn ouders te verzamelen.'

'Ik niet.'

'Nee, ik bedoel iemand van MVD. En jullie wisten ook van de oude moordzaken en dat de sheriff me had ondervraagd. Dus...'

Nu begreep ik het.

'Dus zijn jullie gaan praten met iedereen die bij die zaak betrokken is geweest. Ik weet dat jullie iemand naar Wayne Steubens toe hebben gestuurd. Dat houdt in dat jullie ook bij de familie Perez op bezoek zijn geweest, hè?'

'Dat weet ik niet, maar het is mogelijk.'

'En zo heeft Gil ervan gehoord. Jullie waren bij de familie Perez op bezoek geweest. Zijn vader of moeder, of iemand anders, heeft hem gebeld. Gil zag een manier om er een flinke som geld aan te verdienen. Hij gaat naar jullie toe. Hij zegt niet wie hij is. Maar hij heeft genoeg informatie om jullie nieuwsgierig te maken. Dus sturen ze jou naar hem toe om hem – wat? – te verleiden?'

'Contact met hem te maken. Niet te verleiden.'

'Noem het hoe je wilt. En, beet hij in het aas?'

'Dat doen mannen vrijwel altijd.'

Ik dacht aan wat Cingle had gezegd. Dat was niet de weg die ik nu wilde bewandelen.

'En wat heeft hij je verteld?'

'Bijna niks. Kijk, hij had ons verteld dat jij die nacht met een meisje samen was. Met ene Lucy. Dat is alles wat ik weet... wat ik je verteld heb. De dag nadat ik jou had ontmoet, belde ik Manolo op zijn mobiele telefoon. Ik kreeg inspecteur York aan de lijn. De rest weet je.'

'Dus Gil probeerde bewijs voor jullie te vinden. Om zijn grote buit te kunnen binnenhalen.'

'Ja.'

Ik dacht erover na. Hij was bij Ira Silverstein op bezoek geweest. Waarom? Wat kon Ira hem verteld hebben?

'Heeft Gil iets over mijn zus gezegd?'

'Nee.'

'En heeft hij iets over, tja... over Gil Perez gezegd? Of over een van de andere slachtoffers?'

'Nee. Hij was heel terughoudend, zoals ik al zei. Maar het was duidelijk dat hij iets op het spoor was.'

'En dan wordt hij vermoord.'

Ze glimlachte. 'Je kunt je wel voorstellen wat we toen dachten.'

De ober kwam. Hij nam onze bestellingen op. Ik nam een salade speciaal. Raya bestelde een cheeseburger, zonder iets erop en eraan.

'Ik luister,' zei ik.

'Iemand zegt dat hij belastende informatie over jou heeft. Hij is bereid ons bewijs te leveren als we hem daarvoor betalen. En dan, voordat hij ons alles kan vertellen wat hij weet, wordt hij vermoord.' Raya brak een piepklein stukje brood af en doopte het in de olijfolie. 'Wat zou jij hebben gedacht?'

Het antwoord lag zo voor de hand dat ik het oversloeg. 'Dus toen Gils lijk was gevonden, kreeg jij een andere opdracht?'

'Ja.'

'Je moest mijn vertrouwen wekken.'

'Ja. Ik dacht dat mijn zielige verhaal over Calcutta je wel over de streep zou trekken. Zo'n type leek je me.'

'Wat voor type is dat?'

Ze haalde haar schouders op. 'Weet ik veel. Gewoon, het type. Maar toen belde je niet terug. Dus heb ik jou gebeld.'

'Die motelkamer in Ramsey. Die waarvan je zei dat Gil er had gewoond...'

'Die hadden wij gehuurd. Het was de bedoeling dat ik je daar aan het praten kreeg.'

'Ik héb je het een en ander verteld.'

'Ja. Maar we wisten niet zeker of die informatie accuraat en betrouwbaar was. Niemand geloofde echt dat Manolo Santiago Gil Perez was. We gingen ervan uit dat hij waarschijnlijk een familielid van hem was.'

'En jij?'

'Ja, ik geloofde je wel.'

'Ik heb je ook verteld dat Lucy toentertijd mijn vriendin was.'

'Dat wisten we al. We hadden haar al nagegaan.'

'Hoe?'

'Nou, omdat we een detectivebureau zijn. Maar volgens Santiago had zij ook gelogen over wat er toen is gebeurd. Dus gingen we ervan uit dat een rechtstreeks gesprek niet zou werken.'

'In plaats daarvan hebben jullie haar dat essay gestuurd.'

'Ja.'

'Hoe kwamen jullie aan die informatie?'

'Dat weet ik niet.'

'En toen is Lonnie Berger omgekocht om haar te observeren.'

Ze nam niet eens de moeite om antwoord te geven.

'Is er nog meer?' vroeg ik.

'Nee,' zei ze. 'Eigenlijk is het wel een soort opluchting dat je het weet. Ik vond het geen probleem toen ik dacht dat je misschien een moordenaar was. Nu voelt het nogal platvloers.'

Ik stond op. 'Misschien wil ik je als getuige oproepen.'

'Dat weiger ik.'

'Ja, ja,' zei ik. 'Dat zeggen ze allemaal.'

32

Loren Muse deed onderzoek naar de familie Perez.
 Ze stuitte meteen op iets wat haar verraste. De familie Perez was eigenaar van de bar, die waar Cope meneer Perez had ontmoet. Muse vond dat interessant. Ze waren arme immigranten geweest en nu hadden ze een kapitaal van meer dan vier miljoen dollar. Natuurlijk, als je bijna twintig jaar geleden met een klein miljoen was begonnen en alles redelijk goed had belegd, was zo'n resultaat mogelijk.
 Ze zat zich af te vragen wat dat te betekenen had, en óf het wel iets te betekenen had, toen de telefoon begon te rinkelen. Ze nam de hoorn van het toestel en klemde die tussen haar schouder en oor.
 'Met Muse.'
 'Yo, schoonheid, Andrew hier.'
 Andrew Barrett was haar contact op John Jay College, de forensisch deskundige. Hij zou die ochtend naar het terrein gaan waar vroeger het zomerkamp was geweest en met zijn nieuwe radarapparaat naar een begraven lijk op zoek gaan.
 'Schoonheid?'
 'Ik werk alleen met apparaten,' zei hij. 'Met mensen kan ik minder goed overweg.'
 'Aha. Zijn er problemen?'
 'Eh... nee, niet echt.'
 Zijn stem had een verdacht vrolijke ondertoon.
 'Ben je al op de plaats delict geweest?' vroeg Muse.
 'Maak je een grapje? Natuurlijk zijn we daar geweest. Zodra je me het groene licht gaf, zijn we vertrokken, min of meer. We zijn er gisteravond al naartoe gereden, hebben in een Motel Six overnacht en zijn aan het werk gegaan zodra het licht werd.'
 'En?'
 'Nou, we zijn dus in het bos en beginnen te zoeken, oké? De XRJ – zo heet het apparaat, de XRJ – gedraagt zich eerst wat vreemd, maar na een beetje afregelen gaat het algauw een stuk beter. O, ik heb een paar leerlingen meegenomen. Dat mag wel, hè?'

'Van mij wel.'
'Dat vermoedde ik al. Je kent ze niet. Ik bedoel, waarom zou je? Maar weet je, het zijn goeie kinderen, dolblij dat ze eindelijk eens wat veldwerk mogen doen. Je weet hoe het is. Een echte zaak. Ze hebben gisteren de hele avond zitten googelen, alle informatie over het zomerkamp en de zaak nagelezen...'
'Andrew?'
'O... ja, sorry. Zoals ik al zei ben ik beter met apparaten dan met mensen. Maar ik geef geen les aan apparaten, is het wel? Ik bedoel, leerlingen zijn mensen van vlees en bloed, alhoewel, aan de andere kant...' Hij schraapte zijn keel. 'Hoe dan ook, weet je nog dat ik tegen je zei dat dit nieuwe radarapparaat – de XRJ – een echte wondermachine is?'
'Ja.'
'Nou, ik had gelijk.'
Muse nam de hoorn in haar andere hand. 'Bedoel je dat...?'
'Ik bedoel dat je als de bliksem hiernaartoe moet komen. De lijkschouwer is onderweg, maar misschien wil je het met eigen ogen zien.'

De telefoon van inspecteur York ging. Hij nam op. 'York.'
'Hallo, met Max, van het lab.'
Max Reynolds was hun labcontact in deze zaak. Dat was iets nieuws in het gerechtelijk laboratorium. Een contactpersoon. Elke keer wanneer je een moordzaak had, kreeg je een nieuw labcontact. York mocht deze jongen wel. Hij was intelligent en gaf gewoon de informatie waar je om had gevraagd. Veel andere labmensen hadden te veel tv-gekeken en meenden dat ze eerst een eindeloze monoloog moesten houden voordat ze eindelijk ter zake kwamen.
'Wat is er, Max?'
'Ik heb de uitslag van de vezeltest binnengekregen. Je weet wel, van de vezels die we op het lijk van Manolo Santiago hebben gevonden.'
'Oké.'
Meestal stuurde het lab alleen een rapport.
'Is er iets ongebruikelijks gevonden?' vroeg York.
'Ja.'
'Wat?'
'De vezels zijn oud.'
'Ik geloof niet dat ik je kan volgen.'
'De test levert meestal dezelfde gegevens op. Omdat autofabri-

kanten bijna allemaal dezelfde vloermatten gebruiken. Dus dan vind je bijvoorbeeld een auto van General Motors en een marge van vijf jaar waarin die gemaakt is. Soms heb je meer geluk. Dan vind je een kleur die maar voor één model is gebruikt, dat maar een jaar geproduceerd is. Dat soort dingen. Dus dan staat er in het rapport, nou ja, dat weet jij ook wel, dat het om een Ford gaat, met een grijs interieur, gemaakt van 1999 tot 2004. Zoiets.'
'Oké.'
'Deze vezels zijn oud.'
'Misschien komen ze niet uit een auto. Misschien hebben ze hem in een stuk oude vloerbedekking gerold.'
'Dat dachten wij eerst ook. Maar we zijn door blijven zoeken. De vezels komen wel degelijk uit een auto. Maar die auto moet meer dan dertig jaar oud zijn.'
'Wauw.'
'Dit type matten is gebruikt tussen 1968 en 1974.'
'Heb je nog meer?'
'De fabrikant,' zei Reynolds, 'was Duits.'
'Mercedes Benz?'
'Nee, niet zo chic,' zei hij. 'Mijn vermoeden? Ik denk dat de fabrikant Volkswagen was.'

Lucy besloot het nog één keer bij haar vader te proberen.
Toen ze binnenkwam, zat Ira te schilderen. Zuster Rebecca zat bij hem. Ze keek verstoord op. Haar vader zat met zijn rug naar haar toe.
'Ira?'
Toen hij zich omdraaide, deinsde ze bijna achteruit. Hij zag er afschuwelijk uit. Zijn gezicht was grauw, kleurloos. Hij had zich slordig geschoren, waardoor er op diverse plekken plukjes haar uit zijn gezicht en hals staken. Zijn weerbarstige haar had altijd in de war gezeten, maar op de een of andere manier had het hem wel goed gestaan. Vandaag niet. Vandaag zag zijn haar eruit alsof hij een paar jaar over straat had gezworven.
'Hoe voel je je?' vroeg Lucy.
Zuster Rebecca wierp haar een waarschuwende blik toe.
'Niet zo goed,' zei hij.
'Wat ben je aan het maken?'
Lucy liep verder de kamer in. Toen ze het doek zag, ging ze naast hem staan.
Een bos.
Het voerde haar terug in de tijd. Het was natuurlijk hún bos. Bij

het oude zomerkamp. Ze wist precies waar dit was. Hij had alle details goed getroffen. Verbazingwekkend. Ze wist dat hij geen foto's meer van vroeger had, en je zou het bos nooit vanuit deze hoek fotograferen. Ira had het zich herinnerd. Het zat nog steeds in zijn hoofd. Hij had het bos bij nacht geschilderd. De maan stond boven de bomen.
    Lucy keek haar vader aan. Haar vader keek haar aan.
    'We willen graag even alleen zijn,' zei Lucy tegen de verpleegster.
    'Dat lijkt me geen goed idee.'
    Zuster Rebecca dacht zeker dat praten Ira's toestand nog verder zou verslechteren. Het tegendeel was waar. Er zat nog steeds iets gevangen, daar, in Ira's hoofd. Eindelijk, na al die jaren, moest het hoge woord eruit.
    'Rebecca?' zei Ira.
    'Ja, Ira?'
    'Ga de kamer uit.'
    Hij zei het gewoon. Zijn stem klonk niet kil, maar ook niet uitnodigend. Rebecca nam de tijd om een zucht te slaken, op te staan en haar uniform glad te strijken.
    'Als je me nodig hebt,' zei ze, 'roep je me. Afgesproken, Ira?'
    Ira zei niets. Rebecca ging weg. Ze deed de deur niet achter zich dicht.
    Er stond vandaag geen muziek op. Dat verbaasde Lucy.
    'Zal ik een plaat opzetten? Een stukje Hendrix misschien?'
    Ira schudde zijn hoofd. 'Nee, nu niet.'
    Hij deed zijn ogen dicht. Lucy ging naast hem zitten en nam zijn handen in de hare.
    'Ik hou van je,' zei ze.
    'Ik ook van jou. Meer dan van wat ook. Altijd. Voor eeuwig.'
    Lucy wachtte. Hij had zijn ogen nog steeds dicht.
    'Je denkt terug aan die zomer,' zei ze.
    De ogen bleven dicht.
    'Toen Manolo Santiago je kwam opzoeken...'
    Hij kneep zijn ogen nog stijver dicht.
    'Ira?'
    'Hoe weet jij dat?'
    'Wat?'
    'Dat hij me is komen opzoeken.'
    'Zijn naam stond in het gastenboek.'
    'Maar...' Eindelijk deed hij zijn ogen open. 'Er is meer aan de hand, hè?'

'Hoe bedoel je?'
'Heeft hij jou ook opgezocht?'
'Nee.'
Dat leek hem te verbazen. Lucy probeerde het via een andere weg.
'Ken je Paul Copeland nog?' vroeg ze.
Hij deed zijn ogen weer dicht, alsof de vraag pijn deed. 'Natuurlijk.'
'Ik heb hem gezien,' zei Lucy.
Hij sperde zijn ogen wijd open. 'Wat?'
'Hij is bij me geweest.'
Zijn mond viel open.
'Er is iets gaande, Ira. Iets wat alles van toen weer bij ons terugbrengt. Ik moet uitzoeken wat dat is.'
'Nee, dat moet je niet doen.'
'Ik moet wel. Help me, wil je?'
'Waarom…?' Zijn stem haperde. 'Waarom kwam Paul Copeland je opzoeken?'
'Omdat hij wil weten wat er die nacht echt is gebeurd.' Ze hield haar hoofd schuin. 'Wat heb jij tegen Manolo Santiago gezegd?'
'Niks!' riep hij. 'Helemaal niks!'
'Oké. Rustig maar, Ira. Maar hoor eens, ik moet weten…'
'Nee, dat moet je niet.'
'Wat niet? Wat heb je tegen hem gezegd, Ira?'
'Paul Copeland.'
'Wat?'
'Paul Copeland.'
'Ik hoor je wel, Ira. Wat is er met Paul?'
De blik in zijn ogen was bijna helder te noemen. 'Ik moet hem spreken.'
'Oké.'
'Nu! Ik moet hem nú spreken.'
Hij begon steeds onrustiger te worden. Ze ging zachter praten.
'Ik zal hem bellen, oké? We kunnen samen…'
'Nee!'
Hij draaide zich om en keek naar zijn schilderij. Er kwamen tranen in zijn ogen. Hij stak zijn hand ernaar uit alsof hij naar het bos toe werd gezogen.
'Ira, wat is er mis?'
'Alleen,' zei hij. 'Ik wil Paul Copeland alleen spreken.'
'Wil je niet dat ik meekom?'
Hij bleef naar het bos staren en schudde zijn hoofd.

'Ik kan die dingen niet aan jou vertellen, Luce. Ik zou het wel willen, maar ik kan het niet. Paul Copeland. Vraag hem of hij naar me toe komt. Alleen. Ik zal hem vertellen wat hij moet weten. En dan, heel misschien, zullen de geesten zich weer rustig houden.'

Toen ik terugkwam op kantoor, stond me een nieuwe verrassing te wachten.
'Glenda Perez is er,' zei Jocelyn Durels.
'Wie?'
'Ze is advocaat. Maar ze zei dat je haar waarschijnlijk beter kent als Gils zus.'
De voornaam was me ontschoten. Ik liep door naar het wachtgedeelte en herkende haar meteen. Glenda Perez zag er nog net zo uit als op de foto's op de schoorsteenmantel in het huis van haar ouders.
'Mevrouw Perez?'
Ze stond op en gaf me een plichtmatig handje. 'Ik neem aan dat u even tijd voor me hebt?'
'Ja.'
Glenda Perez wachtte niet tot ik haar voorging. Met geheven hoofd liep ze mijn kantoor binnen. Ik ging haar achterna en deed de deur dicht. Ik drukte op de knop van de intercom en zei: 'Ik wil niet gestoord worden', maar ik had de indruk dat Jocelyn dat al uit onze lichaamstaal had begrepen.
Ik gebaarde haar te gaan zitten. Dat deed ze niet. Ik liep om mijn bureau heen en nam erachter plaats. Glenda Perez zette haar handen in haar zij en keek boos op me neer.
'Vertelt u me eens, meneer Copeland. Vindt u het leuk om oude mensen te bedreigen?'
'Aanvankelijk niet. Maar later, toen ik er een beetje handigheid in begon te krijgen, ja, toen vond ik het wel leuk.'
Ze liet haar handen zakken.
'Vindt u dit grappig?'
'Waarom gaat u niet zitten, mevrouw Perez?'
'Hebt u mijn ouders bedreigd?'
'Nee. Wacht, ja toch. Uw vader. Ik heb tegen hem gezegd dat als hij me de waarheid niet vertelde, ik zijn hele leven overhoop zou halen en dat van zijn vrouw en kinderen ook. Als u dat een dreigement wilt noemen, ja, dan heb ik hem inderdaad bedreigd.'
Ik keek haar glimlachend aan. Ze had verwacht dat ik het zou ontkennen, mijn excuses zou aanbieden en het zou uitleggen. Nu ik dat niet deed, had ze geen hout meer om haar vuurtje op te stoken. Ze

opende haar mond, sloot hem weer en ging zitten.
'Zullen we ophouden met toneelspelen?' stelde ik voor. 'Uw broer is twintig jaar geleden levend het bos uit gekomen en ik wil weten wat er is gebeurd.'
Glenda Perez was gekleed in een grijs mantelpakje. Haar kousen waren doorschijnend wit. Ze sloeg haar benen over elkaar en probeerde er ontspannen uit te zien. Het lukte haar niet. Ik wachtte.
'Dat is niet waar. Hij is die nacht vermoord, net als uw zus.'
'Ik dacht dat we zouden ophouden met toneelspelen.'
Ze ging rechtop zitten en tikte met haar vinger op haar onderlip.
'Gaat u het mijn familie echt moeilijk maken?'
'We hebben het hier over de moord op mijn zus. U, mevrouw Perez, zou dat moeten begrijpen.'
'Mag ik dat als een "ja" opvatten?'
'Een heel groot, nietsontziend "ja".'
Ze tikte weer op haar lip. Ik wachtte weer.
'Mag ik u een hypothese voorleggen?'
Ik hield mijn handen op. 'Ik ben gek op hypotheses.'
'Stel,' begon Glenda Perez, 'dat die vermoorde man, die Manolo Santiago, inderdaad mijn broer was. Nogmaals, alleen hypothetisch.'
'Oké, ik stel het me voor. En dan?'
'Wat zou dat voor onze familie betekenen, denkt u?'
'Dat jullie tegen me hebben gelogen.'
'Niet alleen tegen u.'
Ik leunde achterover. 'Tegen wie nog meer?'
'Tegen iedereen.'
Ze begon weer op haar lip te tikken.
'Zoals u weet hebben de vier families van de slachtoffers een rechtszaak tegen de eigenaar van het kamp aangespannen. We hebben een paar miljoen dollar uitgekeerd gekregen. In ons geval, zuiver hypothetisch gezien, zou dat oplichting zijn, nietwaar?'
Ik zei niets.
'We hebben dat geld gebruikt om een zaak over te nemen, om te investeren, om mijn studie te bekostigen en voor de gezondheid van mijn andere broer. Tomas zou dood zijn of in een verpleeghuis zitten als we dat geld niet hadden gehad. Begrijpt u dat?'
'Ja, dat begrijp ik.'
'En als Gil, nog steeds hypothetisch gezien, al die tijd in leven was geweest en wij wisten dat, zou de hele rechtszaak op een leugen gebaseerd zijn geweest. Dan zouden we boetes opgelegd kunnen krijgen, of vervolgd kunnen worden. Daar komt bij dat de politie en de rech-

terlijke macht een viervoudige moord hebben onderzocht. De zaak was gebaseerd op de overtuiging dat alle vier de tieners waren vermoord. Als zou blijken dat Gil het had overleefd, zouden we beschuldigd kunnen worden van obstructie van de rechtsgang. Begrijpt u?'

We keken elkaar aan. Nu was zij degene die wachtte.

'Uw hypothese levert nog een ander probleem op,' zei ik.

'En dat is?'

'Vier mensen zijn het bos in gegaan. Eén komt er levend uit. Hij houdt voor iedereen geheim dat hij nog leeft. Op grond van uw hypothese zou men daaruit de conclusie kunnen trekken dat hij de andere drie heeft vermoord.'

Weer dat tikken op haar lip. 'Ik kan uw gedachtegang in die richting volgen.'

'Maar?'

'Hij heeft het niet gedaan.'

'Dat moet ik maar van u aannemen?'

'Maakt het nog iets uit?'

'Natuurlijk maakt het iets uit.'

'Als mijn broer de andere drie heeft vermoord, is daar niets meer aan te doen, of wel soms? Hij is dood. U kunt hem niet meer tot leven wekken en hem berechten.'

'Goed punt.'

'Dank u.'

'Maar hééft uw broer mijn zus vermoord?'

'Nee, dat heeft hij niet.'

'Wie heeft het dan wel gedaan?'

Glenda Perez stond op. 'Lange tijd heb ik dat niet geweten. In onze hypothese wist ik niet dat mijn broer nog in leven was.'

'Uw ouders wel?'

'Ik ben hier niet om over mijn ouders te praten.'

'Ik móét weten…'

'Wie uw zus heeft vermoord. Dat begrijp ik.'

'Dus?'

'Dus zal ik u nog één ding vertellen. En daar laat ik het bij. Maar ik vertel het u alleen onder één voorwaarde.'

'En die is?'

'Dat dit allemaal hypothetisch blijft. Dat u ophoudt de autoriteiten te vertellen dat Manolo Santiago mijn broer is. Dat u belooft dat u mijn ouders verder met rust zult laten.'

'Dat kan ik niet beloven.'

'Dan kan ik u niet vertellen wat ik over uw zus weet.'

Stilte. Daar had je het dan. De impasse. Glenda Perez maakte zich op om te vertrekken.

'U bent advocaat,' zei ik. 'Als ik mijn best doe, kan ik u uit de Orde van Advocaten laten zetten…'

'U hebt nu wel genoeg gedreigd, meneer Copeland.'

Ik hield mijn mond.

'Ik weet iets over wat er die nacht met uw zus is gebeurd. Als u wilt weten wat dat is, zult u een deal met me moeten sluiten.'

'En dan gelooft u me op mijn woord dat ik me eraan zal houden?'

'Nee. Daarom heb ik een juridische overeenkomst opgesteld.'

'Dat meent u niet.'

Glenda Perez stak haar hand in haar binnenzak en haalde de papieren eruit. Ze vouwde ze open en gaf ze aan mij. Het was een soort geheimhoudingsovereenkomst. Er werd in gesteld dat ik niets meer zou zeggen of ondernemen om aan te tonen dat Manolo Santiago en Gil Perez een en dezelfde persoon waren, en dat haar ouders bij een eventueel proces immuniteit zouden genieten.

'Dit is niet onaanvechtbaar,' zei ik. 'Dat weet u.'

Ze haalde haar schouders op. 'Het was het enige wat ik kon verzinnen.'

'Ik zal niets zeggen,' zei ik, 'tenzij het echt niet anders kan. Ik heb er geen belang bij om u of uw familie schade toe te brengen. Ik zal niet langer tegen York of iemand anders zeggen dat ik geloof dat Manolo Santiago uw broer is. Ik beloof u dat ik mijn uiterste best zal doen. Maar verder kan ik niet gaan, dat weet u net zo goed als ik.'

Glenda Perez aarzelde. Toen vouwde ze de papieren op, stak ze weer in haar zak en liep naar de deur van mijn kantoor. Ze pakte de deurknop vast en draaide zich naar me om.

'Praten we nog steeds hypothetisch?' vroeg ze.

'Ja.'

'Als mijn broer die nacht levend het bos uit is gekomen, was hij niet de enige.'

Ik voelde mijn hele lichaam koud worden. Ik kon me niet bewegen. Ik kon niets zeggen. Ik wilde iets zeggen, maar er kwam geen geluid uit mijn mond. Ik keek Glenda Perez aan. Zij keek mij aan. Ze knikte en ik zag dat haar ogen vochtig werden. Toen draaide ze zich om en deed de deur open.

'Speel geen spelletje met me, Glenda.'

'Dat doe ik niet, Paul. Dit is het enige wat ik weet. Mijn broer heeft het die nacht overleefd. En jouw zus ook.'

33

De dag gaf zich over aan de schemer toen Loren Muse bij het voormalige zomerkamp aankwam. WOONGEMEENSCHAP LAKE CHARMAINE stond er op het bord. Het was een reusachtig gebied, wist ze, aan weerskanten van Delaware River, die de grens tussen New Jersey en Pennsylvania vormde. Het meer en de koopflats bevonden zich in Pennsylvania, de bossen in New Jersey.

Muse hield niet van bossen. Ze was gek op sporten maar had een bloedhekel aan de zogenaamde vrije natuur. Ze had de pest aan muggen en ander ongedierte, aan vissen, aan door beekjes waden, aan boswandelingen, aan zeldzame bodemschatten, oude nederzettingen en picknickplaatsen en prijsvarkens en liefdadigheidbazaars en al het andere wat men als 'landelijk' beschouwde.

Ze stopte naast het huisje van de bewaking, liet haar legitimatie zien en wachtte totdat de poort openging. Dat gebeurde niet. De bewaker, zo'n gewichtheffer op z'n retour, kwam naar buiten, pakte haar legitimatie, liep ermee naar binnen en belde iemand.

'Hé, ik heb haast.'
'Zit je slipje te strak?'
'Pardon...?'
Ze kookte onmiddellijk van woede.
Verderop zag ze knipperende lichten. Van een heel stel geparkeerde politiewagens. Vermoedelijk wilde elke smeris binnen een actieradius van honderd kilometer erbij zijn.

De bewaker legde de hoorn op het toestel. Hij bleef in zijn huisje zitten. Hij kwam niet terug naar haar auto.
'Hé!' riep Muse.
Geen reactie.
'Hé, ik heb het tegen jou, vriend.'
Ten slotte keek hij naar haar op. Verdomme, dacht Muse. De bewaker was een jonge man. Dat was een probleem. Als je te maken kreeg met een oudere bewaker, was het meestal een gepensioneer-

de, wat verveelde man die echter wel coöperatief was. Een vrouwelijke bewaker? Vaak een moeder die werkte om wat bij te verdienen. Maar een man in de bloei van zijn leven? Zeven van de tien waren ronduit gevaarlijke gespierde domkoppen die graag de politieagent wilden uithangen. Maar om de een of andere reden wilde de echte politie hen niet hebben. Ze wilde haar eigen beroepsgroep niet afvallen, maar als iemand graag bij de politie wilde en werd afgewezen, was daar meestal een goede reden voor, en was het meestal niet iemand bij wie je graag in de buurt wilde zijn.

En als je zo iemand was, bestond er dan een betere invulling van je eigen zinloze leven dan een chef Onderzoek, die ook nog eens een vrouw was, te laten wachten?

'Hallo?' probeerde ze, een fractie vriendelijker.

'Je mag nog niet naar binnen,' zei hij.

'Waarom niet?'

'Je moet wachten.'

'Waarop?'

'Op sheriff Lowell.'

'Sheriff Lobo?'

'Lowell. Hij heeft gezegd dat ik niemand mag binnenlaten zonder zijn toestemming.'

Hij ging staan en hees zijn broek op. Echt waar.

'Ik ben chef Onderzoek van het OM van Essex County.'

Hij grinnikte. 'Ziet het er hier uit als Essex County?'

'Het zijn míjn mensen die daar aan het werk zijn. Ik moet naar binnen.'

'Hé, zit je slipje te strak?'

'Erg leuk.'

'Wat?'

'Die grap van je, zit je slipje te strak? Je hebt hem nu twee keer gemaakt. Maar hij is leuk, erg leuk. Mag ik hem een keer gebruiken, ik bedoel, als ik iemand écht op de knieën van het lachen wil krijgen? Dan zal ik zeggen dat ik hem van jou heb.'

Hij pakte zijn krant en negeerde haar verder. Muse overwoog het gaspedaal in te trappen en dwars door de poort te rijden.

'Draag je een wapen?' vroeg ze.

Hij legde zijn krant neer. 'Wat?'

'Een wapen. Of je een wapen draagt. Je weet wel, om je andere tekortkomingen te compenseren.'

'Laat me verdomme met rust.'

'Ik draag wel een wapen. Weet je wat? Als je de poort opendoet, mag je het even vasthouden.'

Hij zei niets. Natuurlijk zou ze dat niet doen. Ze zou nog eerder op hem schieten.

De bewaker keek haar loerend aan. Ze krabde aan haar wang en wees naar hem met haar pink. Uit de manier waarop hij haar aankeek, maakte ze op dat hij dat niet leuk vond.

'Probeer je me op de kast te krijgen?'

'Hé,' zei Muse, en ze legde haar handen weer op het stuur, 'zit je slip soms te strak?'

Het was dom, wist Muse, maar ze kon het gewoon niet laten. De adrenaline zat inmiddels in haar bloed. Ze wilde weten wat Andrew Barrett had gevonden. Aan al die politiewagens met knipperende lichten te zien, moest het iets belangrijks zijn.

Zoals een lijk.

Er verstreken twee minuten. Muse stond op het punt haar pistool te trekken en hem te dwingen de poort open te doen, toen er een man in uniform naar haar auto kwam lopen. Hij had een hoed met brede rand op en een sheriffsinsigne op zijn jack. Op zijn naamplaatje stond LOWELL.

'Kan ik iets voor je doen, juffie?'

'Juffie? Heeft hij niet gezegd wie ik ben?'

'Eh... nee, sorry. Hij zei alleen dat...'

'Ik ben Loren Muse, chef Onderzoek van het OM van Essex County.' Muse wees naar het wachthuisje. 'Kleine Piemel daar heeft mijn legitimatie.'

'Hé, hóé noemde je me?'

Sheriff Lowell zuchtte en veegde zijn neus af met zijn zakdoek. Zijn neus was vlezig en nogal groot. Zijn overige gelaatstrekken waren langgerekt en slap, alsof iemand een karikatuur van hem had getekend en die in de zon had laten smelten. Hij wuifde met zijn zakdoek naar de bewaker.

'Rustig aan, Sandy.'

'Sandy?' herhaalde Muse. Ze keek naar het wachthuisje. 'Is dat geen meisjesnaam?'

Sheriff Lowell keek langs zijn enorme neus op haar neer. Met een afkeurende blik, meende Muse. Ze kon het hem niet kwalijk nemen.

'Sandy, geef de dame haar legitimatie terug.'

Eerst een juffie met een te strak slipje, en nu dame. Muse moest zich erg inhouden om niet boos te worden. Ze bevond zich op nog geen twee uur rijden van Newark en New York, maar het leek verdomme wel alsof ze in een of ander onontwikkeld gebied terecht was gekomen.

Sandy gaf de legitimatie aan Lowell. De sheriff veegde zijn neus weer af, zo hard dat Muse even bang was dat de huid zou loslaten. Hij bekeek de legitimatie, zuchtte en zei: 'Je had me moeten vertellen wie ze was, Sandy.'

'Maar u had gezegd dat ik niemand mocht doorlaten zonder uw toestemming.'

'En als je me over de telefoon had verteld wie ze was, zou ik je die toestemming gegeven hebben.'

'Maar...'

'Hoor eens, jongens,' onderbrak Muse hen. 'Doe me een lol en bespreek jullie interne zaken tijdens de volgende kampvuurbijeenkomst, oké? Ik heb werk te doen.'

'Je kunt daar, aan de rechterkant, je auto parkeren,' zei Lowell onverstoord. 'De rest moeten we lopen. Ik breng je ernaartoe.'

Lowell knikte naar Sandy. Sandy drukte op een knop en de poort ging open. Muse krabde weer aan haar wang, met haar pink omhoog, voordat ze erdoorheen reed. Sandy kookte van woede, wat Muse wel leuk vond.

Ze parkeerde de auto. De sheriff kwam naar haar toe lopen. Hij had twee zaklantaarns meegebracht, waarvan hij er een aan haar gaf. Muses geduld begon op te raken. Ze griste het ding uit zijn hand en zei: 'Oké, kunnen we nu een beetje opschieten? Welke kant op?'

'Je hebt een leuke manier om met mensen om te gaan,' zei Lowell.

'Dank je, sheriff.'

'Kom, we gaan hier rechtsaf.'

Muse woonde zelf in een derderangs 'tuinappartement' zonder tuin, van oersaaie, standaard baksteen, dus wie was zij om er iets van te zeggen, maar de omheinde woongemeenschap zag er in haar niet-deskundige ogen uit als elke andere woongemeenschap, afgezien van het feit dat de architect had gepoogd er een quasirustieke stijl in aan te brengen en de plank volledig mis had geslagen. Door de aluminium buitenwanden leken de koopflats meer op drie verdiepingen hoge caravans. Lowell stapte de stoep af en liep een grindpad op.

'Heeft Sandy je gevraagd of je slipje te strak zat?' vroeg hij.

'Ja.'

'Trek het je niet aan. Dat vraagt hij aan iedereen. Zelfs aan mannen.'

'Hij moet het lichtpuntje in jullie leven zijn.'

Muse zag zeven politiewagens en drie andere dienstauto's op het parkeerterrein staan. Van alle tien de auto's knipperden de lichten. Waarom dat was, wist Muse niet. De bewoners, een mix van oudere mensen en jonge gezinnen, waren naar buiten gekomen en stonden ernaar te kijken.

'Hoe ver is het lopen?' vroeg Muse.
'Ongeveer twee kilometer. Wil je een rondleiding?'
'Waarlangs?'
'De oude plaats delict. We komen langs de plek waar twintig jaar geleden een van de lijken is gevonden.'
'Was je betrokken bij die zaak?'
'Zijdelings,' zei hij.
'En dat houdt in?'
'Ik hield me bezig met de minder belangrijke of misschien wel irrelevante aspecten van de zaak. Kortom, zijdelings.'

Muse keek hem aan.

Het was mogelijk dat Lowell glimlachte, maar door al die slappe huidplooien was het moeilijk te zien. 'Niet slecht voor een achterlijke plattelandssmeris, hè?'

'Ik ben diep onder de indruk,' zei Muse.
'Je zou best wat vriendelijker tegen me kunnen zijn.'
'O ja? Waarom?'
'Ten eerste stuur je je mensen hiernaartoe om naar een lijk te zoeken zonder me daarvan op de hoogte te stellen. Ten tweede is dit mijn plaats delict. Jullie zijn hier te gast en wij bewijzen jullie een dienst.'

'Je gaat toch niet moeilijk doen over de jurisdictie, hè?'
'Nee,' zei hij. 'Maar ik hang graag de norse sheriff uit. Hoe vond je het?'
'Eh... kunnen we nu doorgaan met de rondleiding?'
'Natuurlijk.'

Het pad werd smaller totdat het vrijwel verdwenen was. Ze moesten tegen rotsen op klimmen en zich langs bomen wurmen. Muse was altijd al een halve jongen geweest. Ze hield van actie. En haar schoenen – Flair Hickory kon de pest krijgen – konden het aan.

'Hier,' zei Lowell.

De zon was verder naar de horizon gezakt. Ze zag Lowells profiel in het schemerlicht. Hij zette zijn hoed af en snoot zijn neus weer. 'Dit is de plek waar ze die jongen van Billingham hebben gevonden.'

Doug Billingham.

Het bos leek tot rust te komen toen het die woorden hoorde, en de wind zong zijn naam. Muse keek naar de grond. Een jongen nog maar. Billingham was zeventien geweest. Hij had acht steekwonden gehad toen ze hem vonden, voor het merendeel opgelopen toen hij zich verdedigde. Hij had zich verweerd tegen zijn aanvaller. Ze keek op naar Lowell. Hij had het hoofd gebogen en zijn ogen waren dicht.

Muse herinnerde zich iets anders... iets uit het dossier. Lowell. Die naam. 'Zijdelings, mijn reet,' zei ze. 'Jij had de leiding van het politieonderzoek.'

Lowell gaf geen antwoord.

'Ik begrijp het niet. Waarom heb je dat niet gezegd?'

Hij haalde zijn schouders op. 'Waarom heb jij me niet verteld dat jullie de zaak hebben heropend?'

'Omdat we dat niet echt hebben gedaan. Volgens mij hadden we nog onvoldoende bewijs om dat te doen.'

'Dus dat jouw jongens iets hebben gevonden,' zei hij, 'is gewoon stom geluk?'

De wending die het gesprek nam beviel Muse niet.

'Hoe ver hiervandaan is Margot Green gevonden?' vroeg Muse.

'Anderhalve kilometer naar het zuiden.'

'Margot Green werd het eerst gevonden, hè?'

'Ja. Weet je nog waar je bent binnengekomen? De flats bij de ingang? Daar was vroeger het meisjesdeel van het kamp. Je weet wel, de slaapzalen. Die van de jongens waren meer naar het zuiden. Daar is het meisje van Green gevonden.'

'Hoeveel tijd zat er tussen de vondst van Green en die van Billingham?'

'Zesendertig uur.'

'Dat is lang.'

'Het is een groot gebied.'

'Maar toch. Was hij gewoon dood achtergelaten?'

'Nee, hij was begraven. Niet erg diep. Dat was waarschijnlijk de reden dat hij de eerste keer niet is gevonden. Je weet hoe het gaat. Iedereen wist dat de vier werden vermist en ze wilden allemaal hun burgerplicht doen en helpen met zoeken. Ze zijn gewoon over hem heen gelopen. Niemand wist dat hij daar lag.'

Muse keek naar de grond. Niets aan te zien. Een houten kruisje, zoals die geïmproviseerde gedenktekens die je voor slachtoffers van auto-ongelukken ziet. Maar dit kruisje was oud en viel bijna om. Er zat geen foto van Billingham op. Geen aandenkens, bloemen of pluchen beertjes. Alleen dat houten kruisje. Op deze eenzame, afgelegen plek in het bos. Muse huiverde.

'De dader – maar dat weet je waarschijnlijk al – heette Wayne Steubens. Een groepsleider in het kamp, zo bleek. Er zijn een hoop theorieën over wat er die nacht is gebeurd, maar de algemene opvatting is dat Steubens de twee verdwenen kinderen – Perez en Copeland – eerst heeft weggewerkt. Dat hij ze heeft begraven. En dat hij een graf voor Douglas Billingham aan het graven was toen Margot Green werd gevonden. Dat hij het snel dicht heeft gegooid en ervandoor is gegaan. Volgens die hoge pief van de FBI vormde het begraven van de lijken een belangrijk deel van de kick die hij ervan kreeg. Je weet dat Steubens al zijn andere slachtoffers ook heeft begraven, hè? Die in de andere staten?'

'Ja, dat weet ik.'

'Wist je dat twee van hen nog in leven waren toen ze werden begraven?'

Dat wist ze ook. 'Heb je Wayne Steubens ooit ondervraagd?'

'We hebben met iedereen in het kamp gepraat.'

Hij zei het langzaam en op afgemeten toon. In Muses hoofd ging een alarmbelletje rinkelen.

'En ja,' vervolgde Lowell, 'die jongen van Steubens bezorgde me de rillingen. Tenminste, dat denk ik nu. Maar misschien is dat alleen omdat ik erop terugkijk, want ik kan het me niet herinneren. Er waren geen bewijzen die Steubens in verband met de moorden brachten. Daar kwam bij dat Steubens een steenrijke moeder had. Die had een advocaat in de arm genomen. Je kunt je voorstellen dat het kamp meteen werd ontruimd. Alle kinderen gingen direct naar huis. Steubens werd voor zijn volgende semester naar Europa gestuurd. Naar een school in Zwitserland, geloof ik.'

Muse stond nog steeds naar het kruis te staren.

'Ben je hier klaar?'

Muse knikte. Ze liepen door.

'Hoe lang ben je al chef Onderzoek?' vroeg Lowell.

'Pas een paar maanden.'

'En daarvoor?'

'Drie jaar bij Moordzaken.'

Hij snoot zijn enorme neus weer. 'Het wordt nooit gemakkelijker, hè?'

Het leek Muse een retorische vraag, dus ze zei niets en liep door.

'Het is niet het geweld,' vervolgde hij. 'Het is zelfs niet de dood. De slachtoffers, ze zijn er niet meer. Daar is niets aan te doen. Wat blijft... zijn de echo's. Dit bos waar we nu doorheen lopen. Er zijn oude gekken die beweren dat de echo's voor altijd door het bos blijven klinken. Als je erover nadenkt, is het helemaal niet zo gek. Die jongen van Billingham. Ik weet zeker dat hij heeft geschreeuwd. Zijn geschreeuw echode door het bos, weerkaatste tussen de bomen en werd zachter en zachter, maar het verdween nooit helemaal. Het is alsof hij het nog steeds uitschreeuwt van angst, zelfs nu nog. Zo gaat dat met de echo's van moorden.'

Muse liep met gebogen hoofd, keek waar ze haar voeten neerzette.

'Heb je de nabestaanden van de slachtoffers ontmoet?'

Muse dacht even na. 'Een van die nabestaanden is mijn baas.'

'Paul Copeland,' zei Lowell.

'Ken je hem nog?'

'Zoals ik al zei, heb ik met iedereen in het zomerkamp gesproken.'

Het belletje in Muses hoofd rinkelde weer.

'Is hij degene die jou opdracht heeft gegeven om de zaak weer onder de loep te nemen?' vroeg Lowell.

Ze gaf geen antwoord.

'Moord is onrecht,' vervolgde hij. 'Het is God die het lot van de mens bepaalt en die de natuurlijke orde heeft geschapen, en dan komt er iemand die het heft in eigen hand neemt en er een rotzooitje van maakt. Als je een zaak oplost, helpt dat, natuurlijk. Maar het is alsof je een prop van een stuk aluminiumfolie maakt. Als je de dader vindt, kun je de prop uit elkaar pulken en gladstrijken, maar voor de nabestaanden zullen er altijd kreukels in blijven zitten.'

'Aluminiumfolie?'

Lowell haalde zijn schouders op.

'Je bent wel filosofisch aangelegd, sheriff.'

'Kijk je baas maar eens goed in de ogen. Wat er die nacht in dit bos is gebeurd, wat dat ook is, is er nog steeds in te zien. De echo's zijn er nog steeds, waar of niet?'

'Dat weet ik niet,' zei Muse.

'En ik weet niet of jij hier wel zou moeten zijn.'

'Waarom is dat?'

'Omdat ik jouw baas over die nacht heb ondervraagd.'

Muse bleef staan. 'Wou je zeggen dat er sprake is van een of andere vorm van belangenverstrengeling?'

'Dat is precies wat ik wil zeggen.'

'Was Paul Copeland een van de verdachten?'

'Het dossier is nog steeds open. En het is, ondanks jouw bemoeienis, nog steeds mijn zaak. Dus op die vraag kan ik geen antwoord geven. Maar wat ik je wel kan zeggen is dit: hij heeft gelogen over wat er die nacht is gebeurd.'

'Hij was jong en hij had nachtdienst. Hij wist niet hoe ernstig de situatie was.'

'Dat is geen excuus.'

'Hij heeft het later toch rechtgezet?'

Lowell gaf geen antwoord.

'Ik heb het dossier gelezen,' zei Muse. 'Hij is stiekem het bos in gegaan en heeft niet gedaan wat er tijdens zijn nachtdienst van hem werd verwacht. Je had het over schade die mensen oplopen. Wat dacht je van het schuldgevoel dat hij eraan heeft overgehouden? Hij mist zijn zus, natuurlijk. Maar ik denk dat hij nog meer verteerd wordt door schuldgevoel.'

'Interessant.'

'Wat?'

'Je zegt dat hij wordt verteerd door schuldgevoel,' zei Lowell. 'Maar wat voor sóórt schuldgevoel?'

Muse bleef doorlopen.

'En het is toch wel opvallend, vind je ook niet?'

'Wat?' vroeg Muse.

'Dat hij juist die nacht zijn post heeft verlaten. Ik bedoel, denk er eens over na. We hebben het over een jongen met verantwoordelijkheidsgevoel. En opeens, in de nacht dat die vier het kamp uit sluipen en Wayne Steubens van plan is een paar moorden te plegen, kiest Paul Copeland ervoor zijn plicht te verzaken.'

Muse zei niets.

'Dat, mijn jonge collega, heeft me altijd als iets té toevallig getroffen.'

Lowell glimlachte en draaide zich om.

'Kom mee,' zei hij. 'Het begint donker te worden en je wilt zien wat je vriend Barrett heeft gevonden.'

Toen Glenda Perez was vertrokken, huilde ik niet, maar het scheelde verdomd weinig.

Ik zat in mijn kantoor, alleen, verbijsterd, en wist niet goed wat ik moest doen, denken of voelen. Mijn hele lichaam tintelde. Ik keek naar mijn handen en zag dat ze trilden. Ik deed echt wat je doet wanneer je niet zeker weet of je droomt of niet. Ik kneep mezelf en deed alle andere tests. Ik droomde niet. Dit was echt.

Camille leefde nog.

Mijn zus was levend het bos uit gekomen. Net als Gil Perez.

Ik belde Lucy op haar mobiele telefoon.

'Hoi,' zei ze.

'Je raadt nooit wat de zus van Gil Perez me zonet heeft verteld.'

'Wat?'

Ik vertelde haar het hele verhaal. Toen ik aankwam bij het deel waarin Camille levend het bos uit was gelopen, hoorde ik Lucy naar adem happen.

'Geloof je haar?' vroeg ze.

'Over Camille, bedoel je?'

'Ja.'

'Waarom zou ze het zeggen als het niet waar was?'

Lucy zei niets.

'Wat? Denk jij dat ze liegt? Waarom zou ze dat doen?'

'Dat weet ik niet, Paul. Maar er zijn nog te veel dingen die we niet weten.'

'Akkoord. Maar als je erover nadenkt, heeft Glenda Perez geen enkele reden om tegen me te liegen.'

Stilte.

'Wat is er, Lucy?'

'Ik blijf het vreemd vinden, dat is alles. Als je zus nog in leven is, waar is ze dan al die tijd geweest?'

'Geen idee.'

'Wat ga je nu doen?'

Ik dacht erover na, probeerde mijn gedachten te ordenen. Goeie vraag. Wat nu? Wat moest ik doen?

'Ik heb mijn vader weer gesproken,' zei Lucy.

'En?'

'Hij herinnert zich iets over die nacht.'

'En dat is?'

'Dat wilde hij niet zeggen. Hij zei dat hij het alleen aan jou kon vertellen.'

'Aan mij?'

'Ja. Ira zei dat hij je wilde spreken.'

'Nu meteen?'

'Als je wilt.'

'Ja, dat wil ik. Zal ik je ophalen?'

Ze aarzelde.

'Wat is er?'

'Ira zei dat hij je onder vier ogen wilde spreken. Dat hij het niet kon zeggen met mij erbij.'

'Oké.'
Ze aarzelde weer.
'Paul?'
'Ja?'
'Haal me toch maar op. Ik wacht wel in de auto terwijl jij met hem praat.'

Inspecteur York en rechercheur Dillon van Moordzaken zaten in de 'techneutenkamer' een pizza te eten. De techneutenkamer was een soort hangplek voor politiemensen, waar regelmatig tv's en videorecorders en dat soort dingen naar binnen werden gereden.

Max Reynolds kwam binnen. 'Hoe gaat het, jongens?'
'Deze pizza is werkelijk heel smerig.'
'Sorry.'
'We zijn hier verdomme in New York. De Big Apple. De bakermat van de pizza. En dit smaakt naar iets wat alle regels van de Warenwet overtreedt.'

Reynolds zette een van de tv's aan. 'Het spijt me dat onze keuken niet aan uw verwachtingen kan voldoen.'

'Overdrijf ik?' vroeg Dillon aan York. 'Ik bedoel, wees nou eens eerlijk, smaakt dit naar zwerverskots of ligt het aan mij?'

'Je bent al met je derde punt bezig,' zei York.

'En waarschijnlijk mijn laatste. Om te laten zien dat ik het meen.'

York wendde zich tot Max Reynolds. 'Wat heb je voor ons?'

'Ik denk dat ik onze man heb gevonden. Of in ieder geval zijn auto.'

Dillon zette zijn tanden weer in een punt pizza. 'Niet praten, laat zien.'

'Twee straten van de plek waar jullie het lijk hebben gevonden, is een buurtsuper,' begon Reynolds. 'De eigenaar heeft problemen met winkeldieven die spullen pikken uit bakken die voor de winkel staan. Daarom heeft hij zijn camera naar buiten gericht.'

'Koreaan?' vroeg Dillon.
'Sorry?'
'De eigenaar van de buurtsuper. Dat is een Koreaan, hè?'
'Dat weet ik niet. Maakt dat iets uit?'

'Ik durf te wedden dat het een Koreaan is. Dus hij richt zijn camera naar buiten omdat een of ander rotjong een sinaasappel van hem pikt. Vervolgens begint hij te jammeren dat hij belasting betaalt, terwijl hij hoogstwaarschijnlijk tien illegalen in dienst heeft, en dat wij er iets aan moeten doen. Alsof de politie zin heeft om urenlang naar zijn waardeloze, onscherpe beveiligingstapes te kijken om meneer de Sinaasappeldief te vinden.'

Hij stopte. York keek Reynolds aan. 'Ga door.'

'Hoe dan ook, ja, de camera laat ons inderdaad een deel van de straat zien. Dus hebben we de beelden gecontroleerd op oude auto's, van meer dan dertig jaar geleden, en moet je zien wat we hebben gevonden.'

Reynolds had het bewuste moment al opgezocht. Op het scherm reed een oude Volkswagen voorbij. Hij drukte op de knop om het beeld stil te zetten.

'Is dat de auto die we zoeken?' vroeg York.

'Ja. Een Volkswagen Kever uit 1971. Een van onze experts zegt dat hij dat kan zien aan de bouw van de voorkant, de MacPherson-wielophanging, en de bagageruimte voorin. Maar wat belangrijker is, dit type auto past bij de vezels van de matten, die we op de kleding van meneer Santiago hebben gevonden.'

'Het is niet waar,' zei Dillon.

'Kun je de nummerplaat zichtbaar maken?' vroeg York.

'Nee. We hebben alleen de aanblik van opzij. Ook geen gedeeltelijke nummerplaat, of de staat waar hij vandaan komt.'

'Maar hoeveel originele gele Volkswagen Kevers kunnen er nu nog rondrijden?' vroeg York. 'Als we beginnen met de dienst Motorvoertuigen in New York, en daarna New Jersey en Connecticut nemen...'

Dillon zat te herkauwen als een koe, maar hij knikte en zei: 'Dat zou een treffer moeten opleveren.'

York wendde zich weer tot Reynolds. 'Is er nog meer?'

'Dillon had gelijk; de beeldkwaliteit is niet best. Maar als je dit uitvergroot...' Hij drukte op een knop en zoomde in op het beeld. '... kunnen we een deel van de bestuurder zien.'

Dillon tuurde naar het scherm. 'Hij lijkt een beetje op Jerry Garcia.'

Reynolds knikte. 'Lang grijs haar, grijze baard.'

'Dat is alles?'

'Ja, dit is het.'

'We beginnen meteen met de dienst Motorvoertuigen,' zei York tegen Dillon. 'Die auto moet niet moeilijk te vinden zijn.'

34

De beschuldiging van sheriff Lowell klonk na door het bos.

Lowell, die niet achterlijk was, dacht dat Paul Copeland over de moorden had gelogen.

Was dat zo? En maakte het iets uit?

Muse dacht erover na. Ze mocht Cope heel graag, dat stond vast. Hij was een geweldige baas en een verdomd goede procureur. Maar wat Lowell had gezegd, had haar uit het lood geslagen. Het had haar herinnerd aan wat ze al wist: dat dit een moordzaak was. En een moordzaak wás een moordzaak. Ze moest de sporen volgen naar waar die haar naartoe leidden, ook als dat naar haar baas was.

Geen voorkeursbehandeling.

Een paar minuten later hoorde ze rumoer in het groen. Muse zag Andrew Barrett staan. Esthetisch gezien leverde hij geen fraai beeld op, met zijn lange armen en benen, zijn knokige ellebogen en zijn schokkende, fladderende bewegingen. Hij trok iets achter zich aan wat op een kinderwagen leek. Dat moest de XJR zijn. Muse riep hem. Barrett keek verstoord om, duidelijk geërgerd door de interruptie. Toen hij zag dat zij het was, klaarde zijn gezicht op.

'Hé, Muse!'

'Andrew.'

'Wauw! Wat ben ik blij je te zien.'

'O ja?' zei Muse. 'Wat ben je aan het doen?'

'Hoe bedoel je, aan het doen?' Hij legde het apparaat neer. Hij was in het gezelschap van drie jonge mensen die sweatshirts met een John Jay-logo aanhadden... zijn studenten, nam ze aan. 'Ik zoek naar graven.'

'Ik dacht dat je al iets had gevonden.'

'Heb ik ook. Daar, honderd meter verderop. Maar ik dacht dat er twee lijken ontbraken, dus dacht ik: hé, waarom zou ik nu al op mijn lauweren rusten, begrijp je wat ik bedoel?'

Muse slikte. 'Heb je een lijk gevonden?'

Er kwam een hartstocht op zijn gezicht die je gewoonlijk alleen op padvindersreünies tegenkomt.
'Mijn apparaat, Muse, heeft het gevonden. O mijn god, het is echt geweldig. En we hebben natuurlijk geluk gehad. Het heeft hier lang niet geregend, ik weet het niet precies, hoe lang, sheriff?'
'Twee, drie weken,' zei Lowell.
'Zie je, dat helpt. Dat scheelt een jas. Droge grond. Weet je hoe een grondradar werkt? Ik heb deze schoonheid voorzien van 800 MHz sonde. Daarmee kan ik tot een meter zestig in de bodem dringen, maar wat een beeldschone een meter zestig is dat! Mensen zoeken meestal veel te diep. Er zijn maar weinig moordenaars die dieper dan een tot anderhalve meter graven. Een ander probleem is dat de huidige apparaten moeite hebben met het onderscheiden van gelijkvormige voorwerpen. Zoals leidingen of boomwortels, in plaats van waar we werkelijk naar op zoek zijn... botten. De XJR geeft je niet alleen een duidelijkere dwarsdoorsnede van de bodem, maar met de 3D-beeldversterker...'
'Barrett?' zei Muse.
Hij schoof zijn bril een stukje omhoog. 'Ja?'
'Zie ik eruit alsof het me ene rattenreet kan schelen hóé je nieuwe speelgoed werkt?'
Hij schoof zijn bril opnieuw omhoog. 'Eh...'
'Het enige wat me kan schelen is dát het werkt. Wil je me nu alsjeblieft vertellen wat je hebt gevonden voordat ik iemand neerschiet?'
'Beenderen, Muse,' zei hij met een glimlach. 'We hebben beenderen gevonden.'
'Van een mens?'
'Absoluut. Het eerste wat we vonden toen we gingen graven, was de schedel. Toen zijn we meteen gestopt en hebben de profs het overgenomen.'
'Hoe oud zijn ze?'
'Wat, de beenderen?'
'Nee, die eiken daar. Ja, Barrett, de beenderen.'
'Hoe moet ik dat verdomme weten? Misschien kan de lijkschouwer je een idee geven. Ze is daar nu aan het werk.'
Muse haastte zich langs hem heen. Lowell kwam haar achterna. Ze zag de grote schijnwerpers staan en van een afstand leek het wel een filmset. Ze wist dat bij opgravingen vaak fel kunstlicht werd gebruikt, zelfs als het team in de volle zon aan het werk was. Een van de jongens van de technische recherche had haar eens verteld dat

het kunstlicht hen hielp het echte goud van het nepgoud te onderscheiden. 'Zonder dat licht is het alsof je stomdronken in een donkere bar een mooie meid ontmoet denkt te hebben,' had hij gezegd. 'Je denkt dat je de jackpot hebt, maar de volgende ochtend kun je jezelf wel voor je hoofd slaan.'

Lowell wees naar een aantrekkelijke vrouw die gummihandschoenen droeg. Muse dacht eerst dat het een studente was, want ze zag eruit alsof ze hooguit dertig kon zijn. Ze had lang gitzwart haar dat strak achteruit was getrokken en in een staart was geknoopt, zoals flamencodanseressen hun haar dragen.

'Dat is dokter O'Neill,' zei Lowell.

'Is zij jullie lijkschouwer?'

'Ja. Wist je dat dat hier een gekozen functie is?'

'Bedoel je dat ze een verkiezingscampagne voeren? Zoiets als: "Hallo, ik ben dokter O'Neill en ik ben erg goed met lijken"?'

'Ik kan daar wel een gevat antwoord op geven,' zei Lowell, 'maar jullie stadsmensen zijn veel te bijdehand voor ons plattelanders.'

Toen Muse dichterbij kwam, zag ze dat 'aantrekkelijk' misschien wel een understatement was. Tara O'Neill was een absolute knockout. Muse zag ook dat haar uiterlijk de andere politiemensen afleidde. Een lijkschouwer heeft niet de leiding op een plaats delict. De politie heeft die. Maar iedereen wierp steelse blikken in O'Neills richting. Muse liep met kwieke passen op haar toe.

'Ik ben Loren Muse, chef Onderzoek van het OM van Essex County.'

De vrouw gaf haar een in gummi gehulde hand. 'Tara O'Neill, lijkschouwer.'

'Wat kunt u me over het lijk vertellen?'

O'Neill leek even te aarzelen, maar Lowell knikte dat het oké was. 'Bent u degene die meneer Barrett hiernaartoe heeft gestuurd?' vroeg O'Neill.

'Ja.'

'Interessante man.'

'Dat is mij ook opgevallen.'

'Maar dat apparaat van hem werkt echt. Ik heb geen idee hoe hij het voor elkaar heeft gekregen om die beenderen te vinden. Knap werk. Ik denk dat het heeft geholpen dat ze eerst de schedel hebben gevonden.'

O'Neill knipperde met haar ogen en wendde haar blik af.

'Is er iets?' vroeg Muse.

Ze schudde haar hoofd. 'Ik ben in deze streek opgegroeid. Ik heb hier vroeger gespeeld, hier op deze plek. Je zou denken dat... hoe zeg je dat... dat je een soort kilte of zoiets gevoeld zou moeten hebben. Maar nee hoor, niks.'

Muse tikte met de neus van haar schoen op de grond en wachtte.

'Weet u, ik was tien toen die twee vermist raakten. Ik kwam hiernaartoe met mijn vriendjes en vriendinnetjes. Dan maakten we een kampvuur en verzonnen verhalen over de twee die nooit waren gevonden, dat ze hier nog steeds waren en ons observeerden, dat ze in zombies of zoiets waren veranderd, en dat ze ons achterna zouden komen om ons te vermoorden. Heel stom, natuurlijk. Alleen maar een manier om je vriendje zover te krijgen dat hij zijn jasje om je schouders hing, of zijn arm om je heen sloeg.'

Tara O'Neill glimlachte en schudde haar hoofd.

'Dokter O'Neill?'

'Ja?'

'Vertel me alsjeblieft wat jullie hebben gevonden.'

'We zijn er nog mee bezig, maar voor zover ik heb kunnen zien gaat het om een vrijwel compleet skelet. Het was op een kleine meter diepte begraven. Ik moet de beenderen naar het lab laten brengen om ze te kunnen identificeren.'

'Wat kunt u me er nu over vertellen?'

'Kom mee, deze kant op.'

Ze nam Muse mee naar de andere kant van de opgraving. De beenderen waren van etiketten voorzien en op een blauw zeil neergelegd.

'Geen kleding?' vroeg Muse.

'Nee, niks.'

'Is die vergaan, of is het lijk naakt begraven?'

'Dat kan ik niet met zekerheid zeggen. Maar aangezien er geen muntstukken of sieraden of knopen of een ritssluiting of schoenen zijn gevonden – dingen die veel langer intact blijven – vermoed ik dat het naakt is begraven.'

Muse stond enige tijd naar de bruine schedel te staren. 'Doodsoorzaak?'

'Daar is het nog te vroeg voor. Maar er zijn een paar dingen die we wel weten.'

'Zoals?'

'De beenderen zijn in een slechte staat. Ze waren niet zo diep begraven en hebben er een flinke tijd gelegen.'

'Hoe lang?'

'Dat is moeilijk te zeggen. Ik heb vorig jaar een seminar over bodemmonsters op plaatsen delict gevolgd. Aan de manier waarop de bodem is verstoord, kun je zien hoe lang geleden een gat is gegraven. Maar dat is allemaal heel prematuur.'

'Kunt u er íéts over zeggen? Een eerste schatting?'

'Die beenderen hebben hier een flinke tijd gelegen. Ten minste vijftien jaar, zou ik zeggen. Kortom – en om de vraag te beantwoorden die u ongetwijfeld bezighoudt – wat aansluit, heel goed aansluit, bij het tijdkader van de moorden die twintig jaar geleden in dit bos zijn gepleegd.'

Muse slikte en stelde de vraag die vanaf het eerste begin op haar lippen had gebrand.

'Kunt u het geslacht bepalen? Kunt u aan de botten zien of ze van een vrouw of een man zijn?'

Ze werden gestoord door een zware stem. 'Eh... dokter?'

Het was een van de mannen van de technische recherche, gekleed in het bekende windjack op de rug waarvan dat in grote letters vermeld stond. Het was een gedrongen man met een volle baard en een nog vollere taille. Hij had een schepje in zijn hand en hijgde als iemand die in een slechte conditie was.

'Wat is er, Terry?' vroeg O'Neill.

'Ik denk dat we alles hebben.'

'Wil je het afvoeren?'

'Ja, voor de nacht valt, lijkt me. We kunnen morgen terugkomen om te kijken of er meer ligt. Maar ik zou de beenderen nu graag naar het lab brengen, als u het goedvindt.'

'Geef me twee minuten,' zei O'Neill.

Terry knikte en liet hen alleen. Tara O'Neill bleef naar de beenderen staren.

'Weet u iets van het menselijk skelet, rechercheur Muse?'

'Iets.'

'Zonder grondig onderzoek is het nog vrij lastig om het verschil tussen een mannelijk en een vrouwelijk skelet vast te stellen. Een van de aanknopingspunten die we hebben, is het formaat van de beenderen. Die van mannen zijn natuurlijk dikker en zwaarder. En soms kan de lengte van het slachtoffer ons helpen, aangezien mannen meestal langer zijn dan vrouwen. Maar die dingen zijn niet doorslaggevend.'

'Wilt u zeggen dat u het niet weet?'

O'Neill glimlachte. 'Nee, dat wil ik helemaal niet zeggen. Ik zal u iets laten zien.'

Tara O'Neill ging op haar hurken zitten. Muse deed hetzelfde.

O'Neill had een slank model zaklantaarn in haar hand, van het soort dat over een smalle maar krachtige lichtstraal beschikte.

'Ik zei dat het vrij lastig is. Niet onmogelijk. Kijk.'

Ze richtte de zaklantaarn op de schedel.

'Weet u wat u hier ziet?'

'Nee,' zei Muse.

'Ten eerste lijkt het bot aan de dunne kant te zijn. Ten tweede, kijk eens naar de plek waar de wenkbrauwen zouden moeten zitten.'

'Oké.'

'Dat heet de wenkbrauwboog. Bij mannen is die meer geprononceerd. Bij vrouwen loopt het voorhoofd rechter omhoog. Nu is deze schedel oud en aangetast door de elementen, maar we kunnen zien dat de wenkbrauwboog niet geprononceerd is. Maar wat de doorslag geeft – en dat zal ik u nu laten zien – zijn de heupbeenderen, of om preciezer te zijn, het bekken.'

Ze richtte haar zaklantaarn. 'Ziet u het?'

'Ja, ik geloof het wel. Wat moet ik precies zien?'

'Dat het vrij breed is.'

'En dat houdt in?'

Tara O'Neill knipte de zaklantaarn uit.

'Dat houdt in,' zei O'Neill terwijl ze rechtop ging staan, 'dat uw slachtoffer van het blanke ras is, ongeveer een meter zevenenzestig lang – wat net zo lang is als Camille Copeland, trouwens – en, inderdaad, van het vrouwelijk geslacht.'

Dillen zei: 'Dit geloof je nooit.'

York keek op. 'Wat?'

'De computer heeft die Volkswagen gevonden. Er waren er maar veertien in de drie staten die aan de beschrijving voldeden. Maar nu komt het mooie. Een van die veertien staat op naam van ene Ira Silverstein. Gaat er al een belletje rinkelen?'

'Is dat niet de man die eigenaar van het zomerkamp was?'

'Precies.'

'Wil je zeggen dat Copeland het misschien al die tijd bij het rechte eind heeft gehad?'

'Ik heb het adres van waar die Silverstein nu woont,' zei Dillon. 'Een of ander verzorgingstehuis.'

'Waar wachten we dan op?' zei York. 'We gaan hem aan zijn staart trekken.'

35

Toen Lucy in de auto was gestapt, drukte ik op de knop van de cd-speler. Bruce Springsteens 'Back In Your Arms' klonk uit de speakers. Ze glimlachte. 'Heb je het al op cd gebrand?'
'Ja.'
'Mooi nummer?'
'Prachtig. Ik heb er nog een paar andere mooie op gezet. Een illegale opname van een van Springsteens soloconcerten. "Drive All Night".'
'Van dat nummer moet ik altijd huilen.'
'Jij moet van alle nummers huilen,' zei ik.
'Niet van "Superfreak" van Rick James.'
'Touché.'
'Of van "Promiscuous". Daar hoef ik ook niet van te huilen.'
'Ook niet als Nelly "*Is your game MVP like Steve Nash*" zingt?'
'Mijn god, wat ken je me toch goed.'
Ik glimlachte.
'Je bent heel kalm voor iemand die net heeft gehoord dat zijn vermoorde zus misschien nog in leven is.'
'Prioriteitenscheiding.'
'Is dat een woord?'
'Dat is wat ik doe. Ik stop dingen in verschillende vakjes. Zo voorkom ik dat ik gek word. Ik berg ze ergens op en laat ze daar een tijdje liggen.'
'Prioriteitenscheiding,' herhaalde Lucy.
'Precies.'
'Wij psychologische types hebben daar een andere term voor,' zei Lucy. 'Wij noemen het zelfbedrog.'
'Noem het wat je wilt. Er gloort nu licht aan de horizon, Luce. We gaan Camille terugvinden. Het komt allemaal weer goed.'
'Ook daar hebben wij psychologische types termen voor. We noemen het wishful thinking, of irreëel denken.'

We reden een tijdje in stilzwijgen door.
'Wat kan je vader zich nu ineens herinnerd hebben?' vroeg ik.
'Dat weet ik niet. Maar we weten dat Gil Perez bij hem op bezoek is geweest. Misschien heeft dat iets in gang gezet in zijn hoofd. Wat dat is, weet ik niet. Misschien is het wel niks. Ira is niet in orde. Misschien verbeeldt hij zich wel iets, of heeft hij iets verdraaid.'
We vonden een parkeerplek in de buurt van Ira's Volkswagen Kever. Het was vreemd om die oude auto terug te zien. Die zou me aan vroeger moeten doen denken. Hij reed er de hele dag mee door het kamp. Hij bracht er spulletjes mee weg, stak zijn hoofd door het raampje naar buiten, lachte en zwaaide naar iedereen. Of hij liet hem beschilderen door een van de groepen en deed alsof ze aan een parade deelnamen. Maar op dit moment deed de oude Volkswagen me niets.
Toch begonnen er gaten te vallen in mijn prioriteitenscheiding. Want ik had hoop.
Ik had hoop dat ik mijn zus zou terugvinden. En ik had hoop dat ik me voor het eerst sinds de dood van Jane weer emotioneel aan een vrouw zou durven binden en mijn hart met een ander zou delen.
Ik probeerde mezelf te waarschuwen. Ik moest mezelf voorhouden dat hoop de wreedste van alle maîtresses was en dat ze je hart kon vertrappen alsof het een piepschuimen beker was. Maar op dit moment wilde ik daar niet aan. Ik wílde de hoop. Ik wilde die omarmen en me licht en onbezorgd voelen, al was het maar voor even.
Ik keek Lucy aan. Ze glimlachte en ik voelde iets barsten in mijn borstkas. Het was heel lang geleden dat ik me zo had gevoeld, dat ik die roes had ervaren. Toen verbaasde ik mezelf. Ik nam haar gezicht in mijn beide handen en draaide het naar me toe. Haar glimlach verdween. Haar ogen keken vragend in de mijne. Ik draaide haar gezicht iets omhoog en kuste haar zo zacht dat het bijna pijn deed. Ik voelde een schok door me heen gaan en hoorde haar naar adem happen. Toen kuste ze me terug.
Ik vond het heerlijk om door haar gekust te worden.
Lucy legde haar hoofd op mijn borst. Ik hoorde haar zachtjes snikken. Ik liet haar, streelde haar haar en drong mijn verlangens terug. Ik weet niet hoe lang we zo hebben gezeten. Het kan vijf minuten geweest zijn, maar ook een kwartier. Ik weet het echt niet.
'Je kunt beter naar binnen gaan,' zei ze ten slotte.
'Blijf jij hier?'
'Ja, daar was Ira heel duidelijk over. Je moest alleen komen. Ik

denk dat ik zijn auto start en de motor een tijdje laat draaien om de accu op te laden.'

Ik kuste haar niet nog een keer. Ik stapte uit en liep half zwevend het pad naar de ingang op. Het huis was mooi gelegen, in een rustige, groene omgeving. Een bakstenen villa in Georgian stijl, vermoedde ik, bijna volmaakt vierkant, met witte zuilen aan weerskanten van de ingang. Het deed me denken aan een chique studentensociëteit.

Achter de balie zat een vrouw. Ik vertelde haar wie ik was. Ze vroeg of ik mijn naam in het gastenboek wilde zetten. Dat deed ik. Ze belde iemand en sprak op fluistertoon. Ik wachtte en luisterde naar een muzakversie van een Neil Sedaka-nummer, wat dicht in de buurt kwam van muzak in het kwadraat.

Een vrouw met rood haar, niet in uniform, kwam me halen. Ze was gekleed in een rok en een blouse, en haar bril hing aan een koordje op haar borst. Ze zag eruit als een verpleegster die haar best deed om niet op een verpleegster te lijken.

'Ik ben Rebecca,' zei ze.

'Paul Copeland.'

'Ik zal u naar meneer Silverstein brengen.'

'Dank u.'

Ik had verwacht dat we een gang in zouden lopen, maar ze nam me door de achterdeur mee naar buiten. De tuin zag er keurig verzorgd uit. Het was nog wat vroeg voor tuinlantaarns, maar ze waren allemaal aan. Een dichte, hoge heg omringde het perceel.

Ik herkende Ira Silverstein meteen.

Hij was veranderd en tegelijkertijd ook weer niet. U kent zulke mensen wel. Ze worden ouder en grijzer, dijen uit en verslappen, en toch zien ze er nog precies hetzelfde uit. Zo was het met Ira.

'Ira?'

In het zomerkamp gebruikten we nooit achternamen. De volwassenen heetten oom en tante, maar het leek me wat vreemd om hem nu nog oom Ira te noemen.

Hij droeg een poncho die ik voor het laatst in een Woodstock-documentaire had gezien. Aan zijn voeten had hij sandalen. Ira stond langzaam op en strekte zijn armen naar me uit. In het zomerkamp was het ook zo geweest. Iedereen omhelsde elkaar. Iedereen hield van elkaar. Allemaal heel erg flowerpower. Ik liep op hem toe en liet me omhelzen. Hij sloeg zijn armen om me heen en drukte me met al zijn kracht tegen zich aan. Ik voelde zijn baard tegen mijn wang prikken.

Hij liet me los en zei tegen Rebecca: 'Laat ons alleen.'
Rebecca draaide zich om en liep weg. Hij nam me mee naar een bank van betonnen staanders en groengeverfde planken. We gingen zitten.

'Je ziet er nog hetzelfde uit, Cope,' zei hij.

Hij herinnerde zich dat ik zo werd genoemd. 'Jij ook.'

'Je zou toch denken dat die moeilijke jaren meer sporen zouden achterlaten, of niet soms?'

'Ja, ik neem aan van wel, Ira.'

'En, wat doe je tegenwoordig?'

'Ik ben procureur van Essex County.'

'Echt waar?'

'Ja.'

Hij fronste zijn wenkbrauwen. 'Dus je hebt je bij het establishment aangesloten.'

Hij was nog niets veranderd.

'Ik vervolg geen vredesdemonstranten,' verzekerde ik hem. 'Alleen moordenaars en verkrachters. Dat soort mensen.'

Hij knipperde met zijn ogen. 'Ben je daarom hier?'

'Hoe bedoel je?'

'Ben je op zoek naar moordenaars en verkrachters?'

Ik wist niet zo goed wat ik met die vraag aan moest, dus ik improviseerde. 'In zekere zin, denk ik. Ik probeer te weten te komen wat er die nacht in dat bos is gebeurd.'

Ira deed zijn ogen dicht.

'Lucy zei dat je me wilde spreken,' zei ik.

'Ja.'

'Waarom?'

'Ik wil weten waarom je bent teruggekomen.'

'Ik ben nooit weg geweest.'

'Je hebt Lucy's hart gebroken, weet je dat?'

'Ik heb haar geschreven. Ik heb haar gebeld. Maar ze nam nooit op en belde niet terug.'

'Toch heeft het haar veel verdriet gedaan.'

'Dat is nooit mijn bedoeling geweest.'

'Maar waarom ben je nú teruggekomen?'

'Ik wil weten wat er met mijn zus is gebeurd.'

'Ze is vermoord. Net als de anderen.'

'Nee, dat is niet waar.'

Hij zei niets. Ik besloot de druk een beetje op te voeren.

'Dat weet jij ook, Ira. Gil Perez is hier geweest, hè?'

Ira smakte met zijn lippen. 'Droog.'
'Wat?'
'Ik heb een droge mond. Ik had vroeger een vriend. Hij kwam uit Cairns. Dat is in Australië. Ik heb nooit iemand ontmoet die zo cool was als hij. Hij zei altijd: "Een mens is geen kameel, maat." Dat was zijn manier om een biertje te bestellen.'
Ira grinnikte.
'Ik denk niet dat ze je hier drank zullen schenken, Ira.'
'O, dat weet ik. Ik ben trouwens nooit zo'n liefhebber van drank geweest. Ik was meer iemand voor wat ze tegenwoordig "recreatieve drugs" noemen. Maar ik had het over water. Ze hebben flesjes Poland Springs in die koelbox daar. Wist je dat Poland Springs rechtstreeks uit Maine komt?'

Hij lachte. Hij zei de tekst van de oude radioreclame verkeerd, maar ik corrigeerde hem niet. Ira stond op en liep wankelend naar rechts. Ik ging hem achterna. De koelbox had de vorm van een hutkoffer en er zat een logo van de New York Rangers op. Hij deed het deksel open, haalde er een plastic flesje uit, gaf het aan mij en pakte er nog een. Hij draaide de dop eraf en zette het aan zijn mond. Het water liep over zijn kin en veranderde het wit van zijn baard in een donkerder grijs.

'Ah!' zei hij toen het flesje leeg was.
Ik probeerde hem weer in het spoor van ons gesprek te krijgen.
'Je hebt tegen Lucy gezegd dat je me wilde spreken.'
'Ja.'
'Waarom?'
'Omdat je hier bent.'
Ik wachtte tot hij meer zou zeggen.
'Ik ben hier,' zei ik ten slotte, 'omdat jij naar me hebt gevraagd.'
'Niet híér hier. Maar hier, terug in ons leven.'
'Dat heb ik je gezegd. Ik probeer te weten te komen...'
'Waarom nu?'
Die vraag weer.
'Omdat,' zei ik, 'Gil Perez die nacht niet is vermoord. Hij is teruggekomen. Hij is bij jou op bezoek geweest, hè?'
Er kwam een blik in Ira's ogen alsof hij een kilometer in de verte staarde. Hij liep weg. Ik ging hem achterna.
'Is hij hier geweest, Ira?'
'Hij gebruikte een andere naam,' zei hij.
Ira bleef doorlopen. Ik zag dat hij hinkte. Af en toe vertrok zijn gezicht van de pijn.

'Is alles in orde met je?' vroeg ik.
'Ik moet lopen.'
'Waar naartoe?'
'Er zijn paden. Het bos in. Kom mee.'
'Ira, ik ben hier niet om...'
'Hij zei dat hij Manolo Dinges heette. Maar ik wist wie hij was. De kleine Gilly Perez. Herinner je je hem? Uit die tijd, bedoel ik?'
'Ja.'
Ira schudde zijn hoofd. 'Aardige jongen. Maar zo gemakkelijk te manipuleren.'
'Wat wilde hij van je?'
'Hij zei niet wie hij was. Eerst niet. Hij zag er niet echt hetzelfde uit, maar er zat iets in zijn manier van doen, weet je? Dat soort dingen kun je niet verbergen. Je kunt zwaarder worden. Maar hij praatte nog steeds een beetje slissend. En hij bewoog zich nog net zo als vroeger. Alsof hij zich voortdurend bekeken voelde. Begrijp je wat ik bedoel?'
'Ja.'
Ik had gedacht dat het terrein omheind zou zijn, maar dat was niet zo. Ira kroop door een opening in de heg. Ik ging hem achterna. Voor ons lag bebost heuvelland. Ira liep het pad op.
'Mag je hier wel weg?'
'Natuurlijk. Ik ben hier op vrijwillige basis. Ik kan komen en gaan wanneer ik wil.'
Hij bleef doorlopen.
'Wat zei Gil tegen je?' vroeg ik.
'Hij wilde weten wat er die nacht was gebeurd.'
'Wist hij dat dan niet?'
'Hij wist een deel. Hij wilde meer weten.'
'Ik begrijp het niet.'
'Je hoeft het ook niet te begrijpen.'
'Ja, Ira, dat moet ik wel.'
'Het is voorbij. Wayne zit in de gevangenis.'
'Wayne heeft Gil Perez niet vermoord.'
'Ik heb altijd gedacht van wel.'
Dat antwoord begreep ik niet helemaal. Hij was sneller gaan lopen, hinkte door ondanks de pijn die hij had. Ik wilde hem naroepen dat hij moest stoppen, maar ik zag zijn mond ook bewegen.
'Heeft Gil iets over mijn zus gezegd?'
Ira bleef staan. Er kwam een bedroefde glimlach op zijn gezicht.
'Camille.'

'Ja.'
'Het arme kind.'
'Heeft hij het over haar gehad?'
'Ik mocht je vader zo graag, weet je dat? Zo'n lieve man, zo gekwetst door het leven.'
'Heeft Gil gezegd wat er met mijn zus is gebeurd?'
'Arme Camille.'
'Ja, Camille. Heeft hij iets over haar gezegd?'
Ira liep verder de heuvel op. 'Zo veel bloed, die nacht.'
'Ira, alsjeblieft. Probeer je even te concentreren. Heeft Gil iets over Camille gezegd?'
'Nee.'
'Wat wilde hij dan?'
'Hetzelfde als jij.'
'En dat is?'
Hij draaide zich om. 'Antwoorden.'
'Op wat voor vragen?'
'Dezelfde vragen die jij stelt. Wat er die nacht is gebeurd. Hij begreep het niet, Cope. Het is voorbij. Ze zijn dood. De dader zit in de gevangenis. Je moet de doden laten rusten.'
'Gil was niet dood.'
'Tot die dag, de dag dat hij me kwam opzoeken, was hij dat wel. Begrijp je dat dan niet?'
'Nee.'
'Het is voorbij. De doden zijn er niet meer. De levenden zijn in veiligheid.'
Ik stak mijn hand uit en pakte zijn arm vast. 'Ira, wat heeft Gil Perez tegen je gezegd?'
'Je begrijpt het niet.'
We bleven staan. Ira keek achterom. Ik volgde zijn blik. Beneden was alleen nog het dak van het huis te zien. We bevonden ons midden in het bos. We waren allebei buiten adem. Ira's gezicht was heel bleek.
'Het had begraven moeten blijven.'
'Wat?'
'Wat ik Gil heb verteld. Het was voorbij. We moeten verder. Het is zo lang geleden. Hij was dood. En ineens was hij niet dood meer. Hij had dood moeten blijven.'
'Ira, luister naar me. Wat heeft Gil tegen je gezegd?'
'Je kunt het niet laten rusten, hè?'
'Nee,' zei ik, 'en ik zál het ook niet laten rusten.'

Ira knikte. Hij zag er heel bedroefd uit. Toen deed hij zijn hand onder zijn poncho, haalde er een pistool onder vandaan, richtte het op mij, en zonder nog iets te zeggen haalde hij de trekker over.

36

'Wat wij hebben, is een probleem.'
Sheriff Lowell veegde zijn neus af met een zakdoek zo groot als een kussensloop. Het sheriffkantoor was moderner dan Muse had verwacht, hoewel haar verwachtingen niet al te hoog gespannen waren geweest. Het was een nieuw gebouw, praktisch en clean, met computermonitors en werkplekken. Veel witte en grijze tinten.
'Wat wij hebben,' antwoordde Muse, 'is een lijk.'
'Dat bedoel ik niet.' Hij wees naar het kopje in haar hand. 'Hoe smaakt de koffie?'
'Goed. Heel goed zelfs.'
'Vroeger was die niet te drinken. De een zette hem te sterk, de ander te slap, en ze lieten hem een eeuwigheid op het pitje staan. En toen, een jaar geleden, was een van de brave burgers van deze gemeenschap zo aardig om ons een modern koffiezetapparaat te schenken, zo een met pads. Ken je die dingen?'
'Sheriff?'
'Ja?'
'Is dit een poging om me in te palmen met je regionale, vertederende plattelandscharme?'
Hij grinnikte. 'Eigenlijk wel.'
'Beschouw me dan maar als ingepalmd. Wat is ons probleem?'
'We hebben zojuist een lijk gevonden dat, kunnen we stellen, tamelijk lang in het bos begraven is geweest. We weten drie dingen: het slachtoffer is blank, van het vrouwelijk geslacht en een meter zevenenzestig lang. Dat is alles wat we op dit moment weten. Ik heb alle aangiften al doorgenomen. Binnen een actieradius van tachtig kilometer zijn er geen vermiste meisjes of vrouwen die aan die beschrijving voldoen.'
'We weten allebei wie het is,' zei Muse.
'Nee, dat weten we niet.'
'Wat? Denk je dat er in dezelfde periode in dat zomerkamp nog

een meisje van een meter zevenenzestig is vermoord en dat ze toevallig in de buurt van de twee andere lijken is begraven?'
'Dat heb ik toch niet beweerd?'
'Wat beweer je dan wel?'
'Dat we nog geen definitieve identificatie hebben kunnen doen. Dokter O'Neill is ermee bezig. We hebben de gebitsgegevens van Camille Copeland opgevraagd. Over een dag of twee weten we het zeker. Het heeft geen haast. We hebben meer te doen.'
'Heeft het geen haast?'
'Dat zei ik.'
'Dan kan ik je even niet volgen.'
'Kijk, dit is het moment waarop ik me moet afvragen wie en wat jij, rechercheur Muse, in de eerste plaats bent. Ben je een politiefunctionaris of ben je vriendjes met de politiek?'
'Wat moet dat verdomme betekenen?'
'Je bent chef Onderzoek van het OM,' zei Lowell. 'Nu zou ik graag geloven dat iemand, zeker een vrouw van jouw leeftijd, dat niveau op basis van talent en vakmanschap heeft bereikt. Maar er bestaat ook nog zoiets als het echte leven. Met zaken als voorkeursbehandelingen, hielen likken en politiek gekonkel. Dus wat ik aan jou vraag...'
'Ik heb die post verdiend.'
'Daar ben ik van overtuigd.'
Muse schudde haar hoofd. 'Ik kan niet geloven dat ik mezelf tegenover jou moet verantwoorden.'
'Maar helaas, lieve schat, moet je dat wel. Want als dit jóúw zaak zou zijn en ík kwam hier binnenstampen, en je wist dat ik linea recta naar mijn baas zou rennen om het hem te vertellen – aan iemand die toch op z'n minst bij de zaak betrokken is geweest – wat zou jij dan doen?'
'Denk je dat ik zijn betrokkenheid stil wil houden?'
Lowell haalde zijn schouders op. 'Nogmaals, als ik hier bijvoorbeeld de hulpsheriff was, en mijn baas, de sheriff die mij had aangesteld, was betrokken geweest bij een moord, wat zou jij dan denken?'
Muse leunde achterover. 'Oké, dat klinkt niet onredelijk,' zei ze. 'Wat kan ik doen om je gerust te stellen?'
'Je kunt me de tijd geven om het lijk te identificeren.'
'En Copeland mag nog niet weten wat we hebben gevonden?'
'Hij heeft twintig jaar gewacht. Wat maken die twee dagen extra dan uit?'

Muse begon te begrijpen welke kant dit gesprek op ging.

'Ik heb er geen probleem mee dat we het onderzoek volgens het boekje doen,' zei ze, 'maar ik voel er weinig voor om te liegen tegen een man die ik vertrouw en graag mag.'

'Het leven is hard, rechercheur Muse.'

Muse fronste haar wenkbrauwen.

'Er is nog iets anders wat ik wil,' vervolgde Lowell. 'Ik zou graag willen weten waarom die Barrett van jou hier met zijn nieuwe speelgoedje naar oude lijken komt zoeken.'

'Dat heb ik je verteld. Hij wil zijn apparaat in het veld testen.'

'Maar jullie werken in Newark, New Jersey. Wil je me vertellen dat er bij jullie geen enkele plek is waar mogelijk iemand begraven ligt, waar je hem naartoe had kunnen sturen?'

Lowell had natuurlijk gelijk. Het was tijd om open kaart te spelen.

'Er is in New York een man vermoord,' zei Muse. 'Mijn baas denkt dat die man Gil Perez was.'

Lowells mond viel open. 'Wát zeg je?'

Muse wilde het uitleggen toen Tara O'Neill het kantoor binnen kwam stormen. Lowell leek geërgerd door de interruptie, maar zijn stem bleef vriendelijk. 'Wat is er, Tara?'

'Ik heb iets op het skelet gevonden,' zei ze. 'Iets belangrijks, denk ik.'

Nadat Cope was uitgestapt, bleef Lucy nog minstens vijf minuten met een vage glimlach om haar mond in de auto zitten. Ze duizelde nog steeds van zijn kus. Ze kon zich niet herinneren dat ze ooit zo was gekust, met die grote handen die haar gezicht vasthielden, en zoals hij haar had aangekeken... het was niet alleen alsof haar hart opnieuw was gaan kloppen, maar het leek wel alsof het in haar borstkas zweefde.

Het was heerlijk. En het was beangstigend.

Ze nam zijn cd-verzameling door, vond er een van Ben Folds en zette het nummer 'Brick' op. Ze had nooit goed begrepen waar de tekst over ging – een overdosis drugs, een abortus, een zenuwinzinking – maar aan het eind was de vrouw een baksteen die hem probeerde te verdrinken.

Deprimerende muziek was beter dan drinken, nam ze aan. Maar niet te veel.

Ze draaide de contactsleutel om toen ze een groene auto, een Ford met kentekenplaten van de staat New York, voor de ingang van het gebouw zag stoppen. De auto werd geparkeerd op een plek waar dat niet was toegestaan. Er stapten twee mannen uit – de ene was lang en de andere klein en vierkant – die zich naar binnen haastten. Lucy wist niet wat dit te betekenen kon hebben. Waarschijnlijk niets.

De sleutels van Ira's Kever zaten in haar tas. Ze vond ze en haalde ze eruit. Ze stopte snel een stukje kauwgom in haar mond. Als Cope haar weer wilde kussen, wilde ze hem daar op geen enkele manier van weerhouden, en zeker niet met een onfrisse adem.

Ze vroeg zich af wat Ira tegen Cope ging zeggen. Ze vroeg zich ook af wat Ira zich opeens had herinnerd. Ze hadden nooit over die nacht gepraat, vader en dochter. Niet één keer. Dat hadden ze wel moeten doen. Misschien zou het alles veranderd hebben. Of misschien ook niet. De doden zouden dood blijven en de overlevenden levend. Geen echt diepzinnige gedachte, maar ze wist op dat moment niets beters te bedenken.

Ze stapte uit de auto en liep naar de oude Volkswagen. Ze had de sleutels in haar hand en richtte die op de auto. Vreemd hoe je daaraan gewend raakt. Je maakte auto's tegenwoordig niet meer met een sleutel open. Dat deed je met een afstandsbediening. De Kever had die natuurlijk niet. Ze stak de sleutel in het slot en draaide. Maar het slot was verroest en ze moest kracht zetten voordat ze het open kreeg.

Ze dacht aan het leven dat ze had geleid, aan de fouten die ze had gemaakt. Ze had het die avond met Cope gehad over het gevoel dat ze van een heuvel was geduwd, naar beneden rolde en niet wist hoe ze moest stoppen. Dat was waar. Hij had in de loop der jaren naar haar gezocht, maar zij had zich voor hem verstopt. Misschien had ze eerder contact met hem moeten zoeken. Misschien had ze meteen moeten proberen te verwerken wat er die nacht was gebeurd. Maar in plaats daarvan stop je het weg. Je weigert het onder ogen te zien. Je durft de confrontatie niet aan, dus zoek je naar andere manieren om het uit de weg te gaan, bijvoorbeeld door je, zoals Lucy meestal deed, op de bodem van een drankfles te verstoppen. Mensen grijpen niet naar de drank om ergens aan te ontsnappen.

Ze doen het om zich te verstoppen.

Zodra Lucy was ingestapt, wist ze dat er iets niet klopte.

De eerste visuele aanwijzing lag op de vloer, voor de passagiersstoel. Ze keek omlaag en fronste haar wenkbrauwen.

Een colablikje.

Een cola light-blikje, om precies te zijn.

Ze raapte het op. Er zat nog een beetje cola in. Daar dacht ze even over na. Hoe lang was het geleden dat ze in de Kever had gezeten? Minstens drie of vier weken. Ze had toen geen colablikje gezien. Of misschien had het er wel gelegen en was het haar gewoon niet opgevallen. Dat zou kunnen.

Op dat moment rook ze de geur.

Ze moest denken aan iets wat in het bos bij het zomerkamp was gebeurd toen ze een jaar of twaalf was. Ira en zij waren daar aan het wandelen. Ze hadden geweerschoten gehoord en Ira was meteen in alle staten geweest. Er waren jagers op zijn land. Hij had ze gevonden en geroepen dat ze zich op privéterrein bevonden en moesten opdonderen. Een van de jagers had ook naar Ira geschreeuwd. Hij was naar hem toe gekomen, had Ira tegen zijn borst geduwd en Lucy herinnerde zich dat de man vreselijk stonk.

Het was dezelfde geur geweest die ze nu rook.

Ze draaide zich om en keek naar de achterbank.

Er zat bloed op.

En toen hoorde ze, in de verte, een pistoolschot.

De overblijfselen van het skelet waren neergelegd op een roestvrijstalen tafel met gaatjes erin. Die gaatjes maakten het mogelijk om de tafel met een slang schoon te spuiten. De vloer was betegeld en liep licht af naar de afvoerput in het midden, zoals de doucheruimte in een sportschool. Eveneens om het schoonmaken te vergemakkelijken. Muse wilde liever niet denken aan wat die afvoer allemaal te verwerken kreeg, en vroeg zich af wat ze gebruikten om die schoon te houden, of een scheutje bleekwater voldoende zou zijn, of dat ze behoefte hadden aan zwaarder geschut.

Lowell stond aan de ene kant van de tafel, Muse naast Tara O'Neill aan de andere kant.

'En, wat heb je?' vroeg Lowell.

'Om te beginnen ontbreken er een paar beenderen. Ik ga straks nog wel een keer op de plaats delict kijken. Kleinere beenderen, niks belangrijks. Dat is normaal in gevallen als deze. Ik ga ook nog röntgenfoto's maken en monsters van het beenmerg nemen, met name van de sleutelbeenderen.'

'Wat levert dat op?'

'Dat geeft ons een idee van de leeftijd. Beenderen stoppen namelijk met groeien als we ouder worden. De laatste plek waar dan nog beenvorming plaatsvindt, is daarboven, waar de sleutelbeenderen het borstbeen raken. Het groeiproces stopt rond het eenentwintigste jaar. Maar dat is nu niet belangrijk.'

Lowell keek Muse aan. Muse haalde haar schouders op.
'Wat is dan het belangrijke dat u hebt gevonden?'
'Dit.'
O'Neill wees naar het bekken.
'Dat hebt u me al laten zien,' zei Muse. 'Dit toont aan dat we met het skelet van een vrouw te maken hebben.'
'Eh... ja. Het bekken is breder, zoals ik al zei. Bovendien zit het lager dan dat van een man... kortom allemaal kenmerken dat het hier om een vrouw gaat. Daar twijfel ik niet aan. Wat we hier zien, zijn de beenderen van een vrouw.'
'Wat wilde u ons dan laten zien?'
'Het schaambeen.'
'Wat is daarmee?'
'Zien jullie dit? Deze inkeping op het schaambeen?'
'Ja?'
'Het schaambeen wordt bijeengehouden door ligamenten, of kraakbeen in dit geval. Elementaire anatomie. Jullie hebben dit vast wel op school gehad. Bij kraakbeen denken we meestal aan gewrichten, aan de knie of de elleboog. Elastisch weefsel dat uitgerekt en ingedrukt kan worden. Zien jullie deze inkepingen op beide kanten van het schaambeen? Die zijn ontstaan door partus, ofwel toen de twee helften, oorspronkelijk bijeengehouden door het kraakbeen, van elkaar zijn gescheiden.'
O'Neill keek hen beiden aan. Haar gezicht straalde.
'Kunnen jullie me volgen?'
'Nee,' zei Muse.
'De inkepingen zijn ontstaan toen de druk op het bindweefsel werd vergroot. Toen de twee delen uit elkaar werden getrokken.'
Muse keek Lowell aan. Lowell haalde zijn schouders op.
'En dat houdt in?' probeerde Muse.
'Dat houdt in dat op een zeker moment in het leven van deze vrouw de twee helften van het schaambeen van elkaar gescheiden zijn geweest. Met andere woorden, rechercheur Muse, dat jullie slachtoffer een kind heeft gebaard.'

37

De tijd vertraagt niet als er een pistool op je wordt gericht.

Integendeel, die versnelt juist. Toen Ira het pistool op me richtte, dacht ik dat ik tijd zou krijgen om te reageren. Ik wilde mijn handen in de lucht steken, als een primitief gebaar om te laten zien dat ik weerloos was. Ik wilde mijn mond opendoen om me uit de situatie te praten, om tegen Ira te zeggen dat ik zou meewerken en zou doen wat hij van me verlangde. Mijn hart sloeg op hol, mijn ademhaling stokte en het enige wat ik zag was het pistool, de opening in de loop, het reusachtige zwarte gat dat mijn kant op wees.

Maar ik kreeg niet de tijd om al die dingen te doen. Ik kreeg geen kans om Ira naar het waarom te vragen. Om hem te vragen wat er met mijn zus was gebeurd, of ze nog in leven was of niet, hoe Gil erin was geslaagd om heelhuids het bos uit te komen, en of Wayne Steubens nu echt de dader was. Ik kreeg geen kans om Ira te vertellen dat hij gelijk had, dat ik het had moeten laten rusten, dat ik dat van nu af aan zou doen en we ons alleen nog met onze eigen zaken zouden bemoeien.

Voor al die dingen kreeg ik de tijd niet.

Want Ira's vinger spande zich al om de trekker.

Een jaar geleden las ik het boek *Het beslissende moment* van Malcolm Gladwell. Ik durf niet te zeggen dat ik het met al zijn stellingen eens ben, maar hij schrijft ook dat we meer op ons instinct moeten vertrouwen, op het dierlijke deel van onze hersenen, dat ervoor zorgt dat we automatisch opzij springen als er een vrachtwagen op ons af komt stuiven. Hij beweert ook dat als we intuïtieve beslissingen nemen, gebaseerd op heel weinig feiten, meer op wat we voorgevoel noemen, vaak blijkt dat we dan het juiste hebben gedaan. Misschien was er nu zoiets aan de hand. Misschien zag ik iets in Ira's houding, of de beweging waarmee hij het pistool trok, waardoor ik besefte dat er inderdaad niet meer met hem te praten viel, dat hij op het punt stond op me te schieten en dat ik het niet zou overleven.

Iets wat me ertoe bracht opzij te duiken.

Desondanks trof de kogel me.

Hij had op het midden van mijn borstkas gericht. De kogel raakte me in mijn zij, drong als een gloeiende lans mijn lijf binnen. Ik viel hard op de grond en probeerde door te rollen om me achter een boom te verbergen. Ira schoot nog een keer. Hij miste. Ik rolde door.

Mijn hand vond een kei. Ik dacht niet na. Ik pakte hem op, rolde door en gooide hem naar hem toe. Een armzalige vertoning, geboren uit wanhoop, iets wat een kind zou doen als het aan het spelen was.

Er zat weinig kracht achter de worp. De kei raakte hem wel, maar ik geloof niet dat het veel uitmaakte. Ik besefte dat Ira dit had gepland. Daarom had hij gezegd dat ik alleen moest komen. Daarom had hij me meegenomen naar het bos. Om me dood te schieten.

Ira, die ogenschijnlijk zo vriendelijke, zachtaardige man, bleek een moordenaar te zijn.

Ik keek achterom. Hij was te dichtbij. Ik moest denken aan die scène van de film *Inlaws*, een komedie waarin Alan Arkin wordt verteld dat hij in een zigzagpatroon moet lopen om de kogels te ontwijken. Daar zou ik nu niet veel mee opschieten. Ira was maar twee of drie meter van me vandaan. Hij had een pistool. Ik was al getroffen, voelde het bloed uit de wond stromen.

Het was gebeurd met me.

We buitelden de heuvel af, ik nog steeds rollend terwijl Ira zijn best deed om niet te vallen en zijn evenwicht probeerde te hervinden om nog een schot op me te lossen. Ik wist dat hij dat zou doen. Ik wist dat ik maar een paar seconden had.

Het enige wat ik kon doen, was van richting veranderen.

Ik greep me vast aan een graspol en kwam abrupt tot stilstand. Ira schrok en verloor zijn evenwicht. Hij probeerde te remmen. Ik sloeg mijn armen om een boomstam en trapte met beide benen naar hem. Ook dit, bedacht ik, was een armzalige vertoning, als van een slechte turner die een paardoefening deed. Maar Ira was net dichtbij genoeg en nog steeds uit evenwicht. Mijn voeten raakten de zijkant van zijn rechterenkel. Niet eens zo hard. Maar hard genoeg.

Ira slaakte een kreet en tuimelde op de grond.

Het pistool, dacht ik. Pak het pistool.

Ik klauterde naar hem toe. Ik was groter dan hij. Ik was sterker dan hij. Ik was in een veel betere conditie dan hij. Ira was een oude man, en hij was half krankjorum. Maar hij kon wel met een pistool schieten. En hij had nog kracht in zijn armen en benen. Maar zijn leeftijd en het jarenlange drugsgebruik hadden zijn reactievermogen aanzienlijk vertraagd.

Ik kroop snel boven op hem en keek of ik het pistool zag. Hij had het in zijn rechterhand gehad. Ik concentreerde me op die arm. Denk aan die arm, zei ik tegen mezelf, alleen aan die arm. Ik greep hem met beide handen vast, rolde om, trok de arm naar me toe en drukte hem tegen de grond.

Er zat niets in de hand.

Ik had me zo op die rechterhand geconcentreerd, dat ik de linker niet zag aankomen. Hij zwaaide die in een grote boog naar me toe. Het pistool was zeker uit zijn hand geschoten toen hij viel. Hij had het nu in zijn linkerhand, met zijn vingers om de loop geklemd. Hij beukte de kolf tegen mijn voorhoofd.

Het was alsof de bliksem in mijn schedel sloeg. Ik voelde al mijn hersenkwabben achteruit schieten, alsof ze los in mijn hoofd zaten, en begon te duizelen. Mijn lichaam werd slap.

Ik moest hem loslaten.

Ik keek op. Hij richtte het pistool op me.

'Politie! Verroer je niet!'

Ik herkende de stem. Het was York.

Alles kwam tot stilstand en de lucht zinderde. Mijn blik ging van het pistool naar Ira's ogen. We waren zo dicht bij elkaar, en de loop van het pistool wees naar mijn gezicht. En ik zag het in zijn ogen. Hij ging me doodschieten. Ze waren te ver weg om hem te kunnen overmeesteren. De politie was er nu. Het was afgelopen voor hem. Hij moest dat weten. Maar hij ging me eerst doodschieten.

'Papa! Nee, niet doen!'

Het was Lucy. Hij hoorde haar stem en er veranderde iets in zijn blik.

'Laat dat wapen vallen! Doe het! Nu!'

York weer. Ik bleef naar Ira's gezicht kijken.

Ira keek me aan en zei: 'Je zus is dood.'

Toen draaide hij het pistool weg van mijn gezicht, stak de loop in zijn mond en haalde de trekker over.

38

Ik verloor het bewustzijn.
 Dat werd me later verteld. Maar ik heb er een paar vage herinneringen aan. Ik herinner me dat Ira boven op me viel, en dat hij geen achterhoofd meer had. Ik herinner me dat ik Lucy hoorde gillen. Ik herinner me dat ik omhoogkeek, dat ik blauwe lucht zag en wolken voorbij zag schuiven. Ik nam aan dat ik op mijn rug op een brancard lag en naar een ziekenwagen werd gedragen. Daarna, na de blauwe lucht en de witte wolken, hielden de herinneringen op.
 En later, toen ik me kalm en bijna vredig begon te voelen, dacht ik terug aan Ira's laatste woorden.
 Je zus is dood...
 Ik schudde mijn hoofd. Nee. Glenda Perez had me verteld dat ze levend het bos uit was gekomen. Wat wist Ira daar nu van? Hij kón dat niet weten.
 'Meneer Copeland?'
 Ik deed mijn ogen open en knipperde ermee. Ik lag in een bed. In een ziekenhuiskamer.
 'Ik ben dokter McFadden.'
 Ik liet mijn blik door de kamer gaan en zag York achter hem staan.
 'U bent in uw zij geraakt. We hebben de wond gehecht. Het komt weer helemaal in orde met u, maar het zal een tijdje pijn doen...'
 'Dokter?'
 McFadden zat net lekker in zijn standaard doktersverhaal en had niet verwacht dat de patiënt hem zo snel zou onderbreken. Hij fronste zijn wenkbrauwen. 'Ja?'
 'Dus de schade valt mee?'
 'Ja.'
 'Kunnen we het er dan later over hebben? Ik moet echt even met de inspecteur hier praten.'

York moest een glimlach onderdrukken. Ik had verwacht dat de arts zou protesteren. Artsen zijn op dat punt nog lichtgeraakter dan advocaten. Maar hij deed het niet. Hij haalde zijn schouders op en zei: 'Wat u wilt. Laat de zuster me maar oppiepen als jullie klaar zijn.'
'Dank u, dokter.'
Zonder nog iets te zeggen liep hij de kamer uit. York kwam naast het bed staan.
'Hoe ben je het te weten gekomen van Ira?' vroeg ik.
'De jongens van het lab hadden vezels van automatten gevonden op het lijk van, eh...' York wachtte even. 'Tja, we hebben hem nog niet geïdentificeerd, maar als je wilt kunnen we hem Gil Perez noemen.'
'Dat zou leuk zijn.'
'Juist, nou, hoe dan ook, ze hadden vezels van automatten op hem gevonden. We wisten dat die uit een oud model auto afkomstig waren. En we hadden beelden van een beveiligingscamera in de buurt van de plek waar het lijk was gedumpt. Daarop zagen we een gele Volkswagen, die op naam van Ira Silverstein bleek te staan. Dus zijn we meteen naar hem toe gegaan.'
'Waar is Lucy?'
'Dillon stelt haar een paar vragen.'
'Ik begrijp het niet. Heeft Ira Gil Perez vermoord?'
'Ja.'
'Dat weet je zeker?'
'Ja. Ten eerste hebben we bloed op de achterbank van de Volkswagen gevonden. Ten tweede heeft het personeel van het verzorgingshuis bevestigd dat Perez – in het gastenboek ingeschreven als Manolo Santiago – op de dag voor de moord bij Silverstein op bezoek is geweest. Ze hebben ons ook verteld dat ze Silverstein de volgende ochtend hebben zien weggaan in zijn Volkswagen. Het was de eerste keer in zes maanden dat hij buiten kwam.'
Ik trok een gezicht. 'En ze zijn niet op het idee gekomen om zijn dochter daarover in te lichten?'
'Het personeel dat hem had gezien had geen dienst toen Lucy Gold hem de eerstvolgende keer kwam opzoeken. Bovendien, zoals ze me herhaaldelijk op het hart hebben gedrukt, is Silverstein nooit geestelijk incompetent of zoiets verklaard. Hij kon komen en gaan wanneer hij maar wilde.'
'Ik begrijp het nog steeds niet. Waarom zou Ira hem willen vermoorden?'

'Om dezelfde reden dat hij jou wilde vermoorden, neem ik aan. Jullie waren allebei aan het graven in wat er twintig jaar geleden in dat zomerkamp is gebeurd. Dat wilde meneer Silverstein niet.'
Ik probeerde de stukjes in elkaar te passen. 'Dus híj heeft Margot Green en Doug Billingham vermoord?'
York wachtte even, alsof hij verwachtte dat ik mijn zus aan de lijst zou toevoegen. Dat deed ik niet.
'Dat is mogelijk.'
'En Wayne Steubens dan?'
'Het kan zijn dat ze op de een of andere manier hebben samengewerkt, dat weet ik niet. Wat ik wel weet, is dat Ira Silverstein míjn slachtoffer heeft vermoord. O, nog iets anders... het pistool waarmee Ira op je schoot? Het is van hetzelfde kaliber als dat waarmee Gil Perez is doodgeschoten. We zijn nog met een ballistisch onderzoek bezig, maar je weet net zo goed als ik wat de uitkomst zal zijn. Als je daar het bloed op de achterbank van de Kever bij optelt, plus de camerabeelden van hem en de auto bij de plek waar het lijk is gedumpt... ik bedoel, kom op, dat is bijna te veel van het goede. Maar Ira Silverstein is dood, en jij, als procureur, weet als geen ander dat het verdomd moeilijk is om een dode te berechten. Dus wat Ira Silverstein twintig jaar geleden wel of niet heeft gedaan...' York haalde zijn schouders op. '... hé, ik zou het ook graag willen weten. Maar het is nu aan iemand anders om dat mysterie op te lossen.'
'Help je ons, als we ermee doorgaan?'
'Natuurlijk. Met genoegen. En als jullie alles hebben uitgedokterd, kom me dan opzoeken in de stad, dan trakteer ik jullie op een lekkere biefstuk.'
'Afgesproken.'
We gaven elkaar een hand.
'Ik denk dat ik je moet bedanken omdat je mijn leven hebt gered,' zei ik.
'Dat kun je doen. Maar ik denk niet dat ík degene was die je het leven heeft gered.'
Ik dacht aan de blik in Ira's ogen, de vastbeslotenheid om me dood te schieten. York had het ook gezien... Ira ging me doodschieten, wat de consequenties ook zouden zijn. Het was niet Yorks dienstwapen maar Lucy's stem die me had gered.
York ging weg. Ik bleef alleen achter in de ziekenhuiskamer. Er bestonden vast plekken die nog naargeestiger waren om er alleen te zijn, maar ik kon er zo gauw geen een bedenken. Ik dacht aan mijn Jane, aan hoe moedig ze was geweest, en aan het enige wat haar be-

angstigde, haar echt doodsbang maakte: alleen zijn in een ziekenhuiskamer. Dus was ik de hele nacht bij haar gebleven. Ik had geslapen in zo'n stoel waar je het meest oncomfortabele bed op Gods aarde van kon maken. Ik zeg dit niet om applaus te oogsten. Maar omdat het Janes enige zwakke moment was geweest, die eerste nacht in het ziekenhuis, toen ze mijn hand vastgreep en haar uiterste best deed om haar angst en wanhoop te verbergen toen ze zei: 'Alsjeblieft, laat me hier niet alleen.'

Dus had ik dat niet gedaan. Toen niet. Dat was pas veel later, toen ze weer thuis was, waar ze wilde sterven, omdat alleen al het idee van een ziekenhuiskamer, zo een waarin ik nu lag, haar zo had beangstigd.

Nu was het mijn beurt. Ik was hier alleen. Ik kon niet zeggen dat ik erg bang was. Ik dacht erover na, dacht aan waar het leven me had gebracht. Wie zou mij komen opzoeken in tijden van crisis? Van wie kon ik verwachten dat ze naast mijn bed zouden komen zitten als ik in een ziekenhuis bij kennis kwam? De eerste namen die me te binnen schoten, waren die van Greta en Bob. Toen ik me vorig jaar in mijn hand had gesneden bij het doormidden snijden van een broodje, had Bob me naar het ziekenhuis gereden en had Greta voor Cara gezorgd. Zij waren mijn familie... de enige familie die ik nog had. En nu waren zij er ook niet meer.

Ik dacht terug aan de laatste keer dat ik in het ziekenhuis had gelegen. Ik was twaalf en had acute reuma. Toen al een zeldzame kwaal, en nu nog veel zeldzamer. Ik moest tien dagen in het ziekenhuis blijven. Ik herinner me dat Camille me kwam opzoeken. Een paar keer bracht ze haar irritante vriendjes mee, omdat ze wist dat ik door hen afgeleid zou worden. We speelden veel Boggle. De jongens waren gek op Camille. Ze maakten cassettebandjes voor haar, die ze aan me liet horen, met bands als Steely Dan, Supertramp en de Doobie Brothers. Camille vertelde me welke bands fantastisch waren en welke niets voorstelden, en ik volgde haar smaak alsof haar woord wet was.

Had ze geleden, daar in het bos?

Dat was ik me altijd blijven afvragen. Wat had Wayne Steubens met haar gedaan? Had hij haar vastgebonden en doodsbang gemaakt, zoals hij met Margot Green had gedaan? Had ze zich tot bloedens toe verzet, zoals Doug Billingham? Had hij haar levend begraven, zoals de slachtoffers in Indiana en Virginia? Had Camille veel pijn geleden? Hoe gruwelijk waren de laatste minuten van haar leven geweest?

En nu... de nieuwe vraag: was Camille er op de een of andere manier in geslaagd om levend het bos uit te komen?

Mijn gedachten gingen naar Lucy. Ik dacht aan wat zij allemaal had moeten doormaken, de aanblik van haar vader – van wie ze zo veel had gehouden – die zichzelf voor zijn hoofd schoot, alle vragen over het hoe en waarom van het hele gebeuren. Ik wilde haar bellen om iets tegen haar te zeggen, om te proberen haar een beetje te troosten.

Er werd op de deur geklopt.

'Binnen.'

Ik had een verpleegster verwacht. Het was geen verpleegster. Het was Muse. Ik glimlachte naar haar. Ik had verwacht dat ze terug zou glimlachen. Dat deed ze niet. Haar gezicht stond strakker dan ooit.

'Kijk niet zo bedrukt,' zei ik. 'Er is niks aan de hand.'

Muse kwam naar het bed lopen. Haar gezichtsuitdrukking veranderde niet.

'Ik zei dat...'

'Ik heb de dokter al gesproken. Hij zei dat je misschien niet eens vannacht hoeft te blijven.'

'Waarom trek je dan zo'n gezicht?'

Muse pakte een stoel en zette die naast het bed. 'We moeten praten.'

Ik had Loren Muse eerder met zo'n gezicht gezien.

Het was haar jachtgezicht. Haar 'ik ga die schoft in zijn kraag pakken'-gezicht. Haar 'als je liegt, zie ik het meteen'-gezicht. Ik had haar met dit gezicht zien kijken naar moordenaars, aanranders, serieverkrachters en autodieven. En nu keek ze zo naar mij.

'Wat is er aan de hand?'

Haar uitdrukking veranderde niet. 'Hoe is het met Raya Singh gegaan?'

'Min of meer zoals we hadden gedacht.' Ik gaf haar een heel korte samenvatting, want we waren aangekomen in een fase waarin praten over Raya er niet meer toe leek te doen. 'Maar het grote nieuws is dat de zus van Gil Perez bij me op bezoek is geweest. Ze heeft me verteld dat Camille nog in leven is.'

Heel even zag ik iets veranderen op haar gezicht. Ze was goed, ongetwijfeld, maar ik ook. Ze zeggen dat zo'n reactie nog geen tiende van een seconde duurt. Toch zag ik het. Niet dat ze per se verbaasd was over wat ik had gezegd. Maar het had haar toch geraakt.

'Wat is er aan de hand, Muse?'
'Ik heb vandaag met sheriff Lowell gesproken.'
Ik fronste mijn wenkbrauwen. 'Is hij nog niet met pensioen?'
'Nee.'
Ik wilde haar vragen waarom ze contact met hem had gezocht, maar ik wist dat Muse altijd heel grondig te werk ging. Voor haar was het normaal om de leider van het onderzoek naar die moorden te benaderen. Dit verklaarde ook, in ieder geval voor een deel, haar stugge gedrag jegens mij.
'Laat me raden,' zei ik. 'Hij denkt dat ik over die nacht heb gelogen.'
Muse zei geen ja en geen nee. 'Het is wel raar, vind je zelf niet? Dat je net in de nacht van de moorden je dienst hebt verzaakt.'
'Je weet waarom. Je hebt het essay gelezen.'
'Ja, dat klopt. Je bent er met je vriendin tussenuit geknepen. En daarna wilde je haar niet in de problemen brengen.'
'Precies.'
'Maar in het essay stond ook dat je onder het bloed zat. Is dat ook waar?'
Ik keek haar aan. 'Waar wil je verdomme naartoe?'
'Ik doe nu even alsof je mijn baas niet bent.'
Ik probeerde rechtop te gaan zitten. De hechtingen in mijn zij deden verdomd veel pijn.
'Heeft Lowell gezegd dat hij me als een verdachte beschouwde?'
'Dat hoefde hij niet te zeggen. En je hoeft geen verdachte te zijn om mij het recht te geven je deze vragen te stellen. Je hebt gelogen over die nacht...'
'Om Lucy in bescherming te nemen. Dat weet je allang.'
'Ik weet wat je me verteld hebt, ja. Maar zie het eens vanuit mijn standpunt. Ik moet deze zaak zonder voorkennis, vooroordelen of voorkeuren behandelen. Als jij mij was, zou jij me deze vragen dan niet stellen?'
Ik dacht daar even over na. 'Oké, ik begrijp het. Mij best, kom maar op. Vraag me alles wat je wilt.'
'Is je zus ooit zwanger geweest?'
Ik staarde haar verbijsterd aan. De vraag trof me als een onverwachte linkse hoek. Wat hoogstwaarschijnlijk haar bedoeling was.
'Je maakt zeker een grapje?'
'Nee.'
'Waarom wil je dat verdomme weten?'
'Geef gewoon antwoord op mijn vraag.'

'Nee, mijn zus is nooit zwanger geweest.'
'Weet je dat zeker?'
'Ik zou het geweten hebben, denk ik.'
'Is dat zo?' vroeg ze.
'Ik begrijp het niet. Waarom vraag je dat?'
'We hebben diverse zaken gehad waarin meisjes het voor de andere gezinsleden verborgen hebben weten te houden. Dat weet jij ook. Shit, er was er zelfs een die niet eens wíst dat ze zwanger was, totdat ze moest bevallen. Weet je nog?'
Ik knikte.
'Hoor eens, Muse, ik moet nu echt even op mijn strepen gaan staan. Waarom vraag je me of mijn zus zwanger is geweest?'
Muse bestudeerde mijn gezicht; haar ogen kropen er als glibberige wormen overheen.
'Hou daarmee op,' zei ik.
'Je moet wel een beetje meewerken, Cope. Dat weet je.'
'Ik moet helemaal niks.'
'Ja, dat moet je wel. Lowell heeft nog steeds de leiding. Die zaak is zíjn kindje.'
'Lowell? Die gast heeft niks meer aan de zaak gedaan sinds ze Wayne Steubens achttien jaar geleden hebben opgepakt.'
'Toch is het nog steeds zíjn zaak. Hij maakt de dienst uit.'
Ik wist niet precies wat ik daarvan moest denken. 'Weet Lowell dat Gil Perez al die jaren in leven is geweest?'
'Ik heb hem jouw theorie voorgelegd.'
'Waarom neem je me dan opeens onder vuur met vragen over Camille die zwanger zou zijn geweest?'
Muse gaf geen antwoord.
'Oké, als je het zo wilt spelen. Hoor eens, ik heb Glenda Perez beloofd dat ik haar familie verder met rust zou laten. Maar je kunt het wel tegen Lowell zeggen. Misschien laat hij je wel meedoen... ik heb veel meer vertrouwen in jou dan in hem. Waar het om gaat is dat Glenda Perez me heeft verteld dat mijn zus levend het bos uit is gekomen.'
'En,' zei Muse, 'Ira Silverstein heeft gezegd dat ze dood was.'
Alles viel stil in de kamer. De reactie op haar gezicht was weer kort, maar duidelijker te zien dan de vorige keer. Ik bleef haar recht aankijken. Ze probeerde terug te kijken, maar na enige tijd moest ze het opgeven.
'Wat is er verdomme gaande, Muse?'
Ze stond op. Achter haar ging de deur open. Er kwam een ver-

pleegster binnen. Vrijwel zonder iets te zeggen bond ze de manchet van de bloeddrukmeter om mijn arm en pompte hem op. Vervolgens stak ze een thermometer in mijn mond.

'Ik kom straks terug,' zei Muse.

De thermometer zat nog in mijn mond en de verpleegster nam mijn bloeddruk op. Die moest flink gestegen zijn. Ik probeerde om de thermometer heen te roepen.

'Muse!'

Ze liep de kamer uit. Ik bleef in bed en kookte van woede.

Zwanger? Kon Camille zwanger zijn geweest?

Ik kon het me niet voorstellen. Ik probeerde het me te herinneren. Was ze wijdere kleren gaan dragen? En hoe lang was ze al zwanger... hoeveel maanden? Mijn vader had het moeten zien; de man had als huisarts talloze zwangerschappen begeleid. Voor hem had ze het onmogelijk verborgen kunnen houden.

Maar misschien was dat haar ook niet gelukt.

Ik had de neiging om deze onthulling als onzin te betitelen en te zeggen dat het absoluut uitgesloten was dat mijn zus zwanger was geweest, maar één ding hield me tegen. Want ik wist niet wát er verdomme aan de hand was, maar wel dat Muse meer wist dan ze losliet. Ze had die vraag niet zomaar gesteld. Soms moest je als openbaar aanklager een zaak op die manier benaderen. Dan moest je een bespottelijk nieuw feit het voordeel van de twijfel geven. Gewoon om te zien wat er dan gebeurde. Om te zien of en hoe het in het geheel paste.

De verpleegster was klaar. Ik pakte de telefoon en belde naar huis om te zien hoe het met Cara was. Ik was verbaasd toen Greta opnam met een vriendelijk: 'Hallo?'

'Hoi,' zei ik.

De vriendelijkheid verdween. 'Ik hoorde dat alles weer goed komt.'

'Dat zeggen ze.'

'Ik ben nu bij Cara,' zei Greta, een en al zakelijkheid. 'Ze kan vannacht bij ons slapen, als je dat goedvindt.'

'Dat zou geweldig zijn. Bedankt.'

Het bleef even stil.

'Paul?'

Meestal noemde ze me Cope. Het beviel me niet. 'Ja?'

'Cara's welzijn is heel belangrijk voor me. Ze is nog steeds mijn nichtje. De dochter van mijn zus.'

'Dat begrijp ik.'

'Maar jij... jij betekent niks meer voor me.'
Ze hing op.
Ik leunde achterover en wachtte totdat Muse zou terugkomen. In de tussentijd pijnigde ik mijn zere hoofd over wat ik allemaal had gehoord. Ik nam het stap voor stap door.
Glenda Perez had gezegd dat mijn zus levend het bos uit was gekomen.
Ira Silverstein had gezegd dat ze dood was.
Dus, wie moest ik geloven?
Glenda Perez was als redelijk normaal op me overgekomen. Ira Silverstein was niet goed snik.
Eén punt voor Glenda Perez.
Ik herinnerde me ook dat Ira een paar keer iets had gezegd over dingen die begraven moesten blijven. Hij had Gil Perez vermoord – en stond op het punt míj te vermoorden – omdat hij wilde dat we ophielden met graven in het verleden. Hij ging er blijkbaar van uit dat zolang ik zou denken dat mijn zus nog in leven zou kunnen zijn, ik zou blijven zoeken. Ik zou alles overhoophalen en doen wat ik kon, wat de gevolgen daarvan ook waren, als ik dacht dat er een kans was dat ik Camille terug kon vinden. Het was duidelijk dat Ira dat niet wilde.
Dat gaf hem een reden om te liegen... om tegen mij te zeggen dat ze dood was.
Glenda Perez, aan de andere kant, had ook gewild dat ik ophield met graven. Zolang ik mijn onderzoek voortzette, liepen haar ouders een aanzienlijk risico. Hun fraude en andere vergrijpen konden daardoor aan het licht komen. Kortom, ook zij had er baat bij dat ik zou denken dat er in de afgelopen twintig jaar niets was veranderd en dat ik bleef geloven dat Wayne Steubens mijn zus had vermoord. Het zou in het belang van haar familie zijn als ze me had verteld dat mijn zus dood was.
Maar dat had ze niet gedaan.
Nog een punt voor Glenda Perez.
Ik voelde de hoop – daar had je dat woord weer – gloeien in mijn borstkas.
Loren Muse kwam de kamer weer in en deed de deur achter zich dicht. 'Ik heb sheriff Lowell zonet gesproken,' zei ze.
'O ja?'
'Zoals ik al zei is het zíjn zaak. Ik kon je bepaalde dingen niet vertellen totdat hij me daarvoor het groene licht gaf.'
'Heb je het dan over die zogenaamde zwangerschap?'

Muse ging voorzichtig zitten, alsof ze bang was dat de stoel ieder moment door zijn poten kon zakken. Ze legde haar handen in haar schoot. Wat heel ongebruikelijk voor haar was. Meestal zwaaide ze met haar handen om zich heen als een Siciliaan aan de amfetaminen, die net opzij gesprongen was voor een langs scheurende auto. Ik had haar nog nooit zo bedeesd meegemaakt. Ze had haar ogen neergeslagen. Ik kreeg bijna medelijden met haar. Ze deed zo haar best om het juiste te doen. Dat had ze altijd gedaan.

'Muse?'

Ze keek op. De blik in haar ogen beviel me helemaal niet.

'Wat is er aan de hand?'

'Weet je nog dat ik zei dat ik Andrew Barrett naar het vroegere zomerkamp wilde sturen?'

'Natuurlijk,' zei ik. 'Barrett had een of ander nieuw grondradarapparaat uitgevonden dat hij wilde uitproberen. Wat is daarmee?'

Muse keek me aan. Meer deed ze niet. Ze bleef me aankijken en ik zag haar ogen vochtig worden. Toen knikte ze naar me. Het was het droevigste hoofdknikje dat ik ooit had gezien.

Ik voelde mijn hele wereld instorten.

Hoop. Hoop had mijn hart in een zachte, vriendelijke omhelzing gehad. Nu zette ze haar klauwen erin en begon te knijpen. Ik kreeg geen adem meer. Ik schudde mijn hoofd, maar Muse bleef knikken.

'Ze zijn op menselijke resten gestuit, niet ver van de plek waar de andere twee lijken waren gevonden,' zei ze.

Ik schudde mijn hoofd heftiger. Niet nu. Niet na alles wat er was gebeurd.

'Een vrouw, een meter zevenenzestig lang, heeft vijftien tot dertig jaar in de bodem begraven gelegen.'

Ik bleef mijn hoofd schudden. Muse zweeg en wachtte totdat ik mijn zelfbeheersing had teruggevonden. Ik probeerde mijn hoofd leeg te maken, niet te horen wat ze zei. Ik probeerde het tegen te houden, te doen alsof het er niet was. En toen moest ik opeens aan iets denken.

'Wacht eens, je vroeg me of Camille zwanger was. Wil je zeggen dat ze... dat ze aan het skelet kunnen zien dat ze zwanger was?'

'Niet alleen zwanger,' zei Muse. 'Ze zeggen dat ze een kind heeft gebaard.'

Ik zat rechtop in mijn bed en zei niets. Ik probeerde te verwerken wat ik had gehoord. Het lukte me niet. Dat ze zwanger was geweest, was één ding. Dat zóú mogelijk zijn. Ze kon een abortus hebben ondergaan, of iets anders. Ik weet het niet. Maar dat ze haar

kind de volle negen maanden had gedragen, dat ze het ter wereld had gebracht, en dat ze nu toch dood was, na alles wat ik had meegemaakt...
'Zoek uit wat er gebeurd is, Muse.'
'Dat zal ik zeker doen.'
'En als er een kind blijkt te zijn...'
'Vinden we dat ook.'

39

'Ik heb nieuws voor je.'
Hoewel hij foeilelijk was, was Alexei Kokorev nog steeds een imposante verschijning. Aan het eind van de jaren tachtig, kort voordat de Muur was neergehaald en hun leven voor altijd was veranderd, was Kokorev Sosh' ondergeschikte bij Intourist geweest. Het was bijna humoristisch als je erover nadacht. In het oude vaderland waren ze eliteagenten van de KGB geweest. In 1974 maakten ze deel uit van *Spettsgruppa A*, ofwel Groep Alfa. De groep hield zich bezig met contraterrorisme en aanslagen, en op de koude kerstochtend van 1979 had hun eenheid het Darulaman-paleis in Kaboel bestormd. Niet lang daarna had Sosh zijn baan bij Intourist gekregen en was hij naar New York overgeplaatst. Kokorev, iemand met wie Sosh niet bijzonder goed kon opschieten, was met hem meegegaan. Ze hadden allebei hun familie moeten achterlaten. Zo ging het nu eenmaal. Maar New York werd gezien als een stad vol verleidingen. Dus alleen de meest geharde Sovjetrussen kregen toestemming om ernaartoe te gaan. Maar zelfs de meest geharde mannen moesten in de gaten worden gehouden door een collega die ze niet erg mochten of vertrouwden. Want zelfs de meest geharde mannen moesten eraan worden herinnerd dat hun dierbaren nog steeds in het oude thuisland waren, en dat hun van alles kon overkomen.

'Vertel op,' zei Sosh.

Kokorev was een zuiplap. Dat was hij zijn hele leven al, maar in zijn jeugd had het bijna in zijn voordeel gewerkt. Hij was sterk en slim, en de drank had hem meedogenloos en kwaadaardig gemaakt. Hij had zijn meerderen gehoorzaamd als een hond. Nu hadden de jaren hun tol van hem geëist. Zijn kinderen waren volwassen en hadden hem niet meer nodig. Zijn vrouw was jaren geleden bij hem weggegaan. Eigenlijk was hij een meelijwekkende stumper, maar hij maakte nu eenmaal deel uit van Sosh' verleden. Goed, ze hadden elkaar niet bijzonder gemogen, maar toch was er een band tussen hen ontstaan. Kokorov was loyaal geworden aan Sosh. Dus had Sosh hem op zijn loonlijst laten staan.

'Ze hebben een skelet in dat bos gevonden,' zei Kokorev.

Sosh deed zijn ogen dicht. Hij had het niet verwacht, maar toch kwam het niet echt als een verrassing. Pavel Copeland wilde het verleden opgraven. Sosh had gehoopt hem daarvan te kunnen weerhouden. Er waren dingen die je beter niet kon weten. Gavril en Aline, zijn broer en zus, waren in een massagraf begraven. Zonder grafsteen, zonder waardigheid. Het had Sosh nooit echt dwarsgezeten. Stof zijt gij en tot stof zult gij wederkeren, dat soort dingen. Maar het hield hem soms wel bezig. Dan vroeg hij zich af of Gavril op een dag zou herrijzen en een beschuldigende vinger zou richten op zijn kleine broertje, het broertje dat meer dan zestig jaar geleden die extra hap brood van hem had gepikt. Het was maar één hap geweest, wist Sosh. Het had niets veranderd. En toch dacht Sosh nog steeds terug aan wat hij had gedaan, elke ochtend als hij wakker werd, aan die extra hap brood.

Was dit ook zoiets? Schreeuwden de doden om wraak?

'Hoe ben je dat te weten gekomen?' vroeg Sosh.

'Nadat Pavel bij je op bezoek was geweest, heb ik het plaatselijke nieuws gevolgd,' zei Kokorev. 'Op het internet. Daar werd er melding van gemaakt.'

Sosh glimlachte. Twee keiharde KGB-veteranen die het Amerikaanse internet gebruikten om aan informatie te komen. Ironisch.

'Wat moeten we nu doen?' vroeg Kokorev.

'Doen?'

'Ja, doen.'

'We doen niks, Alexei. Het is al zo lang geleden.'

'Moord kent geen verjaring in dit land. Ze zullen het onderzoeken.'

'En wat zullen ze dan vinden?'

Kokorev zei niets.

'Het is voorbij. We hebben geen reisbureau meer en geen land meer dat we moeten dienen.'

Stilte. Alexei wreef met zijn hand over zijn kin en wendde zijn blik af.

'Wat is er?'

'Mis jij die tijd niet, Sosh?' vroeg Alexei.

'Ik mis mijn jeugd,' zei hij. 'Verder niks.'

'De mensen waren bang van ons,' zei Kokorev. 'Ze begonnen te beven als we langskwamen.'

'En vond jij dat een goede zaak, Alexei?'

Zijn glimlach was afschuwelijk, met die tanden die te klein voor zijn mond waren, als van een knaagdier. 'Doe maar niet alsof jij dat niet vond. We hadden macht. We waren goden.'

'Nee, we waren tuig. We waren geen goden… we waren de loopjongens van de goden. Zíj hadden de macht. We waren zelf bang, dus maakten we de anderen nog banger. Dát zorgde ervoor dat we ons heel wat voelden… dat we de zwakkeren terroriseerden.'

Alexei maakte een afwijzend handgebaar in Sosh' richting. 'Je wordt oud.'

'We zíjn oud, jij ook.'

'Ik ben er niet blij mee dat er weer in het verleden wordt gewroet.'

'Je was er ook niet blij mee dat Pavel hier kwam. Omdat hij je aan zijn grootvader herinnert, hè?'

'Dat is niet waar.'

'De man die jij gearresteerd hebt. De oude man én zijn oude vrouw.'

'Was jij een haar beter dan ik, Sosh?'

'Nee, dat was ik niet.'

'Het was mijn besluit niet. Dat weet jij ook. Ze waren aangegeven en wij moesten actie ondernemen.'

'Precies,' zei Sosh. 'Dat hadden de goden je opgedragen. Dus deed je wat er van je verlangd werd. Voelde je je toen nog steeds zo stoer?'

'Zo was het niet.'

'Zo was het wel.'

'Jij zou hetzelfde hebben gedaan.'

'Ja, dat klopt.'

'We deden het voor het hogere doel.'

'Geloofde je dat echt, Alexei?'

'Ja. Dat geloof ik nog steeds. Ik vraag me nog steeds af of het zo verkeerd was wat we deden. Als ik de gevaren zie die vrijheid met zich meebrengt. Ik vraag het me nog steeds af.'

'Ik niet,' zei Sosh. 'We waren gewoon tuig.'

Stilte.

'Wat gaat er nu gebeuren?' vroeg Kokorev. 'Nu ze dat skelet hebben gevonden?'

'Misschien niks. Misschien zullen er nog meer slachtoffers vallen. Of misschien krijgt Pavel eindelijk de kans om af te rekenen met zijn verleden.'

'Heb je niet tegen hem gezegd dat hij dat beter niet kan doen... dat hij het verleden beter kan laten rusten?'

'Ja, dat heb ik gedaan,' zei Sosh. 'Maar hij wilde niet luisteren. Wie weet wie van ons beiden uiteindelijk gelijk zal krijgen.'

Dokter McFadden kwam de kamer in en vertelde me dat ik geluk had gehad, dat de kogel dwars door mijn zij was gegaan zonder inwendige organen te raken. Ik hef mijn ogen altijd ten hemel wanneer de held wordt neergeschoten en dan gewoon doorgaat met zijn avontuur alsof er niets gebeurd is. Maar het is echt waar dat er genoeg schotwonden zijn die op die manier genezen. Als ik hier rechtop in bed bleef zitten, zou dat niet sneller gebeuren dan als ik naar huis ging en me een tijdje rustig hield.

'Ik maak me meer zorgen om de klap die u op uw hoofd hebt gehad,' zei hij.

'Maar ik mag wel naar huis?'

'Gaat u eerst nog een tijdje slapen, oké? Dan kijken we hoe u zich voelt als u wakker wordt. Het lijkt me beter dat u een nachtje blijft.'

Ik wilde ertegen ingaan, maar wat schoot ik ermee op als ik naar huis ging? Ik voelde me beurs, misselijk en geradbraakt. Waarschijnlijk zag ik er vreselijk uit en ik wilde Cara niet de stuipen op het lijf jagen met mijn verschijning.

Ze hadden een skelet in het bos gevonden. Het was nog steeds niet gelukt om dat tot me door te laten dringen.

Muse had het voorlopige autopsierapport naar het ziekenhuis gefaxt. Erg veel wisten ze nog niet, maar ik kon moeilijk geloven dat het níet mijn zus was. Lowell en Muse hadden een grondig onderzoek gedaan naar vrouwen die in het verleden in die omgeving als vermist waren opgegeven, om te zien of er iemand anders was die misschien aan het signalement voldeed. Het had niets opgeleverd... de enige overeenkomst die uit de computergegevens kwam rollen, was die met mijn zus.

Tot nu toe had de lijkschouwer nog geen doodsoorzaak kunnen vaststellen. Wat in het geval van een skelet in deze toestand ook niet zo vreemd was. Als de dader haar de keel had doorgesneden of levend had begraven, zouden we die ook nooit te weten komen. Omdat er dan geen sporen op de beenderen waren achtergebleven. Alle spieren, pezen en inwendige organen waren allang verdwenen, dankzij de parasieten die zich er lang geleden aan te goed hadden gedaan.

Ik bladerde door naar het belangrijke deel. De inkeping op het schaambeen.

Het slachtoffer had een kind gebaard.

Ik dacht er weer over na. Ik vroeg me af of het mogelijk was. In normale omstandigheden zou het me misschien de hoop hebben gegeven dat het toch niet mijn zus was die ze hadden opgegraven. Maar als dat zo was, wat kon ik daar dan precies uit opmaken? Dat in dezelfde periode een ander meisje – een meisje dat niemand kende of miste – was vermoord en vervolgens vlak bij de andere twee lijken in het zomerkamp was begraven?

Dat kon toch niet waar zijn?

Ik zag iets over het hoofd. Ik zag een heleboel over het hoofd.

Ik haalde mijn mobiele telefoon tevoorschijn. Ik mocht die in het ziekenhuis niet gebruiken, maar ik kon er wel het nummer van York in opzoeken. Ik gebruikte de vaste telefoon naast het bed om hem te bellen.

'Nog nieuws?' vroeg ik.

'Weet je hoe laat het is?'

Nee, dat wist ik niet. Ik keek op de klok. 'Het is een paar minuten over tien,' zei ik. 'Nog nieuws?'

Hij zuchtte. 'De Ballistische Dienst heeft bevestigd wat we al wisten. Het pistool waarmee Silverstein op jou heeft geschoten, is hetzelfde wapen waarmee Gil Perez is gedood. De uitslag van de DNA-test duurt een paar weken, maar het bloed op de achterbank van de Volkswagen Kever is van dezelfde groep als dat van Perez. Kortom, in tennistermen: game, set, match.'

'Wat heeft Lucy gezegd?'

'Dillon zei dat ze hem niet veel verder kon helpen. Ze is in een shocktoestand. Ze zei dat haar vader niet in orde was, dat hij zich misschien verbeeldde dat hij door iemand werd bedreigd.'

'Geloofde Dillon dat?'

'Natuurlijk, waarom niet? Hoe dan ook, voor ons is de zaak gesloten. Hoe voel je je?'

'Geweldig.'

'Dillon is ook een keer neergeschoten.'

'Eén keer maar?'

'Erg grappig. Maar hij laat dus zijn litteken zien aan elke vrouw die hij ontmoet. Raken ze opgewonden van, zegt hij. Het is maar dat je het weet.'

'Versiertips van Dillon. Bedankt.'

'En raad eens wat hij daarna zegt?'

'"Hé, baby, wil je mijn pistool zien"?'

'Shit, hoe weet jij dat?'

'Waar is Lucy naartoe gegaan nadat ze bij jullie was geweest?'
'We hebben haar teruggebracht naar haar appartement op de campus.'
'Oké, bedankt.'
Ik beëindigde het gesprek en toetste Lucy's nummer in. Ik kreeg haar voicemail en sprak een boodschap in. Daarna belde ik Muses mobiele nummer.
'Waar ben je?' vroeg ik.
'Op weg naar huis. Hoezo?'
'Ik dacht dat je misschien naar Reston University zou gaan om met Lucy te praten.'
'Ben ik al geweest.'
'En?'
'Ze doet niet open. Maar ik zag dat er licht brandde. Ze ís er wel.'
'Is alles in orde met haar?'
'Hoe moet ik dat weten?'
Het beviel me niet. Haar vader had net een eind aan zijn leven gemaakt en zij was alleen in haar appartement. 'Hoe ver ben je van het ziekenhuis?'
'Een kwartiertje.'
'Kun je me ophalen?'
'Mag je al weg?'
'Wie zou me moeten tegenhouden? Het is trouwens maar voor even.'
'Vraag jij, mijn baas, me of ik je een lift naar het huis van je vriendin wil geven?'
'Nee, ik vraag je als procureur van Essex County of je me naar het huis van een belangrijke getuige van een recente zelfmoord wilt brengen.'
'Oké,' zei Muse. 'In beide gevallen kom ik eraan.'

Niemand hield me tegen toen ik het ziekenhuis uit liep.
Ik voelde me niet goed, maar ik had me wel eens slechter gevoeld. Ik maakte me zorgen om Lucy en besefte met toenemende zekerheid dat mijn bezorgdheid groter was dan die zou moeten zijn.
Ik miste Lucy.
Ik miste haar zoals je iemand mist wanneer je verliefd bent. Ik kon vraagtekens zetten bij die vergelijking, kon die iets afzwakken en zeggen dat mijn emoties op hol waren geslagen door alles wat er gebeurde, zeggen dat er sprake was van een nostalgisch verlangen naar een betere tijd, een onschuldiger tijd, een tijd waarin mijn ou-

ders nog bij elkaar waren en mijn zus nog in leven, en waarin zelfs Jane nog gezond en mooi en relatief gelukkig was. Maar zo was het niet.

Ik vond het fijn om bij Lucy te zijn. Dan voelde ik me goed. Ik wilde graag bij haar zijn, zoals je bij iemand wilt zijn wanneer je verliefd bent. Het had geen zin om naar andere verklaringen te zoeken.

Muse reed. Haar auto was klein en benauwend. Ik heb niet veel met auto's en had geen idee wat voor een het was, maar hij stonk naar sigarettenrook. Muse had me blijkbaar mijn neus zien ophalen, want ze zei: 'Mijn moeder is een kettingroker.'

'O.'

'Ze woont bij me. Tijdelijk. Totdat ze echtgenoot nummer vijf heeft gevonden. In de tussentijd probeer ik haar in te prenten dat ze niet in de auto moet roken.'

'En daar trekt ze zich niks van aan?'

'Nee. Sterker nog, ze gaat er nog meer door roken. Hetzelfde geldt voor mijn huis. Als ik thuiskom van mijn werk en ik doe de deur open, is het alsof ik pure as inadem.'

Ik wou dat ze een beetje gas gaf.

'Je wordt morgen op het gerechtshof verwacht,' zei Muse. 'Red je dat?'

'Ja, ik denk het wel.'

'Rechter Pierce wil jou en de verdediging in zijn kamer zien.'

'Al enig idee waarom?'

'Nee.'

'Hoe laat?'

'Negen uur.'

'Ik zal er zijn.'

'Moet ik je ophalen?'

'Ja, graag.'

'Kan ik dan een bedrijfsauto krijgen?'

'Je werkt niet voor een bedrijf. Je werkt voor de overheid.'

'Een overheidsauto dan?'

'Misschien wel.'

'Cool.' Ze zweeg even. 'Het spijt me, van je zus.'

Ik zei niets. Ik vond het nog steeds moeilijk om daarop te reageren. Misschien moest ik eerst horen dat de identificatie definitief was. Of misschien had ik na twintig jaar rouwen gewoon niet veel rouwgevoelens meer over. Of, wat het meest waarschijnlijke was, had ik mijn emoties tijdelijk op een laag pitje gezet.

Er waren nu nóg twee slachtoffers gevallen.

Wat er twintig jaar geleden ook in dat bos was gebeurd... misschien hadden de tieners uit de buurt wel gelijk gehad en waren ze verslonden of ontvoerd door een of ander monster. Maar het wezen – menselijk of niet – dat Margot Green, Doug Billingham en naar alle waarschijnlijkheid ook Camille Copeland had vermoord, was nog in leven, ademde nog en maakte nog steeds nieuwe slachtoffers. Misschien had het twintig jaar geslapen. Misschien was het ergens anders naartoe gegaan, naar andere bossen in andere staten. Maar het was nu weer terug, dat was duidelijk, en ik was niet van plan het nogmaals te laten ontkomen.

Het faculteitshuis van Reston University bood een deprimerende aanblik. Ouderwetse baksteen en snel in elkaar geflanst. Er was niet veel licht, maar in dit geval kwam dat wel goed uit, vond ik.

'Vind je het erg om in de auto te blijven zitten?' vroeg ik.

'Ik moet even iets doen,' zei Muse. 'Ik ben snel weer terug.'

Ik liep de treden naar de ingang op. Ik zag geen licht branden, maar ik hoorde wel muziek. Ik herkende het nummer: 'Somebody' van Bonnie McKee. Zo deprimerend als de hel – want de 'somebody' was de perfecte liefde van wie ze wist dat die bestond, maar die ze nooit zou vinden – maar zo was Lucy nu eenmaal. Ze was gek op smartlappen. Ik klopte op de deur. Geen reactie. Ik belde aan en klopte nog een keer. Weer niets.

'Luce!'

Geen antwoord.

'Luce!'

Ik bleef op de deur kloppen. De pijnstillers die de arts me had gegeven, waren bijna uitgewerkt. Ik voelde de hechtingen branden in mijn zij. Ik voelde precies waar ze zaten, alsof mijn huid uiteen werd gereten bij elke beweging die ik maakte.

'Luce!'

Ik probeerde de deurknop. De deur zat op slot. Er waren twee ramen. Ik probeerde naar binnen te gluren. Te donker. Ik probeerde ze omhoog te schuiven. Allebei afgesloten.

'Kom op nou, ik weet dat je er bent.'

Achter me hoorde ik een auto aankomen. Het was Muse. Ze stopte en stapte uit.

'Hier,' zei ze.

'Wat is dat?'

'De *master key*. Ik heb hem bij de campusbeveiliging opgehaald.'

Typisch Muse.

Ze wierp me de sleutel toe en liep terug naar de auto. Ik stak de

sleutel in het slot, klopte nog een keer en draaide hem om. De deur ging open. Ik deed een stap naar binnen en sloot de deur achter me.
'Laat het licht uit.'
Het was Lucy.
'Laat me alleen, Cope, wil je?'
De iPod begon aan het volgende nummer. Alejandro Escovedo vroeg zich zingend af wat voor soort liefde een moeder ruïneert en haar wanhopig door struiken vol doornen liet rennen.
'Je zou zo'n K-tel collectie moeten bestellen,' zei ik.
'Wat?'
'Je weet wel, van die spots op tv. "Time-Life presenteert het meest deprimerende liedje aller tijden."'
Ik hoorde een snuivend lachje. Mijn ogen begonnen aan het duister te wennen. Ik zag haar nu op de bank zitten. Ik deed een stap naar haar toe.
'Niet doen.'
Maar ik liep door en ging naast haar zitten. Ze had een fles wodka in haar hand. Die was halfleeg. Ik liet mijn blik door de kamer gaan. Ik zag niets wat persoonlijk, nieuw of vrolijk gekleurd was.
'Ira,' zei ze.
'Ik vind het heel erg voor je.'
'De politie zegt dat hij Gil heeft vermoord.'
'Wat denk jij?'
'Ik heb het bloed in zijn auto gezien. Hij heeft jou neergeschoten. Dus ja, natuurlijk geloof ik dat hij Gil heeft vermoord.'
'Waarom?'
Ze gaf geen antwoord en nam nog een flinke teug uit de fles.
'Waarom geef je die fles niet aan mij?' stelde ik voor.
'Dit is wat ik ben, Cope.'
'Nee, dat geloof ik niet.'
'Ik ben geen vrouw voor jou. Jij kunt me niet redden.'
Ik wist wel een paar dingen die ik kon zeggen, maar ze zouden stuk voor stuk rieken naar clichés. Dus zei ik niets.
'Ik hou van je,' zei ze. 'Ik bedoel, ik hield toen van je en het is nooit opgehouden. Ik heb andere mannen gehad. Relaties. Maar jij was er altijd bij. Bij ons in de kamer. Zelfs in bed. Ik weet dat het stompzinnig klinkt en dat we nog maar tieners waren, maar zo is het gewoon.'
'Ik begrijp het,' zei ik.
'Ze denken dat Ira degene is geweest die Margot en Doug heeft vermoord.'

'Jij niet?'
'Hij wilde alleen dat het ophield. Begrijp je dat? Het deed hem zo veel pijn, veroorzaakte zo veel verdriet. En toen hij Gil zag, moet hij gedacht hebben dat hij achtervolgd werd door een geest uit het verleden.'
'Ik vind het heel erg,' zei ik weer.
'Ga naar huis, Cope.'
'Ik blijf liever bij jou.'
'Dat maak jij niet uit. Dit is míjn huis. Míjn leven. Ga naar huis.'
Ze nam nog een slok uit de fles.
'Ik kan je niet in deze toestand achterlaten.'
Haar lach klonk verbitterd. 'Wat? Denk je dat dit de eerste keer is?'
Ze keek me aan, daagde me uit haar tegen te spreken. Ik hield mijn mond.
'Dit is wat ik doe. Ik drink me in het donker een stuk in de kraag en speel die verdomde liedjes. Straks zink ik weg of ga ik knock-out, of hoe je het ook wilt noemen. En morgenochtend heb ik niet eens een kater.'
'Ik wil graag blijven.'
'En ik wil niet dat je blijft.'
'Ik doe het niet voor jou, maar voor mezelf. Ik wil graag bij je zijn. Zeker vanavond.'
'En ik wil dat niet. Dat maakt het alleen maar erger.'
'Maar...'
'Alsjeblieft,' zei ze smekend. 'Laat me alleen, alsjeblieft. Morgen. Morgen kunnen we opnieuw beginnen.'

40

Dokter Tara O'Neill sliep zelden langer dan vier à vijf uur per nacht. Ze had gewoon niet meer slaap nodig. Om zes uur 's ochtends, met zonsopgang, was ze weer in het bos. Ze hield van dit bos... of eigenlijk hield ze van alle bossen. Ze had haar vooropleiding en medicijnenstudie in de grote stad gedaan, op de universiteit van Pennsylvania, Philadelphia. Iedereen had gedacht dat ze dat geweldig zou vinden. Ze was zo'n leuke meid, zeiden ze. En er was zo veel te beleven in de grote stad, zo veel mensen, altijd iets te doen.

Maar gedurende haar studietijd in Philadelphia was ze elk weekend naar huis gegaan. Ze had zich gespecialiseerd als lijkschouwer en verdiende wat extra geld door als patholoog in Wilkes Barres te werken. In de tussentijd had ze geprobeerd te ontdekken hoe ze in het leven stond, wat haar filosofie was, en was toen uitgekomen bij iets wat ze een popmuzikant – Eric Clapton, meende ze – ooit in een interview had horen zeggen over dat hij niet zo'n eh... liefhebber van mensen was. Zij was dat ook niet. Ze was – hoe belachelijk het ook klonk – het liefst alleen. Ze hield van lezen en keek graag naar films zonder dat anderen er hun commentaar op gaven. Ze had niets met mannen met hun grote ego's, die voortdurend interessant deden of haar met hun onzekerheden verveelden. Ze wílde geen levenspartner.

Dit – hier alleen in het bos lopen – was wat haar het gelukkigst maakte.

O'Neill had haar instrumentenkoffer bij zich, maar van alle geavanceerde werktuigen die deels door de gemeenschap waren betaald, was het simpelste attribuut het nuttigste gebleken: een vergiet. Het zag er vrijwel hetzelfde uit als het vergiet in haar keuken. Ze haalde het uit haar koffer en ging aan de slag.

Met het vergiet hoopte ze tanden en kleinere botjes te vinden.

Het was secuur werk, dat haar deed denken aan de archeologische opgraving waaraan ze had deelgenomen na haar middelbare school. Dat was in de Badlands van South Dakota geweest, in een streek die bekendstond als de Big Pig Dig, omdat daar ooit een Archaeotherium was gevonden, een soort reuzenvarken. Ze had fossielen van varkens en rinocerossen gevonden en het was een geweldige ervaring geweest.

Met hetzelfde geduld toog ze aan het werk op deze vindplaats. De meeste mensen zouden dit saai en geestdodend werk vinden, maar Tara O'Neill was helemaal in haar element.

Na een uur vond ze een klein stukje bot.

O'Neill voelde haar hartslag versnellen. Ze had er rekening mee gehouden, besefte dat er een goede kans was na het bodemonderzoek met het radarapparaat. Maar toch. Het idee dat ze het ontbrekende stukje zou vinden...

'Kijk eens aan, wat hebben we hier...'

Ze zei het hardop en haar stem galmde door het doodstille bos. Ze kon het nauwelijks geloven, maar het bewijs lag voor haar neus, in de palm van haar door gummi beschermde hand.

Het was een tongbeentje.

Althans, de helft ervan. Zwaar verkalkt en broos. Ze ging door met zoeken, werkte zo snel als ze kon. Het hoefde nu niet lang meer te duren. Vijf minuten later had O'Neill de andere helft gevonden. Ze hield de beide delen tegen het licht.

Zelfs na al die jaren pasten de twee botfragmenten als puzzelstukjes in elkaar.

Een oogverblindende glimlach brak door op Tara O'Neills gezicht. Even bleef ze naar het resultaat van haar werk staren en schudde trots het hoofd.

Ze haalde haar mobiele telefoon uit haar zak. Snel liep ze driekwart kilometer terug totdat er twee streepjes op de display verschenen. Toen toetste ze het nummer van sheriff Lowell in. Na twee keer overgaan nam hij op.

'Bent u dat, doc?'

'Ja.'

'Waar bent u?'

'In het bos, bij de vindplaats,' zei ze.

'U klinkt enthousiast.'

'Dat ben ik ook.'

'Waarom is dat?'

'Ik heb iets in de bodem gevonden,' zei Tara O'Neill.

'En dat is?'

'Dat is iets wat een heel ander licht op onze zaak werpt.'

Ik werd wakker van zo'n piepend geluid dat je in ziekenhuizen voortdurend hoort. Langzaam draaide ik me om, deed mijn ogen open en zag mevrouw Perez.

Ze had een stoel gepakt en die naast het bed gezet. Haar tas lag in haar schoot. Ze hield haar knieën tegen elkaar gedrukt en zat rechtop. Ik keek naar haar gezicht. Ze had gehuild.

'Ik heb het gehoord van meneer Silverstein,' zei ze.

Ik wachtte.

'Ik heb ook gehoord dat er beenderen in het bos zijn gevonden.'

Ik had dorst en keek naar rechts. De beige plastic waterkan, typerend voor ziekenhuizen en speciaal ontworpen om water een vieze smaak te geven, stond op het nachtkastje. Ik wilde de kan pakken, maar voordat ik mijn arm kon uitstrekken, was mevrouw Perez al opgestaan. Ze schonk water in de beker en gaf die aan mij.

'Wilt u rechtop zitten?' vroeg ze.

'Dat lijkt me een goed idee.'

Ze pakte de afstandsbediening, drukte op een knop en ik voelde mijn bovenlichaam omhoogkomen.

'Is het zo goed?'

'Prima,' zei ik.

Ze ging weer op de stoel zitten.

'U wilt het maar niet laten rusten, hè?'

Ik nam niet eens de moeite om die vraag te beantwoorden.

'Ze zeggen dat meneer Silverstein mijn Gil heeft vermoord. Denkt u dat dat waar is?'

Mijn Gil. Dus het werd niet langer ontkend. Ze verschool zich niet langer achter leugens, achter haar dochter of achter hypotheses.

'Ja, dat denk ik.'

Ze knikte. 'Soms denk ik dat Gil echt in dat bos is gestorven. Zo leek het in ieder geval. De tijd daarna leek geleende tijd. Toen die politieman me onlangs belde, wist ik het al. Ik had het verwacht, begrijpt u? In zekere zin is Gil nooit dat bos uit gekomen.'

'Vertel me wat er gebeurd is.'

'Ik dacht dat ik het wist. Al die jaren. Maar misschien heb ik nooit de waarheid te horen gekregen. Misschien heeft Gil erover gelogen.'

'Vertel me dan wat u dacht dat u wist.'

'U was die zomer zelf in het kamp. U kende mijn Gil.'

'Ja.'

'En u kende dat meisje. Die Margot Green.'

Ik knikte.
'Gil was smoorverliefd op haar. Maar Gil was de jongen uit het arme gezin. We woonden in een achterbuurt in Irvington. Meneer Silverstein had een manier bedacht waardoor kinderen van arbeiders ook naar het zomerkamp konden. Ik werkte in de wasserij van het kamp. Maar u weet dit allemaal al.'
Dat was zo.
'Ik mocht uw moeder heel graag. Ze was heel intelligent. We hebben veel met elkaar gepraat. Over van alles. Over boeken, over het leven, over onze teleurstellingen. Natasha was wat wij een "kwetsbare ziel" noemen. Ze was zo mooi, maar ook zo kwetsbaar. Begrijpt u wat ik bedoel?'
'Ik denk het wel, ja.'
'Hoe dan ook, Gil was als een blok gevallen voor Margot Green. Wat goed te begrijpen was. Hij was pas achttien. In zijn ogen moet ze eruit hebben gezien als een fotomodel. Zo werkt dat bij mannen. Ze worden gedreven door lustgevoelens. Mijn Gil was niet anders dan andere jongens. Maar Margot had zijn hart gebroken. Ook dat was niet ongebruikelijk. Hij zou er een paar weken kapot van zijn en zich dan weer hebben herpakt. Zo zou het waarschijnlijk gegaan zijn.'
Ze stopte met praten.
'Maar wat is er toen gebeurd?' vroeg ik.
'Wayne Steubens.'
'Wat heeft die ermee te maken?'
'Hij ging op Gil inpraten. Hij zei dat Gil het niet moest pikken dat Margot zo met hem omging. Hij appelleerde aan Gils macho-gevoelens. Margot, zei hij, lacht je achter je rug uit. Je moet het haar betaald zetten, fluisterde Wayne Steubens hem in het oor. En na een tijdje – ik weet niet hoe lang het heeft geduurd – was Gil het met hem eens.'
Ik trok een gezicht. 'En toen hebben ze haar de keel doorgesneden?'
'Nee. Maar in de tussentijd liep Margot nog steeds door het kamp te paraderen en daagde ze iedereen uit. Dat weet u nog wel, hè?'
Wayne had hetzelfde tegen me gezegd. Dat ze een verleidster was.
'Er waren meer mensen in het kamp die haar een toontje lager wilden laten zingen. Mijn zoon, in de eerste plaats. Doug Billingham ook. En uw zus misschien ook wel. Ze was erbij, maar het kan

zijn dat Doug haar had omgepraat. Dat maakt nu niet uit.'

De deur ging open en er kwam een verpleegster binnen.

'Niet nu,' zei ik.

Ik had protesten verwacht, maar er klonk blijkbaar iets in mijn stem wat haar overtuigde. Ze liep achteruit de kamer uit en deed de deur weer dicht. Mevrouw Perez had haar ogen neergeslagen. Ze keek weer naar haar tas alsof ze bang was dat iemand die zou pikken.

'Wayne had het allemaal heel zorgvuldig gepland. Dat zei Gil. Ze zouden Margot het bos in lokken en haar eens goed de stuipen op het lijf jagen. Uw zus hielp met het zetten van de val. Ze zei tegen Margot dat ze een paar leuke jongens zouden ontmoeten. Gil had een masker opgedaan. Hij had Margot overmeesterd en haar vastgebonden. Dat zou alles zijn. Ze zouden haar een paar minuten alleen in het bos laten zitten, totdat ze zichzelf bevrijd had, of anders zouden ze haar losmaken. Het was natuurlijk flauw, heel kinderachtig, maar dat soort dingen werd nu eenmaal gedaan.'

Ik wist dat het zo was. Er werden in zomerkampen voortdurend rotgeintjes uitgehaald. Ik herinnerde me dat we een keer een slapende jongen met bed en al het bos in hadden gedragen. Toen hij de volgende ochtend wakker werd, alleen in het bos, was hij zich rot geschrokken. Of we schenen een slapende jongen met een zaklantaarn in de ogen, maakten treingeluiden, schudden hem door elkaar en riepen: 'Ga van de rails af!' Vervolgens keken we lachend toe hoe de jongen in paniek zijn bed uit dook. En ik herinnerde me dat er twee grote jongens in het kamp waren, twee echte pestkoppen die alle andere jongens voor 'mietje' uitscholden. Op een avond, heel laat, toen ze allebei lagen te slapen, hadden we de ene uit zijn bed gehaald, zijn kleren uitgetrokken en bij de ander in bed gelegd. De volgende ochtend waren ze door de anderen naakt in hetzelfde bed betrapt. Ze hadden nooit meer iemand gepest.

Een verleidster als Margot vastbinden en een tijdje in het bos laten zitten... zo verrassend was dat nu ook weer niet.

'Maar toen is het vreselijk uit de hand gelopen,' zei mevrouw Perez.

Ik wachtte tot ze zou doorgaan. Er ontsnapte een traan aan haar ene oog. Ze deed haar tas open en haalde er een prop tissues uit. Ze bette haar ogen en drong haar tranen terug.

'Wayne Steubens haalde een scheermes uit zijn zak.'

Ik denk dat mijn ogen iets groter werden toen ik dit hoorde. Ik kon het bijna voor me zien. Ik zag de vijf daar in het bos staan, zag de verbazing op de gezichten van de anderen.

'Ziet u, Margot wist meteen wat er aan de hand was. Ze speelde het spel mee en liet zich door Gil vastbinden. En toen begon ze Gil uit te dagen. Ze maakte hem belachelijk en zei dat hij niet wist hoe hij met een echte vrouw om moest gaan. Dezelfde verwijten die vrouwen mannen al eeuwenlang naar het hoofd slingeren. Maar Gil deed niks. Wat kon hij doen? En toen haalde Wayne opeens dat scheermes uit zijn zak. Gil dacht eerst dat het bij het spel hoorde. Dat het alleen was om haar bang te maken. Maar Wayne aarzelde geen moment. Hij liep naar Margot toe en sneed haar in één haal de keel door, van oor tot oor.'

Ik deed mijn ogen dicht. Ik zag het voor me. Het lemmet van het scheermes dat in de jonge huid drong, het bloed dat uit de snee spoot, de levenskracht die uit haar wegebde. Ik dacht erover na. Terwijl Margot Green werd afgeslacht, stond ik een paar honderd meter verderop met mijn vriendin te vrijen. Daar moest wel een of andere diepere betekenis in zitten, in het feit dat het gruwelijkste waartoe een mens in staat was, synchroon kon lopen met het heerlijkste wat hij kon doen, maar die zag ik op dit moment niet.

'Even verroerde niemand zich. Ze stonden met open mond toe te kijken. Toen glimlachte Wayne naar hen en zei: "Bedankt voor jullie hulp."'

Ik keek haar verbaasd aan, maar toen meende ik het te begrijpen. Camille had Margot mee het bos in gelokt, Gil had haar vastgebonden...

'Toen hield Wayne het scheermes omhoog. Gil zei dat duidelijk te zien was hoe trots Wayne was op wat hij had gedaan. Zoals hij naar Margots lijk stond te staren. Zijn bloeddorst was nu gewekt. Hij kwam op hen af. Ze renden weg. Verschillende kanten op. Wayne kwam hen achterna. Gil heeft kilometers lang gerend. Ik weet niet wat er precies is gebeurd. Maar dat kunnen we wel raden. Wayne heeft Doug Billingham ingehaald en hem vermoord. Maar Gil is aan hem ontsnapt. En uw zus ook.'

De verpleegster kwam terug.

'Het spijt me, meneer Copeland, maar ik moet echt even uw temperatuur en bloeddruk opnemen.'

Ik knikte naar haar dat het goed was. Dan kon ik even op adem komen. Mijn hart bonsde in mijn borstkas. Alweer. Als ik niet snel kalmeerde, zouden ze me voor eeuwig hier houden.

De verpleegster werkte snel en zonder iets te zeggen. Mevrouw Perez keek om zich heen alsof ze net de kamer was binnengekomen, alsof ze nu pas besefte waar ze was. Ik was bang dat ze zou opstaan en weggaan.

'Het is oké,' zei ik tegen haar.
Ze knikte.
De verpleegster was klaar. 'U mag vanochtend naar huis.'
'Fijn.'
Ze wierp me een professioneel glimlachje toe en liet ons alleen. Ik wachtte totdat mevrouw Perez het woord weer zou nemen.
'Gil was natuurlijk doodsbang. Dat begrijpt u. Uw zus ook. Stel u voor: ze waren jong, ze waren bijna vermoord, ze hadden gezien hoe Margot Green de keel was doorgesneden... Maar wat minstens even erg was, waren Waynes woorden die hen achtervolgden. "Bedankt voor jullie hulp." Begrijpt u?'
'Hij had hen tot medeplichtigen gemaakt.'
'Ja.'
'Wat hebben ze toen gedaan?'
'Ze hebben zich verborgen gehouden. Meer dan vierentwintig uur lang. Uw moeder en ik waren gek van bezorgdheid. Mijn man was thuis in Irvington. Uw vader was ook in het kamp. Hij deed mee aan de zoekacties. Uw moeder en ik waren samen toen er werd gebeld. Gil wist het nummer van de munttelefoon achter in de keuken. Hij had al drie keer gebeld, maar had steeds opgehangen als er iemand anders opnam. Toen, meer dan een dag na hun vermissing, nam ik op.'
'Heeft Gil u toen verteld wat er gebeurd was?'
'Ja.'
'En u hebt het aan mijn moeder verteld.'
Ze knikte. Ik begon het te begrijpen.
'Hebt u Wayne Steubens ermee geconfronteerd?' vroeg ik.
'Dat hoefde niet meer. Hij had al met uw moeder gesproken.'
'Wat had hij gezegd?'
'Hij gaf niets toe. En hij maakte haar duidelijk dat we hem niets konden maken. Hij had al een alibi voor die nacht geregeld. En weet u, dat hadden we al verwacht. Moeders weten dat soort dingen.'
'Wat wist u dan?'
'Gils broer, mijn Eduardo, zat in de gevangenis. Gil had zelf ook een strafblad... niks ernstigs, maar hij had ooit met een stel vrienden een auto gestolen. Jullie gezin was arm, en ons gezin was dat ook. Er zouden vingerafdrukken of DNA-sporen op het touw zitten. De politie zou zich afvragen waarom uw zus Margot Green had meegenomen naar het bos. Wayne had zich ontdaan van alle bewijzen tegen hem. Hij genoot aanzien, kwam uit een rijk gezin en ze

konden zich de beste advocaten veroorloven. U bent zelf openbaar aanklager, meneer Copeland. Zegt u het me maar. Als Gil en Camille zich bij de politie hadden gemeld, zou die hen dan geloofd hebben?'

Ik deed mijn ogen dicht. 'Dus u hebt gezegd dat ze zich verborgen moesten houden.'

'Ja.'

'Wie heeft hun kleren met het bloed erop in het bos neergelegd?'

'Dat heb ik gedaan. Ik heb Gil ontmoet. In het bos.'

'Hebt u mijn zus toen gezien?'

'Nee. Gil heeft me zijn kleren gegeven, heeft zichzelf gesneden en zijn T-shirt tegen de wond gedrukt. Ik heb tegen hem gezegd dat hij zich verborgen moest houden totdat we een plan hadden bedacht. Uw moeder en ik probeerden een manier te bedenken om Camille en Gil erbuiten te houden en de politie toch de waarheid te vertellen. Maar we wisten niet hoe. Er gingen een paar dagen voorbij. Ik wist hoe de politie kon zijn. Zelfs als ze ons geloofden, dan was Gil nog steeds medeplichtig. En Camille ook.'

Ik moest ineens aan iets anders denken.

'U had een gehandicapte zoon.'

'Ja.'

'En u had geld nodig. Voor zijn verzorging. En misschien ook voor Glenda, om haar een goede opleiding te geven.' Mijn blik vond de hare. 'Wanneer kwam u op het idee dat er geld te verdienen viel aan de rechtszaak die zou volgen?'

'Het maakte geen deel uit van ons plan. Dat kwam later pas, toen Billinghams vader stelde dat meneer Silverstein niet goed over zijn zoon had gewaakt.'

'Toen zag u een mogelijkheid.'

Ze schoof even heen en weer op haar stoel. 'Meneer Silverstein had beter op hen moeten letten. Ze hadden nooit 's nachts het bos in mogen gaan. Hij ging niet geheel vrijuit. Dus ja, ik zag een mogelijkheid. En uw moeder ook.'

Mijn hoofd begon te tollen. Ik probeerde het lang genoeg stil te zetten om deze nieuwe realiteit tot me door te laten dringen. 'Wilt u zeggen...' Ik zocht naar woorden. 'Wilt u zeggen dat mijn ouders wisten dat mijn zus nog in leven was?'

'Niet uw ouders,' zei ze.

En ik voelde een ijskoude windvlaag langs mijn hart trekken.

'O nee...'

Mevrouw Perez zei niets.
'Heeft ze het niet aan mijn vader verteld?'
'Nee.'
'Waarom niet?'
'Omdat ze uw vader haatte.'
Ik wist niet wat ik moest zeggen. Ik dacht aan de ruzies, de nare, verbitterde atmosfeer. 'Zo erg?'
'Wat?'
'Iemand haten is één ding,' zei ik. 'Maar haatte ze mijn vader zo erg dat ze hem in de waan liet dat zijn eigen dochter vermoord was?'
Mevrouw Perez zei niets.
'Ik vroeg u iets, mevrouw Perez.'
'Ik weet het antwoord niet. Het spijt me.'
'U hebt het wel aan meneer Perez verteld, hè?'
'Ja.'
'Maar zij heeft nooit iets tegen hem gezegd.'
Geen reactie.
'Hij is talloze keren naar het bos gegaan om haar te zoeken,' zei ik. 'Drie maanden geleden, op zijn sterfbed, waren zijn laatste woorden dat ik haar moest blijven zoeken. Haatte ze hem echt zo erg, mevrouw Perez?'
'Dat weet ik niet,' zei ze weer.
Toen begon het me duidelijk te worden, trof het me als een regenbui met dikke, zware druppels. 'Ze heeft haar moment afgewacht, hè?'
Mevrouw Perez reageerde niet.
'Ze heeft mijn zus verborgen gehouden en tegen niemand iets gezegd. Ook niet... zelfs niet tegen mij. Ze heeft gewacht totdat het geld van de schikking binnenkwam. Dát was haar opzet. En zodra dat gebeurd was, is ze ervandoor gegaan. Ze heeft genoeg geld voor zichzelf meegenomen en is er samen met mijn zus vandoor gegaan.'
'Dat... dat was ze van plan, ja.'
Voordat ik het wist riep ik: 'Waarom heeft ze míj niet meegenomen?'
Mevrouw Perez keek me alleen maar aan. Ik dacht erover na. Waarom? En toen werd het me duidelijk. 'Als ze mij zou meenemen, zou mijn vader álles doen om ons terug te vinden. Hij zou oom Sosh en al zijn oude KGB-maten optrommelen. Mijn moeder alleen zou hij misschien laten gaan... waarschijnlijk hield hij niet meer van haar. En hij verkeerde in de veronderstelling dat mijn zus dood was, dus die vormde geen motief meer. Maar mijn moeder had

geweten dat hij zich mij nooit zou laten afnemen.'
Ik moest denken aan wat oom Sosh had gezegd, over dat ze misschien naar Rusland terug was gegaan. Waren ze samen teruggegaan? Waren ze daar nu nog? Was dat mogelijk?
'Gil had zijn naam veranderd,' vervolgde mevrouw Perez. 'Hij woonde nu eens hier, dan eens daar. Zijn leven was verre van aangenaam. En toen die privédetectives naar ons huis kwamen en ons vragen stelden, heeft hij daar op de een of andere manier lucht van gekregen. Hij zag het als een kans om er geld aan te verdienen. Weet u, het was raar, maar hij legde ook een deel van de schuld bij u.'
'Bij mij?'
'Omdat u die nacht niet op uw post was gebleven.'
Ik zei niets.
'Dus hij nam u ook dingen kwalijk. Misschien dacht hij dat het een goed moment was om de zaken recht te zetten.'
Het klonk niet onredelijk. En het sloot naadloos aan bij wat Raya Singh me had verteld.
Ze stond op. 'Dat is alles wat ik weet.'
'Mevrouw Perez?'
Ze keek me aan.
'Was mijn zus zwanger?'
'Dat weet ik niet.'
'Hebt u haar ooit gezien?'
'Sorry?'
'Camille. Gil had u verteld dat ze nog in leven was. Mijn moeder had het u ook verteld. Maar hebt u haar zelf ooit gezien?'
'Nee,' zei ze. 'Ik heb uw zus nooit gezien.'

41

Ik wist niet wat ik ervan moest denken.
En ik kreeg ook de kans niet om daar achter te komen, want nog geen vijf minuten nadat mevrouw Perez was vertrokken, kwam Muse mijn kamer binnen.

'Je moet naar het gerechtshof.'

Het ontslag uit het ziekenhuis verliep snel en zonder problemen. Ik had een extra pak in mijn kast op kantoor. Ik trok het aan en ging op weg naar de kamer van rechter Pierce. Flair Hickory en Mort Pubin waren er al. Ze hadden gehoord wat ik de avond daarvoor had meegemaakt, maar als ze iets van medeleven voelden, lieten ze dat niet blijken.

'Heren,' zei de rechter, 'ik hoop dat we een manier kunnen bedenken om deze zaak te schikken.'

Ik was niet in de stemming. 'Gaat deze bijeenkomst dáárover?'

'Ja.'

Ik keek de rechter aan. Hij keek mij aan. Ik schudde mijn hoofd. Ik begreep het. Als ze hadden geprobeerd mij onder druk te zetten door in mijn verleden te graven, wat zou hen er dan van weerhouden om hetzelfde met de rechter te doen?

'Het OM is niet geïnteresseerd in een schikking,' zei ik.

Ik stond op.

'Ga zitten, meneer Copeland,' zei rechter Pierce. 'Er zijn mogelijk problemen met uw dvd als bewijsstuk. Er bestaat een kans dat ik die moet uitsluiten.'

Ik liep naar de deur.

'Meneer Copeland!'

'Ik blijf hier niet,' zei ik. 'Die beslissing is aan mij, edelachtbare. U hebt uw zegje gezegd. Bestraf me maar.'

Flair Hickory fronste zijn wenkbrauwen. 'Waar hebben jullie het over?'

Ik gaf geen antwoord. Mijn hand ging naar de deurknop.

'Ga zitten, meneer Copeland, of ik reken u minachting van het hof aan.'

'Omdat ik niet wil schikken?'
Ik draaide me om en keek Arnold Pierce aan. Ik zag dat zijn onderlip trilde.
'Kan iemand me uitleggen wat hier verdomme aan de hand is?' vroeg Mort Pubin.
De rechter en ik negeerden hem. Ik knikte naar Pierce om hem te laten zien dat ik het begreep. Maar ik was niet van plan om toe te geven. Ik deed de deur van de rechterskamer open en liep de gang in. Mijn gewonde zij brandde van de pijn. Mijn hoofd bonsde. Ik wilde ergens gaan zitten om een potje te janken. Ik wilde gaan zitten en nadenken over wat ik zonet over mijn moeder en mijn zus had gehoord.
'Ik had al niet verwacht dat het zou lukken.'
Ik draaide me om. Het was EJ Jenrette.
'Ik probeer alleen mijn zoon te redden,' zei hij.
'Uw zoon heeft een meisje verkracht.'
'Dat weet ik.'
Ik zweeg. Hij had een dossiermap in zijn hand.
'Ga even zitten,' zei Jenrette.
'Nee.'
'Stelt u zich uw dochter voor. Uw Cara. Stelt u zich voor dat ze bijna volwassen is. Ze is naar een feestje geweest en heeft te veel gedronken. Maar ze stapt in haar auto en rijdt iemand aan. Iemand die misschien overlijdt. Zoiets. Ze begaat een vergissing.'
'Iemand verkrachten is geen vergissing.'
'Ja, dat was het wel. U weet dat hij het nooit meer zal doen. Hij is in de fout gegaan. Hij dacht dat hij onaantastbaar was. Hij weet nu beter.'
'Daar hebben we het al over gehad,' zei ik.
'Dat weet ik. Maar iedereen heeft zijn geheimen. Iedereen maakt fouten, pleegt een misdaad of doet iets. Sommige mensen zijn alleen beter in het stilhouden van die geheimen.'
Ik zei niets.
'Ik heb uw kind nooit iets gedaan,' zei Jenrette. 'Ik ben achter ú aan gegaan. Achter uw verleden. En zelfs achter uw zwager. Maar uw kind zou ik nooit iets doen. Daar ligt voor mij de grens.'
'U bent een heilige,' zei ik. 'En wat hebt u gevonden om rechter Pierce onder druk te zetten?'
'Dat doet niet ter zake.'
Hij had gelijk. Dat hoefde ik niet te weten.
'Wat kan ik doen om mijn zoon te helpen, meneer Copeland?'

'Daar is het nu te laat voor,' zei ik.
'Gelooft u dat echt? Denkt u dat zijn leven voorbij is?'
'Uw zoon zal waarschijnlijk vijf, hooguit zes jaar krijgen,' zei ik. 'Wat hij doet terwijl hij die straf uitzit en wat hij doet als hij uit de gevangenis komt... dat zal bepalen hoe zijn leven eruit zal zien.'
EJ Jenrette hield de dossiermap op. 'Dan weet ik niet goed wat ik hier nog mee moet.'
Ik zei niets.
'Iemand doet wat hij kan om zijn kinderen te beschermen. Misschien was dat mijn excuus. Misschien was dat ook het excuus van uw vader.'
'Mijn vader?'
'Uw vader zat bij de KGB. Wist u dat?'
'Ik heb hier geen tijd voor.'
'Dit is een samenvatting van zijn dossier. Ik heb het door mijn mensen in het Engels laten vertalen.'
'Ik heb er geen behoefte aan om dit te lezen.'
'Ik denk dat u het wel zou moeten lezen, meneer Copeland.' Hij hield me het dossier voor. Ik pakte het niet aan. 'Als u wilt weten hoe ver een vader bereid is te gaan om zijn kinderen een beter leven te geven, zou u dit moeten lezen. Misschien zou u me dan iets beter begrijpen.'
'Ik wil u helemaal niet begrijpen.'
EJ Jenrette bleef me het dossier voorhouden. Uiteindelijk pakte ik het aan. Zonder verder iets te zeggen liep hij weg.
Ik ging terug naar mijn kantoor en deed de deur achter me dicht. Ik nam achter mijn bureau plaats en sloeg het dossier open. Op de eerste bladzijde stond niets wat me verraste. Daarna las ik de tweede bladzijde, en net toen ik dacht dat ik nu wel genoeg te verduren had gehad, klauwden de woorden zich om mijn hart en rukten het uit mijn borstkas.
Muse kwam zonder te kloppen de kamer binnen.
'Het skelet dat we in het bos hebben gevonden,' zei ze, 'is niet van je zus.'
Ik kon geen woord uitbrengen.
'Want zie je, die dokter O'Neill heeft iets gevonden wat ze een tongbeen noemen. Dat zit in je keel, neem ik aan. Het heeft de vorm van een hoefijzer. Hoe dan ook, het was in tweeën gebroken. Dat betekent hoogstwaarschijnlijk dat het slachtoffer met de handen is gewurgd. Maar kijk, bij jonge mensen is het tongbeen niet zo broos... dan is het meer een soort kraakbeen, snap je? Dus heeft

O'Neill de botvorming onderzocht met röntgenstralen. Om een lang verhaal kort te maken, is het een stuk waarschijnlijker dat het skelet afkomstig is van een vrouw van in de veertig, misschien zelfs begin vijftig, dan van iemand van Camilles leeftijd.'

Ik zei niets. Ik zat nog steeds te staren naar de bladzijde die voor me lag.

'Hallo, hoor je me? Het is je zus niet.'

Ik deed mijn ogen dicht. Mijn hart voelde zo verdomde hol.

'Cope?'

'Ik weet het,' zei ik.

'Wat?'

'Dat het mijn zus niet is,' zei ik. 'Het is mijn moeder.'

42

Sosh was niet verbaasd toen hij me zag.
'Je wist het, hè?'
Hij was aan het telefoneren en legde zijn hand over het spreekgedeelte van de hoorn.
'Ga zitten, Pavel.'
'Ik vroeg je iets.'
Sosh beëindigde zijn telefoongesprek en legde de hoorn op het toestel. Toen zag hij de dossiermap in mijn hand. 'Wat is dat?'
'Een samenvatting van het KGB-dossier van mijn vader.'
Hij slaakte een zucht. 'Je moet niet alles geloven wat ze daarin zetten,' zei Sosh, maar zijn woorden misten elke overtuiging. Het was alsof hij ze van een autocue oplas.
'Op bladzijde twee,' zei ik, en ik moest mijn best doen om de trilling in mijn stem te beheersen, 'staat wat mijn vader heeft gedaan.'
Sosh keek me alleen maar aan.
'Hij heeft mijn noni en popi aangegeven, hè? Híj was degene die hen heeft verraden. Mijn eigen vader.'
Sosh zei nog steeds niets.
'Geef antwoord, verdomme!'
'Je begrijpt het niet.'
'Heeft mijn eigen vader mijn grootouders aangegeven, ja of nee?'
'Ja.'
Ik viel stil.
'Je vader werd ervan beschuldigd dat hij een fout had gemaakt bij een bevalling. Ik weet niet of het waar was of niet. Het maakte trouwens niet uit. De overheid wilde hem dwingen mee te werken. Ik heb je verteld hoe zwaar ze iemand onder druk konden zetten. Ze zouden jullie hele gezin hebben laten verdwijnen.'
'Dus heeft hij mijn grootouders aangegeven om zijn eigen huid te redden?'
'De overheid zou je grootouders toch wel hebben gepakt. Maar,

als je het per se wilt weten, ja, Vladimir heeft ervoor gekozen zijn eigen kinderen te redden ten koste van zijn schoonouders, die al oud waren. Hij wist niet dat ze naar een werkkamp gestuurd zouden worden. Hij dacht dat het regime alleen zijn spierballen wilde laten zien, om hen eens goed aan het schrikken te maken, meer niet. Hij ging ervan uit dat ze je grootouders hooguit een paar weken zouden vasthouden. En in ruil daarvoor zou jullie gezin een tweede kans krijgen. Begrijp je dat dan niet?'

'Nee, sorry, maar dat begrijp ik niet.'

'Omdat je rijk bent en een comfortabel leven leidt.'

'Kom niet met dat soort onzin aan, Sosh. Mensen verraden hun eigen familieleden niet. Je zou beter moeten weten. Jij hebt die belegering overleefd. De mensen van Leningrad verdomden het zich over te geven. Wat de nazi's ook deden, jullie hebben standgehouden en zijn er met geheven hoofd uit gekomen.'

'En jij denkt dat dat zo slim was?' snauwde Sosh. Hij had zijn beide handen tot vuisten gebald. 'Mijn god, wat ben je naïef. Mijn broer en zus zijn de hongerdood gestorven. Zie je dat dan niet? Als we ons hadden overgegeven en die schoften de stad hadden binnengelaten, zouden Gavril en Aline nog in leven zijn. Het tij tegen de nazi's zou uiteindelijk toch wel gekeerd zijn. Maar dan hadden mijn broer en zus nog geleefd, zouden ze kinderen en kleinkinderen hebben gehad en oud geworden zijn. Maar in plaats daarvan...'

Hij draaide zich om.

'Wanneer heeft mijn moeder ontdekt wat hij had gedaan?' vroeg ik.

'Het bleef hem achtervolgen. Je vader, bedoel ik. Ik denk dat je moeder altijd haar twijfels heeft gehad. Ik denk dat ze daarom zo op hem neerkeek. Maar toen je zus die nacht van de aardbodem verdween, dacht hij dat Camille dood was en is hij ingestort. En toen heeft hij haar alles opgebiecht.'

Het klonk aannemelijk. Op een gruwelijke manier. Mijn moeder had ontdekt wat mijn vader had gedaan. Ze zou hem nooit vergeven dat hij haar ouders, van wie ze zo veel hield, had verraden. Het enige wat ze toen nog zou willen, vermoedde ik, was hem laten lijden, hem laten denken dat zijn eigen dochter dood was.

'Dus,' zei ik, 'heeft mijn moeder mijn zus verborgen gehouden. Heeft ze gewacht totdat het geld van de schikking binnenkwam. Met het plan om er samen met Camille vandoor te gaan.'

'Ja.'

'Dat brengt ons wel bij de centrale vraag, is het niet?'

'Welke vraag?'
Ik hield mijn handen op. 'En ik dan, haar enige zoon? Hoe heeft ze mij aan mijn lot kunnen overlaten?'
Sosh zei niets.
'Mijn hele leven,' zei ik, 'heb ik gedacht dat mijn moeder niets om me gaf. Dat ze ervandoor was gegaan en nooit meer aan mij heeft gedacht. Hoe heb jij me in die waan kunnen laten, Sosh?'
'Denk je dat de waarheid beter te verteren is?'
Ik dacht aan mijn vader, toen ik hem bespioneerde in het bos. Hij groef als een waanzinnige in de grond in een poging mijn zus te vinden. En op een dag hield hij er ineens mee op. Ik dacht dat hij was opgehouden omdat mijn moeder ons in de steek had gelaten. Ik dacht terug aan de laatste keer dat hij naar het bos ging, toen hij tegen me zei dat ik hem niet achterna moest komen.
Vandaag niet, Paul. Vandaag ga ik alleen...
Die dag had hij voor het laatst in de grond gegraven. Niet om mijn zus te vinden. Maar om mijn moeder te begraven.
Was er sprake geweest van een soort poëtische gerechtigheid, dat hij haar had begraven op de plek waar mijn zus eigenlijk had moeten sterven, of was zijn motief van meer praktische aard geweest, want wie zou op het idee komen om te gaan zoeken op een plek waar al zo grondig was gezocht?
'Pa had ontdekt dat ze van plan was ervandoor te gaan.'
'Ja.'
'Hoe?'
'Dat heb ik hem verteld.'
Sosh keek me aan. Ik zei niets.
'Ik was te weten gekomen dat je moeder honderdduizend dollar van hun gezamenlijke rekening had gehaald. Het was gebruikelijk bij KGB-mensen dat men een oogje op elkaar hield. Ik heb je vader ernaar gevraagd.'
'En hij heeft haar ermee geconfronteerd.'
'Ja.'
'Dus mijn moeder...' Er kwam een brok in mijn keel. Ik kuchte, kneep even mijn ogen dicht en probeerde het opnieuw. 'Mijn moeder was helemaal niet van plan me aan mijn lot over te laten,' zei ik. 'Ze was van plan mij ook mee te nemen.'
Sosh bleef me aankijken en knikte.
Die waarheid zou me enige troost moeten bieden, maar dat was niet zo.
'Wist jij dat hij haar had vermoord, Sosh?'

'Ja.'
'En dat is het?'
Opnieuw zei hij niets.
'Je hebt er niks aan gedaan, is het wel?'
'We waren nog steeds in dienst van de overheid,' zei Sosh. 'Als uitkwam dat hij een moordenaar was, zouden we allemaal in de problemen komen.'
'Dan was je je dekmantel kwijt.'
'Niet alleen ik. Je vader kende veel van onze mensen.'
'Dus je hebt hem vrijuit laten gaan.'
'Zo ging het in die tijd. Je bracht offers voor het hogere doel. Je vader zei dat ze had gedreigd iedereen te verraden.'
'En jij geloofde dat?'
'Wat maakt het uit wat ik geloofde. Het was je vaders bedoeling niet haar te vermoorden. Hij draaide door. Stel je voor. Natasha wilde bij hem weggaan. Ze wilde zijn kinderen meenemen en nooit meer terugkomen.'
Ik moest denken aan de laatste woorden van mijn vader, op zijn sterfbed...
Paul, toch moeten we haar vinden...
Wie of wat had hij bedoeld? Camilles lijk? Of Camille zelf?
'Mijn vader had ontdekt dat mijn zus nog in leven was,' zei ik.
'Zo simpel is het niet.'
'Hoe bedoel je, zo simpel is het niet? Had hij het ontdekt of niet? Had mijn moeder het hem verteld?'
'Natasha?' Sosh maakte een snuivend geluid. 'Nooit. Als er iemand moedig was en beproevingen kon doorstaan... je moeder zou nooit iets tegen hem zeggen. Wat je vader haar ook zou aandoen.'
'Ook niet als hij haar probeerde te wurgen?'
Sosh gaf geen antwoord.
'Hoe is hij het dan te weten gekomen?'
'Nadat hij je moeder had vermoord, heeft hij al haar papieren en telefoongegevens doorzocht. Daar heeft hij zijn conclusies uit getrokken, of in ieder geval had hij vermoedens.'
'Dus hij wist het?'
'Zoals ik net al zei, is het niet zo simpel.'
'Je bent niet erg duidelijk, Sosh. Is hij naar Camille op zoek gegaan?'
Sosh deed zijn ogen dicht. Hij liep om zijn bureau heen. 'We hebben het eerder over de belegering van Leningrad gehad,' zei hij. 'Weet je wat ik ervan heb geleerd? Dat de doden niets zijn. Ze zijn

er niet meer. Je begraaft ze en gaat door met het leven.'

'Ik zal het onthouden, Sosh.'

'Jij bent deze speurtocht begonnen. Je weigerde de doden te laten rusten. En wat heb je bereikt? Dat er nog twee mensen dood zijn. Je weet nu dat je vader, van wie je zo veel hield, je moeder heeft vermoord. Was het dat allemaal waard, Pavel? Heb je hiervoor de doden tot leven gewekt?'

'Dat hangt ervan af,' zei ik.

'Waarvan?'

'Van wat er met mijn zus is gebeurd.'

Ik wachtte.

Ik moest denken aan de laatste woorden van mijn vader.

Wist je het?

Ik had toen gedacht dat hij me iets verweet, dat hij sporen van schuld op mijn gezicht had gezien. Maar dat was het niet geweest. Had ik geweten hoe het echt met mijn zus was afgelopen? Had ik geweten wat hij had gedaan? Had ik geweten dat hij mijn eigen moeder had vermoord en haar in het bos had begraven?

'Wat is er met mijn zus gebeurd, Sosh?'

'Dat bedoelde ik toen ik zei dat het niet zo simpel was.'

Ik wachtte.

'Je moet iets begrijpen. Je vader had wel vermoedens, maar geen zekerheid. Hij had een paar aanwijzingen gevonden, jawel, maar het enige wat hij zeker wist, was dat je moeder ervandoor zou gaan met een deel van het geld en dat ze jou zou meenemen.'

'Dus?'

'Dus heeft hij mij om hulp gevraagd. Hij vroeg me of ik de aanwijzingen nog eens wilde bekijken en of ik je zus kon opsporen.'

Ik keek hem aan.

'Heb je dat gedaan?'

'Ik heb ernaar gekeken, ja.' Hij deed een stap naar me toe. 'En toen ik dat had gedaan, heb ik tegen je vader gezegd dat hij het mis had.'

'Wat?'

'Ik heb tegen hem gezegd dat je zus die nacht in het bos is omgekomen.'

Ik begreep er niets meer van. 'Was dat zo?'

'Nee, Pavel. Ze is die nacht niet omgekomen.'

Ik voelde mijn hart groeien in mijn borstkas. 'Je hebt tegen hem gelogen. Je wilde niet dat hij haar vond.'

Sosh zei niets.

'En nu? Waar is ze nu?'
'Je zus wist wat je vader had gedaan. Ze kon zelf natuurlijk niet naar de politie gaan. Ze had geen bewijs van zijn schuld. Bovendien werd ze nog steeds vermist en zouden ze zich afvragen waarom ze zich al die tijd verborgen had gehouden. En ze was natuurlijk doodsbang voor je vader. Ze kon toch niet teruggaan naar de man die haar moeder had vermoord?'
Ik dacht aan meneer en mevrouw Perez, en de beschuldiging van oplichting die hen eventueel boven het hoofd zou hangen. Hetzelfde gold natuurlijk voor mijn zus. Zelfs als je de rol van mijn vader niet meetelde, was het moeilijk voor Camille om naar huis terug te gaan.
Er begon weer hoop te gloeien in mijn borstkas.
'Heb je haar toen gevonden?'
'Ja.'
'En?'
'En ik heb haar geld gegeven.'
'Zodat ze zich voor mijn vader verborgen kon houden.'
Sosh gaf geen antwoord. Dat was ook niet nodig.
'Waar is ze nu?' vroeg ik.
'We zijn elkaar jaren geleden uit het oog verloren. Je moet begrijpen dat Camille je nooit heeft willen kwetsen. Ze heeft erover gedacht je daar weg te halen. Maar dat was praktisch niet haalbaar. Ze wist hoeveel je van je vader hield. En later, toen je een publieke figuur was geworden, besefte ze wat haar terugkeer, wat dit schandaal, voor jou tot gevolg zou hebben. Want als ze terugkwam, zie je, zou alles uitkomen. En als dat gebeurde, zou het afgelopen zijn met je carrière.'
'Daar is het sowieso mee afgelopen.'
'Ja. Maar dat weten we nu pas.'
We, zei hij. We.
'Dus, waar is Camille?' vroeg ik.
'Ze is hier, Pavel.'
Alle zuurstof verdween uit de kamer. Ik kreeg geen adem meer en schudde mijn hoofd.
'Het heeft wat moeite gekost om haar na al die jaren terug te vinden,' zei hij. 'Maar het is me gelukt. We hebben gepraat. Ze wist niet dat jullie vader was overleden. Dat heb ik haar verteld. En dat verandert natuurlijk alles.'
'Wacht eens even. Jullie...' Ik stopte even. 'Jij en Camille hebben elkaar gesproken?'

Het was mijn stem die het vroeg, geloof ik.
'Ja, Pavel.'
'Ik begrijp het niet.'
'Toen je binnenkwam, had ik haar aan de telefoon.'
Ik voelde mijn hele lichaam ijskoud worden.
'Ze logeert in een hotel twee straten verderop. Ik heb gezegd dat ze hiernaartoe moest komen.' Hij keek naar de lift. 'Daar zul je haar hebben. Ze is onderweg naar boven.'
Ik draaide me langzaam om en keek naar de oplichtende cijfers boven de liftdeur. Ik hoorde *ding-dong*. Ik deed een stap naar voren. Ik kon het gewoon niet geloven. Dit moest weer een of andere wrede grap zijn. Mijn hoop die me voor de zoveelste keer op het verkeerde been zette.
De lift stopte. Ik hoorde de deuren rammelen. Ze gleden niet soepel open. Ze bewogen met tegenzin, alsof ze hun passagier niet wilden prijsgeven. Ik stond als aan de grond genageld en mijn hart ging tekeer in mijn borstkas. Mijn ogen bleven op de liftdeuren gericht, op de opening ertussen.
En toen, twintig jaar nadat ze in het bos in rook op was gegaan, kwam mijn zus Camille mijn leven weer binnenwandelen.

Epiloog

Een maand later

Lucy wil niet dat ik deze trip maak.
'Het is allemaal voorbij,' zegt ze tegen me, vlak voordat ik naar het vliegveld vertrek.
'Dat heb ik eerder gehoord,' breng ik ertegen in.
'Je hoeft hem niet weer te zien, Cope.'
'Ja, dat hoef ik wel. Ik wil een paar laatste antwoorden hebben.'
Lucy doet haar ogen dicht.
'Het is allemaal nog zo nieuw en fragiel, weet je?'
Ja, dat weet ik.
'Ik ben zo bang dat je misschien nog meer overhoophaalt.'
Ik begrijp het, maar het moet gebeuren.
Een uur later zit ik in het vliegtuig en kijk door het raampje naar buiten. Gedurende de afgelopen maand is het leven weer redelijk normaal geworden. De zaak van Jenrette en Marantz kende nog een paar heftige oprispingen voordat die een glorieus einde beleefde. De ouders van de twee jongens bleven de druk op rechter Arnold Pierce opvoeren totdat hij er ten slotte onder was bezweken. Hij schrapte de porno-dvd als bewijsstuk met als reden dat we het niet tijdig hadden opgevoerd. Even leek het erop dat we in de problemen zaten. Maar de jury keek erdoorheen – dat doen jury's vaak – en bevond de twee jongens schuldig. Flair en Mort gaan in hoger beroep, uiteraard.

Ik wil rechter Pierce aanklagen, maar die krijg ik nooit te pakken. Ik wil EJ Jenrette en MVD aanklagen voor chantage. Maar ik betwijfel ten zeerste of dát iets zal opleveren. Maar met Chamiques tweede rechtszaak gaat het goed. Er wordt gezegd dat ze haar zo snel mogelijk uit het voetlicht willen hebben. Er wordt gesproken over een schikking van een bedrag met zes nullen. Ik hoop dat ze het krijgt. Maar als ik in mijn kristallen bol kijk, zie ik niet veel geluk in de rest van Chamiques leven. Ik weet niet wat ik ervan moet denken. Haar leven tot nu toe is zo'n naargeestige puinhoop geweest. Op de een of andere manier heb ik het idee dat geld daar geen verandering in zal brengen.

Mijn zwager Bob is voorwaardelijk vrij. Hier heb ik een veer gelaten. Ik heb aan de federale autoriteiten verklaard dat hoewel mijn herinneringen 'vaag' zijn, ik toch geloof dat Bob tegen me had gezegd dat hij het geld wilde lenen en dat ik dat goed heb gevonden. Ik weet niet of ze erin zullen trappen. Ik weet ook niet of ik er goed aan doe, waarschijnlijk niet, maar ik wil Greta en haar gezin niet ruïneren. U mag me gerust een hypocriet noemen – dat ben ik ook – maar soms is de scheidslijn tussen goed en fout erg vaag. Hier, in het felle zonlicht van het dagelijkse leven, is die niet altijd even goed te onderscheiden.

En in het nachtelijke duister van het bos nog veel moeilijker.

Over Loren Muse kan ik kort zijn, want Muse is nog steeds Muse. En daar ben ik haar dankbaar voor. Gouverneur Dave Markie heeft nog niet mijn ontslag geëist en ik heb het hem ook niet aangeboden. Waarschijnlijk zal ik dat wel doen, en moet ik dat ook doen, maar voorlopig laat ik de situatie zoals die is.

Raya Singh heeft ontslag genomen bij Most Valuable Detection en werkt nu samen met niemand minder dan Cingle Shaker. Cingle zegt dat ze op zoek zijn naar een derde 'mooie meid', zodat ze hun nieuwe bureau 'Charlie's Angels' kunnen noemen.

Het vliegtuig landt. Ik stap uit en kijk op mijn BlackBerry. Er is een kort bericht van mijn zus Camille.

Hé, broer! Cara en ik gaan winkelen in de stad en daar iets eten. Ik mis je en hou van je, Camille.

Mijn zus, Camille. Het is fantastisch dat ze terug is. Ik kan amper geloven hoe snel ze een logisch en volwaardig deel van ons leven is geworden. Maar de waarheid is dat er een zekere spanning tussen ons bestaat. Die begint al minder te worden en zal uiteindelijk wellicht geheel verdwijnen. Maar de spanning is er, is onmiskenbaar aanwezig, en soms gaan we te ver in onze poging om die weg te nemen, door elkaar 'broer' en 'zus' te noemen en voortdurend te zeggen dat we elkaar 'missen' en van elkaar 'houden'.

Het complete verhaal over wat er toen is gebeurd, heeft Camille me nog steeds niet verteld. Er zijn details die ze achterhoudt. Ik weet dat ze met een nieuwe identiteit een nieuw leven in Moskou is begonnen, maar ze is daar niet lang gebleven. Daarna heeft ze twee jaar in Praag gewoond en een jaar in Begur, aan de Spaanse Costa Brava. Vervolgens is ze teruggekeerd naar de Verenigde Staten, is hier nog een paar keer verhuisd, is getrouwd, heeft zich in de buurt van Atlanta gevestigd en is drie jaar later gescheiden. Ze heeft nooit kinderen gehad, maar ze is nu al de beste tante ter wereld. Ze is gek op Cara en dat gevoel is meer dan wederzijds. Camille woont bij ons. Dat is fantastisch – beter dan ik had durven hopen – en het neemt al een stuk van de spanning weg.

Toch vraag ik me diep in mijn hart nog steeds af waarom het zo lang heeft geduurd voordat Camille naar huis is gekomen. Ik denk dat daar het merendeel van de spanning vandaan komt. Ik begrijp Sosh wanneer hij zegt dat ze het heeft gedaan om mij, mijn reputatie en mijn nagedachtenis aan mijn vader te ontzien. En ik begrijp nog beter dat ze doodsbang van pa was zolang hij nog leefde.

Maar toch denk ik dat er meer achter zit.

Camille heeft verkozen te zwijgen over wat er in dat bos is gebeurd. Ze heeft nooit aan iemand verteld wat Wayne Steubens heeft gedaan. Die keus, goed of fout, heeft Wayne in staat gesteld meer mensen te vermoorden. Ik weet niet wat in die situatie het juiste was om te doen... of naar de politie gaan die beter of slechter zou hebben gemaakt. Misschien was Wayne dan ook aan zijn straf ontkomen, was hij op de vlucht geslagen of in Europa gebleven toen zijn ouders hem daar naartoe hadden gestuurd, of was hij nog zorgvuldiger te werk gegaan en had hij ongestraft nog veel meer mensen kunnen vermoorden. Wie zal het zeggen? Maar leugens hebben de neiging je te blijven achtervolgen. Camille dacht dat ze die voor altijd had kunnen begraven. Misschien dachten we dat allemaal wel.

Maar niemand van ons is ongeschonden uit dat bos gekomen.

Wat mijn liefdesleven betreft... nou, ik ben dus verliefd. Ik hou zielsveel van Lucy. En nee, we doen het niet rustig aan. We hebben ons er met hart en ziel in gestort alsof we alle verloren tijd proberen in te halen. Misschien is dat niet goed, die wanhoop en dat obsessieve, alsof we ons allebei aan een reddingsboei vastklampen. Maar we zien elkaar heel vaak, en als we niet samen zijn, voel ik me verloren en van streek en wil ik weer bij haar zijn. We bellen elkaar en sturen elkaar voortdurend e-mails en sms'jes.

Maar zo gaat het als je verliefd bent, nietwaar?

Lucy is grappig en hartelijk en intelligent en mooi, en ze maakt het beste in me los. We lijken het over alles eens te zijn.

Behalve, natuurlijk, dat ik deze trip maak.

Ik begrijp haar angst. Ik weet zelf maar al te goed hoe fragiel dit nieuwe leven nog is. Maar je kunt niet op dun ijs blijven lopen. Daarom ben ik hier, in de Red Onion-staatsgevangenis in Pound,

Virginia, om nog een paar laatste waarheden boven tafel te krijgen.

Wayne Steubens komt binnen. We zijn in dezelfde kamer als de vorige keer. Hij gaat op dezelfde stoel zitten.

'Wel, wel,' zegt hij tegen me. 'Je bent een bezig baasje geweest, Cope.'

'Jij hebt Margot en Doug vermoord,' zeg ik. 'Na alle twijfel die er is gezaaid, was jij het toch, de seriemoordenaar, die het heeft gedaan.'

Wayne glimlacht.

'Je had het allemaal gepland, hè?'

'Luistert er iemand mee?'

'Nee.'

Hij steekt zijn rechterhand op. 'Zweer je dat?'

'Ik zweer het,' zeg ik.

'In dat geval, waarom niet? Ja, ik heb het gedaan. Ik had het gepland.'

Het hoge woord is eruit. Ook hij heeft blijkbaar besloten met het verleden af te rekenen.

'En je hebt het gedaan zoals mevrouw Perez me heeft verteld. Je hebt Margot de keel doorgesneden. Toen zijn Gil, Camille en Doug weggerend. Jij bent ze achternagegaan. Je hebt Doug ingehaald en hem ook vermoord.'

Hij steekt zijn wijsvinger op. 'Ik heb een inschattingsfoutje gemaakt. Ik heb me vergaloppeerd met Margot, zie je? Ik had haar voor het laatst moeten bewaren, omdat ze al vastgebonden was. Maar haar hals was zo kwetsbaar, zo uitnodigend... dat ik me niet kon beheersen.'

'Er zijn een paar dingen die ik eerst niet kon verklaren,' zeg ik. 'Maar ik denk dat ik er nu uit ben.'

'Ik luister.'

'Het essay dat die privédetectives aan Lucy hebben gestuurd,' zeg ik.

'Ah.'

'Ik kon maar niet begrijpen wie ons in het bos had gezien, maar Lucy's vermoeden bleek juist te zijn. De enige persoon die het geweten kon hebben, was de moordenaar. Jij, Wayne.'

Hij houdt zijn handen op. 'Mijn bescheidenheid verbiedt me meer te zeggen.'

'Jij was degene die MVD de informatie heeft gegeven die zij voor dat essay hebben gebruikt. Jij was hun bron.'

'Nogmaals, Cope. Ik beroep me op mijn bescheidenheid.'

Hij zit te genieten.
'Hoe heb je Ira zover gekregen dat hij je hielp?' vraag ik.
'Lieve oom Ira. Onze verknipte hippie.'
'Ja, Wayne.'
'Hij heeft me niet echt geholpen. Ik moest er alleen voor zorgen dat hij uit de buurt bleef. Zie je – en misschien is dit een schok voor je, Cope – Ira verkocht drugs. Daar had ik bewijs van. Foto's. Als het uitkwam, zou het afgelopen zijn met zijn dierbare kamp. En met hem ook.'
Hij glimlacht weer.
'Dus toen Gil en ik alles weer dreigden op te rakelen,' zeg ik, 'werd Ira bang. Zoals je zegt was hij toen al een verknipte geest. Hij was er nu nog veel erger aan toe. Hij kon niet meer normaal nadenken en leed aan achtervolgingswaan. Jij zat je tijd al uit en Gil en ik konden hem in de problemen brengen als we weer in het verleden gingen graven. Dus raakte Ira in paniek. Hij bracht eerst Gil tot zwijgen en probeerde dat later bij mij ook te doen.'
Wayne glimlacht nog steeds.
Maar ik zie nu ook iets anders op zijn gezicht.
'Wayne?'
Hij zegt niets. Glimlacht alleen maar. Het bevalt me niet. Ik denk na over wat ik zonet heb gezegd. Het bevalt me nog steeds niet.
Wayne blijft glimlachen.
'Wat is er?' vraag ik.
'Je mist iets, Cope.'
Ik wacht af.
'Ira was niet de enige die me heeft geholpen.'
'Dat weet ik,' zeg ik. 'Gil heeft je geholpen. Hij heeft Margot vastgebonden. En mijn zus was er ook bij. Zij heeft je geholpen door Margot over te halen om het bos in te gaan.'
Wayne trekt een lelijk gezicht, steekt zijn hand op en houdt de toppen van zijn wijsvinger en duim een centimeter van elkaar. 'Je ziet nog steeds een heel pietepeuterig dingetje over het hoofd,' zegt hij. 'Een piepklein geheimpje dat ik al die jaren heb bewaard.'
Ik houd mijn adem in. Hij blijft glimlachen. Ik verbreek het zwijgen.
'Wat is dat dan?' vraag ik.
Wayne buigt zich naar voren en fluistert: 'Dat ben jij, Cope.'
Ik weet niet wat ik moet zeggen.
'Je vergeet je eigen aandeel in het gebeuren.'

'Ik weet wat mijn aandeel was,' zeg ik. 'Ik had mijn post verlaten.'
'Ja, dat is waar. En als je dat niet had gedaan?'
'Dan zou ik je hebben tegengehouden.'
'Ja,' zegt Wayne tergend traag. 'Precies.'
Ik wacht op meer. Het komt niet.
'Is dat wat je wilt horen, Wayne? Dat ik deels verantwoordelijk ben?'
'Nee, zo simpel is het niet.'
'Wat dan?'
Hij schudt zijn hoofd. 'Je begrijpt het niet.'
'Wat begrijp ik niet?'
'Denk na, Cope. Je had je post verlaten, dat is waar. Maar je zei net zelf dat ik alles had gepland.'
Hij zet zijn handen als een kommetje om zijn mond en dempt zijn stem weer tot fluistertoon.
'Beantwoord dan deze vraag voor me: hóé kon ik zeker weten dat jij die nacht niet op je post zou zijn?'

Lucy en ik zijn naar het bos gereden.
Ik heb al toestemming van sheriff Lowell, dus de bewaker, voor wie Muse me heeft gewaarschuwd, wuift ons door. Ik zet de auto op het parkeerterrein van de koopflats. Het is raar, want Lucy en ik zijn hier in de afgelopen twintig jaar geen van beiden geweest. De hele bebouwing was er toen natuurlijk nog niet. Toch, na al die jaren, weten we precies waar we zijn.
Lucy's vader, haar dierbare Ira, had al dit land in bezit gehad. Hij was hier lang geleden naartoe gekomen en moest zich hebben gevoeld als een soort Magelhaan die een nieuwe wereld ontdekte. Ira had waarschijnlijk naar dit bos staan kijken en had beseft dat zijn levensdroom – een zomerkamp, een commune, een natuurlijke omgeving onaangetast door de zonden van de mens, een plek van vrede, harmonie en behoud van waarden – in vervulling kon gaan.
Arme Ira.
De meeste misdaden waarmee ik geconfronteerd word, beginnen met iets futiels. Een vrouw die haar man boos maakt over iets onbenulligs – waar de afstandsbediening is, eten dat koud is geworden – wat vervolgens escaleert. Maar in dit geval is het omgekeerde gebeurd. Het was iets groots wat de bal aan het rollen had gebracht. Het was ten slotte begonnen met een gestoorde seriemoordenaar. Wayne Steubens' bloeddorst had alles in beweging gezet.
Misschien hebben we hem allemaal op de een of andere manier

geholpen. Uiteindelijk is angst Waynes beste bondgenoot gebleken. EJ Jenrette had me dat ook geleerd, de macht van de angst. Als je mensen bang genoeg maakte, deden ze wel wat je wilde. Alleen had het in de verkrachtingszaak van zijn zoon niet gewerkt. Het was hem niet gelukt om Chamique Johnson bang te krijgen. En mij ook niet.

Misschien omdat ik al bang was.

Lucy heeft een bos bloemen meegebracht, maar ze zou beter moeten weten. Wij, in onze traditie, leggen geen bloemen op een graf. We leggen er keien op. Ik weet trouwens niet voor wie die bloemen zijn... voor mijn moeder, of voor haar vader? Wellicht voor allebei.

We lopen over het oude paadje – ja, het is er nog steeds, hoewel flink overgroeid – naar de plek waar Barrett het skelet van mijn moeder heeft gevonden. Het graf waar ze al die jaren heeft gelegen, is nu leeg. Het enige wat er nog rest, zijn een paar stukjes geel afzetlint, die wapperen in de wind.

Lucy knielt bij het graf neer. Ik luister naar de wind, luister of ik het geschreeuw van de slachtoffers hoor. Ik hoor het niet. Het enige wat ik hoor, is het holle geklop van mijn hart.

'Waarom zijn we die nacht het bos in gegaan, Lucy?'

Ze kijkt niet naar me op.

'Ik heb er zelf nooit echt over nagedacht. Ieder ander wel. Iedereen heeft zich afgevraagd hoe ik zo onverantwoordelijk heb kunnen zijn. Maar voor mij was het duidelijk. Ik was verliefd. Ik was stiekem met mijn vriendin het kamp uit geslopen. Kan er iets natuurlijker zijn dan dat?'

Heel voorzichtig legt Lucy de bloemen neer. Ze kijkt me nog steeds niet aan.

'Ira heeft Wayne Steubens die nacht niet geholpen,' zeg ik tegen de vrouw van wie ik hou. 'Dat heb jij gedaan.'

Ik hoor de stem van de procureur die ik ben. Ik wil dat hij zijn mond houdt en weggaat. Maar dat doet hij niet.

'Wayne heeft het gezegd. Hij had de moorden zorgvuldig gepland, maar hoe kon hij zeker weten dat ik niet op mijn post zou zijn? Omdat het jouw taak was om daarvoor te zorgen.'

Ik zie haar kleiner worden, onder mijn ogen ineenschrompelen.

'Daarom durfde je me niet meer onder ogen te komen,' zeg ik. 'Daarom heb je het gevoel dat je een helling af rolt en niet kunt stoppen. Niet omdat je vader en jij het kamp, jullie reputatie en al jullie geld zijn kwijtgeraakt. Maar omdat je Wayne Steubens hebt geholpen.'

Ik wacht. Lucy buigt het hoofd. Ik sta een paar meter achter haar. Ze slaat haar handen voor haar gezicht en begint te snikken. Haar schouders schokken. Ik hoor haar huilen en mijn hart breekt. Ik doe een stap naar voren. Wat kan het me verdommen, denk ik. Deze keer heeft oom Sosh gelijk. Ik hóéf niet alles te weten. Ik hoef alles niet opnieuw op te rakelen.

Ik wil alleen maar bij haar zijn. Dus ik doe die stap.

Lucy steekt haar hand op om me tegen te houden. Stukje bij beetje vindt ze haar zelfbeheersing terug.

'Ik wist niet wat hij van plan was,' zegt ze. 'Hij zei dat hij Ira bij de politie zou aangeven als ik hem niet hielp. Ik dacht... ik dacht dat hij Margot alleen bang wilde maken. Je weet wel, zo'n rotgeintje.'

Ik voel een brok in mijn keel komen. 'Wayne wist dat we elkaar waren kwijtgeraakt.'

Ze knikt.

'Hoe wist hij dat?'

'Hij heeft me gezien.'

'Jou,' zeg ik. 'Niet ons.'

Ze knikt weer.

'Jij hebt het lijk gevonden, hè? Dat van Margot, bedoel ik. Dat was het bloed waarover ze het in het essay hadden. Wayne had het helemaal niet over mij. Hij had het over jou.'

'Ja.'

Ik denk erover na, over hoe bang ze geweest moest zijn, dat ze waarschijnlijk naar haar vader was gerend en dat Ira toen ook in paniek was geraakt.

'Ira zag je onder het bloed thuiskomen. Hij moet gedacht hebben...'

Lucy zegt niets. Maar alles wordt me nu duidelijk.

'Ira zou Gil en mij nooit vermoorden om zichzelf te beschermen,' zeg ik. 'Maar hij was je vader. Ondanks al die peace, love en flowerpower was Ira in de eerste plaats een vader als alle andere. En daarom was hij bereid twee moorden te plegen om zijn kleine meisje te beschermen.'

Lucy begint weer te snikken.

Iedereen had zijn mond gehouden. Ze waren allemaal bang geweest: mijn zus, mijn moeder, Gil, Gils ouders, en nu ook Lucy. Ze droegen allemaal een deel van de schuld en hadden er stuk voor stuk een hoge prijs voor betaald. En ik zelf? Ik voer graag het excuus aan dat ik jong was en dat ik in een roes was omdat ik, eh... voor het eerst met een meisje ging vrijen. Maar ís dat wel een excuus? Ik had nachtdienst en was verantwoordelijk voor jongens en meisjes in het kamp. Ik had mijn plicht verzaakt.

De bomen lijken ons in te sluiten. Ik kijk om me heen en kijk dan naar Lucy. Ik zie de schoonheid van haar gezicht. Ik zie de schade die het verleden heeft aangericht. Ik wil naar haar toe gaan. Maar ik kan het niet. Ik weet niet waarom. Ik wil het, en het zou de juiste beslissing zijn om het te doen. Maar ik kan het niet.

In plaats daarvan draai ik me om en loop weg van de vrouw van wie ik hou. Ik verwacht dat ze roept dat ik moet blijven staan. Maar dat doet ze niet. Ze laat me gaan. Ik hoor haar snikken. Ik loop door. Ik blijf lopen totdat ik het bos uit kom en terug ben bij de auto. Daar ga ik op de stoeprand zitten en doe mijn ogen dicht. Uiteindelijk zal ze hier moeten terugkomen. Dus blijf ik hier op haar wachten. Ik vraag me af hoe het verder zal gaan met ons, als ze tenminste terugkomt. Ik vraag me af of we samen zullen wegrijden, of dat dit bos, na al die jaren, nog een laatste slachtoffer zal eisen.

Dankbetuiging

Ik ben in weinig zaken deskundig, dus het is maar goed dat ik enkele bereidwillige genieën ken die dat wel zijn. Niet dat ik interessant wil doen door hun namen te noemen, maar mijn vrienden en/of collega's dr. Michael Baden, Linda Fairstein, dr. David Gold, dr. Anne Armstrong-Coben, Christopher J. Christie en de echte Jeff Bedford hebben me geweldig geholpen.

Mijn dank gaat uit naar Mitch Hoffman, Lisa Johnson, Brian Tart, Erika Imranyi en iedereen bij Dutton. Naar Jon Wood van Orion en Françoise Triffaux van Belfond. En naar Aaron Priest en iedereen van de uiterst creatieve Aaron Priest Literary Agency.

En ten slotte gaat mijn speciale dank uit naar de briljante Lisa Erbach Vance, die in de afgelopen tien jaar zo feilloos met mijn stemmingen en onzekerheden heeft leren omgaan. *You rock*, Lisa.